巴金小说形式研究

巴金研究丛书

策划：巴金故居　巴金研究会

顾问：李小林

主编：陈思和　周立民

编委：孙　晶　李　辉　李存光　李国煣
　　　陈子善　陈思和　周立民　臧建民

巴金小说形式研究

田悦芳　著

復旦大學出版社

目　录

绪论

一、研究的缘起与意义

在中国现代作家中，巴金是一位有重要影响的作家。关于巴金小说思想意义的研究已经非常深入，但其小说形式的特点，虽已受到一些研究者的关注，却研究得还很不充分，巴金小说形式研究是一个有待深入、系统展开的课题。

其实，巴金小说的评论工作起步很早，是随着一九二九年《灭亡》的发表就已开始了，但从二十世纪三十年代到七十年代的近半个世纪的时间里，研究成果以鉴赏式的书评文章居多，整体研究还很不系统。真正系统性的巴金小说研究是二十世纪八十年代以后才展开的。在这个时期，随着社会拨乱反正工作的进行，围绕巴金小说开展的研究主要表现为两个方面：一是通过对巴金小说作品的重新评价，来清除“文革”中加在巴金身上的不实之词，以实现对真实巴金的寻找和恢复，其中最突出的成就是，最先找到了一个从事无政府主义宣传的“李芾甘”，尽管当时还有许多政治和思想上的忌讳，但研究者们还是很细致真诚地深入到这个领域中来，相关成果也很多。二是《家》《憩园》《寒夜》等家庭题材作品受到重视，研究方法也不断增多，这表明学界开始关注作为“作家”的巴金，但小说思想内涵的探究仍是重点。可以说，二十世纪八十年代以来，在思想向度上从巴金小说中寻找与现实沟通的话语，是研究者们采用较多的研究视野，如巴金小说中包含的“五四”式反封建思想和经历了“文革”之后再次提出的“反封建”之间的联系，就是一个热点研究课题。而关于巴金小说的艺术特征、美学风格等方面的研究，在一定程度上凸显了其小说形式的独创性，但与思想内涵方面的研究成果相比，还不够系统深入，仍有很大的研究空间。

另外，在巴金小说已逾八十载的研究历程中，其态势虽历经曲折变化，但不管是最初单篇短制的鉴赏式评论，还是现今长篇专著的综合研究，都不乏精彩的评析和精到的洞见，这正是巴金小说走向经典化的必然道路。然而，在这个过程中，质疑与批评的声音也在不断产生。早在二十世纪三四十年代就有老舍对《电》和刘西渭对《爱情的三部曲》《神·鬼·人》等在学理范围内的批评，并形成了作家与批评家之间的良好互动，这对巴金的小说创作起到了很好的砥砺作用。如果剔除五十至七十年代对巴金小说激进的政治化批判，到了当下，一些质疑巴金小说文学性的声音仍是存在的，即认为巴金被评价过高，其作品的思想史价值远高于文学价值[①]。的确，二十世纪八十年代，巴金研究成为仅次于鲁迅研究的现代文学专业第二大热门研究领域，后来，又先后成立了福建泉州巴

① 如周莎白、熊雪林的《巴金研究的现状与展望》(《江汉大学学报》2000 年第 4 期)一文，对新时期以来在巴金研究中“一边倒”的高评价倾向提出了批评。葛红兵的《为 20 世纪中国文学写一份悼词》(《芙蓉》1999 年第 6 期)一文认为，巴金的语感太“嫩”，作品文体纯粹是对左拉的复制，而且还要降一等级看待。周长才的《巴金与诺贝尔文学奖》(《外国文学》2000 年第 5 期)一文认为，巴金的小说只有《寒夜》值得一读，其他的大部分小说令人反感，这是对巴金小说经典性的颠覆。另外，林贤治的《巴金的道路》(《文艺争鸣》2001 年第 3 期)一文则以激烈的言辞对巴金做了否定性评判，该文认为巴金在四五十年代从思想独立向为政治服务的转变是不容原谅的。与此同时，这个时期还有大量质疑《随想录》的文学性的批评文章。这种种针对巴金的批评和对巴金作品的质疑声音，在客观上都影响着巴金小说向经典的定位。

金文学研究所、上海巴金研究会，并相继召开了十一届巴金国际学术研讨会，这些机构与研讨活动在资料整理、学术推进和形成相对稳定的研究群体方面，都为巴金研究提供了良好氛围和交流平台。但是，在这个研究圈子外的学者看来，巴金研究中一直存在溢美胜于客观评价的倾向，“从八十年代初开始，对巴金来说各种世界性的荣誉就接踵而至”，“巴金的成为世界文化名人、其人格力量和《随想录》的创作，以及作为一个在世作家与研究者们亦师亦友的关系，很大程度上影响了对巴金的研究与评价——始终没有形成良好的争鸣氛围以及过多缺乏历史感的推崇之词不能说不是巴金研究中的两个主要遗憾”①。概括来说，上述“质疑”和“遗憾”所包含的意义指向是：巴金作为一个跨世纪的知识分子，在精神历程上具有一定的范型意义，但巴金的小说，若从艺术形式层面考量的话，其文学性和经典意义远逊于思想史意义，甚至可以说它是经不起形式分析的。当前，面对种种批评，系统分析和客观评价巴金小说形式的独创性，应是褒贬双方都共同期待的一个重要课题。

鉴于上述过于注重巴金小说的社会价值、思想内涵的研究倾向，并针对种种对巴金小说文学性、经典意义的质疑与批评，以及巴金小说形式独创性研究尚不充分的现状，本书将立足于巴金小说的具体文本，以文本细读的方式对巴金小说的形式特征进行研究，并结合作家特定的文化立场、创作心理和小说传统等因素探究其生成动因。在此基础上，本书还将重新厘定巴金小说的形式意义，揭示其形式背后所包含的文化心理意蕴，审视它们对中国现代小说形式建构的诗学价值，以期拓展巴金小说文本的深度阐释空间，并对新的文化语境中文学发展的可能性进行思考。

二、研究基础与创新空间

到目前为止，巴金小说的研究历程已逾八十年。综观学界对巴金小说的研

① 温如敏等：《中国现当代文学学科概要》，北京：北京大学出版社，2005年，第346页。

究成果，大致可以分为以下六种研究思路，每一种研究思路都为本书开展研究奠定了基础，提供了启示，更预示了从中探索创新空间的可能。

（一）思想内涵研究

基于文学的内在因素和外在因素的关系，从文学与社会意识形态关系上研究巴金小说的思想内涵，这一类成果最多，王瑶的《论巴金的小说》[①]和扬风的《巴金论》[②]是这方面较早的两篇论文，它们的研究角度虽有不同，但对巴金小说思想内容的论定都带有明显的当时意识形态的色彩。前者对巴金的创作态度、主要小说作品的思想内容以及艺术特色都有涉及，尤其是对巴金小说思想的复杂性和艺术弱点的分析，与当时主流话语圈的评价相比还是相对客观的；后者是在分析巴金的"安那其主义"思想基础上，分析了巴金的家庭题材、革命题材、工人题材三类小说的主题思想、人物性格和典型化方法。进入二十世纪八九十年代，随着思想解放潮流的展开，巴金小说研究也出现新的突破，其中在思想内涵和政治倾向上进行新的厘定是这时期最先展开的领域，如李存光的《巴金民主革命时期的文学道路》[③]、谭兴国的《巴金的生平和创作》[④]、张慧珠的《巴金创作论》[⑤]等著作分别结合作家的思想历程探讨了巴金作品的政治思想内涵。汪应果的《巴金论》[⑥]对巴金小说追求革命、反封建的思想内涵进行了新的时代语境制约下的评述，并对巴金小说继承和借鉴中外文学传统的贡献作了有益探索。艾晓明的《青年巴金及其文学视界》[⑦]在"作品系列"对《新生》《爱情的三部

---

① 王瑶：《论巴金的小说》，《文学研究》1957 年第 4 期。

② 扬风：《巴金论》，《人民文学》1957 年 7 月号。

③ 李存光：《巴金民主革命时期的文学道路》，西宁：宁夏人民出版社，1982 年。

④ 谭兴国：《巴金的生平和创作》，成都：四川人民出版社，1983 年。

⑤ 张慧珠：《巴金创作论》，成都：四川人民出版社，1983 年。

⑥ 汪应果：《巴金论》，上海：复旦大学出版社，1985 年第 1 版；复旦大学出版社，2009 年第 2 版。在第 2 版中，正文未作改动，只在《再版后记》中对巴金早期世界观的论述进行了新的简略评判，对本书引证影响不大。

⑦ 艾晓明：《青年巴金及其文学视界》，成都：四川文艺出版社，1989 年第 1 版；上海：复旦大学出版社 2009 年第 2 版。在第 2 版中，正文未作改动，只在《再版后记》中对巴金早期世界观的论述进行了新的简略评判，对本书引证影响不大。

曲》《憩园》的思想内容进行了评述，并对《爱情的三部曲》的创作过程和《火》的创作得失进行了研究。总体来看，上述著作采用的基本上是传统的知人论世的社会学批评方法，探究的是无政府主义信仰、政治体制、家族伦理观念等因素对巴金小说思想内涵起的决定性作用，研究旨归在于重新确立巴金小说思想倾向的正确性，带有较明显的新时期思想解放的时代气息，巴金小说文本形式的独创性在研究中尚未受到重视。在国外，一九五〇年法国的明兴礼出版了《巴金的生平和著作》[①]，这是第一部国外学者研究巴金的论著，它主要研究了巴金二十世纪五十年代以前的生活与创作，分析了巴金小说中“家”的不同思想内涵，把《激流三部曲》称作“被威胁的家”，《憩园》称作“分裂的家”，《寒夜》称作“动摇的家”，《火》称作“团圆的家”，并将巴金与法国作家罗曼·罗兰、马尔罗的作品进行了比较研究。韩国学者朴兰英的《巴金：文学与无政府主义之间》[②]在第三部分对《革命三部曲》《爱情的三部曲》《激流三部曲》以及《抗战三部曲》中思想倾向的不同维度（无政府主义、追求个性解放、战争与和平的较量）进行了论析。日本学者河村昌子的《民国时期的女子教育状况与巴金的〈寒夜〉》[③]以“教育”为切入点，通过考察晚清以及民国时期中国女子的教育的历史差异，探讨了曾树生与汪母两人为人母的态度上的不同，揭示了小说的独特思想内涵。

巴金小说的思想内涵“是什么”，这是研究中不能回避的问题。但对于“小说家”巴金来说，其小说的经典意义，除了体现在这些思想内涵“是什么”，还应体现在这些思想内涵“怎样表达”和“为何这样表达”两个方面，而这正是本书在研究中要着力解决的问题。上述成果为本书研究的展开奠定了思想认识基础。

（二）审美艺术分析

巴金小说的审美艺术分析，既包括某一具体审美特征的归纳，也有艺术风

---

① ［法］明兴礼：《巴金的生平和著作》，王继文译，上海：文风出版社，1950年。本书据上海书店1986年影印本。

② ［韩］朴兰英：《巴金：文学与无政府主义之间》，首尔：Hanul出版社，2006年。

③ ［日］河村昌子：《民国时期的女子教育状况与巴金的〈寒夜〉》，《中国现代文学研究丛刊》2002年第2期。

格和审美特征的整体概括。

在巴金小说某一具体审美特征研究中，虽然侧重点有些零碎、散化，但它们对巴金小说文本某些内在肌理的揭示对本书很有启示意义，大致可以概括为四个方面：一是关于人物塑造。刚果伦的《一九二九年中国文坛的回顾》[①]和王淑明的《新生》[②]两文，批评了《灭亡》和《新生》中人物塑造观念化、个人信仰的强行渗入破坏了艺术性等缺点。老舍认为《电》中的人物"个个人都是透明的"，显得不自然[③]。无咎(巴人)认为《激流三部曲》以恋爱婚姻为主题写出了新旧势力的斗争，但"没有典型的情势和典型的性格"，损害了艺术的形象性[④]。徐中玉则认为觉慧、觉民、琴、淑英等人的塑造体现出了人的"成长"，较成功，但对觉新、觉慧、觉民三人"没有清楚地示出是什么东西更基本地决定了他们这三种不同的性格"[⑤]，体现出论者对人物性格的深层文化心理蕴含的思考。系统研究巴金小说人物形象的是张民权的《巴金小说的生命体系》[⑥]，该著在归纳巴金小说人物形象所构成的"生命体系"的基础上，对巴金小说的创作个性(生命意识、感情蕴藏)、"生命"体系的文化内涵、"生命"体系的历史成就等方面进行了研究，是迄今为止巴金小说的人物形象研究中深具体系性和丰富性的研究成果。另外，宋曰家的《巴金小说人物论》[⑦]从综论和分论两个向度对巴金小说人物的性格类型、性格特征、心灵形态进行了研究。二是关于场面描写。知诸的《巴金著译的考察》[⑧]和贺玉波的《巴金论》[⑨]是较早关注巴金小说长于场面描写特征的文章，前文认为《灭亡》"用简单的笔将'意识'和'动作'认真的描画出来，使热情充满

---

① 刚果伦：《一九二九年中国文坛的回顾》，《现代小说》第3卷第3期，1929年12月15日。

② 王淑明：《新生》，《文学季刊》第1卷第2期"书报副刊"，1934年4月1日。

③ 老舍：《读巴金的〈电〉》，青岛《刁斗》第2卷第1期，1935年4月1日。

④ 无咎：《略论巴金的〈家〉三部曲》，《奔流文艺丛刊》第2辑，1941年2月15日。

⑤ 徐中玉：《评巴金的〈家〉、〈春〉、〈秋〉》，江西赣县《时代中国》第6卷第2期、第3期，1942年2、3月。

⑥ 张民权：《巴金小说的生命体系》，上海：上海文艺出版社，1989年第1版；复旦大学出版社2011年11月出版第2版。第2版中，作者是对原书稿未作改动作为上编收入的。

⑦ 宋曰家：《巴金小说人物论》，济南：山东文艺出版社，1992年。

⑧ 知诸：《巴金著译的考察》，《现代文学评论》第2卷第3期、第3卷第1期合刊，1931年10月20日。

⑨ 贺玉波：《巴金论》，《现代中国作家论》(第2卷)，上海：上海大光书局，1932年10月。

在字里行间”;后文肯定了《死去的太阳》对男女恋爱的心理和杀头、火烧等特殊情景的生动描写。刘西渭对《爱情的三部曲》的评论,代表了这个阶段鉴赏式评论的较高水平,此文肯定了巴金在《雾》《雨》《电》中呈示出的战士式的叙述姿态和叙述力量,认为“热情”是作家的风格,但对风景描写、性格塑造、叙述速度等方面提出了批评①。惕若(茅盾)认为《电》(初刊时名为《龙眼花开的时候》)“自然而然有感人的力量”,“作者的热情喷发却处处可以被人感到”是作者的特长,缺点则是没有从正面来描写社会,“这些活人好像是在剪纸的背景前行动”②。在短篇小说研究中,贺玉波认为《复仇》中的十四篇小说对西洋风土人物的描写很独特,“无论在思想与技巧方面,《复仇》是要优胜于《灭亡》和《死去的太阳》的”,但也对作者的“悲观而无助”的创作态度提出了批评③。刘西渭认为《神》《鬼》《人》“这里三篇小说正各自针对一个世界,用第一人称做旁观者,从消极的观察推绎出积极的理论,借艺术的形式来表现一个或者一串抽象的概念”④,于是导致小说书写失于片面的观察,深而不广,静而少变。三是关于心理展示。惕若(茅盾)认为《将军》在现实与幻想的交织下,揭示了这位流亡者白俄将军的内心苦闷,技巧圆熟,是成功之作⑤。长之(李长之)对《憩园》的评论⑥注意到了巴金小说在心灵展示上的特色,康永年对《寒夜》的评论⑦则指出小说在人物心理的开掘上与陀思妥耶夫斯基的相像性,两文对巴金小说创作风格的转向有着初步认识。万慧蓉的《论巴金的历史小说》⑧探讨的是巴金历史小说在忠实于史料的基础上,以表现人物内心冲突作为描写主体的特点。四是关于语言特色。

① 刘西渭:《〈爱情的三部曲〉——巴金先生作》,天津《大公报·文艺》1935年11月3日。

② 惕若(茅盾):《〈文学季刊〉第二期内的创作》,《文学》第3卷第1号,1934年7月1日。

③ 贺玉波:《巴金论》,《现代中国作家论》(第2卷),上海:上海大光书局,1932年10月。

④ 刘西渭:《〈神·鬼·人〉——巴金先生作》,天津《大公报·文艺》1935年12月27日。

⑤ 惕若(茅盾):《〈文学季刊〉创刊号》,《文学》第2卷第2号,1934年2月1日。

⑥ 长之:《憩园》,《时代与潮文艺》第4卷第3期,1944年11月15日。

⑦ 康永年:《寒夜》,《文艺工作》第1号“文艺批评”,1948年5月20日。

⑧ 万慧蓉:《论巴金的历史小说》,巴金与二十世纪学术研讨会编:《世纪的良心》,上海:上海文艺出版社,1996年,第214—219页。

王金柱的《语言艺术大师巴金》[①]的下篇对巴金小说的语言风格、修辞艺术、第一人称手法、排比、欧化句式、心理刻画等特点进行了介绍，是从修辞学角度对巴金小说语言进行的专门研究。郝荣斋、刘奕的《走进巴金〈家〉的语言世界》[②]和李树德的《一首荡气回肠的爱情悲歌——谈巴金小说〈春天里的秋天〉中的明喻》[③]都是从语言运用和修辞手法方面对巴金的单篇作品的解读。

针对巴金小说艺术风格和审美特征的整体性研究较为深入，陈思和、李辉的《巴金论稿》[④]认为巴金小说的艺术风格可以分为不自觉的创作期、感情爆发期、风格稳定期三个阶段，并从宏观上对它们的演变过程进行了分析。吕汉东的《心灵的旋律——对巴金心灵与文本的解读》[⑤]中，有部分章节研究了巴金小说的美学观、悲剧系列、美学贡献等问题，侧重点在于揭示作家主体的心灵世界。袁振声的《茅盾与巴金艺术比较论》[⑥]从"人"的建构、心态剖析、女性世界、环境描写、结构艺术、文化品格等方面对巴金与茅盾的小说艺术进行比较，凸显了巴金小说的创作特点。花建与袁振声的同名专著《巴金小说艺术论》推动了巴金小说从思想研究向创作艺术研究的转变，前者[⑦]着重分析了巴金小说的艺术视点、艺术方法、人物、结构、象征手法、抒情、节奏、文体等特点，后者[⑧]从微观的具体作品入手，分析了巴金小说的人物塑造、心理描写、抒情艺术、语言艺术、结构艺术、环境描写、细节描写、对比艺术、创作方法等审美性特征。辜也平的

---

① 王金柱:《语言艺术大师巴金》，天津:天津社会科学院出版社，1994 年。

② 郝荣斋、刘奕:《走进巴金〈家〉的语言世界》，石家庄:花山文艺出版社，2006 年。

③ 李树德:《一首荡气回肠的爱情悲歌——谈巴金小说〈春天里的秋天〉中的明喻》，陈思和、李存光主编:《五四新文学精神的薪传:巴金研究集刊》(卷六)，上海:上海三联书店，2010 年。

④ 陈思和李辉:《巴金论稿》，北京:人民文学出版社，1986 年第 1 版;复旦大学出版社 2009 年出版第 2 版，并改名为《巴金研究论稿》，其中第一部分为《巴金论稿》内容，只是略作文字修订或补正，基本上呈现历史原貌结构，对本书的引证影响不大。

⑤ 吕汉东:《心灵的旋律——对巴金心灵与文本的解读》，北京:中国文联出版社，1999 年。

⑥ 袁振声:《茅盾与巴金艺术比较论》，北京:光明日报出版社，1999 年。

⑦ 花建:《巴金小说艺术论》，上海:上海社会科学院出版社，1987 年。

⑧ 袁振声:《巴金小说艺术论》，天津:南开大学出版社，1987 年。

《巴金创作综论》[1]采用细读的方式对巴金的《灭亡》《爱情的三部曲》《家》《春》《秋》《火》《憩园》《寒夜》以及十七年的创作进行了研究，并对巴金小说的创作风格的基本特征、制约因素、风格转换进行了简论，在叙事学、心理分析以及比较研究等理论与方法的运用上多有创见。日本学者山口守、坂井洋史合著的《巴金的世界》[2]中部分章节既涉及巴金小说的综论，也有对《灭亡》《家》《憩园》《寒夜》等单篇作品的再解读，显出对巴金小说艺术的关注。

这里需要指出的是，一九五〇年以前在报刊上发表的文章，大多属于印象式批评，类似书评性质，还不属于系统性的研究论文，但这些文字或有深邃的识见，或有尖锐的批评，都为后世巴金小说研究开了一种良好文风，也反映了巴金在前二十年里文学创作的影响和价值，为当前的巴金创作研究提供了重要的历史参照。二十世纪八十年代以来的巴金小说审美艺术研究，多侧重于对巴金小说文本形式特征的描述或艺术风格的概括，还没有顾及它们在多大程度上吻合着作家自己的小说诗学追求，并对这种诗学追求的价值意义作出评估，因此，深入到巴金小说形式的背后，探究其形式的诗学意义和文化意蕴的系统研究有待深入展开。

（三）叙事学研究

近年来巴金小说的叙事学研究正方兴未艾，这种研究思路体现了对文本形式的重视，但研究还很不系统，其成果多为某些著作的专章或专节，以及单篇论文。马云的《中国现代小说的叙事个性》[3]第三章研究了巴金《激流三部曲》和《寒夜》的空间化叙事倾向，其旨归是论析环境这一小说要素在巴金小说形式中的独特意义。徐德明的《中国现代小说叙事的诗学践行》[4]第八章探讨了《寒夜》的叙事话语、节奏、结构以及叙事情境、读者控制等叙事策略，凸显的是这部小说在个人与家国叙事中不同文化价值立场的纠缠对立。另外，刘志荣的《文学

---

① 辜也平：《巴金创作综论》，福州：福建教育出版社，1997年。

② [日]山口守、坂井洋史：《巴金的世界》，上海：东方出版社，1996年。

③ 马云：《中国现代小说的叙事个性》，北京：中央广播电视大学出版社，1999年。

④ 徐德明：《中国现代小说叙事的诗学践行》，北京：社会科学文献出版社，2008年。

的〈家〉与历史的“家”》[1]通过对巴金小说《家》及其材料原型的对比，分析了“文学的《家》”与“历史的‘家’”之间的叙述复调，探讨了文学文本所采取的形式策略、编码规则及其背后的意识形态预设，以及在二十世纪中国何以“历史”经常比“文学”更丰富的原因。周立民的《新与旧：巴金关于“家”的叙述》、赵静的《〈家〉〈春〉〈秋〉艺术感染力之叙事学阐释》[2]、李树槐的《论巴金小说中的第一人称内聚焦叙事模式》[3]、刘俐俐的《多层叙述的艺术力量与“幸福”话题的当代延伸——巴金〈复仇〉艺术价值构成机制》[4]等论文，在对文本形式的分析中，都呈现出了巴金小说的独特艺术架构。近年来，有一些以叙事学理论研究巴金小说的学位论文，如张文龙的《“祖—父—子”结构与封建家族制度的解体——论巴金的家族小说》[5]，对巴金家族小说中的代际人物形象和“祖—父—子”结构进行了阐释，值得一提的是，该文对巴金家族小说的代际共同特征、长子叙事等特征的论述较为新颖。黄长华的《巴金小说叙事研究》[6]以巴金与读者的关系为切入点从两个维度展开研究，在叙事学研究维度中，探讨了巴金小说的叙事者、话语模式、情节类型，在读者接受研究维度中，分析了巴金小说的对话性、互文性等文本的召唤结构，此文研究的重点是巴金小说的叙事效果问题。

以上成果都是借助叙事学理论来分析巴金小说的叙事特征，这是近二十年来巴金小说研究领域中新的研究思路，是思想内涵、审美艺术特征研究之外，从文本形式及其意义这一向度探究巴金小说创作独创性的尝试，值得肯定与借鉴，但目前这种研究还缺乏系统性成果，有待进一步加强。

---

① 刘志荣：《文学的〈家〉与历史的“家”》，《复旦学报》2009 年第 6 期。

② 周立民：《新与旧：巴金关于“家”的叙述》、赵静：《〈家〉〈春〉〈秋〉艺术感染力之叙事学阐释》，均载于陈思和、李存光主编：《一股奔腾的激流：巴金研究集刊》（卷四），上海：上海三联书店，2009 年。

③ 李树槐：《论巴金小说中的第一人称内聚焦叙事模式》，《中国文学研究》2004 年第 4 期。

④ 刘俐俐：《多层叙述的艺术力量与“幸福”话题的当代延伸——巴金〈复仇〉艺术价值构成机制》，《中州学刊》2007 年第 2 期。

⑤ 张文龙：《“祖—父—子”结构与封建家族制度的解体——论巴金的家族小说》，硕士学位论文，郑州：郑州大学，2006 年。

⑥ 黄长华：《巴金小说叙事研究》，博士学位论文，福州：福建师范大学，2011 年。

（四）接受研究

随着传媒文化对文学的冲击，在文学与传媒关系的研究语境中，上世纪九十年代末就有研究者开始关注巴金小说的接受问题，主要体现在三个方面：一是共时接受效果研究，如《期待与互动中的同构——巴金创作的共时接受研究》[①]一文，探讨了巴金与读者之间文本外的互动如何影响了其小说文本共时意义的生成；日本学者坂井洋史的《重读〈家〉——略谈读者接受文本的机制及其"关于'人'的想象"》[②]一文从文本与读者的关系出发，强调了《家》这部"自传体小说"的"独立存在"意义，以及它的正面价值的"成长"期待如何促进了读者对《家》和"关于人的想象"的阅读期待。二是历时接受过程研究，如《巴金创作的接受研究》[③]这篇长文细致探讨了期待视野、召唤结构等因素在巴金小说文本意义生成中的作用及其共时与历时接受情况，具有高屋建瓴之意义；《巴金小说的接受研究(1929—1949)》[④]一文是以《灭亡》和《家》为个案，分析它们在阅读、批评、出版销售、参与大众生活和进入文学史等不同场域中的变化过程，探讨的重点是巴金小说的经典化问题。《新时期以来的〈寒夜〉接受研究》[⑤]指出定位与拓进是一九七九至二〇一一年《寒夜》接受中最显著的两个特点：定位实现了学界对《寒夜》艺术价值的重新确认，刷新了巴金长篇小说接受的既定视野；拓进提升了《寒夜》展示的期待视域，深化了《寒夜》接受的群体期待。巴金小说的影、视、剧改编研究，因关注的是不同时期不同改编形式在读者中的接受情况，故属

---

① 辜也平：《期待与互动中的同构——巴金创作的共时接受研究》，《东南学术》2002年第4期。

② [日]坂井洋史：《重读〈家〉——略谈读者接受文本的机制及其"关于'人'的想象"》，陈思和、李存光主编：《一股奔腾的激流：巴金研究集刊》(卷四)，上海：上海三联书店，2009年。

③ 辜也平：《巴金创作的接受研究》，陈思和、辜也平主编：《巴金：新世纪的阐释》，福州：福建教育出版社，2002年。

④ 杨天舒：《巴金小说的接受研究(1929—1949)》，《中国文学研究》2004年第4期。

⑤ 陈思广：《新时期以来的〈寒夜〉接受研究》，《中国现代文学研究丛刊》2012年第7期。

于历时性接受研究。如辜也平的《〈家〉的影视改编的历时考察》[①]一文是以《家》的四次影视改编效果为出发点，考察了它们之间的内容差别及其历史文化原因；日本学者山口守的《巴金作品〈家〉文本的变容——关于小说·戏剧·电影》[②]一文则比较了《家》的文学文本、戏剧脚本和电影剧本的不同解读方式，探讨的是小说与戏剧、电影的不同叙述焦点问题。另外，刘福泉的《〈激流〉：穿越时代的隧道——论〈家〉、〈春〉、〈秋〉的影视改编》、赵志刚的《青春是美丽的——关于越剧〈家〉》[③]和山口守的《巴金〈家〉与香港电影》、李佳的《"家""国"想象的变迁——以〈家〉的改编史为个案的研究》[④]等文章，主要围绕的是巴金的小说《家》在不同改编形式中的文本内容变化和接受效果的差异。三是巴金小说的国外接受状况研究，如美国的奥尔格·朗的《巴金和他的著作》[⑤]主要关注的是一九四九年前巴金的创作与青年读者的接受问题，探讨了《激流三部曲》《爱情的三部曲》等对当时中国青年的思想影响，但囿于资料和国别的限制，研究尚未深入。韩国学者朴兰英的《关于〈家〉在韩国的出版简况和我与巴金先生的对话》[⑥]介绍了《家》在韩国的出版情况，分析了它自一九八五年以来在高校学生和普通民众中的接受状况。俄罗斯的罗季奥诺夫的《巴金研究在俄罗斯》和《巴金

---

① 辜也平：《〈家〉的影视改编的历时考察》，陈思和、李存光主编：《一股奔腾的激流：巴金研究集刊》（卷四），上海：上海三联书店，2009 年。

② [日]山口守：《巴金作品〈家〉文本的变容——关于小说·戏剧·电影》，陈思和、李存光主编：《一股奔腾的激流：巴金研究集刊》（卷四），上海：上海三联书店，2009 年。

③ 刘福泉：《〈激流〉：穿越时代的隧道——论〈家〉、〈春〉、〈秋〉的影视改编》、赵志刚：《青春是美丽的——关于越剧〈家〉》，均载于陈思和、李存光主编：《一股奔腾的激流：巴金研究集刊》（卷四），上海：上海三联书店，2009 年。

④ [日]山口守：《巴金〈家〉与香港电影》、李佳：《"家""国"想象的变迁——以〈家〉的改编史为个案的研究》，均载于陈思和、李存光主编：《五四新文学精神的薪传：巴金研究集刊》（卷六），上海：上海三联书店 2010 年。

⑤ [美]奥尔格·朗：《巴金和他的作品——两次革命期间的中国青年》，纽约：哈佛大学出版社，1967 年。

⑥ [韩]朴兰英：《关于〈家〉在韩国的出版简况和我与巴金先生的对话》，陈思和、李存光主编：《一股奔腾的激流：巴金研究集刊》（卷四），上海：上海三联书店，2009 年。

创作在俄罗斯》[①]两文，对巴金在俄罗斯的接受情况作了详尽介绍。法国的安必诺在《巴金在法国的接受》[②]一文中，将一九四七年至二〇〇五年期间法国对巴金的接受情况做了统计和分析，资料翔实，数字和篇目非常清晰、系统。

目前，巴金小说的接受研究，多偏重于从外部视角描述作品的接受情况，较少从文本形式的角度辨析巴金小说的形式变化与读者接受的关系，这方面进行系统研究的空间很大；作品改编研究则偏重于巴金小说的内容在不同传媒形式中的变化，而对巴金小说的形式变化与接受语境的关系涉及不多。但上述研究中提供的资料，对本书涉及的文化语境问题具有参考价值。

（五）版本研究

巴金小说的版本研究，在很大程度上促动了巴金小说研究的日趋严谨和科学化，拓展了文本研究的新空间，也为本书开展巴金小说形式研究提供了资料参照。巴金是中国现代作家中对自己作品修改较多的一位，其小说版本的考释工作非常繁难，目前较有系统性的版本研究主要集中在《家》和《寒夜》两部小说上。较早涉及《家》的版本研究的有龚明德、辜也平等[③]，但较具系统性的研究是金宏宇的《〈家〉的版本源流与修改》[④]，此文指出，巴金的《家》从一九三一年初刊本到一九八六年全集本共修改了九次，仅对校初版本（第一个全本）和全集本（定本）就修改了一万四千多处，此论文还对修改的动因、修改的各项内容（如人

---

① [俄]罗季奥诺夫：《巴金研究在俄罗斯》，《文艺理论与批评》2005年第6期。[俄]罗季奥诺夫：《巴金创作在俄罗斯》，陈思和、李存光主编：《一粒麦子落地：巴金研究集刊》（卷二），上海：上海三联书店，2007年。

② [法]安必诺：《巴金在法国的接受》，陈思和、李存光主编：《一粒麦子落地：巴金研究集刊》（卷二），上海：上海三联书店，2007年。

③ 龚明德的《巴金〈家〉的修改》（可参见巴金研究丛书编委会：《巴金研究论集》，重庆：重庆出版社，1988年）和《〈家〉的版本变迁》（可参见《文事谈旧》，北京：中国电影出版社，2000年）两文，对《家》的文本修改和版本变迁进行了研究。辜也平的《巴金创作综论》（福州：福建教育出版社，1997年）第四章第四节考释了《家》的"异文"情况，从而梳理了《家》的版本流变过程及其背后作家的文学匠心。

④ 金宏宇：《〈家〉的版本源流与修改》，《中国现代文学研究丛刊》2003年第3期。也可参见金宏宇：《中国现代长篇小说名著版本校评》，北京：人民文学出版社，2004年。此著关于《家》的版本研究共3万多字。

物、情感态度、语言、情节结构等)、修改前后的艺术表现效果等作了梳理,并提出巴金对作品的“洁化”和“纯化”处理反映了作家创作思想的更新及其艺术匠心。关于《寒夜》的版本研究有:周立民的《〈寒夜〉的修改与中国现代文学文献学问题》[1]主要就手稿本、初刊本、初版本、文集本、全集本五个有代表性的版本展开研究,比较了它们在人物称谓、文字风格、主题揭示方面的变化,并论及中国现代文学文献学的方法与规范问题。金宏宇、彭林祥的《〈寒夜〉版本谱系考释》[2]考察了《寒夜》从初刊本到全集本的八个版本的变迁过程,并针对其中两次最大的改动进行了详释,认为从初刊本到初版本的修改是一次艺术上的完善与提高,但也不自觉地受到了“左翼”批评的影响;初版本到文集本的修改使《寒夜》的艺术更趋完善,并基本定型;从文集本到全集本内容和情节完全不变,全部采用简化字,并成为《寒夜》版本谱系中的最后定本。另外,乔世华的《论解放后巴金对〈寒夜〉的阐释和修改》[3]研究的是建国后《寒夜》的版本变迁情况。

上述版本研究成果对巴金的代表性小说文本的变迁脉络作了详尽考释,为今后的研究工作提供了可靠信息,也大大促动了当下巴金小说研究中版本意识的建立。但由于巴金的小说作品数量多,版本变迁情况复杂,这方面的研究进展还较为缓慢。

(六) 与中外文化的关系研究

巴金小说与中外文化之间的关系受到很多学者的关注,如传统文化、现代文化、地域文化以及域外文化等不同文化类型对巴金小说的影响研究,是学界很重要的一种研究思路。探讨巴金小说与中国传统文化关系的有:张民权的

---

① 周立民:《〈寒夜〉的修改与中国现代文学文献学问题》,陈思和、李存光主编:《一粒麦子落地:巴金研究集刊》(卷二),上海:上海三联书店,2007年。

② 金宏宇、彭林祥:《〈寒夜〉版本谱系考释》,陈思和、李存光主编:《一双美丽的眼睛:巴金研究集刊》(卷三),上海:上海三联书店,2008年。

③ 乔世华:《论解放后巴金对〈寒夜〉的阐释和修改》,陈思和、辜也平主编:《巴金:新世纪的阐释——巴金国际学术研讨会论文集》,福州:福建教育出版社,2002年。

《巴金小说与民族文化传统》[①]、潘显一的《论巴金小说的传统文化意识》[②]、曹书文的《论巴金小说创作中的传统积淀》和《论巴金小说创作中的"家族情结"》[③]、刘福泉的《中国传统文化中的"尚三"理念对巴金〈家·春·秋〉创作的影响》[④]等，这些论文关注的都是传统文化因素在巴金家庭小说书写中或显或隐的影响；肖明翰的《大家族的没落——福克纳和巴金家族小说比较研究》[⑤]将巴金与福克纳的家庭小说在家庭环境、人物形象（专制家长、青年一代、妇女形象、奴隶与仆俾）、写作手法等方面进行了比较，凸显的是中国特定文化语境对巴金小说的强势影响；邵宁宁的《家园彷徨：〈憩园〉的启蒙精神和文化矛盾》[⑥]一文，关注的是文化启蒙思潮中，中国传统文化与现代文化的矛盾在《憩园》中的文学呈现。地域文化与巴金小说的关系研究是近年才引起关注的，论者观点也不尽相同，如李怡的《文学的区域特色如何成为可能——以巴金与巴蜀文化关系为例》[⑦]认为，巴金在精神上是巴蜀式生存的反叛者，其创作是在一个更大的视野中来看待分析故土的旧事，这形成了他与巴蜀地域文化的复杂关系，即作为巴蜀文化"异乡人"姿态的巴金，其实是通过自己"走出乡土"的文学书写来激发区域文化与区域文学的创造性。而童龙超的《论巴金文学创作的"反地域文化"特征——兼谈对现代文学地域文化研究的反思》[⑧]则认为，在巴金的巴蜀文化研究中，潜藏着"出生地"与"作品"简单对接的思维模式，巴金文学创作的巴蜀文化特征没有充分的根据，其创作的"内返性""超越性""时间性"实际上对"地域性"

---

① 张民权：《巴金小说与民族文化传统》，《天津师大学报》1987 年第 4 期。

② 潘显一：《论巴金小说的传统文化意识》，《文艺研究》1992 年第 2 期。

③ 曹书文：《论巴金小说创作中的传统积淀》，《内蒙古社会科学》2003 年第 1 期；《论巴金小说创作中的"家族情结"》，《学术论坛》2001 年第 5 期。

④ 刘福泉、王新玲：《中国传统文化中的"尚三"理念对巴金〈家·春·秋〉创作的影响》，《河北大学学报》（哲学社会科学版）2007 年第 5 期。

⑤ 肖明翰：《大家族的没落——福克纳和巴金家族小说比较研究》，桂林：广西师范大学出版社，1994 年。

⑥ 邵宁宁：《家园彷徨：〈憩园〉的启蒙精神和文化矛盾》，《中国现代文学研究丛刊》2004 年第 2 期。

⑦ 李怡：《文学的区域特色如何成为可能——以巴金与巴蜀文化关系为例》，《社会科学研究》2010 年第 5 期。

⑧ 童龙超：《论巴金文学创作的"反地域文化"特征——兼谈对现代文学地域文化研究的反思》，《南京社会科学》2007 年第 6 期。

构成了消解，表现出“反地域文化”的特征，而正是这种特征成就了巴金的一种独特形态的文学，巴金文学创作的这种现象，值得现代文学的地域文化研究者认真反思。巴金与域外文化的关系在二十世纪九十年代就已备受关注，除了《巴金与中西文化》[①]和《巴金与中外文化》[②]两部论文集外，还有一些研究涉及了巴金小说与域外文化的关系，如贾蕾的《巴金与域外文化》[③]，该著将巴金置于二十世纪中外文化交流的大背景中，梳理了巴金与克鲁泡特金、俄国民粹主义、法国大革命、基督教等域外文化的关系，揭示了域外文化对巴金的深层影响。另外，陈思和、李辉的《巴金论稿》中部分章节从俄国文学、西欧文学、中国传统文化与巴金的关系中，考察了中外文化对巴金创作的影响。

上述巴金小说和中外文化、文学的多重复杂关系的探讨，重在揭示特定的历史文化语境对巴金小说的题材、主题、人物等方面的影响，但对小说文本形式所受到的影响还关注不够，因此在文本形式与文化因素之间的隐性互动关系中，还有很多话题需要深化。

综上所述，我们可以看出巴金小说研究成果是非常丰富的，每一种研究思路都为本书的写作提供了借鉴和启发，但其中存在的薄弱环节或空白之处，也为进一步开展巴金小说研究留下了创新空间：一是巴金小说的文本形式研究还很不充分，虽然有些研究运用叙事学、接受美学、版本学等批评方法来解读巴金小说，在一定意义上显示了新鲜的理论闪光点，但对小说形式背后潜隐的作家心理、文化意蕴等还缺乏深入探究，难以构成对巴金小说形式及其诗学意义的系统考量；二是对巴金小说文本形式的研究依旧集中在《家》《寒夜》《憩园》等几部名作上，而其他小说文本的研究仍欠深入，特别是对他的短篇小说研究还一直比较忽视，还缺乏对巴金小说形式的整体研究。有鉴于此，本书将以巴金一九四九年以前的小说和当时的创作语境为基础，采用文本细读的方法，在文本形式的微观分析中与作家的创作心理、文化立场、文学传统等因素进行参照，从

---

① 谭洛非主编：《巴金与中西文化》，成都：四川大学出版社，1992年。

② 余思牧编：《巴金与中外文化》，济南：山东文艺出版社，1995年。

③ 贾蕾：《巴金与域外文化》，北京：北京语言大学出版社，2007年。

而阐释巴金小说的诸种形式特征、功能及其生成动因，探析其形式背后隐含的心理文化意蕴，呈现巴金小说文本的形式意义，力争在系统性、整体性上推进巴金小说的形式研究进程。

另外，值得注意的是，在中外文学发展史中，富有创造性的作家往往为文学立则，创造和发展新的文学形式，“后人难以追随”的独创性往往是小说诗学研究的着力点，如巴赫金关于“陀思妥耶夫斯基诗学问题”研究就是由陀氏小说的形式独创性切入的。巴金小说的写法很难被后人模仿[①]，他对小说形式的独特创造值得深入系统研究，尤其是以下五个方面对于我们理解巴金小说的文本形态、理解中国现代小说形式的无限可能性问题具有重要意义，应引起特别关注：

第一，巴金小说语言的想象力和情感色彩特征，拓展了文学表达的边界、赋予语言以戏剧性。

第二，巴金小说的时空形式呈现了身处新旧交锋处的人的“临界境遇”，并在殉道者死亡意义的翻转中形成了极具个人化的时空视野。

第三，巴金小说的询问式叙事姿态使思索成为一种小说思维，延宕、争辩和游离作为其形式化维度上的诗学表达，完成了对人物与读者的双重心理建构，为小说带来开放性、未完成性的特点。

第四，巴金小说往往通过不同形式架构中的“隐义”的生成，蕴含有作家秘而不宣的核心质素的存在：追寻——叙事心理动因；矛盾——文化立场动因；交流——小说观念动因。从小说类型上看，这些不同的结构方式实现的正是不同小说类型因素的融合。

---

① 关于巴金小说写法的独特性，复旦大学的陈思和先生也是很关注的，他曾说：“为什么鲁迅、老舍、沈从文等人的创作风格在当代文学中都能找到后继者或模仿者，而独独巴金在这方面的影响却很少？许多人都说过读了巴金的作品后走上革命道路的话，却为什么没听说有谁自称是学习模仿了巴金的创作而走上文学道路，成为作家的？《阿Q正传》《子夜》《边城》或者老舍的京味小说都有现代翻版，而为什么独独没有《家》或《寒夜》的现代翻版？”（参见陈思和：《巴金研究十年（1978—1988）》，香港：香港文汇出版社，2009年，第13页。对于巴金小说的读者众多但是能模仿写作者甚寡这种现象，笔者认为原因之一在于巴金对小说形式的创造往往具有明显的开放性、融合性和实验性等个人化特征，这也是巴金小说形式研究中的题中应有之义。

第五，巴金小说对交流情境的重视，特别是读者声音作为一种延期的叙事行为参与了巴金小说文本的生成，体现出作家对现实经验与小说虚构之间进行边界融合的努力，也是对小说表达形式的实验与探索。

由此，本书的研究思路将设定为从小说形式出发，并通过形式背后所涵容的人心探索与文化思考，最终发掘巴金小说对“个人”的持续关注这一价值支点，从而实现一种从形式抵达意义的逻辑思考。

当然，本书在研究中不可避免地存在着两个难点：一是文献资料的搜集和整理。在本书中用来进行文本形式分析的巴金小说底本均采用初版本，原因有二：首先，因为巴金是中国现代文学史中对作品修改较多的一位作家，小说版本较为复杂，有时不同版本之间差异较大。本书在以文本细读的方式进行研究时，随意使用巴金小说文本可能会使研究产生版本差之秋毫，阐释谬之千里的后果，所以研究的底本需要有精确所指；其次，本书的研究要从巴金小说的文本形式入手，进而考察其文本原初的创作心理、文化立场等因素，采用初版本更能贴近创作实际，也是非常必要的。巴金在一九二九至一九四九年间共创作七部长篇小说，十三部中篇小说，十一部短篇小说集中的近七十篇短篇小说，并且都是竖排繁体字，搜集、阅读、整理的工作量非常大。二是在研究过程中，既要借鉴小说理论和形式分析的方法，又要避免用理论来套巴金的小说而落入“削足适履”的陷阱，这就需要从巴金具体小说文本出发，抓住巴金小说的艺术思维与小说形式个人性的特点，力争使研究立得住，“度”的把握是一个关键，也是个难点。

第一章 巴金小说的话语场景

文学作为一种语言艺术，独特而丰富的语言景观是构成作家叙事形态、文体风格及其个性化的关键因素。谈到小说语言，汪曾祺的论断是："语言是小说的本体，不是附加的，可有可无的。从这个意义上说，写小说就是写语言。"[①]研究巴金小说的形式，语言问题自然是首先要面对的问题。

巴金小说的语言已有论者关注过，他们或是从艺术特色的维度做研究[②]，或

① 汪曾祺：《中国文学的语言问题》，《汪曾祺全集》(第4卷)，北京：北京师范大学出版社，1998年，第217页。

② 可参见花建：《巴金小说艺术论》，上海：上海社会科学院出版社，1987年。袁振声：《巴金小说艺术论》，天津：南开大学出版社，1987年。两部著作都有专节论及语言问题，前者从叙事角度、词语、句子和音调等文体方面，后者从朴素、明朗、欧化等技巧方面，分别概括了巴金小说的语言特点，但最终都指向艺术特色这一维度。

是从语法或修辞的角度进行观照[①]，其研究旨归往往在于巴金小说语言的表达效果，这对巴金小说的形式研究是具有探索价值的。但现代哲性诗学观念中，小说语言既是表达思想的工具，也负载着作家深层心理意蕴与社会文化内涵，正如萨丕尔所说："语言，作为一种结构来看，它的内面是思维的模式。"[②]加达默尔也认为，语言表现了人与世界的关系，即人以语言的方式拥有世界[③]。小说语言是小说家向世界发出的具有个人化的独特声音，它需要摆脱他人话语的笼罩，以自己的文本建立起灵魂和话语之间的深层联系。也就是说，大凡优秀的文学作品，语言是血肉和身躯，同时这血肉和身躯还会渗透出一种情调、韵律与生命的质感，凸显心灵的自由与人性的升华，这种语言景观往往会促进作家独特文学形式的生成。"语言不是外部的东西。它是和内容（思想）同时存在的，不可剥离的。语言不能像桔子皮一样，可以剥下来，扔掉。世界上没有没有语言的思想，也没有没有思想的语言。"[④]读者只有在文学语言所构成的话语秩序中，才能寻觅到话语间无限杂糅了的意蕴，谛听到话语背后所隐匿的作家心灵的召唤与款语。在小说文本中，话语场景便是作家对小说话语秩序进行架构、安排的精心呈现，体现着小说叙述的存在形态，它在生成小说形式的过程中，也为我们提供了一条由语言本体通向文化之径。

考察巴金的生活经历可以知道，他在走上小说创作之路前，主要精力是投放于刊物编辑、社会政治理论翻译和政论文的写作之中的，并无意于文学创作，结果却是他的作家身份比社会理论家身份更为显赫。通过这种比较是想说明，

---

① 参见王金柱：《语言艺术大师巴金》，天津：天津社会科学院出版社，1994 年。该著的下篇对巴金小说的语言风格、修辞艺术、第一人称手法、排比、欧化句式、心理刻画等特点进行了介绍，是对巴金小说语言艺术进行的专门研究。郝荣斋、刘奕：《走进巴金〈家〉的语言世界》，石家庄：花山文艺出版社，2006 年。该著是从修辞学角度，对小说《家》在词语的锤炼、句式的选择、辞格和标点的运用等方面进行了解读、赏析。

② [美]萨丕尔：《语言论——言语研究导论》，陆卓元译，北京：商务印书馆，1985 年，第 19 页。

③ [德]加达默尔：《真理与方法——哲学诠释学的基本特征》（下），洪汉鼎译，上海：上海译文出版社，1999 年，第 566 页。

④ 汪曾祺：《中国文学的语言问题》，《汪曾祺全集》（第 4 卷），北京：北京师范大学出版社，1998 年，第 217 页。

无论是从事革命理论倡导还是从事文学创作，巴金始终在与文字打交道，最终他却主要是以作家的身份名世并将文学创作作为自己的一种生活方式（巴金曾说“创作如同生活”），原因之一便在于他对文学语言有着一种特殊的敏感，其语言蕴含着特定的文化精神，正如福勒所说：“小说设计及其实施以语言为媒介，而语言是社会群体的资产，群体的价值和思想模式都隐喻在语言之中。小说家选择适合其作品的语言结构，在某种程度上，他失去了个人控制——文化价值（包括对各种隐含作者的期望）渗入他的言辞，以至于他的个人表达必定带有附着于他选择的表达方式的社会意义。”[①]当巴金以小说创作寄寓自我情感并向世界发言时，他的小说在语言运用上便深具个性，如词语选择、修辞手法、话语方式、浪漫品质和抒情风格，以及他对语言的感觉、经验、体认等，都是别具特色的，传统的修辞学分析或静态语言特征研究，还不足以全面呈现其语言观念及内涵、语言运作方式的意义及其独特的语言意识。因此，本章进行的巴金小说语言研究，将从叙述语、对话、独语三种话语场景出发，在分析其语言的特征及其表意功能（字面意义）、表现功能（修辞效果）和叙事功能的基础上，着力探究语言背后的作家心理机制和社会文化意蕴等文化功能，并思考其独特语言个性的生成原因，借以彰显巴金小说语言对生成其文本形式的诗学意义。

第一节　叙述语的转变及其内涵

叙述语作为小说中居于主导地位的话语场景，它不仅是一套表述话语，为小说中人物的出场、情节的展开、氛围的营造、心理的揭示以及态度的呈露等等提供叙述基础，还是社会意识形态诉求、文化身份确认和文学社会功能等层面的重要表征，我们对小说叙述语的阐释，既要有对文学语言的感知和体认，更应是一种融合了社会情境和个人文化精神的综合性解读。

---

① ［英］罗杰·福勒：《语言学与小说》，於宁、徐平、昌切译，重庆：重庆出版社，1991年，第88页。

巴金小说的叙述语，在总体特征上体现为语言流畅且富情感，但前后期小说之间又有某些细微的差别。本书中巴金小说的前后期划分，大致以一九三五年八月巴金从日本返回国内，开始担任文化生活出版社总编辑前后为界限。在这之前，因巴金对自己的文学创作道路在感情上很不认同，他人生的目标是做一位重整地球秩序的革命家，但政治理想的失败使他陷入愤激、痛苦的情绪漩涡，文学创作成为他转化这种情绪的代偿性行为，文人的道路并不是他理想中的人生道路，于是生出一种现实与理想的矛盾情绪，他曾发出灵魂的呼号："我的痛苦，我的希望都要我放弃掉文学生活，不再从文字上却从行为上去找力量。不知道我究竟有没有毅然放弃它的勇气。我在这方面也是充满了矛盾的。"①愤激、痛苦和矛盾的情绪共同转化为一种内心的焦灼，并成为前期小说的主导性情绪特征。为了平复和调整自己的这种心境，巴金在一九三四年十一月远走日本，实际上是一种对自己的精神放逐。经过近一年的情感和心理调适，一九三五年八月他回国后正式就任文化生活出版社总编辑，这意味着他正从革命理想失败的情绪以及理想与现实的矛盾漩涡中逐渐走出，对此前已经开始的文人道路在情感上已有了基本接纳，这种创作心境的变化直接导致了巴金小说创作的转向，开始对知识分子自身进行更多的省察，据此我们将巴金小说分为前后两个时期。其中，前期以中短篇小说居多，且数量极大，后期则以中长篇小说为主，在小说语言上最明显的变化就是对叙述语的运用出现调整，表现为前期小说的叙述语多是情感充溢，叙述语速迅疾，充满青春的激情，情感化色彩非常浓重，当然，其中也不乏穿插进人物游园、宴饮、聚谈等场面的纡徐舒缓的叙述语调。而后期小说的叙述语言由激情洋溢向平实细腻转变，叙述语中仍旧非常注重对情感的书写，却已趋于深沉蕴藉，与此同时，心理化倾向逐渐凸显。巴金小说的叙述语在情感向度和心理取向上的特征，包含着作家特定的心理文化意蕴。

---

① 巴金：《灵魂的呼号（代序）》，《电椅》，上海：新中国书局，1933年2月，第11页。

一、前期:焦灼情绪的渗入

巴金带着革命理想受挫后的失败情绪和痛苦心理开始了小说创作。其实,巴金在进入文学创作之前,已经是一个安那其主义者。当他进入创作之后,不自觉地加入了自己的时代激情,他热望革命活动的理想与在文字中寻求寄托的现实之间有着巨大矛盾,这也是他前期小说带有浓烈的情绪色彩的根本原因。这种时代的激情和内心的矛盾对小说的影响,正如陈思和先生在分析巴金的早期小说《春梦》残稿后所说:“激情与斗争交织在一起的革命小说风格是他前期浪漫小说的主调。”[①]在巴金早期小说中我们会发现,无论是书写国内青年的革命活动过程,还是叙写外国青年的人生坎坷经历,弥漫在文字间的是挥之不去的矛盾、痛苦、愤激、无奈等诸种情感,形成了一种深刻不安的情绪氛围。其中叙述语最明显的特征就是焦灼情绪的渗入。

首先,焦灼情绪体现为叙述语调的紧张、揪心。例如,巴金的第一部小说《灭亡》对叙述语场景的运用非常多,深刻体现着这种焦灼情绪。小说从街头的车祸事件给杜大心带来的情绪波动开始写起,叙述了杜大心对黑暗统治势力的痛恨,对麻木民众的愤懑,当他目睹了底层贫民遭受的压迫却无力拯救时,他对世界的憎也更加被激起。张为群的死引发了他对现实的更大愤激,这时李静淑的爱并没有缓释他与世界之间的紧张关系,反倒将他推入更加深重的爱与憎的漩涡中。整部小说里,我们在叙述语中读出的是一种精神与现实之间始终处于极度紧张的状态,充满了焦灼情绪。《新生》中对李冷在信仰面前矛盾痛苦的精神情态的书写、《死去的太阳》中王学礼对于工人罢工活动的准备和实施、《雨》中对吴仁民在爱情与信仰之间进行抉择时焦躁情绪的呈现、《电》中对敏刺杀前的行为描述、《海底梦》中对里娜在岛国上的斗争经历的叙述等,叙述语都采用了一种紧张、令人揪心的叙述语调,呈现出焦灼不已的情绪氛围。另外,在短篇

① 陈思和:《关于巴金〈春梦〉残稿的整理与读解》,《复旦学报》(社会科学版)2010年第6期。

小说中,《复仇》中对福尔恭太因实施复仇过程的叙述、《亡命》中发布里对自己亡命生涯的叙述、《奴隶底心》中彭对自己奴隶身世的叙述、《在门槛上》中"我"对现实生活情境和痛苦情绪的叙说等,都是采用了长篇叙述语的话语场景来完成,其叙述语调紧张、令人揪心。

其次,焦灼情绪体现为小说的行文酣畅。巴金前期小说的叙述语速比较快,如刘西渭在谈到《爱情的三部曲》时说:"他生活在热情里面,热情做成他叙述的流畅。你可以想像他行文的迅速。有的流畅是几经雕琢的效果,有的是自然而然的气势。在这二者之间,巴金的文笔似乎属于后者。他不用风格,热情就是他的风格。好时节,你一口气读下去;坏时节,文章不等上口,便已滑了过去。这里未尝没有毛病,你正要注目,却已经卷进下文。""读巴金先生的文章,我们像泛舟,顺流而下,有时连你收帆停驶的工夫也不给。"①这里的"热情"正是一种焦灼情绪的呈现,由此巴金也多被评论家视为富于理想和激情的作家,其小说被称为"激情文体"②,行文酣畅便是他前期小说叙述语的一大特色,这一点在短篇小说中体现得更为明显,甚至有一些短篇小说犹如一篇篇饱蘸激情的抒情散文。如短篇《狮子》写的是一个被学生称为"狮子"的穷学监,当他因"我"的捉弄而生气并由此诉说自己一家的不幸遭遇时,激愤的情感裹挟在凌厉的语言气势之中倾泻而出:"……公道是不存在的。……在这样的环境里,我能够做什么呢?……我知道你们叫我做'狮子'。当狮子饥饿了的时候,它便会怒吼起来。我现在是饥饿了,我底心饿得战抖了,我底口渴得冒火了。我不能再忍下去,我希望我能够抖动我底鬓毛,用我底指爪在地上挖成洞穴,张开我底大口怒吼。我希望我能够抓住我底仇人撕裂出他底心来吃……"③一连串的排比形成广场演讲一般骤急的语言节奏,激愤而焦灼的情绪则强化了行文的酣畅和抒情色彩。关于行文的酣畅,一九三五年十月巴金曾对自己的创作过程做过这样的叙述:"……我写作时差不多就没有停笔沉思过。字句从我的自来水笔下面写

---

① 刘西渭:《〈雾〉〈雨〉与〈电〉——巴金的〈爱情的三部曲〉》,天津《大公报·文艺》1935年11月3日。

② 陈思和、李辉:《巴金创作风格的演变》,贾植芳等编:《巴金作品评论集》,北京:中国文联出版公司,1985年,第114页。

③ 巴金:《狮子》,《复仇》,上海:新中国书局,1931年8月,第124—125页。

出来，就象水从喷泉里冒出来那样地自然，容易。但那时候我的激动却是别人想象不到的。”[①]后来，巴金在《〈往事与随想〉后记（一）》中谈到早期小说在文笔上受到的影响时说：“赫尔岑是出色的文体家。他善于表达他那极其鲜明的爱与憎的感情。他的语言是生动活泼、富于感情、有声有色的。他的文章能够打动人心。和他同时代的俄国诗人涅克拉索夫说：‘它紧紧地抓住了人的灵魂。’……我不知不觉间受到了赫尔岑的影响。以后我几次翻译《往事与随想》的一些章节，都有这样一个意图：学习，学习作者怎样把感情化成文字。”[②]这些引述反映出巴金前期小说中情感因素的作用，巴金前期小说能够激动当时众多青年的心灵，与他的文字流畅易读、情感深入人心有直接关系。

再次，焦灼情绪体现为叙述语的情感色彩强烈。如情节场面的概括、自然环境的描写、人物精神状态的刻画以及整体氛围的展现等，其叙述的语言都烙印着强烈的情感色彩。如《灭亡》第五章写车祸的第二天，这条大街上一系列底层平民的悲惨生活场景，这一章的结尾，小说做了这样的总结性叙述：

> 这一天也和其他的日子一样，平淡地过去了。推粪车的老人回到家里依旧和他底孙女过着半冷半饿的日子，店铺的老板们依旧伴着他们底妻子做悠悠的好梦。当夜的母亲以她底大得无穷的手臂把地上的一切紧抱在她底怀里的时候，有两个人这一晚却不能够闭眼安睡了。一个是卖菜的妇人，因为她今天曾做了一件快意的事，喜欢得睡不着；另一个是生着病的女人，因为她底爱儿早晨在家里饿得难受，跑了出去，到晚上还不见回来。[③]

在这段叙述语中，作家采用的是对比手法，既总结了全章的叙述重点，更在对比中把作家对事件的情感倾向鲜明地传达出来。其中，两个“依旧”，语气看

---

① 巴金：《爱情的三部曲·总序》，上海：良友图书印刷公司出版，1936年4月。

② 巴金：《〈往事与随想〉后记（一）》，《巴金译文全集》（第4卷），北京：人民文学出版社，1997年，第480页。

③ 巴金：《灭亡》，上海：开明书店，1929年10月，第88页。本书中《灭亡》的引文均出自此版，不再特别注明。另，因为巴金小说的版本较为复杂，有些小说在同一年份就有不同版次出现，故本书为避免发生混淆，凡是涉及巴金小说版本的注释全部注明具体月份，而其他引文所涉及的著作因不存在此问题，故只注明出版年，特此说明。

似平淡，但用来表现两个相反的生活境况依旧在延续，实则蕴含着愤怒情绪，在对比中写出的是穷人与富人之间无法弥合的阶级鸿沟。“不能闭眼安睡”的两个人也构成了对比，一个妇人是为白天抓住了因饥饿难耐偷吃了一口萝卜的黑脸小孩儿，便把他痛打一顿并送到了巡捕房而得意，另一个女人是自己生着病，并且还不知自己的爱儿因饥饿已被送到了巡捕房，这里写出的是同处于底层、遭受着贫穷与饥饿威胁的人们，彼此间亦是冷漠、麻木的。作家虽未对两个人做直接评价，但以对比的手法并置写出，透露出的正是作家对现实中尚未觉醒的民众的不满。这段叙述语从表层意义上看，属于本章故事情节的概括，但深层意义在于表露叙事者的道德评价和立场，这种鲜明的情感态度在巴金早期小说中多是通过叙述语来传达的，属于情感外露型的叙述语言。另外，从《灭亡》的初版序言里我们知道，这部小说是巴金在法国经历了“萨凡事件”后，政治理想受挫而陷入了极度苦闷，加之无法实现作者大哥殷切希望的苦恼，才写出了这部小说。这种创作动机，使这部小说在政治意识诉求、知识分子身份定位、自我情感呈现等方面，恰恰暗合了“五四”时期所推崇的文学的社会功能、文学家的社会角色、文学的写作方式等，从接受效应上看，获得了极大认可，从语言背后的情感意蕴来看，则呈现着“五四”启蒙话语的政治焦虑和启蒙主体的多重思虑，焦灼情绪成为巴金早期小说叙述语的鲜明特征。

如果说这段叙述语的情感色彩还稍稍有些隐晦的话，下面的引述则更加明朗了。如《家》中的叙述语：

例一：

街灯已经燃起来了，清油灯底光在寒风里显得更是孤寂，灯柱底影子淡淡地躺在雪地上。稀落的有几个行人，匆忙地走着，留了一些迹印在雪上就默默地消失了。深深的脚迹疲倦的睡在那里，动也不想动一动，直等到新的脚来压在他们底身上，它们便发出一阵低微的叹声，被压碎成了奇异的形状，于是在这一白无际的长街中，不复有那些有秩序地睡着的脚迹了，在那里只有大的和小的黑洞。[1]（引文中

① 巴金：《家》，上海：开明书店，1933年5月，第7页。本书中《家》的引文均出自此版，不再特别注明。

着重号为引者所加，下同，不再另外注明）

例二：

她底眼前出现了一条很长很长的路，上面躺满了年青女子底尸体。这条路从她底眼前伸长出去，一直到无穷。她明白了，这条路从几千年来，就修建好了的，土地里浸泡了那些女子底血泪，她们被人拿镣铐锁住了，驱上这条路来，让她们跪在那里用她们的血泪灌溉土地，用她们底肉体满足野兽底兽欲。在起先，她们还呻吟着，哀哭着，祈祷着，盼望有谁把她们从这条路上救出来。但并不要多久的时间，她们底希望就破灭了，她们底血泪也流尽了，于是倒下来，在那里咽最后的一口气。从辽远的几千年前到现代，这路上，不知断送了若干女子底青春，不知浸泡了若干女子底血泪。仔细看去，这条路上血肉模糊成了一片，没有一个洁净的尸体，那些女子都是流尽了眼腔的泪，呕尽了胸膛的血，作了最后的生命的挣扎，然后才倒下来，闭了她们底还有火焰在燃烧的眼睛。呵！这里面不知埋葬了若干若干可以撕裂人心的痛史呵！

例一是《家》第一章中的一段叙述语，写的是觉民和觉慧在一个风雪交加的傍晚回家时的场景。小说以拟人的修辞手法，采用了一系列具有负面情绪色彩的词语来形容没有生命的物象，以渲染主人公所处的这个自然环境的肃杀孤寂氛围，但实际上是人物的生活处境和生命处境的隐喻。《家》是一部表现青年反抗家庭专制的小说，也是一部展现一代青年寻找新的人生道路的小说。这一段引述是这部小说开篇中的叙述语，介绍主人公的出场，他们正在冬日雪夜中一条泥泞的街道上寂寞而艰难地前行，这里的人、景、情交融在一起时，不免让人对主人公的命运生出几分忧虑和疑问：他们的人生道路会是怎样的？当他们每前进一步都在雪地上留下“疲倦”的脚迹，新的脚压在它们身上才发出“低微的叹声”，“被压碎成了奇异的形状”，成为“大的和小的黑洞”，这种带有强烈情感色彩的叙述语，实际上和小说即将展开的故事情节有着密切的相关性。小说中写青年一代以压抑、痛苦甚至是死亡为代价反抗封建家长专制的道路，正如这条雪夜中的暗路一样，每前进一步都是非常艰难的，甚至前进的道路上有着无数个等着要吞噬生命的无底深渊，令人心生畏惧。作家采用这种富有情感色彩的叙述语展开叙述，在叙事功能上起着预叙的作用，从作家的创作心理来看则透露出对青年一代人生道路的忧虑。因此，这段叙述语中叙事者对主人公命运的焦虑、处境艰难的同情乃至决绝反抗的期待，都通过叙述语言的情感倾向表露无遗。

例二是《家》第二十五章的一段叙述语，这是琴向母亲提出剪发的想法，被母亲严厉拒绝并以出嫁相威胁后的一段叙述性话语。这段叙述语的别致之处就在于，作家以小说人物琴的心理反应作为叙述视点，语言的情绪化色彩很浓重。美国符号论美学家苏珊·朗格曾这样评价把叙述视点限制在一个人物身上的方法："通过一个人的头脑来过滤所有这些事件，可以保证它们与人的情感和遭遇相符合，并为整个作品——动作、背景、对话和其他所有方面——赋予一种自然，统一的看法。"[1]这里以琴作为叙述视点，可以凸显琴在这个阶段所具有的精神觉醒程度，深化对人物精神世界的刻画。这段叙述语表明，此时的琴不像梅那样仅仅是心里有意中人才出于本能而反抗不幸福的婚姻，她是从作为一个女性追求爱情自由的高度来思考这一问题的。从叙述功能上看，这不但纠正了前文琴与同学许倩如交流所表露的"理智常被感情征服""愿为母亲牺牲更踏实一点"的思想上的不足，也为后文琴坚持追求爱情自由的一系列大胆行动做了铺垫，毕竟，自觉的反抗要比本能的反抗更为彻底和坚决。另外，这一大段叙述语，采用的是非常具有画面感的场景叙述，将中国女性的悲剧痛史以一系列残酷画面展现在琴的眼前，也呈现在读者面前，读来令人触目惊心，情感冲击力很大。在上面引述的两段叙述语里，作家都是采用熔铸了浓重的情感色彩的语言展开叙述，在这场新与旧之间的斗争中，叙述者对青年一代所面对的环境阻力和精神重负予以极富真情的叙述，无疑会与青年读者的情感发生共鸣，《家》在二十世纪三四十年代深受青年人喜爱，原因之一也在于它表现以理想反抗现实这一主题时，采用了这种极具感染力的"我控诉"式的情感语言，具有传统言

---

① [美]苏珊·朗格：《情感与形式》，刘大基、傅志强译，北京：中国社会科学出版社，1986年，第340页。

情小说所不能提供的现代情思。

通过对上面叙述语特征的分析可以看出，它们在表现功能和叙事功能上实现了其独特的语言风格和表达效果，但更为重要的是，这种叙述语从文化功能上看，体现出一种深切的不断质询的文化精神。因为无论是叙述语紧张揪心的叙述语调、酣畅的行文还是强烈的情感色彩，叙述者都是把强烈的个人化情绪附着在了每个语词之上，仿佛一种自我面向世界的高调发言，又若一种自信与不安交织在一起的自我确证，叙事者情感内涵的丰富性昭示出的正是话语背后特定的历史文化语境中的生命情态。

首先从叙述语调来看，紧张、揪心的语调为巴金小说营造了特定的叙事氛围，也传达出了作家对人物、事件的评价和情感态度。巴赫金在谈到语调所具有的语境意义时曾说："语调总是处于语言和非语言、言说和非言说的边界上。在语调中说话直接与生活相关。首先正是在语调中说话人与听众关联：语调par excellence(就其本质来说)是社会性的。它对于说话者周围一切变化的社会氛围特别敏感。"[①]从这个意义上说，巴金前期小说这种特定的叙述语调，关联的正是处在中国二十世纪二三十年代剧烈的社会历史变迁和思想文化转型这一历史文化语境中，青年一代在自身与世界、传统与现代、过去与未来关系中独立思考时的躁动与不安情绪，体现的是一种不断的自我质询的文化精神。这个时期巴金的小说主要书写的是刚刚走出家门或者即将走出家门的青年一代，如杜大心、李冷、吴养清、王学礼、陈真、吴仁民、德、敏、高觉慧、发布里、彭、里娜、利娜等，都是正处于"少年成长期"的青年。面对理想与现实的矛盾、新旧文化的交错、革命与爱情的冲突，这些青年在自我之存在问题上，既对思想启蒙、政治理想抱有憧憬，也时时生发着生命自我对启蒙想象和理想幻影的犹疑甚至戳破的冲动，于是控诉和吁求相交织，自我与世界(他者)相对垒，因而从历史文化语境意义上说，紧张揪心的叙述语调体现的是作家在当时历史文化语境中的一

① [苏]巴赫金:《生活话语与艺术话语》，吴晓都译，《巴赫金全集》(第2卷)，石家庄：河北教育出版社，1998年，第88页。着重号为原文所有。

种质疑精神。

其次，从酣畅的行文来看，自我呈露成为巴金前期小说的基本言说方式，甚至有时大段大段的叙述语成为情感宣泄的语词流，这时言说行为本身就成为质疑与反抗精神的一种表现。从革命活动的战场溃退下来的巴金并没有沉默，他在前期的文学世界里创造了一个个愤激、反抗、叛逆的人物形象，虽然他们不免偏激、矛盾或行为延宕，但并不缺乏真诚的人生态度和纯洁的革命理想，小说在叙述话语中将他们的生命敞开，作家以人物心灵的自我呈露方式对人之存在问题进行思索，这种思索仍然是以不断的自我质询精神为底色的。如《雨》结尾的一大段叙述语，写的是吴仁民恋爱彻底失败后在雨夜中思想发生转变的过程，这个过程不是颓靡、逃避，而是重新出发，是在对爱情和信仰的反思中向现实发出反抗，向理想提出质询。

再次，从叙述语的情感色彩来看，这个时期的巴金，在现实生活中充满了各种矛盾与焦灼情绪，他对世界、对人生、对革命的各种疑问便化作鲜明的情感态度投放到了小说文本中，于是小说话语也充满了矛盾、对抗与疑问。例如上文引述的《灭亡》第五章结尾的一段叙述语，作者将推粪的老人、店铺的老板、卖菜的妇人和生病的女人并置在一起，对当时贫富差异、人性冷漠的社会现象进行了揭示，而深寓其中的爱憎情感正是对现实人生发出的疑问和对抗，体现了一种深刻的质询精神。

巴金前期小说的叙述语呈现着鲜明的焦灼情绪特征，从文化功能上看，体现的是一种深切的不断质询的文化精神，它直接形成了一种质询式的、开放性的小说思维，这为巴金小说形式的创造带来了新的可能性。巴金曾反复说自己充满了矛盾，理想与现实的矛盾、感情与理智的矛盾等像一个大网罩住了自己，正是这些无法释怀的矛盾才促使他开始了文学创作，所以在《雨·自序》中他不无伤感地说："我写文章如同在生活。"[①]刘西渭也说："巴金同样把自己放进他的

---

① 巴金：《雨·自序》，《雨》，上海：良友图书印刷公司，1933年1月，第4页。

小说：他的情绪，他的爱憎，他的思想，他全部的精神生活。”[①]巴金前期的这种创作情态，正如昆德拉谈到小说家时所说：“他虚构一些故事，在故事里，他询问世界。”[②]巴金就是以自己文学语言所特有的质询精神为支撑来实现用文学思考，用文字发言，情之所至，言之不尽。在质询式、开放性的小说思维中，其小说形式也呈现为鲜明的思索倾向和开放状态。这样，巴金的前期小说与传统小说的写法就有了很多异质性，即使与当时的主流小说写法相比也显得有些另类。因此，巴金的这些小说在当时发表后，曾引起不少批评家的批评，例如老舍就批评《电》中的人物塑造“个个人都是透明的”，写实的色彩淡薄，显得不自然[③]；谷非（胡风）批评《海底梦》场景描写太少，“只有抽象的‘对于自由，正义以及一切的合理的东西的渴望’”，艺术上是个失败[④]。从当时小说的常规写法来看，这些评论也算是切中肯綮的。但如果从巴金小说语言的情态与感觉方面来看，这种评价似乎不太适合。在巴金的小说中，我们会很容易发现其叙述语对人物的心理、感觉、意识、情感等内在世界的刻画可谓细腻入微，甚至是惊人心魄。就拿老舍所批评的小说《电》来说，在这部小说里，由于多个人物的塑造使故事情节的确有些“紊乱”（刘西渭语），但小说在叙述一些人物特定心态时的话语场景却极具情感穿透力。如敏，他虽不是小说的最重要人物，但他在实施刺杀旅长行动之前的几段叙述语，却将这个人物在生与死的“临界境遇”的生命情态淋漓尽致地展现出来，其中一段写道：

> 这是一个很好的晴天，一切都沐浴在明亮的阳光里。马路上拥挤着，依旧是那么多的行人，闹的，笑的，静的，和平常没有两样；但在敏的眼里看来他们都是很陌

---

① 刘西渭：《〈雾〉〈雨〉与〈电〉——巴金的〈爱情的三部曲〉》，天津《大公报·文艺》1935年11月3日。

② ［捷］米兰·昆德拉：《小说是让人发现事物的模糊性——昆德拉访谈录》，谭立德译，中国社会科学院外国文学研究所《世界文论》编辑委员会编：《小说的艺术——小说创作论述》，北京：社会科学文献出版社，1995年，第66页。

③ 老舍：《读巴金的〈电〉》，青岛《刁斗》第2卷第1期，1935年4月1日。

④ 谷非：《粉饰、歪曲、铁一般的事实——用〈现代〉第一卷的创作做例子，评第三种人论争中的中心问题之一》，《文学月报》第1卷5月号、6月号合刊，1932年12月15日。

生的，就像和他隔了一个世界一般。[①]

这是敏走在大街上等待旅长汽车经过时的一段情景。这时的敏，在大脑中闪了一下亚丹和德的死亡场景后，就真正意识到了自己将要到来的死，内心既恐惧又亢奋，他的思维已几乎陷入停顿状态，于是周围的情景就成为他内心世界的外在投射，这段文字就是写他伸手擦了几下眼睛后的感觉："明媚的阳光"似乎有点刺眼，这与他正走向死亡的黑暗形成心理上的反衬；路人很多，自己却处于孤立（即将死亡）之中，甚至路人的说笑声根本没有进入他的耳朵，"在敏的眼里看来他们都是很陌生的，就像和他隔了一个世界一般"，这反映出敏此时已进入高度的精神紧张状态，意识出现空白，仿佛自己已经不是自己一般。其实从心理学角度分析就会知道，在现实生活中，当人精神高度紧张时意识的确会出现盲听、盲视，甚至恍如隔世一般的感觉，小说在这里所写到的敏即将跨过生死边界时的感觉，非常符合人的正常心理反应，这段叙述语的运用体现出作家对人面对生死问题时的深度心理体认和细密思考。在这段引述中，短短的两句话叙述的重心并不是景物，而是敏所处于的这种生死边沿的特定情态，既体现出敏作为普通人对于死亡的恐惧，又体现着敏作为殉道者对死亡体认的超越，于是生与死的问题便作为一个人之存在的问题提了出来，却未给出答案。巴金的前期小说常常着力于人物某些特定情态的呈现，热切不羁的语言和焦灼的情感交织在一起往往化作各种人生的问题，形成了质询式、开放性的小说思维，这使他的前期小说更倾向于"情态书写"，而不是"情节书写"，其小说形式有时便逸出了常规写法，呈现为鲜明而独特的思索倾向和开放状态，这正与巴金对小说语言情态的一种特殊感知和运用能力密切相关。

巴金前期小说的叙述语之所以具有鲜明的焦灼情绪特征，与巴金这个时期特定的创作心理和文化立场有关，蕴含着作家特定的心理涵蕴和社会文化涵蕴。常言道，"文如其人"，对于巴金这种创作如同生活的作家来说，其质询式、

---

① 巴金：《电》，上海：良友图书印刷公司，1933年1月，第220页。本书中《电》的引文均出自此版，不再特别注明。

开放性的小说思维，使语言文字建构出的世界成为作家将现实人生拉远再予以审视的内心思索方式。所以冰心告诫世人说，一定要注意自己“快乐时的语言，寂寞时的文字”，因为这时的语言与文字最能透露人内心的隐秘。汪曾祺也曾说：“语言不只是技巧，不只是形式。”“小说作者的语言是他的人格的一部分。语言体现小说作者对生活的基本态度。”①从这个角度来考察巴金前期小说叙述语特征的生成原因，我们大致可以概括为三个方面：

首先，巴金人格思想中的“爱”的体验促使他的小说中渗透着强烈的爱憎矛盾带来的焦灼情绪。巴金母亲陈淑芬的慈爱贤淑、轿夫老周的忠诚仁厚，以及大哥李尧枚给予的百般护佑与三哥李尧林居息相随的笃厚深情等，使巴金体验到了什么是真正的爱，这些都深深影响了巴金道德思想、人格品质的养成，所以多年之后他曾深情地回忆说：“是什么东西把我养育大的？我常常拿这个问题问我自己，当我这样问的时候，最先在我的脑子里浮动的就是一个‘爱’字。父母的爱，骨肉的爱，人间的爱，家庭生活的温暖，我的确是一个被人爱着的孩子。在那时候一所公馆便是我的世界，我的天堂，我爱一切的生物，我讨好所有的人，我愿意揩干每张脸上的眼泪，我希望看见幸福的微笑挂在每个人的嘴边。”②“因为受到了爱，认识了爱，才知道把爱分给别人，才想对自己以外的人做一些事情。把我和这个社会联起来的也正是这个爱字，这是我的全性格的根柢。”③正是这种人间之爱的体验，才促使他产生了对一切摧残爱的势力的憎恨和抨击：“自从我知道执笔以来我就没有停止过对我底敌人的攻击。我底敌人是什么？一切旧的传统观念，一切阻碍社会的进化和人性的发展的人为制度，一切摧残爱的努（原文误印，应为“势”——引者注）力，它们都是我底最大的敌人。”④爱与憎的矛盾是导致巴金小说焦灼情绪的因素之一，也成为他早期小说创作动

---

① 汪曾祺：《关于小说的语言（札记）》，《汪曾祺全集》（第 4 卷），北京：北京师范大学出版社，1998 年，第 7 页。

② 巴金：《我的幼年》，《中流》第一卷第一期，1936 年 9 月 5 日。

③ 巴金：《我的几个先生》，《中流》第一卷第二期，1936 年 9 月 25 日。

④ 巴金：《写作生活底回顾》，《巴金短篇小说集》（第 1 集），上海：开明书店，1936 年 2 月，第 15 页。

力之一。巴金前期小说中的英雄主人公，在性格上或许有缺陷，但在人格和道德上都是无懈可击的，这些主人公对他人、对人类的爱使他们陷入爱与憎的矛盾漩涡，小说文本也成为情绪化文本。巴金小说中这种以压迫—反抗情绪为底色所构成的小说话语，正好应和了"五四"以来以反封建、反压迫为主旨的启蒙—革命话语，这也是巴金小说成为中国现代主流文学的原因之一。

其次，巴金早年对疾病和死亡的体验强化了其小说对生与死这一问题的思考，其强烈的生命意识赋予了小说鲜明的不断质询人之存在的情感取向。巴金的早期人生经历中有过很多次对于疾病和死亡的体验，如母亲、二姐、父亲、两个堂兄弟，他们都是在巴金十几岁的时候相继因病亡故的。他自己也是常常经受疾病的折磨：十四岁的时候，他终于争取到家庭同意进入成都外语学校念书的机会，但仅一个月就因病休学；一九二五年八月报考北京大学体检时被查出有肺病而弃考；赴法之后，一九二七年七月又是因肺病离开巴黎到了法国南部的小镇沙多-吉里休养。肺病作为当时一种难以治愈的疾病，疾病的痛苦和死亡的威胁促使巴金对生与死的问题有了较一般年轻人更深入的思考。《灭亡》就是在巴金患病时期创作的，后来他回忆当初创作《灭亡》的情景时说："我写杜大心患肺病，也许因为我自己曾经害过肺病，而且当时我的身体也不大好，我自己也很容易激动，容易愤怒。"[①]巴金早期小说中有很多主人公都是害着肺病的人物形象，如杜大心、陈真、熊智君、钱梅芬、陈剑云、李佩如，等等，这些人物最终一一走向了死亡。面对过真正死亡的人，往往会产生更强烈的生命意识，巴金前期小说中反复出现的殉道者形象，他们关于将个人生命与社会价值联系起来的争论和思考，正是一种强烈的生命意识的体现，所以巴金的关于生与死的体验与思考也成为其早期小说叙述语焦灼情绪的生成因素之一。实现个体生命的存在意义，正是"五四"一代青年逃离旧家踏入社会的原初动机，巴金早期小说中对个人生命价值的思考，其热情的文风和激切的语言，极大地激动了当时青年的心灵，从而获得了广泛的情感共鸣。

---

① 巴金：《谈〈灭亡〉》，李小林等编选：《巴金论创作》，上海：上海文艺出版社，1983年，第188页。

再次，现代文化观念重塑了巴金的文化心理结构，使这个时期的巴金在传统与现代之间，持有的是一种较为激进、反抗传统的文化立场。如果说巴金个人经历中对“爱”与“死”的体验潜在地塑形了巴金早期的情感形式和生命意识，那么“五四”社会风潮的涌动则为巴金在文化心理结构上打开了传统文化体系的缺口，从而得以接纳自新文化运动以来所出现的各种现代文化观念，其中对他影响最大的是以生命个体价值为本位、以人道主义为圭臬的无政府主义思想和文化，包括克鲁泡特金的博爱思想、高德曼的对抗现实的理想和激情、凡宰特的人道主义情怀等，都重塑了巴金的传统文化心理结构，借此也就建立起了巴金的尊重个性与自由的现代自我人格，这与巴金小说对青年一代自我存在价值的思索是一致的，巴金早期小说中英雄式、宣言式的热情的文风与此密切相关。

二、后期：犹疑心理的凸显

巴金的后期小说，整体语言风格趋向深沉蕴藉，在叙述语的运用中，焦灼情绪逐渐减弱，叙述语调渐趋平和沉静，行文也较以前变得舒缓，叙述语的心理化特征开始凸显。

1936 年 5 月巴金开始创作长篇小说《春》，它作为《家》的连续性作品，主要体现在故事的连续性和人物的相关性方面，若从小说语言格调及其蕴含的文化心理看，《春》与《家》的差异性较大，而《春》与《秋》的相似性似乎要更多一些。小说叙述语言上的这种转变，与作家的创作心境密切相关，对巴金的小说创作历程而言，《春》标志着其创作新阶段的开启。

我们从叙述语这一话语场景的角度来比较《春》与《家》的差异，应该最能看出《春》在创作上的这种转变意义。同样是表现一个青年反抗家庭专制而离家出走的故事，但《家》中对觉慧很少采用静态的叙述语来细致展开心理流程，他的出走是以一件件悲惨事件的叠加来引发他愤怒情绪的累积完成的，如被祖父禁足、鸣凤之死、觉民被逼婚、捉鬼事件、钱梅芬之死、瑞珏被迫出城、瑞珏之死等,每出现一次悲剧便会增加觉慧的一层愤怒情绪,而这愤怒情绪的呈现,很少采用叙述语来直接书写他的心理世界。例如,被祖父禁足后写的日记里,也是重在叙述这一天里发生的事件;鸣凤死后的情绪是通过和觉民在花园里的对话发泄出来的,即使在梦里与变成富家小姐的鸣凤相会也是以对话来展开情节的。其他一些悲剧发生后,作家对觉慧进行心理展示的场面都不是很多。到了《春》里面,淑英的出走故事,则是通过一个多愁善感的富家小姐转变成一个争自由的新女性的心理流程来展开的,是一个典型的被启蒙的细致心理转变过程。如开篇就写到她对婚事的苦恼心理,甚至别人无意间的一句话也会引起她的心理波动,第一章中写淑英与琴、觉民、淑华、淑贞等在花园里聚谈,后来淑贞被她母亲叫回去,淑贞不愿回去但又不得不回去时,大家很同情淑贞的处境,但觉民严肃地说:"只是性情太懦弱一点,将来长大了也会吃亏的。"[①]对于这句话,在场的人反应不同,但重点写的是淑英的心理:"周氏沉默着,不表示意见,别人也不作声。只有淑英心里猛然跳动了一下,她觉得觉民底话似乎是故意说来警告她的,她愈想愈觉得这种想法不错。"这里可以看出,这部小说在最初立意上就将淑英的心理转变过程作为小说写作的重心了。如果说《家》写的是觉慧为什么要离家出走的话,《春》表现的却是淑英怎样完成出走,所以《家》重在控诉,叙述语也显得情绪化色彩较浓,而《春》则偏重于展示,叙述语的心理化色彩被凸现。最典型的例子是《春》写了两次淑英走出高公馆的心理体验,这也为她最后真正离家出走做了心理铺垫。

第一次是跟着觉民、琴去茶棚参加刊物的编务会。在路上,当觉民问淑英害不害怕时,小说用了很长一段叙述语来描述淑英的心理感受:"缓慢地走着的淑英对这问话感到一点惊讶,她这时的感觉是颇复杂的,她仿佛就落在一个变化万千的梦里,但是一下子被她底哥哥觉民底话语惊醒了。"其中,"变化万千的梦"是她第一次看到外面世界时的陌生、新奇、遥远甚至有些胆怯的心理,而"惊醒"之后"她把眼睛抬得高高地""她底眼睛突然一亮""她又把头抬得更高一点"

① 巴金:《春》,上海:开明书店,1938年3月,第29页。本书中《春》的引文均出自此版,不再特别注明。

等语句，则反映出她内心对人生道路的认识正在转变。到达茶园后，当琴邀她去另一桌讨论编务的事时，小说写道："……（引者略）淑英想到要到那边去和那许多勇敢活泼的青年坐在一起，这好像是自己底一个幻梦，但她忽然又胆怯起来。"当听到琴被选为编辑时她内心的变化是："她起了一些痴想，她觉得这时候她就是琴，她在揣想她应该怎样做，她又揣想假使她如何做就会感到快乐或痛苦。她又想她和琴底差别在什么地方，为什么她不会做一个像琴那样的女子，而且她是不是能够做到琴那样。她愈想下去，思想愈乱。她底思想好像是一团绳索，愈是去理它，纠缠愈多。她有时遇见一道电光，有时又碰着几大片黑云。"当淑英听到淑华、淑贞和剑云都称赞琴能干时的心理是："这话语很清晰地进了淑英底耳里，而且进了她底心里。她有些高兴，又有些难受。她微微咬着嘴唇皮，在想她为什么就不能够做一个像琴那样的女子。这思想仿佛是一个希望，它给了她一点安慰和勇气，但过后一个大的阴影马上袭来，一下子就把那希望掩盖了。她眼前仿佛就立着许多乱石，阻塞了她往前面去的路。绝望的念头象蜂刺般地在她底柔弱的心上刺了一下，她觉得她底心因疼痛而肿胀了。"从这些引述可以看出，当时别人的一个小小的动作或者一句话，都会引起淑英大大的心理波动，可以说，在这一章里，几乎所有的叙述语都是在表现各种事件给淑英带来的心理反应，这正是淑英面对外面世界时被拨开了迷蒙双眼后的精神成长历程。

第二次是淑英跟着琴去戏园看话剧《夜未央》。当看到戏剧的高潮时，小说写道："淑英底心跳得更厉害，脸微微地发红了。她想：真有这样的事？这不再是她常常读到的西洋小说里的描写，而是摆在她底眼前的真实的景象了。她觉得桦西里和安娥是一对有血有肉的男女，并不是张惠如和陈迟所扮演的两个角色。那两人所表示的热情震撼了她底心，给她打开了一个新的眼界。她有点惧怕，但又有一点希望。她注意地看着在舞台上展开的悲剧。"这段叙述语表现出一个久被拘囿在家的女性被打开"一个新的眼界"后对未来抱有的幻梦，这之后淑英才真正在心理上完成了向新女性转变的历程。从叙述语的角度看，《春》没有了《家》里面的那份激切躁动的情感激流，人物的焦灼情绪减弱，而心理世界的隐秘渐次展开，淑英的"走"比觉慧的"走"要更加迟缓、延宕和犹疑。再到了《秋》里面，心理的展示更加凸显，这时传统大家庭的败亡取代了新生命的成长而成为小说的叙述中心，叙述语在小说里所占的比重更是大幅度增加，叙述语调更加沉郁。《秋》里面觉新成为小说的中心人物，他在传统败亡道路上的种种努力、失败和精神转变成为叙述语的重心。

《第四病室》和《憩园》都是以故事的参与者"我"为视角展开的，这种人物限制视角决定了会有相当一部分叙述语是在叙述"我"对其他人和事的感知和态度，小说的叙述语成为小说中的重要话语场景。如《第四病室》是以"我"(陆怀民)的视野所及来展开叙述的社会和人生片段，其中社会的黑暗与动荡、底层生命的挣扎、人与人之间的冷暖感受等，都是在"我"的所视、所感和所思中完成的，叙述者的心理呈现成为小说叙述的重要组成部分。《憩园》中姚杨两家的故事以及万昭华的人生处境，就是在"我"(黎先生)的一点一点的推测、一次次倾听别人的讲述中逐步展现出来的，小说叙述语表现了"我"对这些事件不同侧面的各种态度和心理。《寒夜》中的叙述语对心理世界的挖掘更加明显，叙述语中的五分之四都是在展现汪文宣的内心世界，这一点在关于《寒夜》的第一篇评论文章里就被注意到了："在《寒夜》里我们几乎看到了陀思妥益夫斯基的人物，那种病态的，反常的，残忍的，个别的讲却又是善良的灵魂。我说'几乎'，是意味着两者中间还有许多不同的东西在。陀思妥益夫斯基的人物叫你绝望；《寒夜》的人物在被压迫、奚落、摧残的时候，内心充满了愤怒和不平，甚至见诸行动，例如曾树生(文宣的妻)毅然离开这个家庭就是。"[①]另外，这个时期的短篇小说在数量上已大为减少，其叙述语与前期相比也有了很大不同，一是情感更加内敛，二是叙述更加讲究，不再重于情感的倾诉，更多地是以一个旁观者的眼光来看取身边的日常琐事，小说文本的叙述语比重增多，包含了作家对人生、世事的特定态度。

从语言的基本风格看，巴金后期小说的叙述语不再常常出现前期那种热情

---

① 康永年：《寒夜》，《文艺工作》第1号"文艺批评"，1948年5月20日。

的情绪流、激昂的气势和语调，文情语势的舒放畅达渐渐消隐，而是以沉郁的语调在心灵的回旋和充满歧见的叙述声音中凝定为一种平实蕴藉、杂语喧哗的基本语言存在。这种叙述语，从表意功能上看，人物的内心世界得到更深入的揭示，从表现功能和叙事功能上看，为巴金小说带来更深沉的表达效果和叙事效应，这已有论者注意到了[①]，本书不再赘述。本书更为关注的有两点：一是这种叙述语具有怎样的文化功能；二是若从具体语词的细部考察，这种语言所具有的繁复信息量和文化意味为巴金小说的文本形式带来了怎样的影响。进入创作后期的巴金，一方面皈依着传统和现实，同时又疏离和警惕着向传统与现实的消融；另一方面在坚执着自己早年的信仰与理想，同时又不时地在信仰和理想面前撤退或进行着拆解。此时的巴金不再相信振臂一呼应者云集或高歌猛进的效力，但其内心比前期更加矛盾和复杂，也正是这种矛盾和复杂使巴金后期小说的叙述语涌动着杂多的、不相融合的声音和语调，形成了平实蕴藉、杂语喧哗的语言形态。这种语言不像鲁迅在凝重沉郁中隐含着内在的强劲和泼辣，也不像老舍用幽默化解沉痛时透出语言的机敏，而是以一种低怆如歌的慢拍行板缓缓释放着自己在思想、情感上的痛苦、焦灼、失望、悲愤、希冀以及期待，它在语言的文化功能上体现为不同的社会价值、不同的文化话语体系的对立，折射出的是一种历史文化变迁中的文化反思意识和现代知识分子的质疑精神。

例如《寒夜》主要以汪文宣凄惶、痛苦的心理流动为线索展开全篇，叙述语对人物内心的挖掘非常深入。在小说第一章中写汪文宣走在街上，想去找回因吵架出走的妻子，小说对他们夫妻吵架这件事这样写道：

例一：

她同他吵起来。他发急了，嘴更不听指挥，话说得更笨拙，他吵不过她，但是他不愿意让步，至少在表面上。他们夫妇在一间较大的屋子里吵，他母亲带着他儿子

---

① 可参见袁振声：《巴金小说艺术论》，天津：南开大学出版社，1987年。花建：《巴金小说艺术论》，上海：上海社会科学院出版社，1987年。王金柱：《语言艺术大师巴金》，天津：天津社会科学院出版社，1994年。

睡在另一间更小的屋里。他们争吵的时候他母亲房门紧闭着,从那里面始终没有发出来什么声音。[①]

例二:

她(汪母——引者注)爱儿子,爱孙儿,却不喜欢媳妇。因此她对媳妇的"出走",虽说替她儿子难过,可是她暗中也有一点高兴。儿子还不知道母亲底这种心理,他等着她给他出主意,只要她说一句话,他就会另外写一封热情的信,恳切地求他妻子回来。他很想写那样的一封信,可是他并没有写。他很想求他妻子回家,可是他却在信里表示他妻子回来不回来,他并不关心,信和箱子都被人带走了。可是他同他妻子中间的隔阂也就增加了一层。

例一写的是昨天汪文宣和曾树生吵架时的情景。这对夫妻之间的吵架是因为汪文宣问起别人送给曾树生的一封信才引起的,但这里吵架的原因并不重要,反倒是汪文宣在吵架时的心理很值得关注。其实对于汪文宣来说这封信也不过随便问问,从他内心意愿来说,他并不想真的和妻子吵架,可是当真的吵起来后,在理智上他又不得不强硬下去,至少在表面上要做出不愿意让步的姿态。产生这种内心情感与理智的错位,原因在于有一个外在于汪文宣并主宰着他行为的"他者意识"——母亲:他母亲睡在另一间更小的屋里,虽然"他们争吵的时候他母亲房门紧闭着,从那里面始终没有发出来什么声音",但这时的母亲形象不再是指具体的汪母这个人,而是代表着一种与自我相对立的他者观念和文化传统,并内化于汪文宣的思想意识之中了。所以,在当时的吵架情境中,虽然母亲这个具体的人没有在现场,但汪文宣的内在思想意识已不自觉地发出了传统文化观念制约下的行为指令:(因为丈夫的面子)不能让步!这一点在《寒夜》全集本中作家做了突出强调:"他心里很想让步,但是想到他母亲就睡在隔壁,他又不得不顾全自己的面子。"另外,因为小说对这次吵架场景的叙述,是以汪文

---

① 巴金:《寒夜》,上海:上海晨光出版公司,1947年3月,第4页。本书中《寒夜》的引文均出自此版,不再特别注明。

宣在吵架后的第二天用回忆的方式完成的,便带有了回忆者对事件的后悔情绪。这就是说,不管是吵架时的汪文宣多么想让步,还是回忆时的汪文宣多么后悔曾经吵这一架,从内心情感和意愿上讲他非常希望与妻子和睦相处甚至是包容忍让,但实际的行为却是在理智的支配下做出了自己不想看到的结果。在小说后面的叙述中我们一再被提醒汪文宣曾有着现代教育背景和理想,尤其是敢于遵循自己的意志和现代观念来冒犯母亲的意愿与曾树生同居(汪母对曾树生的轻视和敌意,原因之一是曾树生与汪文宣没有正式的提亲、结婚仪式,可以推想当时的汪母是不同意二人婚约的),就会知道此时的汪文宣在现代观念与传统意识的较量中已经败下阵来,成为传统意识的皈依者,这种皈依的标志就是对以母亲形象为象征的传统意识的绝对顺从。因此,在这段引述中,语言的文化功能体现为传统意识与现代观念这两种社会价值、两种文化话语体系的对立,体现着作家对传统与现代文化的反思意识。

例二写的是今天白天曾树生派人送信来并带走了随身用的东西,汪文宣附上了一封信时他和母亲两人的心理反应。在这部小说中,曾树生与汪母的矛盾是贯穿始终的,二人之间产生矛盾的原因,河村昌子认为是二人不同的教育背景造成的①。这种理解是有合理性的。但若再进一步追问就会发现这种解释是存在问题的,即为何同样有着民国教育背景的汪文宣与曾树生之间矛盾分歧很大,而汪文宣却对接受晚清教育的汪母有很多认同?所以说教育背景的说法还不够全面。本书认为曾树生与汪母的矛盾实际上超越了婆媳两个具体的人之间的矛盾,而成为传统(汪母)与现代(曾树生)两种文化和观念的对立,在如何处理自我与他人、现在与未来等问题上两者都是截然不同的。在这段引述中先写汪母"不喜欢媳妇"曾树生,甚至对曾的出走暗中还"有一点高兴",原因在于,在汪母与曾树生的矛盾对立中,她们共同的筹码是汪文宣,当汪文宣与曾树生发生矛盾时,客观上便向汪母一方进行了倾斜,汪母自然是"暗中高兴"的。接

---

① [日]河村昌子:《民国时期的女子教育状况与巴金的〈寒夜〉》,《中国现代文学研究丛刊》2002年第2期。

下来写汪文宣的心理，他很想“另外写一封热情的信，恳切地求他妻子回来”，这是他内心深处对妻子的情感倾斜，但理智上他却在等待甚至是期盼着外在于自我的他者声音——母亲的首肯，他这样做是因为按照中国传统文化的指令，丈夫不管对错决不能在妻子面前服软，惧内是一件很失颜面的事情（即使在自己的母亲面前），已经走在皈依传统文化之路上的汪文宣再也不能按照自己内心的意志去做事了。但是，令人揪心的是当汪文宣在理智上向着传统皈依的时候，其实以牺牲自己真实情感为代价的他并不能与母亲站在同一个层面上，“儿子还不知道母亲底这种心理”反映了此时母子二人的深层隔膜。因此，这段引述的文化功能体现的不仅是传统文化与现代意识之间的对立，更折射出作家对启蒙理想本身的有限度的体认，对历史文化变迁中的知识分子身份定位的游移，体现着一种深刻的文化反思意识和质疑精神。

巴金后期小说平实蕴藉、杂语喧哗的叙述语言对小说文本形式的发展起着重要作用，它使巴金后期小说的丰富情感内化为心理世界的幽微，人物形象渐趋立体化，例如《寒夜》写汪文宣在听到母亲报告抗战胜利消息时的一段叙述：

> 他睁大眼睛呆呆地望着母亲，仿佛不懂得母亲底意思，突然他迸出了眼泪。他想笑，又想哭。但很快地他又冷静下来。他吐了一口长气。他想：你完了，我也完了。

这短短的一小段，由六个短句构成，每一个短句都传达着汪文宣在听到这个消息后的不同的心理变化和情绪波动。“他睁大眼睛呆呆地望着母亲，仿佛不懂得母亲底意思。”这是突如其来的抗战胜利的消息带给他的惊愕和意外；当他逐渐意识到这个消息的确是真实的时，才激动地“迸出了眼泪”；为了这一天的到来，他和他的家庭付出了巨大代价，甚至妻子也远走高飞，自己的痛苦经历和眼下胜利到来的喜悦让“他想笑，又想哭”；当他意识到胜利也无法挽回曾经失去的一切时，“很快地他又冷静下来”；尤其是自己病入膏肓、妻子已经离他而去的现实闪现在他眼前时，胸中充满了无奈和痛苦，“他吐了一口长气”也不能吐尽自己胸中的愤懑；而眼前的处境尤其是自己的肺病最终让他坠入了绝望的深渊:“你完了,我也完了。”这段叙述语中的叙事时间很短,但人物的心理时间很长,而且心境切换很快,尤其是最后一句,“你”(战争——希望早点结束)和“我”(生命——希望继续活下去)之间的对立,两种“完”(该结束的结束了,想继续活下去的也结束了)的交错,准确地扣搭在人物此刻的情感和心理脉搏上,这七个字凝聚了人物无限的酸楚、愤懑、凄凉与绝望,而话语缝隙中透露出的则是对现实人生的反思和质询。这段叙述语在平实的语词中包含着无限蕴藉性的语义,简单的语句中充满了人物内心不同声音的喧哗,人物的心灵世界获得了极大延展和拓深,语调沉郁,但引动读者的心理波澜却是巨大的。又如《憩园》的语言也是平实细腻的风格,在句式上长短相间、灵活多变,小说语言的内在节奏时而骤急,时而舒缓,人物的内心呈现精细深婉。可以说,巴金后期小说心理化趋向的形成,很大程度上是在这种平实蕴藉、杂语喧哗的叙述语言中通过丰富的内心呈现实现的。与前期小说相比,这种平实蕴藉、杂语喧哗的叙述语为巴金的小说形式起到了既呼应着文学主旋律又回响着自己声音的作用,体现着巴金小说形式的自我超越和创新。

巴金后期小说的叙述语之所以出现鲜明的心理化倾向,与他在社会变迁和文化衍进中的文化立场与特定心理密切相关。首先,在文化与个人的冲突中,作家对文化传统有了新的认识和一定程度的皈依。对人类社会而言,文明的诞生也会为人类带来种种文化的规约,“作为隶属于特定文化传统的个人,在其成长过程中,不知不觉地就被固有的文化传统塑造成具有民族特征的社会化的人”,在新旧文化的碰撞中,“人一旦觉醒,首先所面对的是文化规约给他带来的种种苦难,由是,文化与个人的冲突不可避免地发生了”[①]。巴金正属于二十世纪初叶中国新文化启蒙运动中觉醒的一代人,面对文化与个人之间的矛盾冲突,“中国知识分子中的每一代人都想变革传统文化,但最终又都被社会同化”,到了“五四”一代知识者,“他们彻底摒弃了中国文人处于‘入世’和‘出世’之间

① 李扬:《现代性视野中的曹禺》,北京:人民文学出版社,2004年,第42—43页。

的弹性心态,直面惨淡的人生,开始了对自己理想的近乎偏执的追求”[①]。这从“五四”一代作家最初秉持的激进反传统姿态可以看出。但是,后来很多作家的创作发生了转向,转向的内在原因实际上是作家个人在文化立场上发生了转型,如鲁迅、郭沫若、茅盾、老舍、曹禺、丁玲等都走过了一条从反传统到渐趋传统的路[②]。巴金也不例外,最初也是以反传统、反家庭专制的文化姿态走上文坛,其前期小说的热情激切正是这种文化姿态的反映。但随着时间的推移和人生经历的丰富,巴金最终还是被社会所同化,进入文化的既定秩序中来,其后期的中长篇小说虽依然以“家”为书写重点,但在文化立场上已逐渐转变为个人对传统文化的认同,如巴金对“家” 的温情一面的追忆、对人物心理和情绪的更加客观的呈现、对家庭所蕴含的传统氛围的细腻营造、在伦理观念上对孝道的重视等,都是作家这种文化立场发生转向的体现。例如《寒夜》中作家将汪文宣置于传统与现代之间的中间地带,既背负着传统文化的重负,又遥望着现代文化的微茫,作家对他的文化撤退予以了谅解性的书写,也对传统与现代之间的矛盾进行了多层面反思。从传统文化层面看,汪文宣较为自觉地遵守着传统文化的孝道观念,这是他与追求自我、张扬个性的曾树生之间出现巨大思想分歧的关键所在。如小说第二章写汪文宣梦到空袭时曾树生抛弃汪母而带儿子小宣离开的情景,其实正是汪文宣在潜意识中对曾树生在这方面不能认同的体现,而作家对汪文宣的这一文化选择是持理解态度的。从现代文化层面看,汪文宣的现代的个人意识正逐步减弱,如小说的第二十九章写汪文宣忍住剧烈的疼痛坚持给曾树生写信并谎称身体平安,母亲非常不解地问他为何不实言相告,让曾树生“难过一下”“受点良心的责备”,已经说不出话的汪文宣写下五个字的答语:“我愿她幸福。”这里小说将汪文宣的放弃自我、成全爱人的行为与曾树生为追求自我抛弃家庭的行为进行了对照,并在尾声里写出了曾树生的失落、无奈和徘徊,这都喻示了新女性及其所信奉的个人主义价值观的困境甚至是虚妄,

---

① 李扬:《那些年,那些事——“五四”前后知识者心态的再反省》,《博览群书》2009 年第 5 期。

② 李扬:《文化立场与曹禺的创作转向》,《广东社会科学》2011 年第 5 期。

“曾树生的想‘飞’、要摆脱目前困境的努力所换来的结果也是非常可怜的”[①]，这时小说话语透露出的正是作家文化立场从反传统向渐趋传统的变化。《火》(第三部)中的田世清、《憩园》中的杨寒、《寒夜》中的汪文宣，作为儿子对父母的那份情感，与前期小说中觉新的隐忍、周枚的驯顺是不同的，这是发自他们内心的对父母的一种孝道观念，而作家对此持有的情感态度则是理解的，甚至是肯定的。

其次，巴金对知识分子的“五四”文化启蒙开始进行反省和质疑。刘再复曾提出，在思想意识上，从十九世纪末到二十世纪三十年代的中国共经历了三次重大觉醒：“第一次是从十九世纪末到二十世纪初的‘民族——国家’意识的觉醒；第二次是五四新文化运动中‘人——个体’意识的觉醒；第三次是‘五四’之后二三十年代‘阶级意识’的觉醒。”[②]从这一向度来看，一方面，巴金的小说包含着中国新文化运动中“人——个体”意识的觉醒，如青年革命者“以死报死”的革命活动，或者青年一代反抗家庭专制的叛逆行为，都含有这种个体意识觉醒的成分；但另一方面，巴金又始终服膺于无政府主义信仰，其小说作品也有着自己特有的文学启蒙意识，这就使他在作品中强调个人自由时，与“五四”时代极受推崇的“人——个体”意识以及个性解放潮流仿佛隔了一层。即使到了抗战时期，巴金支持抗战，但实际上并没有完全放弃自己的无政府主义理想，二者之间有着复杂纠结[③]。如《火》三部曲这种抗战作品中，刘波、冯文淑、朱素贞等参加的革命小团体事业的文学话语，实际上与中国当时阶级意识形态中占主流的民族—国家话语是不大相同的。由此可见，巴金与“五四”以来的文化启蒙一直处于疏离的状态，而进入后期小说创作时，便有意或无意地开始了对这种“五四”

① 周立民：《〈寒夜〉的修改与中国现代文学文献学问题》，陈思和、李存光主编：《一粒麦子落地：巴金研究集刊》(卷二)，上海：上海三联书店，2007年，第117页。

② 刘再复：《“五四”中心理念及其历史语境》，《共鉴“五四”》，杭州：浙江教育出版社，2010年，第102页。

③ 周立民：《五四之子的世纪之旅》，《西部华语文学》2008年第11期，第67—71页。第二章第四节“抗战与改革”部分对巴金的无政府主义信仰与他在抗战时期的文学书写之间的纠结与背离关系有深入分析。

文化启蒙的清理和反省，如《憩园》中黎先生对自己文学创作价值的否弃，在文化心理上对“家”所固有的温情一面的眷恋，《寒夜》里汪文宣对传统文化的皈依以及曾树生的再次出走，都是对以前决绝反传统态度的反省，对“五四”文化启蒙的质疑，这使巴金后期小说的叙述语，在将情感内化于文字间的同时，犹疑的心理化色彩逐步凸显出来。

三、转变：话语形式的突围

从语言的文学性来看，鲁迅小说语言的简约深峻而思致厚博，沈从文小说语言的精美微妙而情致空灵都常常备受赞誉，而巴金小说的语言常常被一些并未细致研读巴金小说的人认为“浅”“白”，这种评价在一定程度上，有一定的合理之处。的确，巴金前期的一些小说，由于过分强调“情”的宣泄，语言的流畅有时就变成了恣肆、无节制，失去了文学话语本身所具有的蕴藉性，给人以浅和白的感觉是难免的。沈从文曾针对巴金小说中的情感泛滥问题批评说，这是作家“感情的浪费”，甚至是不切实际的“游侠者的感情”[①]，说的也是巴金早期小说中情胜于文的语言弊端。

不过，我们这里要说的是，若从语言运用上看，巴金的前期小说还真不能算是很“浅”很“白”的语言，甚至很多句式有非常明显的欧化色彩，有论者甚至认为，“巴金是五四运动之后小说语言欧化倾向最突出的中国现代作家之一”[②]。巴金后来回忆自己的文学创作时也说：“我开始写小说的时候，我的文字相当欧

---

① 沈从文：《给某作家》，《文学月刊》第二卷第四期，1935 年 12 月 16 日。

② 王金柱：《语言艺术大师巴金》，天津：天津社会科学院出版社，1994 年，第 201 页。该著在下篇的第十章重点概括了巴金小说中的四种欧化句式，并从表达效果上分析了它们的利弊。另可参见袁振声：《巴金小说艺术论》，天津：南开大学出版社，1987 年，第 138—144 页。该著第七章“语言艺术”的第二节谈到了巴金小说的欧化现象主要体现在两方面：一是移用外来句式，主要有四种方式；二是对修饰成分的精细设置和运用，增强了语言表述的精密性。

化，常常按照英文文法遣词造句”。[1]“有一个时期我的文字欧化得厉害，我翻译过好几本外国书，没有把外国文变成很好的中国话，倒学会了用中国字写外国文。……在翻译上用惯了，自然会影响写作。”[2]巴金早期小说中语言的“欧化”色彩明显，与他早年入成都外国语学校学习英语，并阅读了大量西方文学作品，而且长期从事翻译工作有很大关系。例如《家》第二十一章写觉新与梅在花园邂逅时的场景时，对梅的一个动作这样写道：“她低下头，温柔地抚弄着那一只躺在她底手上微微扇动着翅膀的垂死的蝴蝶，半晌不答话。”这里对“蝴蝶”的定语修饰成分非常多，典型地属于欧洲语言习惯，这种多种修饰成分叠加的句式，利在于表述内容缜密，弊在失之于冗长，巴金前期小说中运用了很多这种欧化句式。当然，也有很多欧化句式运用得很恰当，有着很好的表达效果，如“一个圆圆的月在这一碧无际的大海中航行着，孤独的，清冷的，它把它底光辉撒下来，催眠着一切入了睡乡”(《家》)。他把修饰月的光辉的定语“孤独的”“清冷的”作为短句予以前置，人对月光的特定感受就得以强化了，于是景物也就带有了人情，语言的感情色彩非常明显。这些欧化的语言表达方式在当时是知识分子式的语言，不过因为巴金的小说基本上是以知识分子为主要描写对象的，为了表现复杂而细腻的思想感情，选择使用修饰成分繁复、冗长的句式以增强语言表述的精密性，是不无不可的。因此，巴金前期小说的语言，因为作家也还处于语言艺术的探索期，不但不是“浅”和“白”，反而是有时过于“雅”了。若从文学话语类型上说，巴金早期小说是创造出了一种迥异于当时启蒙—革命话语的独特话语形态，它的特点就是具有较鲜明的情感色彩，抒情性强。但是，其最突出的弊端也在于有时主观情感色彩过浓，如《革命三部曲》《爱情的三部曲》《家》中的语言，尤其是叙述语，有时为了表达特定的思想和观念，使语言所携带的焦灼情绪把文字本身所具有的蕴藉性给消解了。

到了后期，巴金小说的叙述语发生了很大变化，语言形态也形成了新的特

---

① 巴金：《关于〈海的梦〉》，《巴金全集》(第20卷)，北京：人民文学出版社，1993年版，第608页。

② 巴金：《谈我的“散文”》，同上书，第536—537页。

色，情感开始内化于文字间，舒缓的语调中句式趋于简洁，词语运用也更加讲究，心理化色彩在内心世界的探索中开始凸显。如《春》《憩园》《寒夜》等小说，作家主观上过于浓重的思想、观念、情感逐渐被作家对语言的感觉、经验所化解，那拨动人心的深情和撩人耳目的想象渐渐居于文本的主体地位，巴金小说的叙述语终于回归到语言的诗意自身，形成了兼具情感化和心理化的语言形态：倾诉型语言。由此可以说，小说《家》虽然最负盛名，但在语言艺术上并不是巴金小说的最高成就，巴金小说的语言是经由《灭亡》—《爱情的三部曲》—《家》—《春》—《秋》—《憩园》—《寒夜》等逐步上升，才最终建立起自己独特的语言形态的，《家》只是这个过程的一个中间阶段，《寒夜》则体现了巴金小说语言艺术的探索高峰。自新时期以来，学界对《寒夜》的艺术定位逐步走高，如有论者认为它实现了将“错综复杂的爱与恨，构成一个张力巨大的情感情绪场和一个幽曲深邃的心理世界，形成一个涉及社会批判、伦理审视与幸福本质的哲学探究等多层面的思维空间”①，可以说，当下对《寒夜》的种种肯定性评价的出现，与这部小说语言形态的成熟度是密切相关的。

巴金小说叙述语的转变，体现了巴金小说在语言调整上的重大意义，这不仅仅是巴金通过语言的精进来突破小说创作的局限，它更意味着在小说诗学意义上巴金实现了对小说形式的可贵探索。巴金早期小说话语能在当时启蒙话语—革命话语—阶级话语的洪流中独自创格，并且能够实现话语形式的自我突破，这种写作姿态是非常难得的。中国现代文学史中有一些作家也有着令人侧目的才气，但面对文学写作的无限可能性，却因缺乏突破自我的语言创新能力而最终默默无闻。不管巴金自己如何声称“写作的最高境界是无技巧”，从根底上说，正是由于巴金在《灭亡》《家》等前期小说获得成功后却始终保持着对话语形式的自觉调整意识，才造就了作为小说家的巴金。其实，这一点从巴金小说的每一次改版，他都如此热衷于修改自己的作品也可以看出，巴金对文学创作

① 秦弓：《荆棘上的生命——20世纪三四十年代中国小说叙事》，沈阳：春风文艺出版社，2002年，第108页。

是虔诚的，对文学形式也是非常用心的[①]。这样看来，无论就巴金的小说形式还是中国现代小说形式而言，巴金小说叙述语的转变，体现出的是一种独特话语形式的完形过程，更是巴金小说对话语形式的一次成功突围。

第二节　对话的类型及其意蕴

小说是一种叙事性文体，人物对话是形成叙事的一种方式，在语言表达层面构成了一种重要的话语场景。对话场景不仅仅能推动情节发展，也是刻画人物、抒发情感与表现时代的手段。关于人物对话，不同作家在运用上有很大不同，例如鲁迅的作品采用人物之间的对话场景很少，他的小说语言的思辨性、繁复性很强，老舍小说中则大量使用自由间接引语，“一般很少用‘说’和‘道’等直接引语的导引语，他往往把作品人物要说的话转换成了拟想叙述者的话，在作品人物和拟想叙事者之间发生意识呼应和情感共鸣”[②]。所以老舍小说的幽默感、口语化色彩明显。巴金小说中的人物对话非常多，尤其是前期小说中时常出现长篇对话场景，甚至用个人演讲般的话语来呈现人物情感与思想的变动不居。保罗·利科在《历史与真理》里说：“语言也生产；语言不提出要求。只有怀疑能把语言变成问题，把提问变成对话，即变成了回答的问题和对问题的回答。”[③]巴金将文学作为一种表达思想和感情的途径，寄寓着自我人生的种种矛盾和犹疑，其小说的话语表达不可避免地带有“问题”倾向，小说语言在对话场

① 可参见辜也平的《巴金创作综论》（福州：福建教育出版社，1997 年）、金宏宇的《〈家〉的版本源流与修改》（《中国现代文学研究丛刊》2003 年第 3 期）、周立民的《〈寒夜〉的修改与中国现代文学文献学问题》（陈思和、李存光主编：《一粒麦子落地：巴金研究集刊》卷二，上海：上海三联书店，2007 年）、金宏宇、彭林祥的《〈寒夜〉版本谱系考释》（陈思和、李存光主编：《一双美丽的眼睛：巴金研究集刊》卷三，上海：上海三联书店，2008 年）等著述。在这些关于巴金小说《家》和《寒夜》的版本研究中，都表达了巴金对小说语言以及小说形式颇具艺术匠心的观点。

② 袁国兴：《老舍小说的话语方式》，《广东社会科学》2011 年第 5 期。

③ ［法］保罗·利科：《历史与真理》，姜志辉译，上海：上海译文出版社，2004 年，第 207 页。

景中传达着身份、立场和文化上的种种差异和反省。

根据对话场景中对话主体的不同，巴金小说的人物对话可以分为三种类型：交互型对话、错位型对话和申诉型对话。这三种人物对话场景，体现出巴金小说前后期的对语主体由双主体向单主体的转变，透露的是作家深层的心理文化意识的变迁。

一、交互型对话

交互型对话指的是作品中人物对某一事件或就某种精神状态进行的相互间的交流。人物间的话语是你来我往，彼此在相同的层次与向度上进行。特别是那些重在推动故事发展的对话，往往都是交互型的，人物之间彼此的言语分别透露出关于所谈事情的不同侧面的信息，从而带来情节的继续发展。

如革命题材小说中，革命者间关于政治信仰的讨论、革命理念的交流、革命活动的商议等便属此类对话，小说故事由此来完成波澜式的前进。如《灭亡》中杜大心思想性格的揭示就是通过他和李冷兄妹关于"爱与憎"的长篇对话完成的。因为这篇对话非常典型地体现了巴金革命题材小说的对话特点，而且巴金革命题材小说中其他革命青年的性格逻辑与杜大心有着很多相似，所以下文的引述可以体现巴金革命小说中很多对话场景的共同特征。

> "大心，妹底话很不错，"李冷同情地说。"我想你底毛病就在抛弃了爱，只从憎那方面去着想，所以觉得世间的一切是可憎、可悲的。……其实你应该像我一样，多在爱一方面努力。只要达到爱的境地，你底心自然也就宽大了，也不会再感到悲哀了。就拿我来说，我觉得自己并无大望，我只望能够过着安静和平的爱之生活。我希望自己得着和平，也希望别人得着和平；我愿意自己幸福，也愿意别人幸福；我爱自己，我爱生物，我爱人类。我觉得世界是十分可爱的。如果你说我们底世界坏成了这样子，正因为人们抛弃了爱，彼此相恨，正是爱太少了，憎太多了。所以我们应该用爱来消灭憎。……"

“其实，我看杜先生也并不是不知道爱的，”李静淑插嘴向她底哥哥说。“……（引者略）我想我很能了解你。你大概一生尝到憎底味道多而爱底味道少，不知不觉地得到了很大的印象，只觉得人间可憎，可怕。人们本来就很难互相了解的，自己既然怀了憎恨之心，好象戴上了一架着色眼镜，觉得所有的人都是他底仇敌，都在憎恨他。这样把自己囚在用自己底苦痛造成的狭小的栏栅中，又拿仇恨、嫌厌、猜嫉来做食料。这种生活是多么可怕！你为什么要憎恨一切？……你难道觉得我也是你底仇敌？你觉得我是可憎的吗？你会憎恨我吗？”她微微地笑了一笑。“你憎恨我底哥哥吗？其余的人还不是和我们一样！……”

……（引者略）她底声音又转变得极其温柔了。“其实世间并无绝对的事，爱与憎也是相对待的。爱多一分，憎便少一分，你虽然在过去只尝到憎，但将来还有不少的机会来尝爱的。没有爱的人尚可以学习而发展爱，何况你本来有一个热烈的爱之心呢！……”

上面的引述是李冷和李静淑看到杜大心几天不见更消瘦了，便出于关心和劝慰而谈起了对于爱与憎的看法，他们觉得应该用爱去拥抱一切，并且劝解杜大心应该改变自己“憎”的人生态度，这样才能于人于己都有裨益。在李冷和李静淑说上面一番话的时候，杜大心始终没插进反驳的话，始终是他们二人在说，杜大心在听。等他们把自己的观点说完了，立场表明了，杜大心便开始了自己的演说式的长篇答话。他先解释说：

“然而我底病并不是在不知道爱，不曾爱，不曾尝过爱。不，决不。我也曾知道爱，也曾爱过，而且也曾尝过爱。……（引者略）”

接着，他从自己的人生经历谈起，由大花鸡被杀知道人的爱是不能及于动物的，由荒年里人吃人得出了人们相爱也是梦话，最爱的两个人中，一个是母亲，已经死了，另一个是表妹，却被迫嫁给他人，自己现在是不能爱人了。最后他说：

“至少在这人掠夺人、人压迫人、人吃人、人骑人、人打人、人杀人的时候，我是不能爱谁的，我也不能叫人们彼此相爱的。凡是曾经把自己底幸福建筑在别人底苦痛上面的人都应该灭亡的。我发誓，我拿全个心灵来发誓说，那般人是应该灭亡的。至少应该在他们灭亡之后，人们才能相爱，才配谈起爱来。在现在是不能够的。

“许多年代以来，就有人谈爱了，然而谁曾见到爱来？基督教徒说耶稣为了宣传爱，宣传宽恕，被钉死在十字架，然而中世纪教会杀戮异教徒又是唯恐其不残酷！宣传爱的人杀起人、吃起人来更是何等凶残。难道我们还嫌被杀被吃的人尚不够柔驯吗？还要用爱来麻醉他们，要他们亲自送到吃人者底口里吗？

“不，我是要叫那些正被吃，快被吃的人不要象羔羊一般地送到敌人底口里。就是死，也要像狼一般地奋斗而死，总得把敌人咬几口的！只要能做到这一步，我自己底短促的一生又算得什么！”

在这场对话里，杜大心的答话是以激切的言辞、昂扬的语调、凌厉的口风，阐明了自己革命理念的产生缘由和革命信仰的正义性，因为现实社会中人与人都是不相爱的，所以要用憎来毁灭这不相爱的人类，才能建立新的互爱的世界，自己的憎正是出于对人类的爱，是为了让将来的人们都能获得爱。这种就某一个问题展开的对话场景，对话的双主体属于典型的“说—听”的在场模式，对话中的语调是肯定、不容置疑的，其评论、判断都带有强烈的主观情感和价值、道德导向，在一定意义上也成为对某种意识观念的正面阐释，具有情感的煽动性和穿透力，所以，就小说发展逻辑看，下一章中李静淑能够发生思想转变，产生“立誓献身的一瞬间”似乎就合情合理了。巴金前期小说中充满热烈的情感，故事展开非常流畅，与对话场景中这种双主体对话中你来我往激情演说式语言有很大关系。

又如《死去的太阳》中用了很大篇幅来写吴养清参加学生大会时不同代表之间的对话，详细记录这些代表们的发言实际上是为了显示上海发生“五卅运动”后在南京民众中的不同反应，不同阶层分别是从自己的立场出发来准备采取不同的行动的，这就为后面作为工人代表的王学礼逐渐与知识阶层出现思想分野奠定了基础。而且，这部小说在后半部分主要表现的是王学礼如何孤立无援地采取纵火行为来反抗工厂主压迫，最终走向灭亡的过程，对话场景中人物身份的不同也决定了后来各自性格发展逻辑的不同。《雨》里面关于爱情与革命的问题上，吴仁民和高志元之间有很多次对话，《电》里面针对敏要实施暗杀行动，不同革命者对此产生的不同态度，也都是通过对话场景表达出来的。

在家庭题材小说里，巴金采用交互型对话的场景也很多，但不同于革命题材小说的地方是，青年一代之间的对话场景，语气较为和缓，情感色彩稍减，如《家》中觉慧与觉民为排演话剧《宝岛》进行的鼓励、争论与调侃等对话，觉慧知道鸣凤死后向觉民诉说悔恨之情的对话、关于琴的读书问题的讨论、鸣凤与婉儿关于未来命运的对话、梅与觉新在花园偶遇时的对话等都属交互型对话，这些对话都是加速度叙事，在叙事时间上是线性延展的，推动着情节的展开，也起着呈现人物内心世界的作用。但是，当对话发生在观念与立场有分歧的青年与长辈之间时，从话语主体的位势变迁可以看出作家文化立场的转变，这也直接关涉到巴金小说语言内涵的演变。在这种对话中，青年一代的语言气势是逐步递增的，如《家》里觉慧怒斥长辈们“捉鬼”把戏的对话场景中，觉慧的话并不是很长，但出于理屈，作为家长代表的克明和觉新等人基本是支吾无词，只得灰溜溜地走掉，可他们之所以理屈，是以他们对现代观念的认同为前提的。这场对话的双主体中，青年一代的轻易胜利和家长们的主动溃败，显示的是在传统与现代文化的碰撞中，现代胜于传统，作家秉持着鲜明的反传统姿态。但是到了《秋》里面，我们在一些对话场景中虽然可以看到青年一代更加强硬的态度和更加锋利的语言，但作家的文化立场却发生了转变，趋于传统的文化立场成为话语背后的文化支点。如第二十八章觉民、淑华和婶娘们关于“家风”问题的对话场景：

“姑妈，你是个明白人，不能随便听他们底话。说到家风，姑妈应该晓得哪些人败坏了家风！没有‘满服’就讨姨太太生儿子，没有‘满服’，就把唱小旦的请到家里来吃酒作乐，这是什么家风？哪个人管过他们来？我没有做过错事情，三妹也没有做过错事情。我们都没有给祖宗丢过脸！”觉民愈说愈生气，话也愈急，但是声音清

> 晰,……(引者略)"三妹固然骂过陈姨太害人精,其实她骂得并不错。大嫂一条性命就害在陈姨太底手里,害在他们大家底手里。姑妈,你该记得是哪个人编造出什么"血光灾"底鬼话?是哪些人逼着大嫂搬出去?她们真狠心,……(引者略)她临死也不让大哥看她一眼!这是什么把戏?什么家风?什么礼教?我恨这些狠心肠的人!爷爷屋里头还有许多古书,书房里也有,三爸屋里也有。我要请姑妈翻给我看,什么地方说到'血光之灾'?什么地方说到应该这样对待大嫂?姑妈,你找到那个地方,再来责罚我同三妹,我们甘愿受罚!"①

《秋》第四十六章觉民厉声教训克安、克定急于卖公馆、分家产的败家行为时的对话场景:

> 他(觉民——引者注)连忙先发制人地厉声教训起来:"你不要得意!你怕我不知道你们的心思。你们底底细我全明白。……(引者略)你们还好意思在我面前冒充正人君子。四妹为什么要跳井?你做父亲在做什么事?你也不想法打救就跑到小公馆去了。我就没有见过这种没心肝的人!你们口口声声讲礼教,骂别人目无尊长。你们就是礼教的罪人。你们气死爷爷,逼死三爸,三爸害病的时候,你们还逼他卖公馆,说他想一个人霸占。这些事都是你们干出来的。你们只晓得卖爷爷留下的房子,但是你们记得爷爷底遗嘱上怎么说?你们讲礼教,可是爷爷底三年孝一年都没有戴满,就勾引老妈子公然收房生起儿子来!你们说,你们自己做过一件好事情,一件像样的事情没有?你们在哪一点可以给我们后辈做个榜样?你们还想做什么家长?高家从来没有过这样丢脸的家长!……(引者略)"

在上述两个对话场景里,青年一代的语言有着更加尖锐、凌厉和不容置疑的气势,在句型上采用短句为主,在句式上采用反问句、感叹句居多,语气上带着无比的勇气、正义感和愤慨,话语语调也显得畅快淋漓,可谓是义正词严。但

① 巴金:《秋》,上海:开明书店,1940年5月,第435—436页。本书中《秋》的引文均出自此版,不再特别注明。

就对话的主体来看，作为青年一代的高觉民的话语篇幅大大增长，但他痛斥叔叔们堕落无行所依凭的正是传统的孝道与家族的尊严；这时的家长们则成为跳梁小丑，只能说些"目无尊长""讲礼教""不孝"等传统礼教中的空洞词语应对，话语篇幅极度缩短。这些象征"传统"的词语之所以意义是被抽空的，不是因为它们过时，而是因为这些长辈们背离"爷爷"传统的行为解构了词语本来的意义。这样，两个对话主体相对比就能知道，应该是青年一代正走在爷爷们代表的传统道路上。所以，从话语分析的层面看，有论者认为，"'不孝孙'与爷爷之间的某种同质性正从话语的缝隙中向我们昭显——他们都是某种新家(事)业的开创者。何况，谴责'蛀虫'不免就认同树干，认同使树木生长繁盛的那些'基本原则'"[①]。这种语言内涵的转变，体现出作家开始从反传统的文化立场向渐趋传统的立场转变，体现出作家对于家庭真实情感取向上的矛盾，正如陈思和所分析的：巴金"多愁善感，重伦理，怀乡愁，感情大于行动，与家族在实际生活中藕断丝连"[②]。后来，在《憩园》中黎先生和万昭华、老文、李老汉、杨寒等之间的对话，《寒夜》中汪文宣与母亲的诸多对话场景，语气都是和缓的，但话语缝隙中透露出的是叙述者对传统伦理文化中特别是"孝道"观念的认同。

二、错位型对话

错位型对话指的是对话中说话者处于言不由衷的状态，这种对话旨在呈现说话者复杂的精神与心理。在巴金的小说里，有些人物身上具有异质的两种对立思想，他们思想上的矛盾在一些对话中就表现为错位型对话。这种对话加大了语言的回旋力度，其中一些语句的反复、否定或修正，体现出说话主体为了修复表述上的漏洞或虚假的言语信息而有意为之，但深层意蕴在于人物思想上的

---

① 黄子平：《命运三重奏：〈家〉与"家"与"家中人"》，《"灰阑"中的叙述》，上海：上海文艺出版社，2001年，第151页。

② 陈思和：《人格的发展——巴金传》，上海：上海人民出版社，1992年，第55页。

矛盾和犹疑。

《家》中觉慧因参加学生运动被祖父勒令关起来,觉新便劝觉慧如何听祖父的话,可一会又笑说无法管住他(其实是没想去管住)。又如觉民逃婚后,觉新一面执行着爷爷的命令劝觉民回来,一面又说因为不能帮弟弟逃脱这门亲事而受到良心谴责,等等。觉新这种言不由衷的错位型对话方式,恰恰是让读者在他苦口婆心的劝诱与为这劝诱而真心苦恼的杂糅情感中读出了他灵魂的"深"。《雾》中周如水理智与情感的矛盾也是在他言不由衷的话语中显露出来的。《寒夜》中汪文宣对妻子的爱是深挚的,在与妻子的对话中却常常为了掩饰自己的这种爱而说着言不由衷的话,但心里又时时修正自己嘴上说出的话语。如曾树生去兰州的前一天,她收拾完行李后的一个对话场景:

> "明天这个时候我不晓得是怎样的情形,"她自语道。"其实我也不一定想走。你要是把我拉住,我也许就不走了,"这是她对他说的话。"你放心去好了。你既然决定了,不会错的,"他温和地回答,他忘了自己的痛苦。

汪文宣真实的想法是不愿意曾树生离开自己的,小说前面的文本中已清晰地表明了这一点。而且,当他在无意间看到曾树生手提包里掉落出来的调离通知书时,精神上深受打击,痛苦万分,甚至偷偷地伤心地哭,但他始终没有说一句挽留曾树生的话,甚至在这个即将分别的对话场景里,曾树生已透露出自己并不想离开的想法时,他还佯装心情平静、毫不在乎地温和地答话,其实是一种言不由衷的话语。接下来的对话是,曾树生说因为明天就要走了,自己今晚早些回来,他想说"我等你"却没说出来,当曾树生已经下了楼,小说写道:"他孤寂地站在方桌前面,出神地望着她的身影消去的地方,那扇白粉脱落了的房门。'你留下罢,你留下罢!'他仿佛听见了自己的内心的声音。"可见,在上面引述的对话场景里,汪文宣嘴上说"你放心去好了",但心里真正想说的却是"你留下罢!",这是对嘴上说出的话的一种否定和修正。因曾树生无法知道汪文宣心里没有说出来的话,只是根据他说出来的话语判断汪文宣是愿意自己离开的,所以二人之间的对话是一种错位型对话。这天晚上，汪文宣等到十点钟曾树生才回来，他一直痛苦地哭，但当他听到曾树生上楼的脚步声后，就假装睡熟了，实际上却用耳朵听着她收拾行李的每一个动作。后来，曾树生站在他床前好一阵，他才不能忍耐了，装出睡醒起来的样子翻一个身，伸一个懒腰，一面睁开眼来。接下来二人有一个简短的对话：

> "宣，"她再唤他，一面俯下头，"我回来迟了。你睡了多久了？"她柔声说。
>
> "我本来不要睡，不晓得怎样就睡着了，"他说了谎，同时还对她微笑。

汪文宣在这个对话中还是说的言不由衷的话，他心里真正想说的话是"为什么这么晚才回来，我一直在等你"。在这些对话场景中，话语主体一直在对说出的话进行否定和修正，因为对话场景中的信息传达是错位的，这是典型的错位型对话。在《寒夜》里，曾树生与汪文宣的对话基本上都是日常生活话语，对话场景很多，但是使用的语句都不长，你一言，我一语，但因汪文宣始终隐藏着自己的真实想法，所以由话语表层构成的信息传达常常是错位的，体现出主人公爱而不能的深重痛苦。短篇小说《爱底摧残》中也有些对话场景，写的是当"我"（路易）摇摆于柔曼娜和西蒙娜两个女人之间时，面对西蒙娜无私无悔的爱，"我"也时常说着言不由衷的话，这时"我"和西蒙娜之间的对话也构成了错位型对话。

这种错位型对话往往是在那些性格忧郁、思想矛盾的人物身上产生。巴金后期小说中对这类人物的塑造往往能够较有深度，与这种对话的使用有很大关系。

错位型对话场景，体现了作家巴金对文化转型中人的心灵世界的深入体察，也包含着作家对人的思想丰富性的一种感知。因为任何一种文化的转轨，总要有觉醒者或先行者如英雄般的行为去开辟道路，然后其他人再跟上去，但人的思想的转变却不是一蹴而就的，而是有着复杂的、多元的因素在制约，于是在行为、言语和性格等方面就会出现诸多犹豫、矛盾和延宕现象。在每一个错位型对话场景中，答话者似乎永远处于被动回答的境遇，而这种被动的答话身份又不断地加深着他进退失据、言不由衷的话语现实，而丰富的潜隐的情感能量只能内化为言语的底层，于是小说话语表面的意义被无限荡漾开去，而话语的心理层面则延展着人性的深度，也呈现着现实与理想、思想与行动、传统与现代多个层面的交织和激荡，成为小说话语深层文化涵蕴的文学表征。

三、申述型对话

申述型对话是指虽有对话的形式，但往往是一个话语主体作事实陈述或情感倾诉，而问话者的话语仅是引出答话者申说或倾诉的契机和缘由，这时对话形式中的双主体位置发生倾斜，一方渐趋退隐，一方趋向心灵独白。

如《家》第十二章在觉新事务所里觉慧说到幸福问题时，觉新把父亲的死、母亲的死带来的痛苦和父母交代给自己的嘱托用长篇答语倾诉出来；后来写到觉慧责问觉新应阻止瑞珏搬出公馆生产并劝他奋斗时，觉新便从家庭的责任、现实的处境、心灵的煎熬以及别人的嫉恨、行为的后果等方面，倾诉了满腹的委屈和心痛；剑云在知道了觉慧因鸣凤之死而愤慨悔恨时，引发了他对琴爱恋而不得的痛苦，于是向觉民展开了长篇倾诉，把自己的出身、经历、经济地位、思想性格、内心的渴望和自卑都详细吐露出来，这些对话场景中，问话者简短的一句话便引发了答话者的长篇申述，中间也没有彼此的往复交流，话语的重心就在于展现这个人的种种各种心绪、痛苦和矛盾。

在《憩园》中这种对话是最多的，但答话者的长篇话语多属于叙述事件。这部小说是以“我”从姚杨两家过去事件的蛛丝马迹中推断线索，然后通过与不同人物之间的对话场景来完成整部小说情节结构的。如“我”与老文谈起姚家小虎时，引出了老文对姚家过去的家世、现在的姚国栋夫妻关系、万昭华与小虎的关系、万家与赵家的经济状况等问题的了解。当“我”故意与看门人李老汉谈起杨家小孩的事，引出了李老汉对现在杨家生活状况、杨寒性格特征的介绍；“我”

与万昭华看完电影徒步回家过程中，了解到万昭华的过去生活和现在处境；“我”因救助杨老三获得杨寒信任后，当杨老三不辞而别时，杨寒向“我”和万昭华叙述了杨老三过去的经历和现在的处境。小说到此就把姚杨两家的过去与现在的故事联系在了一起，于是“我”一方面帮助杨寒一起寻找杨老三，一面试图挽救万昭华的处境，最后杨老三谎称有病结果真的染上病死亡，小虎因顽劣而溺水而亡，“我”也离开了憩园，结束小说。在这部小说中，因“我”是故事的讲述者，也是故事的观察者，当“我”因偶遇姚国栋进入憩园才得以介入姚杨两家的故事，而这两家在关于子女教育上存在的关联性，引起了“我”的很大兴趣，“我”作为限制视角，他们两家过去的经历只能通过别人的讲述才能成为故事情节，否则就视角越界了，于是申诉型对话便承担了这种功能。这种对话，重心在一个人身上，甚至可以看作人物的心灵独白，但它与小说叙述语场景不同的是，这种对话场景中的话语因带有说话者个人的情绪、判断、体验甚至回忆性质，往往在语调、语气以及情感色彩上包含了鲜明的个人化风格，所以它的情感冲击力要更丰富一些。

在巴金的短篇小说中，也有很多对话都是采用了这种话语场景。如《复仇》《不幸的人》《洛伯尔先生》《亡命》《光明》《奴隶底心》等小说，都是由于某个人或者某件事之契机，引起小说中的人物对自己过去的经历、爱情、悔恨或者仇恨展开的长篇申述，在这些小说中，虽有着对话的形式，但小说叙述的主体却是以一个人为中心，另一个话语主体近似隐没。申述型对话场景的运用，使小说的情绪化色彩较为鲜明，同时心理向度的开掘也富深度，是作家“挖掘人心”创作观念的体现，也反映出作家对语言精致化的追求。

对话场景是巴金小说中采用较多的一种话语场景，从语言的表现功能看，它们在对话主体间创设的“说—答”话语模式中，直接呈现出了话语内容、方式、情态以及动作和神情，不仅使小说语言蕴含了更多说话者个人的情绪色彩、个性语调，还通过对话主体之间的位置变迁，使小说话语的深层心理涵蕴获得延展。从叙事功能看，巴金小说中的对话场景有时可以揭示小说主题，或推动情节发展，亦可表现人物命运，特别是通过对话主体间的交锋、错位或者缺失关系，使小说叙事得以更显明地呈现人物心理上的矛盾、行动上的犹疑以及不同人物间的性格差异、思想观念、情感倾向等，于是小说的语言潜能获得发挥，话语场景更富情绪渲染力。另外，巴金小说中对话场景的大量运用，不仅仅是语言形式的体现，从文化功能看，对话场景中还蕴含着深广的文化意味和人文关怀，体现了作家巴金在中国二十世纪二十至四十年代的文化语境中所坚持的一种对话精神。自二十世纪二十年代开始，中国的一部分知识分子的人生取向和文化选择便发生了重大转变，有论者曾说："至少在理智上，二十年代自由知识分子自觉地与'士大夫'的政治取向分道扬镳，从而实现向现代知识分子的蜕变与转型：他们以学术为职业，要求以科学求真的精神摆脱外在权威的干扰，走向边缘地带的努力隐含着中国'士大夫'心态和精神脐带的分离渴望，摆脱对政治或某种社会势力的依附立场可使其成为独立的社会文化力量，获得关怀公共事务和批评的资格。"[①]巴金正式踏上文坛的二十年代末，正处于文化转型、革命崛起、民族矛盾复杂交织的时代语境中，其人生取向便带有了这个时代知识分子持有的精英文化立场，即作为一种独立的文化力量来关怀公共事务和批评现实人生，因此，虽然他对走上文学的道路并未虔诚接纳，正如如钱锺书所说的，"不仅旁人鄙夷文学和文学家，就是文人自己也填满了自卑心结，对于文学，全然缺乏信仰和爱敬"[②]，但他却将文学作为了一种向世界质询、向人生发言的方式，而对话场景则体现出在平等、自由的个体间或者群体间展开争辩、交流、协商甚至宣泄的一种对话精神，也是一种生命主体精神的张扬，完成了对人生、世界复杂性的个人化思考。

对话场景的大量运用给巴金的小说形式带来明显的影响。首先，它带来了巴金小说的共时性结构取向。巴赫金曾说："陀思妥耶夫斯基艺术观察的一个基本范畴，不是形成过程，而是同时共存和相互作用。他观察和思考自己的世界，主要是在空间的存在里，而不是在时间的流程中。""陀思妥耶夫斯基同歌德

---

① 吕若涵：《"论语派"论》，上海：上海三联书店，2002年，第35页。

② 钱锺书：《论文人》，《人·兽·鬼写在人生边上》，福州：海峡文艺出版社，1991年，第179页。

相反，他力图将不同的阶段看做是同时的进程，把不同阶段按戏剧方式加以对比映照，却不把它们延伸为一个形成发展的过程。对他来说，研究世界就是意味着把世界的所有内容作为同时存在的事物加以思考，探索出它们在某一时刻的横剖面上的相互关系。”[①]这里，巴赫金揭示出陀思妥耶夫斯基小说注重横断面上的同一空间中的各种小说因素的相互关系这一特征。这里借用“共时性”这一术语，可以概括巴金小说中大量对话场景的运用对其小说形式的影响。巴金小说中的故事时间基本上都不是很长，而小说对话具有较强的现场性，也就是说在时间定位上是一种现在时态，这样大量的对话场景就把小说的叙事时间大大延长了，于是在一个特定时间点上的人物情态、心理就有了充分展开的余裕，无论是交互性对话之中的矛盾、错位型对话之中的犹疑还是申述性对话之中的倾诉，都可以在一个共同的空间里获得最大限度的释放，因此小说呈现出了共时性的结构取向。巴金的小说倾向于对人物在理想与现实、传统与现代、革命与爱情等矛盾中的人生境遇进行揭示，可以说大量对话的使用为其提供了形式保证。其次，它带来了巴金小说叙事的争辩色彩。巴金是一位铁肩担道义式的作家，也是一个徘徊在各种矛盾之中的游移不定的思索者，他将现实人生的种种矛盾、问题、困局以文学的方式进行思考，其中大量对话场景的运用，正是将不同的思想、观点、立场、态度等并置呈现，通过交流、质疑、诘难或申诉的方式相互争辩，小说文本成为一个向我们无限敞开的模糊而多义的中间地带，各种声音杂糅在一起，小说叙事充满了争辩色彩。另外，在对话场景的形式处理上，不同作家也有着差异。老舍小说中的对话采用去掉引号的间接引述较多，这样便于作家对语言的个性化处理，老舍小说语言的机智幽默色彩与此有很大关系。巴金小说中的人物对话基本上都有明确的引号作标志，是对人物话语的直接引述，在问与答的话语结构中现场感非常鲜明，而且不同对话主体的个性、情态以及时代精神得以鲜活呈现，相互对峙、相互争辩的话语氛围非常浓

---

① ［苏］巴赫金：《陀思妥耶夫斯基诗学问题》，白春仁、顾亚铃译，《巴赫金全集》（第5卷），石家庄：河北教育出版社，1998年，第37页。着重号为原文所有。

厚。当代作家格非曾针对小说中的对话写法提出自己的看法:“在中国当代的小说创作中,描写人物对话时将引号省略已越来越成为一种时髦。有些作家(比如苏童)从来就极少使用引号。……(引者略)但我认为,是否使用‘引号’,对于小说叙事文体的意义不容小视。引号的作用,犹如一道道篱笆,将不同人物的语言加以分隔,同时,更为重要的是,它区分了人物对话与作者的描述性叙事,正如引号的作用是使各类语言符号条分缕析一样,引号的丢弃最终会使如下的一系列概念之间的界限变得暧昧不清:不同人物的话语,作者的描述,人物的内心活动,以及作者的介入式感叹。”[①]巴金采用加引号的直接引述,在形式上直接标示出不同对话主体的身份、立场,增强了小说叙事对话色彩的形式感。

第三节　独语的方式及其功能

独语这种话语场景,是自己一个人的“说”,不需要在场的听众,是独语者对自己灵魂最深处微妙的难以言传的感觉、情绪、心理、意识(包括潜意识)进行的捕捉和思考。独语的话语机制发生在心理分析层面,叙述者以独特的“说”的方式,一方面与读者发生交流,同时也与另一个自己进行交流,是一种直接、公开袒露自己内心世界的过程。巴金的小说对人的心灵探索特别重视,一直在尝试着从人物内心来探究世界,推想他人,故独语作为一种最具内心探索性质的话语场景使用频率很高。巴金小说中独语场景大致有以下三种方式:

一、书信

书信是小说中第一人称叙述话语的一种变革,语言的抒情表现功能大大增

---

① 格非:《记忆与对话》,《当代作家评论》2001年第4期。

强，但因书信的文本内部有一个第二人称的“读者”(收信人)存在，也就是有一个潜在的对话者，其对话的属性虽然存在，但话语形态的呈现更趋于自我内心。正如小说批评家伊恩·P·瓦特谈到书信在小说文本中的作用时说：“当然是信件乃是其作者的内心生活的物质见证。它们是比传记更‘真实的作品’，它揭示了作者的既针对接受者又针对所讨论的人物的那种主观和个人的倾向。”“个人每天的经验是由思想、感情和感觉的不断流动组成的；但大多数文学形式——例如传记甚至自传——都是粗俗的时间之网，无以保留内心的真实；因此，其大部分只是回忆。”而“对日常生活中的意识的接近真实的纪录，就是私人书信”，“在写作所有这些书信时，作者的心灵都完全参与到人物的主观意识之中”[①]。巴金小说中有大量的书信运用，在呈露内心、增强情绪感染力上都有着良好的表达效果，所以有论者认为巴金小说贴近读者心灵的表达方式就仿佛书信一般：“对于生活在同样痛苦挣扎中的人们，对于同样有追求光明渴望的读者，特别是那些富于热情和正义感的青年，巴金的作品像一位知心朋友的表白心曲的书信一样，那种激情迅速地感染和吸引了他们，引起了他们精神上的共鸣和对于人生道路的严肃对待的心情。”[②]书信虽然在形式上面向特定的某个人展开叙述，但作为一种较为私人化的话语形式，在语言表达上具有内向化特征。

如《春天里的秋天》中有九封书信(包括纸条)，每一封书信的出现都预示着小说情节的一次转变或者人物情绪的起伏，如第三章：郑佩瑢派房主人的小孩送来一封信，主要是向“我”讲述昨晚喝醉了的事情，语调沉郁，其实这时她已接到父亲让她回家定亲的事情，内心非常痛苦，但又不想让“我”一样痛苦，于是才以酒买醉。在这封书信里，作为读者能够读出郑佩瑢此时的心情，但“我”还蒙在鼓里，所以才有后来我对郑佩瑢一系列反常行为的猜测，以及由此生出的对两人爱情的担忧。第十四章中“我”去郑佩瑢家，她不在，有一个纸条，说留下家乡的糖请“我”吃，晚上一起去看星星。这里出现的一个信息是具有预叙功能

① [美]伊恩·P·瓦特：《小说的兴起》，高原、董红均译，北京：三联书店，1992年，第214—215页。

② 王瑶：《论巴金的小说》，《文学研究》1957年第4期。

的，那就是怎么会有从家乡带来的糖？这为后面的故事发展埋了伏笔。于是紧接着第十五章开篇就写郑佩瑢差人送一纸条，说和一个女朋友出去买东西，不让“我”去找她，但因为“我”对她的想念，不由自主地还是去了她家，可刚快到院子门口就看见郑佩瑢和一个陌生男子并肩走了出去。这就为小说设置了一个悬念，这时读者和“我”一样在猜测这个男子是谁？为什么郑佩瑢要撒谎？读者是疑惑的，“我”不仅疑惑，还非常痛苦。但后来见到郑佩瑢后她还是遮遮掩掩，这让我更加疑窦丛生，对二人的爱情也更加担忧了。第十七章中写正当“我”的爱情出现这些波折而陷入痛苦时，妹妹写信来并抄写了哥哥的遗书，把哥哥自杀的原因在这封书信中揭示出来：主要原因是哥哥与一个少女相爱却受到家庭阻拦，少女被迫出嫁他人，哥哥被迫娶一个不爱的人，于是哥哥为了抗争便割喉自杀了。“我”同情着哥哥，也忧虑着自己的爱情，这时就有了郑佩瑢要回家探望的事情了。郑佩瑢说三天就回来，结果没有回来，“我”和读者都不知道为什么，而且之前郑佩瑢的一些行为也不知具体原因。于是到第二十三章中郑佩瑢从家里写来了言辞正式的绝交信，这时又有一个新的问题产生，那就是郑佩瑢真的不爱“我”吗？小说没有用全知叙事做出解释。第二十五章中用“我”写给妹妹的信来描述“我”在失恋后的痛苦心理，语调忧伤，与前面哥哥在遗书里对爱情的感伤一样。紧接着便是小说结尾第二十六章中同时收到了从报馆的朋友许那里转来的两封信，两封信的时间相隔三个星期，后一封信也距现在十多天了。这两封信的并置对照呈现，为小说带来巨大的情感震撼力。其中一封是郑佩瑢给“我”写来的一封长信，在这封信里，郑佩瑢以书信这种长于书写内心的文类，将自己不得不听从父命断绝关系的事实，和对“我”充满真挚的爱和思念的内心世界淋漓尽致地呈现出来，而且现在已悒郁成疾，卧病在床，恳求能与“我”再见最后一面。另一封信是郑佩瑢的堂妹报告瑢已亡故的信。这封信将故事情节推向高潮又急转直下，收到了非常强烈的叙事效果。在这篇小说里，故事情节和人物关系非常简洁，但是却充满了抒情的韵味，其中原因之一和它大量运用书信有很大关系。因为这篇小说采用的是第一人称限知叙事，“我”既是叙事者又是观察者，郑佩瑢的行动“我”可以看在眼里，但她的内心“我”却无法得知，所以这篇小说就大量采用书信的方式来对“我”和郑佩瑢的内心世界进行揭示，既能有效推动故事向前发展，又能延展小说的心理和情感空间，尤其是小说最后的两封书信使整部小说获得了巨大的叙事能量，书信的采用也使这篇小说具有强烈的情绪化基调。

《雨》中也运用了多封书信，因为在呈现吴仁民、郑玉雯和熊智君之间的感情纠葛时，对于彼此无法向对方言传的话语，书信就成为既能揭示自我内心又能传达与对方的一种方式。如第六章中熊智君给吴仁民的第一封信，把两个人的关系和共同的经历非常深情地传达出来，这为后来吴仁民和熊智君之间的爱情的产生做了铺垫。第八章中吴仁民用写有“用它来揩干你的过去的眼泪。为我们的纯洁的爱情而哭。”这两句话的纸条贴在两方手帕上，向熊智君表达爱情，这样他们的爱情便开始了。第九章将熊智君对吴仁民的爱的回应也用书信的形式表达出来，真实而细腻，并邀请他赴张太太的邀请。第十章因为吴仁民见到的张太太就是曾经抛弃自己的旧爱郑玉雯，而且她还企图恢复两人以前的关系，吴仁民便用长信的形式断然拒绝，因为书信具有真实传达内心的功能，在叙事上也起到了表明吴仁民真实态度的作用。在第十二章中郑玉雯给吴仁民写了一封短信，要再单独见面，而吴仁民也写了封短信断然拒绝了她，后来在第十五章中郑玉雯因强求吴仁民的爱无望而自杀，自杀前写给吴仁民的信真实表述了她对过去的悔恨和对现在生活的失望，这让吴仁民陷入了深深的悔恨之中，正在这时，熊智君也因为郑玉雯丈夫的威胁而不得不委身于他，在第十六章中用书信的形式将熊智君被迫嫁给郑玉雯丈夫的原因，以及内心对吴仁民的感情细致地揭示出来。这篇小说主要是从爱情的角度来塑造吴仁民的性格，两个女人最后都因为他而走向灭亡，这对于吴仁民来说是震撼很大的，在这个过程中，他们之间复杂的关系和彼此的情感，通过书信的方式要远比直接叙述更细腻真实，一方面加强了小说的真实性和感染力，另一方面也使人物的性格在这种感情中得到了更深刻的揭示。

《家》第五章中琴给倩如的信，谈关于“外专”招女生的事。利用书信所具有的真实性特征，既保证了小说传达琴对此事的真实态度，也为琴的性格发展创设了语境(如此叛逆的想法有同行者),还为后面倩如出场作了铺垫,这就要比“琴也决心去报考‘外专’”这么一句话具有更强的叙事功能。又如《家》第三十一章中觉民逃婚后给觉新留的信,以及后来觉民又给觉新的回信,既表明新一代青年与家庭专制坚决抗争到底的决心,也为在情感上争取觉新的转变提供了条件,因为书信的话语方式更具有情感抒发功能。

《寒夜》中的书信也是一个重要的话语场景。自曾树生远走兰州后,书信便成为小说重要的叙事因素,正是书信才将身处异地的汪与妻子连接起来。汪文宣以前常常把妻子身体与自己离得远近视作判断二人情感亲疏的标准,此时书信的内容与长度则成为新标准。直至那封长信的到来将他的幻想彻底打碎。而正是这封长信,才让读者知道了曾树生之前所有行为产生的原因(之前小说对曾的心理揭示很少)。信中充满了委屈、抱怨、矛盾,还有深深的爱、不舍的爱。作家以这种方式展现曾的内心世界,非常细腻真实。所以说,曾树生的这封长信对于情节发展是个推动,也使小说的人物塑造更有深度,使作品的艺术感染力更强。

巴金的小说还有很多都运用了书信,又如《亚丽安娜》《电椅》《春》《秋》《雾》《电》等,书信的运用在很大程度上活化了巴金小说的文本形式。书信是一种有着对话属性的文类,但在小说中的运用使它在情感指向、心理向度上都比直接的对话更富有婉转细腻的语言风格,它在小说叙事中的穿插,不仅深化了话语场景的心理和情感涵蕴,也在人物性格塑造和心理揭示方面获得了良好效果。

二、日记

日记是一种独白性很强、能够营造特殊的心理空间结构的手段。日记表现的完全是单方面的“我”的行为、反省和自我告白,从读者接受视角来看,文本虚构的世界也会呈现出真实的面貌。巴金的小说,不仅善于在叙事中插入日记,甚至创作了一些日记体小说,可见巴金很重视日记对于文学表现的功能。日记的叙述者仍然是“我”，但与书信不同的是，这个叙述者所面对的受述者是不确定的。日记重在展现自我内心，它在小说中的运用不仅能增加信息，促进叙事的转合，而且本身就具有引人入胜的特点。现代作家郁达夫认为，喜欢阅读日记是读者的心理要求，他说：“关于别人私事的探知是读小说心理的一个最大动机，所以读他人的日记，比较读直叙式的记叙文，兴味更觉浓厚。”并直陈：“我在暇时翻阅旁人的著作的时候，最喜欢读的，是他的日记，其次是他的书简，最后才读他的散文或韵文的作品。以己度人，类推起来，我想无论哪一个文艺爱好者，大约是人同此心，心同此理的。”[①]在巴金小说中，对日记的运用使人物的内心世界获得了最大限度的挖掘，这对于以“挖掘人的心灵”为文学使命的巴金来说，无疑是一个有效的手段。

如《家》第十一章中觉慧被关后的长篇日记，将祖父、大嫂、二哥、鸣凤、大哥等最亲近的人都进行了一番省度：虽然彼此相爱，却与自己有着精神上的隔膜。这种写法既符合觉慧被关家中孤独无聊的状态，又将觉慧与众人精神上的差异进行了凸显。

在革命题材的小说中，以日记呈现人物的狂热情绪，可使叙事更富感染力量。如《灭亡》、《新生》（指杜大心的日记）、《海底梦》、《雨》、《电》等都有日记的运用。例如《灭亡》中第十二章“杜大心底悲剧”中写他的两重悲剧便采用了日记的方式：

例一：

我不能爱。我只有憎。我憎恨一切的人，我憎恨我自己。

迦尔洵说过：“狼不吃狼，人却欣然地吃人呢！”不错，我每天只见着人吃人的悲剧。人能爱人吗？为什么在一个同样的人的世界中，一边是光明的，热的，而一边却是黑暗的，冷的呢？一些人在热的世界中狂欢，另一些人却在冷的世界中冻死。我们坐视着，我们为将来的人许下了美丽的东西，而对于现在那些快要冻死、饿死的人又怎样呢？什么是将来？所有的将来的希望都在这不死不活的现在中消失

① 郁达夫：《日记文学》，《艺文私见》，上海：复旦大学出版社，2004年，第149页。

了。什么是“梦”？难道“梦”能使饿着、冻着的人满足吗？我们尽管以美丽的梦来安慰人们，然而人们依然是不断地饿死、冻死，被同类摧残而死。对于那些人我们底话还有什么力量！他们会带着憎恨的记忆死去。我要做一个替他们复仇的人。

我恐怖死，然而憎底力量却胜过了死底恐怖。我既然不能为爱之故而活着，我却愿意为憎之故而死。到了死，我底憎恨才会消灭。——五月二十八日。

例二：

她也许会爱我，也许已经爱上我了。我自己要用全心灵来爱她。……然而我现在没有资格爱人了。我今晚在她家里的时候，我完全被她征服了，完全违反了自己底意志。我为什么要爱她？为什么还要爱她？我自己不是屡次立过誓不爱女人吗？我所负的责任乃是担起人间的恨和自己底恨来毁灭这个世界，以便新世界早日产生。我应该拿自己底痛苦的一生做例子，来煽起人们底恨，使得现世界早日毁灭，吃人的主人和自愿被吃的奴隶们早日灭亡。这样泪海才得填平，将来幸福世界的人底血液里才不致混入现代人底毒汁。这样的工作自然不是我所能完成的，然而至少我要做一个开路的先锋。我如果为着一个女子，就抛弃了自己底工作，去享受人间的幸福，或者去为她牺牲一切，那么，我又是什么样的一个人呢？从前的话都成了空谈吗？我自己应该努力做一个言行一致的人。凡我用笔写过的，我都应该拿行为表现出来。我要珍爱我底痛苦，用痛苦来洗净自己底罪恶，努力做一个纯洁的人。我当竭力想法消灭对她的爱情。

以后不应该再到静淑家去了。——六月六日。

昨天和今天都到静淑家去过了。我不是早说过不去吗？然而我不能不去，我已经做了我底爱情和激情底奴隶了。不看见她，我简直不能过日子；见着她虽使我因良心上的痛悔而更感痛苦，但我觉得非此不能满足。

她分明是一个爱之天使，多么纯洁，多么温柔！我爱她，我应该爱她。我为什么又不应该爱她呢？然而爱了她，我怎么能使她幸福？又怎么有余力来为我的信仰尽力？我究竟应该怎么办？——六月九日。

我觉得我应该到她家去！我应该爱她！是的。我为什么不到她家去呢？为什么不应该爱她呢？……以后又怎么办呢？到底有什么更好的办法呢？——六月十五日。

在这两个引文片段里，例一写杜大心的病越来越厉害，感觉也愈加敏锐，他的偏于憎的主张和希望以暴力手段进行革命的渴望使他更加痛苦，但对于自己的信仰，他要仍然坚守。即使为了这信仰，身体的病痛更加深重，甚至是死，也要坚持。这一系列的内心反应，若通过其他方式表现，远不及日记的自我呈现更具真实性。而例二写的是这时杜大心爱上了李静淑，可为了信仰他又不得不抑制这种爱，这三则日记就描写出了杜大心此时理智上想压抑情感，但情感上却又控制不住去爱的细腻心理，这是革命与爱情之间的冲突，他的双重痛苦以人物日记的方式呈现，不仅真实、细腻，而且富有感染力。

三、独语

人物以无声的语言传达瞬间闪现的感受、凌空跳跃的思绪，凸显人物潜意识中的情感波澜，就构成了人物的独语。独语对语言的暗示性和含蓄韵味的追求，实现了对人物精神与心灵世界的种种波动的探索和真实呈现。

如《家》第四章是用了整整一章的篇幅来表现灯光下鸣凤的心灵独白。其情其景既有人物处境的揭示，又有人物性格的展露，还有人物命运的预叙，让读者倾听到了人物来自“灵魂的一隅”的声音，故而后来鸣凤之死要比淑贞之死更能激起读者的愤激情感。《寒夜》对独语的设置是最明显的，汪文宣似乎始终处于这种状态中，甚至可以说母亲和妻子就是在他的独语和目光中完成塑造的，很多时候，他自己默默独语，没有听众，也不需要听众。在这部小说中最感人的独语场景是妻走后，汪文宣独自去曾经和妻一起到过的咖啡厅，坐在原先坐过的座位上，要上两杯咖啡，想象妻坐在面前，借着心灵中与妻说话来排遣内心的孤独，倾诉无限的思念，在孤独的痛苦和思念的煎熬中重温过往的旧事。小说

《海底梦》在这方面也有着典型体现。

另外，梦也是人物的一种特殊形式的独语。我们常说“日有所思，夜有所梦”，梦境往往最能反映人物真实的心境。当人不能在现实中实现某种欲求时，梦境就成为一种情绪宣泄或补偿的途径。梦境中不会有外界干扰，是一种纯粹的自我呈现。在巴金的小说中，常常运用梦的书写来完成对人物的心理呈现或者形象塑造。尤其值得一提的是，巴金小说中有些梦境的书写，不是单纯的视角，而是充盈着所有叙述的基本成分，它们有情节链，有背景、人物，甚至有对话和内心独白。这些梦境与小说的叙述是平等的，不单单是作为预言、心理分析或装饰来运用的。从这个角度来看，这种梦境叙述与现实叙述共同构成了小说的文本叙述，并从不同角度、不同层次揭示着人物的处境与心理，从而深化了小说对主题的揭示。

如《家》中鸣凤死后觉慧的梦，梦到鸣凤成为富家小姐，后来被她有钱的父亲带走的过程就属于这种情况，反映的是潜意识中觉慧对鸣凤的思念和愧疚，以及小知识分子不可避免的潜在的身份等级意识。《寒夜》中的汪文宣经常陷入连连的梦魇之中，如第二章汪文宣梦到敌机轰炸全人逃难时走散了，妻子拒绝寻找母亲，梦中的恐怖、紧张和别离的痛苦，既是人物渴望或逃避心理的真实写照，又是小说情节发展的预叙。到后来，汪文宣噩梦连连，其实也是他处境每况愈下的表征。《灭亡》中的第二章“梦境与现实”中，写到杜大心因白天看到车祸的惨景，晚上便开始做梦，先是梦到汽车里的那个秘书长的女人，他嫌弃地赶她走，这个女人却又变成了自己的表妹，这时杜大心的梦也醒了。在第四章“女人”中，用整个一章写杜大心的梦境，表妹又来到他身边，向他倾诉这四年里别离后的思念和痛苦，杜大心非常感动，但又意识到自己已经献身革命事业不能再爱女人了。在这个梦境中，两个人有哭有泪，有对话有动作，还有人物心理，这个梦境叙述与小说的故事叙述基本相仿，成为小说叙事中不可替代的心理化叙事成分。《火》(第三部)开篇就写冯文淑梦到了敌机轰炸平民的残酷场景，这与《火》(第二部)中冯文淑与战友们在抗战前线血与火的经历正好形成了衔接，既使三部曲的形式衔接自然，又对人物的心理有深度的揭示。

独语这种话语场景的运用,为巴金小说文本带来了独特的语言表达效果。一是增强了小说语言的情绪感染力,调节了小说的语调和节奏。对巴金来说,文学创作既是一种寄植政治热情和个人情思的载体,更是一项承载探索美好生命形式的崇高事业,他曾说:“我愿意揩干每张脸上的眼泪,我希望看见幸福的微笑挂在每个人的嘴边。”①因此,巴金在小说文本中不仅讲究传情达意的基本功能,更看重心灵呈现的深度,于是选择独语这种具有内视性的有限视点进行呈现就成为重要的途径。“叙事视点不是作为一种传送情节给读者的附属物后加上去的,相反,在绝大多数现代叙事作品中,正是叙事视点创造了兴趣、冲突、悬念、乃至情节本身。”②巴金小说文本在独语场景中以限制视角展开叙事,“只进入一个人物的内心,并经常使用这个人物的视觉角度”③,这有利于消除空泛化议论,摒弃概括性叙述,从而实现“形象叙述”的表达效果,达到兼具视觉与心理上的指向性,从而丰富语言内蕴的多重性。巴金小说中大量运用了书信、日记、私语等话语场景,使全景与特写交错,视野的拉远和拉近并置,实现了话语场景的自然变换和无时空性接合,强化了小说对心理冲突、性格深度等的凸显,又使小说由记事到抒情之间调节了语调的急徐和节奏的快慢。二是独语的自我心灵呈现方式,往往更能增强与读者的交流效果。在巴金小说文本中,主要故事的叙述有时会涉及某个新的人物或情节,如果这时采用叙述语的方式作概要介绍,就会使小说语言显得平铺直叙,没有波澜,不易引起读者的阅读兴趣,这时若采用书信、日记或梦境的方式将这部分情节交代出来,就会使小说叙述的语调出现起伏,引起读者的注意,更易参与到小说故事情境中。另外,书信和日记也常常作为交代事件结果、故事结局的方式来使用,如《雨》中熊智君给吴仁民的最后一封告别的信,就交代了这个恋爱故事的结局;《雾》中周如水最后读的那封父母来的家信,属于交代整部小说结局的情况;《秋》的尾声中觉新写给觉慧的信也是交代整部小说结局的情况。这种以书信结束小说的写法,会使

---

① 巴金:《我的幼年》,《中流》第一卷第一期,1936年9月5日。

② [美]华莱士·马丁:《当代叙事学》,伍晓明译,北京:北京大学出版社,2005年,第130页。

③ 同上书,第131页。

故事结束后小说文字的意蕴犹存，回味深远，增强了小说与读者的交流效果。

独语场景的运用对巴金小说形式的影响也是明显的。如果从传统的"讲故事"角度来看，巴金小说中大量插入书信、日记等次文类，在文本样态的构成上的确有些与众不同，就小说诗学而言，这种文类杂糅的方式从小说形式的创造性改造方面看是值得提倡的。关于文学形式的变异问题，童庆炳先生曾经这样分析中国古代文体变异的成因："'诗文之所以代变，有不得不变者'，或是受制于'文章体制，与时因革'的外部因素，或是出于作者'因情立体，因体成势'的内部因素，或是可能缘于'旧体难出新意，遁而作他体'这一文体自身的演变逻辑。"①在中国小说的发展过程中，不管是新的小说形式的创立还是传统小说形式中新质的增生，很大程度上是多种因素综合而成的结果。巴金小说在文本中对不同次文类的杂糅，一方面出于其自身对艺术呈现的内在要求，另一方面也反映出他对中国现代小说在文本形式上的创新意识。关于文类杂糅，其实并不是一个新话题，也不是巴金小说所独有，比如《圣经》，就是由创世神话、编年史、列王记、圣徒传、家谱、箴言、律法、寓言、哀歌、情歌、颂诗、预言、启示录、书信集和神学论文等汇编而成，成为世界上一种非常自由、多样的写作形式的组合体，也正是由于这种形式的开放性和包容性，乃至成为西方文学的元典。单就巴金小说而言，大量书信、日记等次文类在小说文本中的镶嵌，使不同的话语片段杂糅进文本中，不仅改变了小说形态，介入了小说叙事，而且丰富了小说话语，促进了各类话语的"对话"。它们保留着自己的面貌，体现着自身的"体裁规范"和"语体创造"，但它们的价值又往往是在小说的内在关系中才得以实现，是小说形式属性中不可忽视的成分之一，体现着作家对小说形式封闭性的颠覆。吴义勤先生曾说："富有感染力的作家通常都是大胆而独特的文体家。"②巴金小说中大量独语场景的使用，小说的情感色彩和心理化倾向，大大增强了作品的感染力。虽然巴金不属于优秀的文体家，但有一点却是毋庸置疑的：巴金小说以文

① 童庆炳：《文体与文体的创造》，昆明：云南人民出版社，1994年，第105页。

② 吴义勤：《中国当代新潮小说论》，南京：江苏人民出版社，1997年，第11页。

类杂糅的方式，力图在小说文本样态的限制中容纳无限的努力，在一定意义上说，冲击了固有的关于小说边界的理解，小说形式的可能性在他那里是开放性的。

第四节　巴金小说语言的诗学意义

巴金的小说写作意义可以从多个向度进行观照。但就小说语言来看，叙述语、对话和独语这三种话语场景，在传达或呈现其文本中近于狂乱的文学想象，对现实、历史和个人记忆的弥合与隐喻，对政治、潮流的超越和疏离等方面，都发挥了独特表达效果，正如有论者谈及《寒夜》的语言运用时所说："这部小说着重描写了长期的战争所带来的令人恐怖的局面。通过黑暗、寂寞的夜晚和变换季节的形象化描写，渲染了面临毁灭时所特有的气氛；通过景象的描绘，给读者以一种身临其境的感受；通过对话，展现了主要人物之间的冲突；通过角色的独白，揭示了主要人物的心灵世界。所有这些手法的使用都有助于抑制小说过于激烈，而使读者加深对于处在战争最黑暗时期的现代中国家庭成员状况的认识。"并且由此认为"(《寒夜》)可列为巴金的杰作之一。它证明了巴金在艺术上前所未有的成熟"[①]。若从接受效果看，巴金小说语言的特色会更加清晰："一般地说：一部作品不抓住人的注意力，从感动读者的角度看其他的都落空了，而兴趣和悬念(广义)不一定专靠情节和场面造成，主体的出色陈述、美的心境、独特的处理手法都能紧紧吸引人们。"[②]巴金的小说便很能"抓住人的注意力"，激起读者的参与和阅读期待，这与巴金设置的话语场景所具有的文学效应密切相关。当我们将巴金小说语言置于中国现代文化语境中会发现，巴金的小说写作超越了当时启蒙—革命式话语的樊篱，改造了主流文学语言的意识形态性质，

---

① [美]内森·K·茅、刘村彦：《巴金和他的〈寒夜〉》，李今译，张立慧、李今编：《巴金研究在国外》，长沙：湖南文艺出版社，1986年，第156—157页。

② 花建：《巴金小说艺术论》，上海：上海社会科学院出版社，1987年，第139页。

创造出一种具有浓厚抒情性和心理化的小说语言，在为现代汉语写作提供新的可能性方面，体现着重要的诗学意义。

一、拓展了文学表达的边界

巴金小说的叙述语非常注意词语的情绪表达和个体感觉的运用，无论是革命想象中的故事，还是往昔的家庭记忆，抑或书本经验（法俄大革命史），当它们化作文本故事时都凝聚着坚实的感觉与情绪内核，作家采用的是最贴近人物思想内里的叙述语进行细腻呈现。巴金小说对语言的感觉和悟性，扩展了文学表达的边界，使小说产生一种超越文本和作家意念的新境界。

如《家》中关于高觉新的性格形象，赵园曾从中国“家”文化角度分析认为，因为“觉新是祖父的长孙，父亲的长子”，这种身份地位决定了他“没有‘自己’”，“不能有‘自己’”，“无论‘傀儡’还是‘宝贝’，他的人格都是被蔑视的。他附属于、隶属于‘家’，是那个‘家’的一部分，与它的其他不动产等同”[①]，于是形成了其压抑的性格，也带来了他人生的深刻悲哀。关于这一点，我们从巴金小说文本的话语分析中，会更清晰而直观地见出高觉新的形象独特性，从而感受到巴金小说语言的文学表达力度。《家》是以全知叙事角度来讲述故事的，作家采用的大多是激流勇进型的加速度叙述，在话语场景的运用上，对话场景很多，人物间充满了躁动不安的气息，但第六章对高觉新出场作集中叙述时，除了觉新父亲的两段话以直接引语的方式插入外，都是静态的叙述语场景，并且觉新父亲话语的后面也没有觉新的答话。我们先看下面的引述：

例一：

他和他底几个兄弟一样，生来相貌清秀，自小就很聪慧，在家里得父母底钟爱，

① 赵园：《艰难的选择》，上海：上海文艺出版社，1986年，第287—288页。

在私塾得先生底赞美。看见他的人都说他日后会有很大的成就，便是他底父母也在暗中庆幸有了这样一个“宁馨儿”。

例二：

订婚以后，他终日无目的地玩，把平日所用的书籍，整齐地放在书橱里不去动它。他打牌，看戏，喝酒，或者依他底父亲底话去作自己结婚时的种种准备。他不大用思想，他平静地等着新的配偶底到来。

例三：

这种生活也还是可以过活下去的。没有欢喜，也没有悲哀。虽然每天照例要看见那几副嘴脸，听那些无味的谈话，做那些呆板的事，可是他周围的一切还是平静而安稳。家里的人不来搅扰他，让他和妻去过他们底安静的生活。

从故事情节来看，这些叙述语基本不推动故事的进展，也基本不涉及觉新的具体行动，而只是关涉故事发生情境的叙述话语：例一是对觉新整体思想性格的概括，即备受大家喜欢；例二是对觉新不满这门亲事但也不反抗的行为、自我逃避的心理、自我麻醉的情绪进行了揭示；例三是对觉新婚后不悲不喜、自我满足心理的概括。这些叙述语表现的中心不是事件推进与行为的实施，而是觉新的思想、情绪和心理等非事件性的内容，是故事情节相对静止状态下的人物性格、心理的呈现和情境、氛围的渲染。在《家》这部小说中，主要人物特别是主人公觉慧，都是采用动态的、事件性的叙述语，唯有觉新采用的是这种静态的叙述语。觉新是一个在“新”与“旧”之间的中间人物，他面对新旧两端的生活有着双向度的认同，又有着双向度的背离，却始终不能做出决绝的选择，在人物形象上属于“委顿的生命”[①]，所以采用这种重在呈现情绪、心境而非行动的静态叙述语是最适合的。而且，在一定意义上说，这种静态叙述语不再只是叙述觉新的话语场景，而是成为他没有主动思想、没有主动行为的生命形态本身，这种静态

---

① 张民权：《巴金小说的生命体系》，上海：复旦大学出版社，2011年，第5页。

叙述语与觉新形象的对应关系使它成为人物形象的一种外化形式，于是话语场景便具有了原本由形象来承担的功能：叙事者无需跳出来作价值判断，静态叙述语自身携带的情感和主观态度便已实现。另外，在这一章里共出现两段觉新父亲的话，一段是安排觉新的婚事，一段是安排觉新的工作，但觉新自己的答话是缺失的，而是由叙述语转述出来，这时我们在叙述语中读出的觉新始终是沉默的，失语的，被动的，只有长辈的指令才是有声音的、动态的话语，它们在整章的叙述语调中显得非常不和谐，而这体现出的正是父辈话语的权威性和觉新在父辈面前的失语。因此，在觉新形象的呈现中，巴金对这种深具情绪化、非行动性的静态叙述语的选择，并非单纯体现了作家对语言技巧的运用，更显现出作家对文学语言的感觉和悟性，它恰好凸显了觉新内向化、被动性的生命形态，语言本身所携带的情感意蕴成为觉新形象塑造的底色，小说的美学厚度和感人力量在很大程度上正是在对觉新的盘桓驻笔中显现出来的，大约这是作家创作之初所始料未及的。在这个层面上说，作家以自我生命体验去感受世界而不是解析世界时，这种对语言的感悟和想象可以超越文本和作家的观念而拓展文学表达的边界，这正是巴金小说语言的诗学价值之一。

二、赋予了语言的戏剧性

戏剧性[①]的发生机制要求必须有戏剧冲突，这种冲突的双方可以是明显的，如强者与弱者、子女与父母等，也可以是隐蔽的，如主人公的情感、意志与某种外界力量的冲突等。总之，戏剧性是对立的话语力量的一种冲突。巴金小说中采用了大量直接引述人物对话和内心独语的话语场景，其句式、语调和体式上都具有明显的戏剧性。在这些话语场景中，外在事件的发展与人物内在心理穿

① 董健、马俊山：《戏剧艺术十五讲》，北京：北京大学出版社，2004 年，第 65—80 页。该著对“戏剧性”的专题研究中认为，文学中的戏剧性是建立在动作性和冲突性基础上的，具体表现为集中性、紧张性和曲折性三个艺术特征。

插交错在一起，融合成特殊的“戏剧场景”，小说语言具有戏剧性效果。

一是语言的角色化。戏剧舞台上的人物对话是分角色演出的，所以戏剧语言的角色化要求很高。巴金小说中的对话场景，语言的角色化倾向非常明显，正如语言大师老舍所说：“小说中人物对话很重要。对话是人物性格的索隐，也就是什么样的人说什么样的话……（引者略）写对话的目的是为了使人物性格更鲜明，而不只是为了交待情节。”[1]例如《雨》第五章中高志元和吴仁民关于信仰的对话：

“我不相信你的话，”高志元疑惑地说，“既然我们得不到新生，那么我们为什么又要努力奋斗呢？”

“这就是做一日和尚撞一日钟的意义了。即使奋斗的结果依旧不免于灭亡，我们也还应该奋斗。即使我们的前面就立着坟墓，但在进坟墓以前我们还应该尽我们的力量去做一番事业。奋斗的生活毕竟是最美丽的生活，虽然这里面也充满了痛苦。为了惧怕灭亡的命运，为了惧怕痛苦而去选取别的道路，去求暂时的安舒的生活，那是懦夫。我们是生来寻求痛苦的人，我们并不是一件奢侈品。我们要宝爱痛苦。痛苦就是我们的力量，痛苦就是我们的骄傲。”一种力量突然鼓舞着吴仁民，使他热烈地忘了自己地说了上面的一番话。他说它们，好像在背诵一段名家的演说稿。声音里充满了热情，并没有一点疑惑。[2]

这是《雨》中写到革命活动陷入低潮，而吴仁民又陷入了爱情与信仰的矛盾，吴仁民对自己信仰的一段愤激言词，其中如烈火升腾般的暴躁情绪，正是吴仁民此时容易激动、焦躁性格的体现，和高志元的沉稳性格形成了对比。巴金革命小说中的革命青年们时常出现的大段大段的充满焦躁、矛盾和愤激的语言，特别像对着观众演出的舞台语言或广场语言，有气势、有煽动性，个性化、情

① 老舍：《人物、语言及其他》，《老舍全集》（第16卷），北京：人民文学出版社，1999年，第315页。

② 巴金：《雨》，上海：良友图书印刷公司，1933年1月，第118—119页。本书中《雨》的引文均出自此版，不再特别注明。

绪化浓烈，语言的角色化倾向明显，消除了书面阅读的难度。

二是语言的动作性。巴金小说的对话与独语往往不作静态呈现或情境描绘，而是有着很强的情节化因素，如故事延展、思想冲突、动作指向等，语言的动作性明显，这也是巴金小说语言戏剧性的表现之一。如巴金前期小说中展现青年性格思想和革命活动时，多采用对话场景，这些场景中往往都包含着故事的情节链，推动着故事的发展，甚至也常常包含着各种对话，整个文本的语调在紧张与舒缓、沉重与清婉、躁动与安宁的氛围"落差"中形成语言的节奏，巴金前期小说的语言流畅和热情风格，与此密切相关。如《家》中觉慧在梦中见到鸣凤，两个人仍旧遭受着各种阻力不能在一起，两个人焦急无比，这个梦境中就有二人大量的对话、行为动作。《火》(第二部)中冯文淑梦到母亲、《火》(第三部)中冯文淑梦到轰炸中逃难、《寒夜》中汪文宣梦到躲警报等，都构成了一个个有着剧烈、紧张戏剧冲突的戏剧场景，语言的动作性很鲜明。甚至短篇小说《罪与罚》直接就是采用戏剧的形式写出的。

戏剧性作为一个小说诗学问题，当然并不仅体现在小说语言这一个方面。对于巴金小说来说，其语言的戏剧性特征成为中国现代小说诗学的重要建构。

巴金是中国现代作家中比较喜欢修改自己作品的作家之一，其中也包含着对小说语言的修改。这种修改利弊参半，一方面可能会把创作原初话语中的某些韵致、感觉甚至那份青春年少的躁动气息遮蔽掉，另一方面可能会使小说艺术更加精致，语言表达更加精美。这种修改现象暂不深论，但在巴金这种修改旧作的习惯和偏爱里，至少可以见出他始终对小说创作葆有一颗艺术匠心。正是在这个意义上，我们在对巴金前后期小说的语言考察里，发现了其语言艺术上的精进，也发现了其小说诗学上的追求与造诣。汪曾祺曾说："一个作家能不能算是一个作家，能不能在作家之林中立足，首先决定于他有没有自己的语言，能不能找到一种只属于他自己，和别人迥然不同的语言。"[1]显然，巴金已找到了

---

① 汪曾祺：《〈年关六赋〉序》，《汪曾祺全集》(第5卷)，北京：北京师范大学出版社，1998年，第109页。

属于他自己的语言，叙述语、对话、独语这三种话语场景成功地建构出了其独特的语言世界。从文本形式看，巴金小说对话语场景的运用，远远超越了其修辞与叙事层面的语言功能，而是在文化功能的向度上使小说语言具有丰富的心理文化意蕴，尤其是巴金对小说语言情态的感觉与领悟，在小说写作层面上成为对中国现代小说诗学的独特贡献。

第二章 巴金小说的时空形式

小说是讲究叙事的，即通过语言媒介来再现发生在特定时间和空间的事件，在一定意义上可以说时间与空间决定了小说的存在方式。“因为无论是小说的外部形式还是内在体验，都离不开时间和空间这一带有终极性的根本问题。而从抽象的意义上，我们还可以说任何一个小说家在小说形式中都隐含了他的时间哲学和空间哲学。”[①]当然，这里的时间和空间逻辑不是指纯粹物理意义上的时间和空间，而是指作家独特的时空感知方式，主要呈现为小说中独特的时间形式和空间形式。时间形式和空间形式是作家在现实时空基础上对小说中时间和空间的艺术“变形”，它们凝聚在小说特有的语言风格、意象形态、叙事风貌中，也体现着作家的审美方式和创作个性。巴金的小说创作于二十世纪三四十年代，这个时期的中国正是一个急剧变化的社会与文化转型时代，与传

① 吴晓东：《从卡夫卡到昆德拉》，北京：生活·读书·新知三联书店，2003年，第163页。

统作家相比，巴金的时空意识和感知方式都有了变化，小说的时空形式便蕴含着这个时代给予作家的对生命和世界的特定认知和理解。本章将主要考察巴金小说时空形式的特征，探究这种形式背后作家特定的文化心态，并在中国现代小说形式生成上思考巴金小说时空形式的诗学意义。

第一节　时间形式

自从十八世纪莱辛在《拉奥孔》中论断“诗是时间的艺术，而绘画是空间的艺术”后，小说属于时间艺术是毋庸置疑的。对此，英国作家伊利莎白·鲍温也认为：“时间是小说的一个主要组成部分。我认为时间同故事和人物具有同等重要的价值。凡是我能想到的真正懂得、或者本能地懂得小说技巧的作家，很少有人不对时间因素加以戏剧性的利用的。”[①]小说作为一种时间性的存在，主要体现在两个方面：一是从外在表现看，它存在于叙述事件的一个先后的时序过程之中，是一种连续的线性运动，尤其是离别与归来、人世的兴衰、追寻的历程等主题；二是从内在意义看，小说的情节和故事往往是沿着一条内在的时间链和因果链展开的，也就是说具有可续性的两个事件，彼此之间的距离可长可短，有的间不容发，有的距离却相当遥远，两个事件本身也存在久暂之分，可长可短[②]。但就具体文本而言，每个作家都会按照自己的方式和规则对小说时间进行裁剪、安排或编织，甚至复现时间，在叙事中扩展对时间的感觉与经验的边界，让纷乱的事物和精神在时间形式的生成中得以存在和延伸。不管作家是自觉的，还是不自觉的，小说的时间形式本身反映着作家特定的时间意识，沉淀着比作家自我意识更深广的内涵。例如，在中国传统小说中，像历史小说的“话说天下大势，分久必合，合久必分”（《三国演义》的开篇语）、家庭小说的家族兴盛

---

① ［英］伊利莎白·鲍温：《小说家的技巧》，傅惟慈译，吕同六主编：《20 世纪世界小说理论经典》（上），北京：华夏出版社，1995 年，第 602 页。

② 罗钢：《叙事学导论》，昆明：云南人民出版社，1994 年版，第 74—82 页。

败亡(如《红楼梦》中的“好了歌”和那块顽石的经历)等,表现出一种循环论的时间意识,寓意着历史与人生的沧桑轮回。自“五四”以来,中国小说从传统向现代转变的过程中,时间作为小说的重要组成部分,时间形式的呈现方式则隐含着这个剧变时代中作家们不同的时间意识和心理体验。例如鲁迅小说的时间形式在《呐喊》《彷徨》中表现为“将过去的时间‘召回’到现在的时间加以复现”,“《故事新编》则以现在向过去的毫无障碍的挺进,透露出撤除过去与现在之藩篱的企图”[1],体现出鲁迅小说“无意化解时间定位的矛盾,既是过去也是现在又是未来的时间‘混杂’所透露出的时间意识”[2],这是一种循环论的时间观,它使鲁迅小说成为“‘老中国儿女’们的时间场里一曲苍茫时分(过去)的黎明(现在)之歌”[3]。京派小说在时间形式上大多表现为时间的对照、静止或沉滞,用过去对抗着现实和未来,体现出“不断飞驰的时间之箭头要么突然弹回,呈现出循环的一面,要么表现出沉滞、静止的一面”[4],是一种与进化的时间观相异的“向后看”的时间意识,“大致相同的时间意识使他们更注目过去的时间,在过去的时空中营造着美丽的乡土之梦”[5]。

与鲁迅和京派的小说不同,在过去、现在和未来这三个时间定位里,巴金的小说更执着于“现在”,并将“过去”和“未来”予以当前化,并在时间维度上指向未来。巴金对历史持有这样的看法:“历史不是循环的,是前进的。几千年来没有人做过的事,我们也要着手来做,将一切存在和存在过的东西重新来估价。这样做我们是决不会跟着那一切的阴影,‘沉落’到深渊里去了。”“让那一切的阴影都沉落到深渊里去吧!我们要生存,要活下去。为了这生存,我们要踏过一切腐朽了的死骸和将腐臭的活尸走向那光明的世界去。”[6]所以,巴金的小说往往是站在“现在”的时间场域里,在对比中否定和诀别了过去而奔向充满希望

---

① 叶世祥:《鲁迅小说的形式意义》,北京:作家出版社,1999年,第160—161页。

② 同上书,第167页。

③ 同上书,第173页。

④ 刘进才:《京派小说诗学研究》,开封:河南大学出版社,2005年,第42页。

⑤ 同上书,第62页。

⑥ 巴金:《沦落·题记》,《沦落》,上海:商务印书馆,1936年3月。

的未来。曾有论者在谈到小说《家》时，在时间维度上也认为这篇小说是指向未来的："《家》的叙事在表面上看都是即时性的，好似一件又一件事情在我们的眼底下依次展开，但现在时态下依次展开的一件又一件事都指向一个明确的未来。"[①]正是这种指向未来的时间维度，使《家》反封建的主题得到有力的保证，在一定意义上说，这种观点是有道理的。因为指向未来时间维度体现的是对未来的美好期许，这恰与《家》的激情叙述、煽动性强是一致的。但《家》中始终回旋着一种新旧冲突的痛苦、爱憎交织的矛盾情绪，这就不是单纯的指向未来的时间维度所能解释的，需要对巴金小说的时间形式做综合分析，探究时间形式背后作家特定的时间意识和心理体验。从总体上说，巴金小说的时间定位在"时间的当前化"，即以"现在"为统摄，并将时间序列中的"过去"和"未来"拉到"现在"予以对比观照，在"过去"与"未来"的当前化中形成时间的漩涡，重点展示人物的即时性心理时间，而小说结尾又往往扯开一道口子冲向未来，体现出一种"向前看"的进化论的时间意识。这是一种全新的、叠加的现在，它使文本在艺术表现上不仅关注人物性格与心理，还关注着人物背后和周边。另外，在小说文本中，作家对文本故事的叙事策略作为时间形式的一种特殊的修辞，体现着作家特定的心理结构，而文学意象作为时间的隐喻，也成为时间形式在文本中的重要呈现方式。

一、时间的定位：时间的当前化

巴金对过去、现在和未来的态度曾做过清晰的表述，从中我们可以看出他对时间的一种心理体认，也透露出他小说中的时间形式的隐秘。关于过去，他说："我怕记忆。我恨记忆。它把我所愿意忘掉的事，都给我唤醒来了。""的确我的过去像一个可怖的阴影压在我的灵魂上，我的记忆像一根铁链绊住我的

---

① 马大康、叶世祥、孙鹏程：《文学时间研究》，北京：中国社会科学出版社，2008年，第193页。

脚。我屡次鼓起勇气迈着大步往前面跑时,它总抓住我,使我后退,使我迟疑,使我留恋,使我忧郁。”同时,对于自己生活和情绪上的矛盾,他说:“造成那些矛盾的就是我过去的生活。这个我不能抹煞,我却愿意忘掉。”[①]这里的“记忆”在时间上是指向过去,而“我怕记忆。我恨记忆。”又表明巴金对过去持一种鲜明的否定态度,他把过去视为“一个可怖的阴影”,“一根铁链”,“它总抓住我,使我后退,使我迟疑,使我留恋,使我忧郁”,使我充满矛盾,然而“不能抹煞”过去,“愿意忘掉”却无法忘掉过去,过去以强劲的力量挺进到现在的生活,填满了现在的时间。对于未来,巴金则说:“我有了这颗心以来,我追求光明,追求人间的爱,追求我理想中的英雄。”[②]“我太热情了,并且还有一种比艺术更有力的东西吸引着我……(引者略)”[③]有追求就意味着对未来抱有美好期许,并且这个未来是“一种比艺术更有力的东西吸引着我”,于是“现在”就在“过去”与“未来”的纠结中充满了矛盾,无法抹煞过去,又无法放弃对未来的期许。他曾痛苦地说:“我底生活里是充满了矛盾的,感情与理智的冲突,思想与行为的冲突,理想与现实的冲突,爱与憎的冲突,这些就织成了一个网把我盖在里面,把我抛掷在憎恨的深渊里,让那些狂涛不时冲击我的身体。我没有一个时刻停止过挣扎,我时时都想从那里爬出来,然而我不能突破那矛盾的网,那网把我束缚得太紧了。”[④]

正是由于自身痛苦与矛盾,巴金的小说更执着于“现在”,对此,巴金也曾在一些文字中做过阐释。例如一九二九年当《灭亡》发表并受到了普遍关注,同时评论家和读者也对这部小说中“另类”的矛盾思想和人物性格表示了质疑,当时他就写下了《〈灭亡〉作者底自白》一文,非常认真地回答了这种质疑:“总而言之,我活了二十几年。我生活过,奋斗过,挣扎过,哭过,笑过。我在生活里面得到了一点东西,我便把它写下来。我并不是事先打定主意要写一种什么主义的

---

① 巴金:《忆》,《作家》第一卷第四号,1936年7月15日。

② 巴金:《我的心》,《平等月刊》第二卷第三期,1929年3月25日。

③ 巴金:《作者的自剖》,《现代》第一卷第六期,1932年10月1日。

④ 巴金:《爱情的三部曲·总序》,上海:上海良友图书印刷公司,1936年4月。

作品。我要怎样写就怎样写。而且在我是非怎样写不可的。我写的时候，自己和书中人物一同生活，他哭我也哭，他笑我也笑。”[①]这是对自己创作初衷的总结，更是对自己艺术表现形式的说明，在小说时间上作家注重的是现在时间形态，而它又是被过去充填的。一九三二年巴金针对《现代杂志》编辑施蛰存批评短篇小说集《复仇》也作了类似的回应：“我写文章，尤其是写短篇小说的时候，我只感到一种热情要发泄出来，一种悲哀要倾吐出来。我没有时间想到我应该采用什么样的形式。我是为了申诉，为了纪念才拿笔写小说的。《复仇》集中的十五篇小说里，差不多每篇都有一个我的朋友，都保留着我过去生活里的一个纪念。”[②]从这里可以看出，巴金小说中的时间定位是当前化的时间形态，即使写到过去，这过去也是被“召回”到现在，与现在叠加在一起加以呈现的。

另外，一九三一年四月巴金在《〈激流〉总序》中又写道：“我底周围是无边的黑暗，但我并不孤独，并不绝望。我无论在什么地方总看见那一股生活之激流在动荡，在创造它自己底径路，以通过黑暗的乱山碎石之中。”“这激流永远动荡着，并不曾有一个时候停止过，而且也不能够停止的；没有什么东西可以阻止它。在它底途中，它曾发射出了种种水花，这里面有爱，有恨，有欢乐，也有受苦。这一切造成了一股激流，具有排山之势，向着那唯一的海流去。”[③]在这个“激流”的比喻里，喻示着它终将冲破现实的“黑暗”“孤独”和“绝望”，“创造它自己底径路”，“永远动荡着，并不曾有一个时候停止过，而且也不能够停止的”，“向着那唯一的海流去”，从中我们可以看出巴金小说在表现告别过去走向未来时的自信和执着，甚至在这篇总序的结尾，作家激动地写道：“我还年青，我还要生活，我还要征服生活。我知道生活之激流是不会停止的，且看它把我载到什么地方去。”[④]任何事件都是过去、现在或者未来这三种时间定位中的一种，但巴金的小说却将“过去”和“未来”叠加在了“现在”场域中，小说时间成为一种当前

① 巴金：《〈灭亡〉作者底自白》，《开明》(月刊)第22期，1930年6月。

② 巴金：《作者的自剖》，《现代》第一卷第六期，1932年10月1日。

③ 巴金：《〈激流〉总序》，《家》，上海：开明书店，1933年5月，第1—2页。

④ 同上，第3页。

化的时间，同时又指向着未来。

自“五四”以来，进化论思想的输入带来了现代时间意识，它在“新”与“旧”的对立中否定过去、肯定未来，在价值与意义的判定上，也往往把有价值、富有美好品质的事物都置放在了未来的时间背景下，这种执着于“未来”的进化论时间意识成为中国“五四”以来的启蒙文学、革命文学、抗战文学和解放区文学等主流文学话语中的主导时间形态。巴金的小说也属于新胜于旧的进化论的时间观，其中对过去的否定就是以未来的价值为参照的，指向未来的时间维度使巴金小说与主流文学话语有了一致的地方，这也是他的小说被主流文学接受的基础。但巴金小说与主流话语又有着明显的不同，他小说的时间定位是“现在”，他更着意于凸显现在的即时性的生活，同时又未放弃对过去与未来的审视，这样就形成了过去、未来与现在这三种时间的错动与纠结，巴金小说也成为一个富有激进情绪又充满忧郁与矛盾的文学世界。鲁迅曾说：“我看一切理想家，不是怀念‘过去’，就是希望‘将来’，对于‘现在’这个题目，都缴了白卷，因为谁也开不出药方。”[①]巴金的小说没有一味地流连于陈年旧梦或沉醉于往昔的遥想，也未成为喊着口号催人前进的传话筒，在一定意义上可以说，他对自己的小说有着清醒认识：“我虽然有信仰，但我并不是说教者，我不愿意在每篇文章的结尾都加上一个光明的尾巴。……(引者略)我只是把一个垂死的制度底牺牲者摆在人们底面前，指给他们看：‘这儿是伤痕，这儿是血，你们看！’也许有些人会憎厌地跑开，但是聪明的读者就不会从这些伤痕遍体的尸首上看出来一个合理的制度的新生么？”[②]“我不是一个说教者，所以我不能够明确地指出一条路来，但读者自己可以在里面去寻它。”[③]他用文学书写的是生命个体处于过去与未来之间的现在时态的心灵体验。

如《灭亡》中的二十二章几乎开篇都有时间的标志性语句，总体来看，小说的时间定位基本都是“现在”，参见下表：

---

① 鲁迅：《两地书·四》，《鲁迅全集》(第11卷)，北京：人民文学出版社，1981年，第20页。

② 巴金：《作者的自剖》，《现代》第一卷第六期，1932年10月1日。

③ 巴金：《〈激流〉总序》，《家》，上海：开明书店，1933年5月，第2页。

章节	标志性时间语句	事件	时间定位
第一章	这街道……现在忽然热闹起来了	杜大心看大街上的车祸	现在
第二章	(与上同日)睡在床上的杜大心	梦到车祸场景、母亲、表妹	过去时间的当前化
第三章	这是四年前的事	叙述杜与表妹爱情悲剧、母亲去世、杜的求学经历	过去
第四章	在四年以后的今晚	杜梦见表妹来到身边	过去时间的当前化
第五章	杜大心醒来，……挂钟敲了七下	杜到大街上看到的情境	现在
第六章	傍晚李冷回到了海格路的家里	李冷从杜大心处回到家	现在
第七章	这天午后两点钟	杜到李冷家庆祝生日	现在
第八章	时间同第七章	生日会，袁润身讲述自己过去经历	过去时间的当前化
第九章	走出李冷家，……晚风吹到脸上	杜大心与李静淑萌生爱情	现在
第十章	一天傍晚，杜大心来到李静淑家	关于爱与憎的讨论	现在
第十一章	时间同前	李静淑立誓献身的一瞬	现在
第十二章	杜大心一年来都在工会里工作。最近几个月	杜对李静淑的感情加深	过去
第十三章	一天晚上，已经是十一点半钟了	关于革命何时到来的讨论	现在
第十四章	这是一个秋天的下午	杜病了，在李静淑家休养	现在
第十五章	这一晚在上海市华界一条街上	张为群被捕	现在
第十六章	在张为群被捕后的第五天	杜得到张为群确切消息	现在
第十七章	在一个天朗气清的日子里看杀人	杜看张为群被杀头	现在
第十八章	(与上同日)正是黄昏时候、十一点钟的光景	杜在大街上不休息地走路、杜把张被杀事告诉他妻子	现在
第十九章	张为群死后的第三天晚上	杜梦到张的妻子复仇、杜自己下决心为张报仇	现在
第二十章	在一个沉静的晚上	杜向李静淑诀别	现在
第二十一章	时间同前	杜刺杀行为的犹豫和决定	现在
第二十二章	第二天晚上	杜实施刺杀行动	现在

从上面这张表格我们可以看出，小说采用过去时间形态非常少，仅有两章，

即第三章中杜大心与表妹的爱情经历、身世和求学经历等二十多年的人生、情感和思想状态，仅用一章就叙述完了，同样，第十二章中杜大心一年的故事经历用“杜大心一年来都在工会里工作”一句话一笔带过，然后就开始写近几个月里杜大心对李静淑感情的发展情况。这两章在叙事方式上都属于概述，故事时间远大于叙事时间。而小说采用现在时态的叙述则占有绝对主体篇幅，表现有三：一是全篇共二十二章，其中有十九章都属于人物即时性生活的展开，小说在时间定位上是现在时态非常明显。二是过去时间的当前化，如第二章、第四章和第八章是通过梦境和人物自述方式，采用第一人称叙事视角对过去时间予以当前化呈现，如第八章中袁润身讲述自己在法国留学时与一个法国女郎的爱情悲剧，这个故事本身是属于过去时间状态，但小说采用的是人物的第一人称来讲述这个故事，于是过去就被拉到了一个现在场域，转化为一个在现在时态中发生的故事，讲述故事的人不仅在叙述故事，还将故事发生过程中自己的情绪、心理和判断都作为故事因素呈现出来，这样一来，时间在人物的记忆和感情中消融了它的唯一性，过去与现在同处于人物的思维中，凸显出人物的现在时间的心理状态。再如第十章中杜大心对自己早年产生憎恨情绪的回忆本来也属于过去时间，但这一段话也是采用的人物第一人称叙事，实际上是把过去时间召回到了现在，叙事时间是以现在时态呈现出来的，形成了人物的即时性心理时间状态。三是即使在过去时间占主体的章节里还夹杂进了现在时间，如第三章中恋爱悲剧部分采用的是人物对话方式书写悲剧发生的过程，第十二章里则采用三则不同时间段里杜大心的日记来展现杜大心对李静淑情感逐渐加深的过程。这样看来，《灭亡》在时间形式上就成为一部在现在时态下杜大心这个人物的即时性生活的展开，即使关于他过去的经历与记忆，已不再是单纯地作为人物历史的背景性存在，而是大部分被召回到现在时态下重新审视，并成为现在生活的一个触点，引发着当下时间里新的一段心理或情绪上的波动。这种对“现在”的凸显性书写，体现出小说叙事的重心已不再是逐次发生的事件所构成的历史进程，而是人物在事件中所呈现出的心路历程和精神变迁，这样一来，故事向前推进的速度非常缓慢，而人物当下时间里的内心和精神世界，在广度和深度上却被极大延展，人物形象也在一定程度上成为“现在存在”的深思者。当我们阅读《灭亡》时，时时感到人物似乎始终在思想的和情感的漩涡中挣扎，并且小说中焦灼而矛盾的情绪也向我们压迫而来，与小说所采用的现在时态下内心的集中呈现有很大关系。

日记和书信都是注重书写自己当前感情的一种文类形式，巴金小说中不仅采用了很多插入日记和书信的方式来展开叙事，而且还有多篇小说属于日记体小说和书信体小说，如《新生》《海底梦》《第四病室》《爱底摧残》《父与子》等都是日记体小说，《利娜》《堕落的路》《父亲买新皮鞋回来的时候》等都是书信体小说。在巴金的日记体小说和书信体小说中，都有着非常明确的“日记”和“书信”的体式特征，因此小说时间的现在时态非常明显。如《新生》的第一篇由始于S市“M年三月十四日”终于“五月三十一日”的四十五则日记组成，第二篇由始于A地“N年六月一日”终于“六月十一日”的十一则日记组成，从日期记录的日期上看，每则日记都有明确的时间标识，时间进程清晰具体而且连贯，而且每则日记里都有明确的时间提示语，如今天、早晨、中午、上午十一点钟、十二点钟的光景等，无一例外都是在强调着时间的现在时态。就整部小说来说，小说虽以一则则日记（一段一段时间）分隔，但组合在一起的时间序列是先后承续、线索明晰的，具有完整性。日记形式为小说提供了特定的时间功能，那就是为一个个现在时间的出场提供一个个开始的契机。当然，这种日记体强调了小说的现在时态，但并不是说小说的时间状态都是现在，它里面也包含着过去和未来的时间，如叙述昨夜的梦、对母亲的回忆等则是过去时间，而对革命前景的想象、对未来生活的憧憬等都属于未来时间。单纯从时间角度看，过去时间和未来时间的插入，这是作家将叙事时间推远的一种自觉安排，过去与未来的出场是为了表明人物的现在除了当下的情状，还有过去的记忆、未来的遥想等共同塞满了人物现在的生活，体现出人物现在存在意识的丰富和芜杂。如小说第二篇的结尾：“也许今天晚上我底血就会溅在山岩，我底身体就会埋在土里，我底名字就会被人忘记。但是我决不会灭亡。我底死反会给我带来新生。在人类底向上繁荣中我会找出我底新生来。”在这段话中，“今天晚上”表示的是现在时间，但前面加上“也许”二字，就把叙事时间推到了未来时态，后面引导的一系列场景就成为人物对未来的想象，属于未来时间。于是未来时间就与现在时间叠加在一起，既保持着与前文现在时间情态的连贯性，又在时间维度上指向了未来，这时小说的时间就不再是一个时间点，而成为一个横向衍射和纵向延伸相交织的时间场，对未来的期许蕴含在了对现在存在的沉思中。巴金小说中的革命话语在未来维度上与文学主流话语有着相近性从而获得主流文坛的认可，但他同时又能保持住自己小说话语的独特个人性，与这种非单一化的小说时间场域的设置有很大关系。

另外，除了日记体小说和书信体小说外，巴金的小说中还有很多也是采用第一人称展开叙事的，这使小说也具备了非常明显的现在时态特征，如《春天里的秋天》《神》《鬼》《人》《亡命》《奴隶底心》《在门槛上》《春雨》《雨》《化雪的时候》等。这些小说往往是在现在时间感知的叙事框架内，借助往事追述式的回忆来传达故事内蕴，于是对小说人物活动时间的感知交错在现在时态的文本叙事时间中，共同营造出小说的意绪和氛围。日记体小说和书信体小说以及其他第一人称叙事小说都强调的是现在时态，所以这些小说的故事都是叙事者“我”现在的眼光所及，它们都不注重故事情节发展历程中的惊险悬疑，而是重在现在时间里人物心境的展示和整体氛围的渲染，主要凸显的是人物现在时态下内心情感的激荡和精神世界的变迁，小说的抒情色彩和心理化倾向非常浓重。

家庭小说在中国传统文学里是一种非常注重日常生活展示的小说类型，而“日常生活时间，笼统地说具有日复一日的循环性”[①]，巴金的家庭小说，在时间形式上既继承了中国传统小说的这个特点，又有着自己的新质，那就是以“现在”时间为统摄，同时又在日常生活时间的线性发展流程里，充满了将每一个“现在”与过去、未来的对照，如此一来，每一个“现在”都成为由过去与未来叠加的现在，小说的整体时间形式就呈现为一个个叠加式“现在”不断地向“未来”推进。《家》是巴金第一部融入自己家庭记忆的小说，而家庭（或家长专制）在巴金

① 韩石：《中国古典家庭小说中的日常生活及其时间形式》，《明清小说研究》2006年第3期。

小说中代表着应被否定的“过去”，这在巴金为《家》第十版写的序言里可以见出：“那十几年的生活是一个多么可怕的梦魇。我读着线装书，坐在礼教的监牢里，眼看着许多人在那里面挣扎、受苦，没有青春，没有幸福，永远做不必要的牺牲品，最后终于得着灭亡的命运。还不说我自己所身受到的痛苦！……那十几年里面我已经用眼泪埋葬了不少底尸体，那些都是不必要的牺牲者，完全是被陈腐的封建道德、传统观念和两三个人的一时任性杀死的。我离开旧家庭，就像甩掉一个可怕的阴影，我没有一点留恋。……”“旧家庭是渐渐地沉落在灭亡的命运里面了。我看见它一天一天地往崩溃的路上走。这是必然的趋势，是被经济关系和社会环境决定了的。这便是我的信念。”[①]而未来时间，则是《家》里面热情礼赞的。《〈激流〉总序》中写道：“我底生活并未终结，我不知道在前面还有什么东西等着我，然而我对于将来却也有了一点含糊的概念。”这句话表明了这部小说对未来时间的态度。所以说，巴金小说的时间观念是进化论的，新胜于旧是明显的价值判断。

但是，《家》里面的主体时间是以现在时间为统摄来展开故事的，人物的即时性生活的展现，尤其是人物在每一事件中的思想与情感矛盾是小说书写的重心，这种时间定位大大拉近了小说与读者的距离，强化了人物的厚度和美学力量。例如第四章“灵魂的一隅”，全章充满了忧郁和悲伤，属于鸣凤的个人时间似乎已经停止在这一刻，同时她又在进行着原地踏步式的回忆的弥散，和渴望给予自己一线希望的梦幻。她在思索，她在回想：“在这里已经有七年了。”鸣凤的这第一个念头就来自时间的压迫，但这七年时光的流逝给她留下的只是流眼泪、挨打骂的记忆，这种记忆又用一个“命中注定”的简单信仰便将她七年的时间凝固在了原初地，生存的单调与感伤成为她原地踏步式的七年时间的真实存在。接下来的三个段落都以表时间的句子开头，“在这里已经有七年了，转瞬就要翻过八个年头呢！”“这样的生活不知道还要过活多少时候？”“命运呦，一切都

---

① 此段话原出自巴金的短篇小说《在门槛上》(《大陆杂志》第一卷第七期，1933 年 1 月 1 日)，是由小说中一个与作家有着近似出身和气质的主人公说出的。后来，一九三七年二月巴金写作《关于〈家〉(十版代序)——给我的一个表哥》时予以引用，作为对自己旧家庭的概括和情感态度的表述。

是命中注定了的呦”等，这三句对时间的感慨、追问和回答，实际上是对自己一生时光皆如现在的悲伤体认，这样小说中过去的时间就被召回到了现在的时间予以复现。而当鸣凤脑海里出现觉慧的面颜时，“一线希望温暖着她底心”。这是鸣凤对未来的期许，但这未来最终要被拉到现实中来。小说写道：“但这面颜却渐渐向空中升上去，愈过愈高，便不见了。她带着梦幻的眼睛望着那满是灰尘的屋顶。”“一股寒气打击着她底敞开的胸膛，把他从梦幻的境地中带了回来……（引者略）”“不过是一场梦罢了。”未来时间在《家》里都是具有美好价值的所在，但它们在真实的现在时间面前，要么是一场梦幻（如鸣凤），要么只是一个远景视界（如觉慧、觉民、琴），小说写到未来时间，也只是将之视作“现在”在时间维度上指向未来而已，小说凸显的仍是现在时间。这一章的结尾写道：“这时候她什么也没有了。”小说时间彻底拉回到了现在时间形态。

巴金小说中的时间是以现在时间为时间定位的，小说着力展现的是人物即时性的生活，这种“现在”是向着“过去”和“未来”敞开，在“现在”的基点上既观照了“过去”，也获得了“未来”的照耀，从而对过去和未来进行了双向度的现代体认：过去时间和未来时间的当前化，用现在实现对过去和未来的统一。这种“现在”时间哲学，体现着个人觉醒和个人发现的现代意识，也是对生命个体的主观时间的确信，更是以“现在”的心理、情感和梦幻的书写，来凸显人物矛盾而开放的心理时间结构，以及充满问题性、未完结性的时间意蕴和现代精神，成为中国现代生命个体“现在存在”的文学写照。

二、时间的修辞：叙事策略

小说中的时间形式是作家对世界的感知、对事物意义的一次重组和编织。其中，时间跨度和时序变形就成为小说文本中时间形式的一种特殊修辞，从而调节着作家、文本与读者三者之间的关系，直接影响着作品意义的生成。

（一）时间跨度

按戴维·洛奇《小说的艺术》中的说法，时间跨度是"通过比较事件真实发生所需要的时间和阅读它们所需的时间来衡量的"[①]。这就涉及叙事学中所说的故事时间与叙述时间两种时间的比例和参照的结果。"故事时间"就是小说讲述的故事和情节先后发展的时间顺序。"叙述时间"是指小说中对故事和事件发生顺序进行重新排列所需要的时间，也可以说是叙事者讲述或读者阅读这些故事的时间。赵毅衡在《当说者被说的时候》一书中认为叙述时间有三种度量方法："一是以篇幅衡量，文字长短对时间有相对的参照意义；二是以空缺衡量，在两个事件中明显或暗示的省略也表示时间值；三是以意义衡量，'三个月过去了'指明了时间值。这三者综合起来，才形成叙述的时间框架。"[②]关注小说的时间跨度，主要是考察小说叙述节奏的快慢，调控叙事节奏是对时间的一种有规律的切割，在小说中往往对应于人物对时间的自我感觉的强度，这体现着作家对时间的特定处理方式。苏姗·朗格认为："节奏的本质是紧随着前一事件完成的新事件的准备。"[③]韦勒克则认为："把重复性的运动形式也包括在节奏定义内。"[④]对小说的叙事节奏的调节是形成小说时间形式的主要手段之一。

巴金一生的小说创作基本上没有离开过同时代的现实生活题材，从时间跨度上看，不管长篇还是短篇，往往对故事时间的选取都不是很长。如《灭亡》的故事时间是一年；《新生》的故事时间第一篇是李冷在 S 市从 M 年的三月十四日到五月三十一日共两个月十七天，第二篇是 N 年在 A 地六月一日被捕到六月十一日被杀，前后不过三个月的时间；《死去的太阳》写的是五卅运动之后大学生吴养清到南京组织工人罢工的一个月里的事情；《雾》写的主要事件发生在三周里，最后一节写一年后周如水又来到海滨宾馆，只是起到了一个故事尾声

---

① [英]戴维·洛奇：《小说的艺术》，王峻岩等译，北京：作家出版社，1998 年，第 206 页。

② 赵毅衡：《当说者被说的时候》，北京：中国人民大学出版社，1998 年，第 90 页。

③ [美]苏姗·朗格：《情感与形式》，刘大基、傅志强译，北京：中国社会科学出版社，1986 年，第 145 页。

④ [美]韦勒克、沃伦：《文学理论》，刘象愚等译，北京：三联书店，1984 年，第 172 页。

的作用;《雨》的故事发生在几个月;《电》的时间是一个月;《家·后记》中明确写出,这部小说即使“用了二十三四万字我写完了一个家族底历史”,也“只是一年以内的事”,整个《激流三部曲》的故事时间仅仅是从“五四运动”到二十年代初,不过三五年的时间。《憩园》《第四病室》《寒夜》等小说中的故事时间也都不是特别长。在这些故事时间并不很长的时间跨度里,巴金小说对叙事节奏的调节就很重视,体现着作家对时间形式的把控能力。

首先,从整体上看,巴金小说的开头往往节奏比较缓慢,作家会很细致地交代故事发生的背景、人物的身世,当人物关系交代明白便冲突陡起,这时的叙事节奏蕴含着人物的命运和作者的激情如大河倾泻一般迅速加快。故事的起承转合、生活场景的频繁变更、人际关系的风云变幻、人物命运的升降沉浮等,加上各种叙事情境的变换,概述手法的结构功能和修辞功能的运用与发挥,都给人一种清晰、完整、跌宕起伏的节奏感。

其次,从细节上看,一是巴金小说非常注重在叙事中选择某个时间节点进行详细铺排式描写,这样会使时间跨度不断发生变化,叙事节奏也随之快慢有致。例如《灭亡》中就故事时间来讲是从杜大心与李冷的第一次见面到杜大心因刺杀戒严司令而灭亡共一年的时间,但小说共二十二章的叙述仅仅选取了其中几个节点性时间来展开:第一章到第十一章讲的是一个月里的两件事,即杜大心与李冷的第一次见面和杜大心参加李冷的生日会,中间以回叙的方式穿插上了许多关于杜大心身世、李冷身世的介绍,叙事节奏非常慢。而到了第十二章,开篇就写道:“杜大心一年来都在工会里工作。最近几个月那个工会里的事情渐渐多起来。”这里,故事时间流逝了一年,但叙述时间只有几秒,在两者比较中构成的时间跨度非常大,叙事节奏极快。但接下来的叙事节奏又慢了下来,从第十二章到第二十二章里,故事时间不到一个月,叙述的事件和故事时间分别为:杜大心爱上李静淑(一日)、张为群介绍身世并与杜大心并肩工作(一日)、杜大心生病(七日)、张为群被捕(一日)、张为群被押解到司令部(八日)、张为群被杀头(一日)、杜大心把张为群被杀消息告诉他的妻子(张为群被杀之夜,时间同前)、杜大心决定复仇(张为群死后三日)、杜大心向李静淑表白爱意(杜决定复仇第二日)、杜大心死别(杜大心表白之夜,时间同前)、杜大心最终灭亡(杜与李诀别的第二日),这后十一章中不到一个月的故事时间里,叙述的事件有十一件,事件的密集度显得极大,于是叙述时间被拉长了,这样人物心理空间的展示就可以大大延展,人物的行动也就显得延宕了。二是巴金小说中经常插入对梦境的书写,“梦境是用来倒映人生的,往往是梦里的时间流逝快而人间的时间流逝慢”[①],于是时间跨度增大,叙事速度增快,从而实现了对小说叙事节奏的调节。《火》(第三部)开篇就写到了冯文淑的梦,梦到自己跟着百姓躲避敌机的轰炸,奔跑、拥挤、流血、死亡的场面书写细致,这里梦境中的时间与叙述时间相比要长得多,叙事节奏加速的情况下,便把人物对战争的紧张情绪、恐惧心理传达出来,也与小说后面出现的敌机轰炸悲剧的发生形成呼应。三是巴金小说还会通过精细的描写来延缓甚至中断情节的推进,有意破坏故事历时性的顺序发展,达到一种时间停顿和共时性的“陌生化”效果,使叙述节奏极慢。《电》里面敏在执行刺杀行动前,当他走在大街上时,小说把笔墨集中于揭示他在异常状态(面临死亡)中激烈的内心冲突、高度紧张的情绪变化和近似疯狂的意念奔突,故事时间让位于心理时间的延展。《寒夜》中当曾树生走后,汪文宣陷入了无法自拔的痛苦和精神恍惚之中,于是大学时的憧憬、与曾树生在一起时的景象以及唐柏青、老钟死时的惨状都一股脑儿地闪现眼前,这种繁复的意识状态使人物自我内部构成一种交错、芜杂的状态,这时故事时间失去了矢向,人物塑造向内心深层拓进。一般来说,在小说文本中,较重要的事件或情境会被描述得十分详细,形成叙事减速,而不太重要的则予以压缩,形成叙事增速。时间结构与意义结构之间存在相互对应的关系,对两者关系的变形、重组,就传达出了特别的意味。

巴金的小说往往有较强的情感牵引力,与巴金对时间跨度的调控有很大关系。故事时间在外在形式上基本上是遵循一维线性推进,但叙事时间的细部又往往依照因果关系调节叙事节奏,在快慢有节、张弛有度中渐次展开情节,小说

---

① 杨义:《中国叙事学》(图文版),北京:人民出版社,2009年,第166页。

的戏剧性效果显得突出，比较能够抓住读者的情感和注意力[①]。

（二）时序变形

人类对时间的感受来自两个体系：一是自然界现象，如春夏秋冬的循环，昼与夜的交替，生与死的发生，这种时间不会以人的意志为转移而匀速流逝；二是人为的计时系统，如年、月、日、时、分、秒，这样就使时间可以通过概念、数量来把握，通过强度来感觉，并有了相对的起讫点。在小说中时序可以是一维线性向前的，可以根据叙事的要求打破过去、现在与将来的顺序，重组时序。时序变形指的是在叙述时间中对原来故事和情节顺序的打乱和重组。因为在原初的事件中，时间是按先后顺序发展，而将这些事件转换为故事讲述时，却可以打乱顺序，如预叙、倒叙、插叙之类都是叙事者对原来事件在时间上的重新排列。小说时序的变化和重组，会导致小说时间形式的变化，并带来小说价值系统和意义体系的变化。作家正是利用这一点来重组时序，以体现作家对世界关系的特定认识，传达作家和作品人物的情绪和心理，或实现一种独特的审美理想。就巴金小说在时序变形的方式上看，主要是：

一是倒叙。巴金小说往往先写出一个扣人心弦的场面，产生悬念，激起读者寻根问底的兴趣，这样读者便被倒叙的内容所吸引，全身心地投入虚构的故事中去，后面再将故事的来龙去脉揭示出来。这样一来，小说虚构的故事会看起来不像虚构而更显真实，正如热奈特所说："应当看上去好象在讲述故事的同时发现故事。"[②]如短篇小说《复仇》中"我"和几个朋友一起在乡下别墅闲谈，便说到什么是幸福的话题，大家的意见不一样，但医生的回答是：复仇是最大的幸

---

① 此处的"戏剧性效果"特指矛盾冲突的激烈紧张程度。夏志清认为巴金的"《灭亡》所代表的革命小说品类是英雄式戏剧的复活"，《秋》是"一出饶有道德意义的戏剧"，《寒夜》也是"一出道德剧"。夏氏的这些判断基本上是从小说故事的内在矛盾冲突角度来谈的，可参见夏志清：《中国现代小说史》，上海：复旦大学出版社，2005年，第174、181、252页。本书认为，从时间形式的处理上来看，巴金的小说叙事节奏变化较大，易于产生戏剧性效果。

② ［法］热拉尔·热奈特：《叙事话语新叙事话语》，王文融译，北京：中国社会科学出版社，1990年，第39页。

福。这个答案引起大家的好奇，于是小说再以这个医生为叙事者把偶遇福尔恭太因的经过叙述出来，并引进了福尔恭太因遗书中的自我叙述，来描述他自己复仇过程的幸福和复仇目标达到后的空虚，这样就和小说开篇时医生对幸福的看法吻合了。在这里，小说的整个故事表面上看是在一个封闭的现在时间结构中，但实际上由于小说文本引进了人物自己的回忆，这种回忆里面的时间是不确定的，于是小说时间的线性逻辑被打破，同时回忆者的感觉成为展示人物命运、形成情感评价和推动小说情节发展的动力，回忆者感觉到的时间进入小说的叙述情境中，时序变形带来的时间错动便会形成小说浓郁的情绪氛围。又如《亡命》《不幸的人》《奴隶底心》《狮子》《哑了的三弦琴》中所写到的主人公的故事，也都是先把这个人物现在的处境写出来，再由人物将自己曾经的故事经历叙述出来完成小说架构的。这种倒叙的方式，先将结果说出来，再去揭示原因或过程，会让读者沉浸到故事之中，慢慢领会其中的意蕴，从而产生强烈的印象。倒叙是自新文化运动以来现代小说中经常使用的方式，但与传统小说在倒叙运用上的不同在于："倒装叙述不再着眼于故事，而是着眼于情绪。过去的故事之所以进入现在的故事，不在于故事自身的因果联系，而在于人物的情绪与作家所要创造的氛围——借助于过去的故事与现在的故事之间的张力获得某种特殊的美学效果。"[①]这在巴金小说中有明显体现。在这些采用倒叙方式的小说中，尤其是小说中由人物自述过去人生经历时，都是非常富有情感化色彩的叙述，感人至深。

二是预叙。赵毅衡曾指出："传统白话小说中，预述是时序变形的最主要方式"。[②]巴金的小说中也有一些运用了预叙方式，如《家》中觉慧愤慨地说："难道祖父是绅士，父亲是绅士，我们就一定会做绅士吗？"这句话从觉慧口中说出来，实际上是对后面他对自己选择的人生道路的预叙；还有鸣凤和婉儿两个人说私房话，谈到将来给人做姨太太时，鸣凤便坚决地说宁可死也不会走那条路，这也

---

① 陈平原：《中国小说叙事模式的转变》，北京：北京大学出版社，2003 年，第 54 页。

② 赵毅衡：《苦恼的叙述者》，北京：北京十月文艺出版社，1994 年，第 159 页。

构成了后来她投水自尽结局的预叙。又如《寒夜》中开篇写到的汪文宣做的梦，梦到躲警报时一家人失散了，这实际上正是小说结局中曾树生离家远走、汪文宣病逝、汪母和小宣不知所终的预叙。从小说的时间形式看，预叙是作家直接或借人物之口，交代故事的主旨或者故事进程中的某个阶段所蕴含的寓意的方式，它使小说时间出现倒置，但会使故事更加系统缜密。

三是插叙。巴金小说中的插叙往往表现为时间的往复交错，表现为两方面：一是交叉采用倒叙、插叙或者预叙等几种时序变形方式。如《海底梦》中的故事时间仅一晚上，采用的是现在时态来展开故事，但故事的时序却是倒叙和插叙的共同运用产生出来的。前篇先写“我”在甲板上三次遇到一个看海的女人，于是产生好奇，接着她说：“从你们男人中间找不出一个伟大的人，只除了我底杨和那个孩子以及别的几个朋友。然而他们已经死了。”引起了“我”更大的好奇，于是小说才开始由“她”讲述自己的经历。不过，小说后篇又采用插叙的方法用“里娜的日记”把她经历中的细节补充出来。直到小说结尾，故事的叙事时间又回到前篇，那就是过了一夜后，“我”再也找不到这个女人，甚至所看到的日记也不能确定是真实还是梦境。二是巴金小说有时还根据情绪的流动，把时间细细切割，重新组合，造成叙述时序的跳跃、超前、颠倒、闪回、省略或停滞，形成了并置、叠加、交织等不同时序类别。这在《春天里的秋天》这篇小说中最为明显。它是一篇以第一人称“我”(林)为叙事者展开叙事的小说，其中心理的波动和情绪的流程成为小说叙事的主导动力因素。在这部小说中，时间状态是以现在时态为统摄的，但这个“现在”又因情绪和心理的变化时时被打破、切割成碎片，于是过去和未来两种时间定位上的事件纷纷向现在涌来，使“现在”成为一种无限叠加的“现在”。比如“我”偶尔发现了郑佩瑢床上的一封信，当“我”想拆开看却没有看时，小说就将过去几天里瑢的情绪变化、曾经她父亲对她恋爱的阻挠、哥哥的死和遗书、曾经看过的电影里的画面、瑢近来对“我”的态度以及对瑢变心的担忧、“我”会产生的痛苦等过去、未来时间全都拉进现在的时间场域，这样就在一个相当短暂的时间单位里，既没有外因推动又不靠逻辑缀联，人物心理涌现出无数个念头并形成合力或张力，构成外静内动式的人物纵深心理态势，人物的一段段刻骨铭心的经历乃至整个人生的预想都在一个小的单位时间内出现，叙事时序大大变形了。这样，小说文本就将经过理性过滤和重建的叙述时序，来直接主导小说艺术美感的传达，小说的时间形式本身便具有了美学意义。

三、时间的隐喻：文学意象

中国的叙事文学是一种高文化浓度的文学，“这种文化浓度不仅存在于它的结构、时间意识和视角形态之中，而且更具体而真切地容纳在它的意象之中。研究中国叙事文学必须把意象以及意象叙事方式作为基本命题之一，进行正面而深入的剖析，才能贴切地发现中国文学有别于其他民族文学的神采之所在，重要特征之所在”①。具体说来，“意象”是指小说文本中具有形象可感性、丰富的情感与意义层面，并能够超越时空限制而沟通各种文化要素的文学符号，它包含两个方面的特征，一是独立自足性，二是超语言性②。巴金小说中的时间意象运用很独特，我们通过对这些反复出现的意象的“无意识结构”的分析，可以发现意象与作家时间意识之间的隐喻关系，它体现了巴金小说的特定的时间形式。

---

① 杨义：《中国叙事学》(图文版)，北京：人民出版社，2009 年，第 277 页。

② 所谓独立自足性是指意象作为一种文学符号，既要本身形式与意义之间具有一定的对应性，又要具有独立的表现性，是事物本身固有的客观上与人类情感相通的特征。这类似于格式塔心理学所说的“异质同构”关系，正如阿恩海姆所说：“那些不具意识的事物——一块陡峭的岩石、一棵垂柳、落日的余晕、墙上的裂缝、飘零的落叶……都和人体具有同样的表现性。”(可参见[美]鲁道夫·阿恩海姆：《艺术与视知觉》，腾守尧、朱疆源译，北京：中国社会科学出版社，1984 年，第 623 页。)所谓超语言性就是指“作家从生活中体验到了一个很深刻的、难于言传的意，可他又想把这个难传的‘意’传达出来，作家就会觉得营造意象是可取的，意象的具体感性的画面，可以把许多难以言说的‘意’表现出来，这也就是说一般语言写不清道不明的意味，语言无法传达的意念，由于意象而被说清道明了，这样意象就超越了语言。”(可参见童庆炳：《现代诗学问题十讲》，青岛：中国海洋大学出版社，2005 年，第 95—96 页。)

巴金对时间似有特殊的敏感，他的多部小说就是以自然流转性的时间意象为题目的，如《春》《秋》《春天里的秋天》《寒夜》《月夜》《马赛的夜》《雾》《雨》《电》《雷》《春雨》《化雪的日子》《星》《雪》《父亲买新皮鞋回来的时候》等，另外还有一些具有某种生命时间节点意味的题目，如《死去的太阳》《灭亡》《新生》《生与死》等。巴金小说对特定的时间意象的运用，隐含着自身的情感倾向和文化心理动机，也是作家特定时间意识的文学表征。

（一）夜：自然流转性时间

自然流转性时间是指按照大自然的线性发展顺序而流转变迁的时间，既包括晨午昏夜四时的更迭、春夏秋冬四季的交替所呈现出的自然时间，也包括日月星辰的变化、雨雪雷电云雾寒暑等气候现象所指向的隐喻性时间。在巴金小说中，这类时间意象非常多，其中夜意象最具代表性。

对“夜”的书写，是文学作品中常常见到的一种时间表征。在西方象征派诗人笔下，夜的意象常被用来表现倦怠、厌腻以及无聊的情绪，即使中国的象征派诗人也多在这样一种情境中来使用夜意象。如李金发的《弃妇》中：“黑夜与蚊虫联步徐来，/越此短墙之角，/狂呼在我清白之耳后，/ 如荒野狂风怒号，/战栗了无数游牧。”夜成为一种情绪呈现的时间限定。在巴金的小说中，夜意象出现得非常多，从处女作《灭亡》中第一章“无边的黑夜中一个灵魂底呻吟”到建国前最后一部小说《寒夜》的结尾“夜的确太冷了”，这中间有很多部小说都有夜之黑暗底色的文学图景。巴金曾自述说：“我不喜欢夜。我的夜里永远没有月亮，没有星，有的就是寂寞。”[①]巴金的小说中，夜也往往与负面情绪相关联，但有时也被笼罩上了一层细腻婉转的情思。在巴金小说中，夜既是一种时间状态，更是一种时间的隐喻，包含着社会现实、微妙心理以及内省体验的多层意蕴。

巴金对夜意象的密集型书写，常将人物的心灵呈现与夜意象贴合在一起，不管是有意识还是潜意识，都反映出他对“夜”这种时间意象的独特感知，它代

① 巴金：《我的梦》，《文学季刊》第一卷第一期，1934年1月1日。

表的是一种现实的黑暗时代，也是一种生命省思的时光。例如《灭亡》是巴金创作的第一部带有心灵自传性质的小说，也是作家对信仰仍抱有期许、对革命仍怀有热望、对亲情持有诸多顾虑的矛盾、痛苦心态下动手写作的，初版本《灭亡·序》中的一段话是理解这一小说最初写作动机的关键："我为他（巴金的大哥——引者注）而写这书，我愿意跪在他底面前，把这书呈现给他。如果他读完后能够抚着在他底怀中哀哭着的我底头说，'孩子，我懂得你了，去罢，从今后，你无论走到什么地方，你底哥哥底爱总是跟着你的！'那么，在我是满足，十分满足了！"[①]在这部小说中，巴金想要以一个年轻人的全部真诚向大哥传达自己痛苦而坚毅的抉择，因此对心灵的展示应是小说的重中之重，而"夜"意象所固有的浓重的压抑意味恰与之相应合，"夜"意象的叙事功能在小说中获得了最大化发挥。小说中杜大心几乎所有的思想变动、情感波澜和行动的制定都是在夜的笼罩中完成的，如离开旧家的无奈、结束旧爱的痛苦、对李静淑的爱情产生等都是在杜大心夜不能寐的情感咀嚼中呈现出来的。尤其是对小说叙事产生推动作用的两个细节，更是在夜意象的渲染中完成的：一是杜大心实施刺杀行动前向李静淑的诀别，那一夜他曾怀着三种不同的心情来到李静淑房前，先是痛苦难耐，再是犹豫不决，最后才毅然诀别，小说把"夜"作为主人公即将走向死亡之途的一种叙事情境，夜的黑暗更预示了革命的艰难与痛苦，读来令人揪心不已。二是杜大心不得不向张为群妻子证实张为群被杀消息的场面也是在夜里完成的，并且正是在那一夜的思考后，杜大心才终于完成了"灭亡"的自我精神仪式，这之后才有了刺杀行动的最终实施。这部小说绝大部分篇幅都是在展示人物的心灵，充满了来自社会与自我的压抑、痛苦、焦灼、愤激等"生之苦"，而夜意象的设置对这种心灵世界的具象化过程，既是叙事的推动力，又强化了小说的情调氛围。

又如《家》的全部四十章中有二十四章的情节都主要发生在夜晚，特别是前二十章中，有十四章是发生在夜晚，其中开篇的前五章，故事就全部发生在晚上，这

---

① 巴金：《灭亡·序》，上海：开明书店，1929年10月，第2页。

为小说创设了一种黑暗的底色和叙述氛围。这部小说是以一个寒冷的傍晚觉民和觉慧兄弟正踏雪夜归开始叙述，小说中有很多关键的情节和故事也都是设置在夜晚来书写的，如鸣凤“心灵的一隅”的展示和她向觉慧告别和自杀、琴为进学堂读书而产生苦恼、觉新在婚后第一次偶遇梅后的自我感伤、梅与瑞珏的倾心交谈以及梅的惨死等，这些悲剧和痛苦的内心都是在可以“卸下白天的面具”的夜晚发生的。在小说即将结束的第三十九章“最后的一夜”中，最具反抗意识的觉慧在亲见了桩桩血泪事件后，最终做出离家出走的决定也是在夜晚完成的。做出这个决定的沉重与艰难，正与当时夜意象的压抑意味相呼应，景与情交融，夜的无边的黑暗氛围（自然的和社会的）与人物内心（矛盾情绪与反省精神）具有了互构关系。短篇小说《雨》共三个小节，主要围绕着革命者若华的被捕事件所引起的同伴的愤怒和焦急展开，第一节写晚上“我”（煌）到宇家，知道了华的母亲已来到这里并住在亭子间；第二节写三天后的晚上，宇到“我”家转述了华的母亲的话从而道出华的革命身世；第三节较短，开头先写昨夜“我”在街上胡乱奔走了一夜并错将一个女人当作华来安慰自己，到了下午两点钟，宇送走华的母亲后到“我”家并送来华被害的消息，二人决心继续战斗下去，于是去找另一个革命同志成，虽然下着雨，三个小节所写的基本上都是夜里进行的活动，这与小说故事中的愤恨、压抑情绪相辅相成。另外，《新生》《寒夜》等小说在展开人物的心理时，也都选择了诸多夜意象，甚至可以说成为一种夜叙事，充分实现了小说意象与人物苦闷灵魂的高度遇合，对读者构成了强大的情感感染。

巴金的小说从总体上说延续的是“五四”以来的启蒙立场，有着强烈的时代使命感和政治热情，他本无意于写作之路，在他看来，作家的身份即使算不上一种耻辱也决不是一种荣誉，他是以战士的姿态将写作视为一种介入生活的方式，社会的黑暗似乎永远站立在他书桌的对面，他靠写作来倾吐社会给予他的爱憎，于是，“内心矛盾的挣扎，痛苦的战斗呐喊和不可克服的忧郁性”构成了“巴金创作的主要基调”[①]。而小说中夜意象的反复出现，既是巴金对社会黑暗

---

① 陈思和、李辉：《巴金研究论稿》，上海：复旦大学出版社，2009年，第114页。

现实的隐喻，也是他矛盾、痛苦、忧郁心理以及躬身反省精神的呈现。从时间的绵延上看，首先，黑夜连接的就是白天，正如黑暗与光明相对称存在。巴金小说在时间定位上基本是以现在时间为统摄，也就是书写人物的即时性的生活情态，所以夜意象的反复书写体现着作家对人物现实黑暗处境的隐喻，他们正处于过去与未来之间，过去的阴影还无法彻底清除，未来的阳光还在前方。而从文化心理上看，作家以夜来暗示人物现实生存的黑暗境遇，它也暗示着一种深远而沉滞的传统文化因素背景，反映出作家对新旧文化演进的价值判断，光明与黑暗正是对新旧文化的一种隐喻。黄子平认为，新文化在新与旧之间建立起"光明与黑暗"的划分，并且当小说的叙述角度"立足光明决绝地向黑暗宣战"后，"灭亡"与"新生"这种进化论式的"命运的截然二分"才彻底完成①。巴金小说在对夜意象的运用中，在一定程度上说，也隐含这样一种进化论的文化逻辑思维，这恰与巴金的进化论的时间观一致。其次，因为夜与昼相对，正如《家》里面书写白天和夜晚时所表露出的情感判断一样，白天里有很多不得不做的表演，到了夜晚才可以"卸下了他们白日里所戴的面具，结算这一日的总账"，打开"灵魂底一隅"来整理自己的心情，这时夜就意味着是一段相对来说较为自我的时间，可以进行沉思和反省的时间，于是夜意象的黑暗的底色上又透出几分婉转情思，这正是作品对人物进行心灵探寻的最佳时机。如巴金小说中每每涉及人物命运转折、情节转变、心理矛盾时，多是设置在夜晚进行深思或者做出决定从而完成叙事，便是基于对夜的这样一种时间体验的。总体来看，巴金小说中对夜意象的这种时间感知，是作家面对当时现实与自我的存在而进行的一种时间隐喻，以实现与生存对称与对抗的黑暗视域来反观灵魂。

（二）死：生命节点性时间

生命节点性时间是指在人的生命历程中具有方向转折性、命运跌宕沉浮意

---

① 黄子平：《命运三重奏：〈家〉与"家"与"家中人"》，《"灰阑"中的叙述》，上海：上海文艺出版社，2001年，第144页。

义的时间节点，如生、老、病、死等。巴金小说中的“死”意象出现非常多，值得关注。

巴金的生活经历中，很小的时候就经历过死亡事件。从一九一三至一九一七年，李家接连死了四口人：巴金父母、二姐、十妹，二叔家也死了两个男儿。这其中，巴金母亲死于一九一四年，死于何病失记，二房的两个儿子死于一九一七年巷战后白喉病的流行，巴金父亲也死于此时，亦当因感染流行病。二姐死于女儿痨，十妹死于父亲去世后不久，年方五六岁[①]。后来，巴金大哥的孩子在四岁时因患脑膜炎夭折，一九三一年春巴金的大哥自杀。这些身边亲人留下的死亡阴影，自然会使巴金心情沉重，一九三二年他在还不到三十岁的时候就曾说：“近来因了过于浪费我的健康，我就常常想到死。一些经历使我觉得死并不是一件难事。”[②]也许源于对死亡的这种真切的感受，巴金的小说似乎不忌惮对死的书写，死的形式也是多种多样的，如炸死、枪杀、砍头、投水、病死、车祸，甚至有时还将死作为一种人物精神解脱的形式。巴金对死的书写，往往不是单纯作为一个事件，而是作为一种情境，有非常浓重的情绪渲染色彩。这一点与一些京派小说家有很大区别，如废名《竹林的故事》中对老程的死这样写道：“三姑娘八岁的时候，就能够代替妈妈洗衣。然而绿团团的坡上，从此也不见老程的踪迹了，——这只要看竹林的那边河坝倾斜成一块平坦的上面，高耸着一个不毛的同教书先生（自然不是我们的先生）用的戒方一般模样的土堆，堆前竖着三四根只有杪梢还没有斩去的枝椏吊着被雨粘住的纸幡残片的竹竿，就可以知道是什么意义。”[③]老程的死是这个家庭的重大变故，但小说却极大地压缩了叙述时间，只用“从此也不见老程的踪迹”一句带过，没有正面叙述老程的死和死因，然后就直接跳到对坟墓的描述。这种对死的写法，源于作家着力表现的是以诗意的方式表现生活的诗意，即便生命中的褶皱给生活带来悲剧，这悲剧也是富有诗意的，生活的自然流程不会被打断和搅扰。但巴金小说中的死，常常并非单

---

① 陈思和：《人格的发展——巴金传》，上海：上海文艺出版社，1992年，第22—25页。

② 巴金：《灵魂的呼号（代序）》，《电椅》，上海：新中国书局，1933年2月，第2页。

③ 废名：《竹林的故事》，吴晓东编：《废名作品新编》，北京：人民文学出版社，2009年，第214页。

纯的肉体消灭，而是包含着某种特定涵蕴和作家的心理体验。巴金小说中主要写了两类人的死：

第一类是殉道者的死。如《灭亡》里面张为群和杜大心被杀后悬首示众，《新生》里李冷梦中梦到李静淑和张文珠被杀头，《死去的太阳》里的王学礼被枪杀，《雷》里的雷和《电》里的亚丹都是和士兵火拼而死，《电》里的敏被炸死，《月夜》里的根生被暗杀，《电椅》里的萨柯、凡宰特被电死，《马拉的死》里的马拉被刺杀。甚至，巴金有些小说名或章节名就是以生死命名的，如《生与死》《亡命》《马拉的死》，《家》中第二十六章名为“生与死”等。西蒙娜・德・波伏娃有一篇小说《人都是要死的》，写的是主人公因长生不死，活着反而变成了最不可忍受的事情。在波伏娃这里，死决不是生的一个负面的、否定的因素，反而可以说是肯定的方面，因为正是死的存在，才反衬出生所具有的魅力。与这篇小说里所呈示的死的文学意义相仿，巴金在谈到那些殉道者的赴死场面时曾说：“我写死，也为了从反面来证实信仰的力量。其实我还写了一件很重要的东西，而为你所忽略了的。这是‘友情’，或者‘同志爱’(Camaraderie)。我特别喜欢《电》，就为了这个。使《电》发光彩的也是这个。信仰是主。用死来证实信仰，用友情来鼓舞信仰，或者用信仰鼓舞友情。因为有友情，所以没有寂寞，没有忿恨，没有妒嫉。”[①]可见，巴金写这种因信仰而死，往往是为了在另一个向度上证明生的价值，这一点还可以从巴金小说中多次写到主人公面对死亡时流露出的对生的留恋、渴慕看出来。

例如杜大心刺杀戒严司令前与李静淑关于生与死的讨论，他在即将执行刺杀行动前对生的极度留恋，甚至一度放弃了刺杀的决定；王学礼被杀前对活着即使是痛苦贫寒的活都充满了向往。写得最充分的是《电》里敏在进行暗杀行动前的心理与情绪发展过程：敏最初是软弱善良的青年，但雷的死——明的死——雄和志元的慷慨就义——方亚丹的死等一次次给予他血的刺激，于是他

---

① 巴金：《〈爱情的三部曲〉作者的自白——答刘西渭先生》，《爱情的三部曲》，上海：良友图书印刷公司，1936年4月，第937—938页。

才有了献身报仇行动的决定。但这时作家写的却是他心中充满了对生命和同志们的真挚的爱，以及作为一个普通生命在本能中对死的恐惧："死并不是一件难事。我已经看见过好几次了。"这是他在热闹的集会中说的话。"我问你，你有时也想到死上面去吗？你觉得死的面目是什么样的？"这是他临死前向他的女友慧问的话。慧只看见一些死的模糊的淡淡的影子，敏却恳切地说："有时候我觉得生和死就只隔了一步，有时候我又觉得那一步也难跨过。"这些话表明敏不是一个单纯的狂暴之徒，而是一个有情感、有恐惧、有心灵柔软的一面的普通人，所以作家对敏在实施刺杀前的这些话有极深的感触："这几段简单的话，看起来似乎并不费力，然而我写它们时，我是熬尽了心血的。这你不会了解。你的福楼拜，左拉，乔治桑不会告诉你这个。我自己知道这一切。我必得有了十年的经验，十年的挣扎，才能够写出这样的短短的几句话。我自己就常常去试探死的门，我也曾像敏那样'仿佛看见在面前就立着一道黑暗的门'，我觉得'应该踏进里面去，但还不能够知道那里面是什么样的情形'。我的心也为这个痛楚着。我很能够了解敏的心情。他的苦痛也是我的苦痛，也就是每个生在这个过渡时代中的青年的苦痛。"[①]但方亚丹和雷的牺牲场面又不断强化着他为了信仰而去赴死的决心，当他走在那条旅长汽车即将通过的大街上时，阳光照耀在他的身上，他却是走在了死亡之途，此时敏的心中充满的是情感与理智的矛盾、求生与赴死的较量，精神上甚至出现恍惚，作家写敏在踏上死之途时的这种心灵搏斗，实际上就是在确证这种个体生命的死隐喻着信仰的永生，体现着巴金特定的生命意识。

巴金小说中对殉道者死亡的书写，主人公总是处在一种危机状态，即生与死、善与恶、光明与黑暗、自由与专制之间的"临界境遇"。这种临界处境并不是故事冲突之后的结果，而是一开篇它就向着人物迎面而来，使之深陷于这种危机的临界处境中，他的选择是没有选择余地的选择，而只能迎上前去抗击危机。

① 巴金：《〈爱情的三部曲〉作者的自白——答刘西渭先生》，《爱情的三部曲》，上海：良友图书印刷公司，1936年4月，第930—931页。

这种非常态的情境同生命的自然的时间状态分隔开来，这时死亡就成为对这种“临界境遇”的一种回应，它是另一种生存方式，另一种时间：以“现在”（“临界境遇”）来呈现由“未来”牵引着的“过去”。这里关键的问题是这种“未来”不仅充满希望或理想，也意味着死亡或灾难，这就令“未来”罩上一层阴影，变得严峻。然而此时，人能做的不是要不要死亡，而是如何走向死亡，即是浑浑噩噩地拖延时间，还是为世界、为未来承担一份自己的责任。这时，小说的时间也就转化为最鲜明地呈现人的生命力和人性深度的时间，它为人的生命存在所填充，显现为真正的人的时间，正如本雅明所说：“死亡赋予讲故事的人所能讲述的任何东西以神圣的特性。”[①]巴金小说中殉道者的死亡，摧毁了个体生命，却将希望托付给另一个世界，我们体认到的是有价值的人的死亡，而不是价值的死亡，这也就意味着“永恒的价值”的诞生，正来源于对他者、对社会所承担的责任。雷蒙·威廉斯说：“在一个持续的宗教传统中，人们可以在牺牲的节奏中看到殉道者。他的死亡是为了信仰的延续，或者说，他死亡的结果是信仰的普遍复兴。这种解释已经被延伸至宗教的范围以外，其中明显的例子是政治运动及政党的历史。”[②]在法国大革命后，就有理论家认为：“悲剧英雄屈服于死亡，这看起来也许是命运的胜利。但是由于他自由地这样做，知道死亡是他自己走向永恒的途径，他在这种行动本身中超越了命运。”[③]这就是信仰和理想的力量。巴金小说中殉道者的死亡，在一定意义上说，便带有这种意义倾向。因为，这种对社会理想的信仰就是相信自己的选择和牺牲符合必然性的要求，自己的死亡是社会进步必须付出的代价，这就把对死亡的选择与社会进步统一起来了。只有当人有了死亡意识，有了对人自身存在的有限性的意识，他才能真正地理解时间的意义，即人的每一现在的存在，都包含着丰厚的过去并储满着未来，展现出时间的

---

① ［德］本雅明：《讲故事的人》，张耀平译，陈永国、马海良编：《本雅明文选》，北京：中国社会科学出版社，1999年，第301页。

② ［英］雷蒙·威廉斯：《现代悲剧》，丁尔苏译，南京：译林出版社，2007年，第157页。

③ ［英］特里·伊格尔顿：《甜蜜的暴力——悲剧的观念》，方杰、方宸译，南京：南京大学出版社，2007年，第130页。

绵延,这种绵延同时包含着死亡和永恒,是人意图通过死亡来叩问、探寻永恒的一条重要途径。

第二类是普通人的死。有的是因病而死,如短篇小说《生与死》(一篇作于一九三一年,收入《光明》集,写李佩如病死;一篇作于一九四四年,收入《小人小事》集,写商店老板太太被庸医误诊而死),《死去的太阳》里的程庆芬,《春天里的秋天》里的郑佩瑢,《激流三部曲》里的梅、蕙、枚、倩儿,《春雨》中的哥哥,《火》(第三部)里的田惠世,《第四病室》中各类小人物的死,《寒夜》里的汪文宣、钟老等。有的是自杀,如《复仇》里的福尔恭太开枪自杀,《雾》里周如水投江而死,《家》里鸣凤投湖而死,《秋》里淑贞投井而死,《雨》里郑玉雯服毒自杀,《春天里的秋天》里"我"的哥哥割断自己的喉咙而死,《憩园》里小虎失足落水而死。另外,因车祸而死的,如《灭亡》开篇就写到戒严司令的秘书长轧死人的场面,《雨》中的陈真和《寒夜》中的唐柏青被汽车碾死等。

在这些普通人的死亡中,因肺病而死的人物占大多数。苏珊·桑塔格在《疾病的隐喻》中曾说:"疾病是生命的阴面,是一种更麻烦的公民身份,每个降临世间的人都拥有双重公民身份,其中之一属于健康王国,另一个则属于疾病王国。"[①]"疾病王国"带给人的不仅是身体的痛苦,还是未来时间的失却(肺病在当时是很难治愈的疾病),后者是比疾患本身更严重的精神折磨,"从隐喻的角度说,肺病是一种灵魂病"[②]。中国现代小说中,以疾病的隐喻方式来传达文学启蒙、社会拯救、生命的思考等并不罕见,如鲁迅《药》中的华小栓、郁达夫《青烟》中的自传性作家、丁玲《莎菲女士的日记》中的莎菲等,所以有论者说:"在现代中国文学的源头,鲁迅即把文学看成是一个医疗话语和想象的一部分,可以说是具有深远的历史典范意义。"[③]这甚至成为一些作家的"疾病情结"[④],从而

---

① [美]苏珊·桑塔格:《疾病的隐喻》,程巍译,上海:译文出版社,2003年,第5页。

② 同上书,第18页。

③ 唐小兵:《最后的肺病患者:论巴金的〈寒夜〉》,《英雄与凡人的时代:解读20世纪》,上海:上海文艺出版社,2001年,第111页。

④ 车红梅:《中国现代文学中的"疾病情结"——以鲁迅、巴金、曹禺的创作为例》,《文艺争鸣》2005年第1期。

借此探索人物内心的隐秘世界。但巴金在这方面的独特性在于，很少有作家像他这样如此密集而持久地书写着疾病以及由此带来的死亡，其中《寒夜》对汪文宣的肺病书写是最细致也最具代表性的。汪文宣曾经也是一个要以教育救国、敢于冲破传统婚姻礼俗的壮志满怀的知识分子，但后来却变成一个精神消沉、性格内向甚至卑微自轻的人，除了社会、传统文化观念的拘囿等原因，还有一个非常重要的助推因素就是他的肺结核病。“肺结核的发烧是身体内部燃烧的标志：结核病人是一个被热情‘消耗’的人，热情销蚀了他的身体。”[①]小说写汪文宣在病菌的折磨下，身体也处于经常发热状态，并且每况愈下，“他的脸带一种不干净的淡黄色”，“像一张涂满尘垢的糊窗的皮纸”，“两颊陷入很深，呼吸声重而急促”。汪文宣看着健康、富有生命力的妻子时，身体的自惭形秽带来心理的自卑，无法治愈的病情销蚀掉的不仅是他的身体，还有他对未来的信心，也就是说在他的生命链条上，现在与未来之间的时间连续性被斩断了，他被搁置在了一种无望的、充满危机的生与死的“临界境遇”。而后者作为一种巨大的精神折磨，是促使汪文宣走向死亡的不可忽视的因素之一。可以说，在巴金的小说中，疾病作为一种实实在在的生活细节，它隐含的死亡意义带给人的是对生命的一个有意识的长长的绝望过程，它和失去了未来希望后的自杀、无法把握未来的人生事故（车祸），都宣告了生命的无奈和脆弱，巴金小说对这些死亡的书写，不仅是小说叙事的需要，也体现了作家对生存艰难、生命无常的平凡生命的关注，更是作家的生命意识在时间维度上的一种特定思考。

死亡与生命是人的两种不同的存在方式，巴金小说中对死亡反复书写，甚至把死作为一种生命的样态进入小说叙事，反映着巴金对死亡的一种独特体认，这与中国传统中重生讳死的文化意识是不同的，显示出巴金思考生命本体性的诗学诉求。就这一点来说，巴金积极参与了现代文学中对生命和时间的思考，使死亡翻转了它的意义而获得了丰富的内涵。

通过以上对巴金小说时间形式的分析可以知道，其新胜于旧的进化论时间

---

① [美]苏珊·桑塔格：《疾病的隐喻》，程巍译，上海：译文出版社，2003年，第20页。

观使其与“五四”以来主流文学叙事形成了某种程度的暗合，这也是巴金小说在二十世纪三四十年代文学语境中获得中国现代性叙事潮流接纳的因素之一。但巴金小说在时间形式上的独特性，又使巴金小说与主流文学话语保持着某种疏离，这与巴金小说中的时间当前化这种时间定位有关。虽然巴金小说在时间维度上是指向未来的，但小说书写的重心却是人的一种处于守旧与革新、传统与现代、过去与未来交锋处的“现在”。小说文本的这种时间定位，使主人公同时感受着新与旧，背负着过去也面向着未来，所以人物奔赴未来的行为是迟缓的，是延宕的，而象征着未来的“远景视界”也显得暧昧不清，这使巴金的小说话语与当时主流文学中的革命话语产成了一定的差异，成为中国现代小说形式建构中的独特存在。

第二节　空 间 形 式

随着现代世界的空间化属性的不断强化，传统小说中时间占主导地位的理论已无法完全适应新的小说所处的历史语境了。“科学理论的有效性大部分依靠它们预示现象的能力，因而当异常的情况（理论不能解释的现象）发生时，危机也就发生了。如果这个危机显得非常严重，那么，只有一个新的范型的出现才能解决它。”[①]于是空间形式理论作为一种新的阐释小说的理论范式应运生成。关于现代小说中的空间形式问题，最早是由约瑟夫・弗兰克在一九四五年提出的。但也有研究者提出反对意见，认为在小说中不可能完全实现小说的空间形式，因为空间形式“永远与小说叙述的和连续的趋势相抵触，因为顾名思义，这些趋势是反对作为一个重要的结构因素的空间的”[②]。所以至今关于这个问题的讨论仍莫衷一是。

---

① [美]约瑟夫・弗兰克等：《现代小说中的空间形式》，秦林芳编译，北京：北京大学出版社，1991年，第72页。

② 同上书，第50页。

本书中的"空间形式"概念，主要采取弗兰克的空间形式理论，具体说就是：在理论语境上属于形式主义文论系统；在理论内涵上是指一种隐喻意义上的空间，即这种"空间并不是日常生活经验中具体的物件或场所那样的空间，而是一种抽象空间、知觉空间、'虚幻空间'"[①]。从弗兰克的角度来看，空间形式包括了心理、人物、情节、时间以及空间等各个方面，空间只是空间形式可以应用或囊括的许多对象中的一种。至于小说中形成空间形式的方法，不同的理论家也有着不同的观点。弗兰克曾提出在现代主义小说中用来获得空间形式的方法，如意象并置、主题重复、章节交替、多重故事、夸大反讽等[②]；国内有学者认为："空间描写是空间形式形成的方式之一。"[③]在叙事学界，空间形式问题也成为一个备受关注的问题。西摩·查特曼在《故事与话语》中也提出了与空间形式概念相类似的"故事空间"概念，他认为，在文字叙事中，故事空间是一个精神结构，是从词语转换为精神映射，需要在头脑中予以重构[④]。米克·巴尔在《叙述学：叙事理论导论》中也说："几乎没有什么源于叙述本文理论的概念像空间(space)这一概念那样不言自明，却又十分含混不清。"[⑤]米克·巴尔认为："故事由素材的描述方式所确定。在这一过程中，地点与特定的感知点相关联。根据其感知而着眼的那些地点称为空间。这一感知点可以是一个人物，他位于一个空间中，观察它，对它作出反应。一个无名的感知点也可以支配某些地点的描述。这一区别可以产生空间描述的类型学。""空间感知中特别包括三种感觉：视觉、听觉和触觉。这三者都可以导致故事中空间的描述。"[⑥]但是，至今关于小说中的空间形式究竟是指哪些具体层面仍旧众说纷纭。本章将结合巴金小说的具体文本，对其小说的空间形式进行以下几点尝试性思考：

---

① 龙迪勇：《空间形式：现代小说的叙事结构》，《思想战线》2005年第6期。

② [美]约瑟夫·弗兰克等：《现代小说中的空间形式·译序》，秦林芳编译，北京：北京大学出版社，1991年，第3页。

③ 陈德志：《隐喻与悖论：空间、空间形式与空间叙事学》，《江西社会科学》2009年第9期。

④ [美]西蒙·查特曼：《故事与话语》，徐强译，北京：中国人民大学出版社，2013年，第86页。

⑤ [荷]米克·巴尔：《叙述学：叙事学导论》，谭君强译，北京：中国社会科学出版社，2003年，第105页。

⑥ 同上书，第106页。

一、瞬间的共时性呈现

正像《现代小说中的空间形式》中谈到的，小说中“起作用的瞬间是‘现在’，而不是‘接着’，而瞬间的获得必然伴随着连贯性的失落”，这些瞬间会在一刹那容纳、浓缩现在和过去，甚至未来，这时文本的线性时间链条被打断，于是某个时间点的瞬间成为一种动态的、多维的空间——瞬间的共时性呈现，这成为构成小说空间形式的方式之一。

巴金曾说自己的文学要“挖掘人心”，其小说对人物心理世界的细腻表达常常成为写作的重要向度之一。巴金小说中有时对人物刹那间心理情绪的书写，便以瞬间的共时性呈现方式构成小说的一种空间形式。例如《家》中第十六章写除夕夜觉慧因无聊信步走到淑华的窗下，偶尔听到鸣凤和婉儿之间的一段关于做姨太太的谈话。这段谈话是在屋内这一空间展开的，但同时还不断插入了屋外空间的觉慧的心理变化，随着二人话题的展开，觉慧的内心反应也在不断变化，“说—听”的信息反应是在同一个瞬间在屋内和屋外共时性展开的，下面是觉慧随着听到的信息而引起的一系列内心反应：

在淑华底房里有人在说话，声音很低，但还听得出，是很熟的声音。

这是觉慧听出了有鸣凤的声音，所以才会有继续听下去的兴趣。

这句话来得很奇怪，便引起了觉慧底注意。好像知道有什么不寻常的话在后面似的，他屏息了呼吸地静听着。

这是觉慧听到婉儿说了“听说要在我们两个中间选一个”这句话后引起的心理反应，因为是涉及鸣凤的事情，但还不知是什么事情，所以更有了听下去的愿望。

> 觉慧觉得心跳动得很厉害，他几乎要叫出声来，但又连忙忍住，更注意地听下去，要听鸣凤怎样回答。

这是觉慧听出来是关于鸣凤和婉儿两人中间谁将被挑出来做姨太太的事情，自然很是震惊，但因二人的口气是开玩笑的，自然他就没有去揭破偷听的事实，反倒是更想探知鸣凤对嫁给他人的态度了。

> 觉慧有点不能忍耐了。但他又不愿意走开。

这是觉慧没有听到屋内鸣凤对这件事的回答，内心很是焦躁，自然不能忍耐，但又不好意思直接去问，对是继续听下去还是不听下去开始踌躇。

> 觉慧依旧坐在窗下的靠背椅上，动也不动一动。他底心痛楚着，他差不多要流下泪来了。他忘了夜底早迟，他忘了是在除夕，厨房里两三个娘姨在和厨子说笑。

这是觉慧听到鸣凤以一个婢女的身份竟说出宁死不做人家姨太太的誓言后，内心有了一种感动，更生了几分敬服，自然陷入了沉思或慨然。

> 觉慧虽然注意地倾听着，但分辨不出她说些什么。

这是觉慧听到婉儿问鸣凤的心上人时，鸣凤害羞，便和婉儿耳语时，觉慧自然听不清，其实这里信息的阻断，也是为后文鸣凤为爱投湖，但觉慧却轻易地就放弃鸣凤做了一种铺垫。

> 觉慧在外面注意地倾听，也不能够听得完全，不过他大略知道是婉儿在述说她的心事。

这是婉儿和鸣凤开始拿仆人高忠开玩笑后，鸣凤内心的真实越来越不能传达到觉慧这里的一种预示，所以鸣凤那句"这你不会知道的，我决不告诉你。他底名字只有我们两个人知道，我和他"所传达出来的对爱情的期待，甚至对被庇护的力量的渴求也成为一种虚空，为后面的情节展开做了预叙。

在上述这个"屋内(说)—屋外(听)"的叙事空间里，同一瞬间的信息反应是以共时性展开来呈现空间的现场性的，这样就把鸣凤与觉慧的朦胧爱恋(过去态)、现在鸣凤对觉慧的期待(现在态)以及将来鸣凤以死拒绝出嫁的行为(未来态)三种时间状态同时展开在说与听的瞬间，构成一种动态而多维的空间形式。这是一种以声音来呈现的空间形式："声音可以对空间描述作出贡献，虽然是在较小程度上。如果一个人物听到一阵很低的声音，那可能仍距说话者一段相当的距离。如果可以一字一句地听清说话的内容，那么它的位置就要近得多，比如同一间屋，或一道薄薄的帐幕之后。在远处教堂的钟声增大了空间；突然听到的一阵耳语表明低声说话的人就在附近。"[①]在这段引述中，鸣凤与觉慧的关系和情态是以声音的不同变化为媒介建立起来的，觉慧听到的信息清晰与否不仅体现着二人物理空间的远近，还意味着两个人精神空间的疏密，当鸣凤的一些最能表现真实内心的话语不能有效传达给觉慧时，反映了二人在现在时态中的深层隔膜和不可逾越的身份鸿沟，更昭示着未来时态里的人生错位。

《寒夜》中也有一些人物的心理瞬间是以空间形式呈现出来的。如第一章中汪文宣在寒冷的大街上漫无目的地寻找离家出走的妻子时，他面对当时的家庭矛盾终于有了一个内心决定时，小说是这样来写做出这个决定的心理瞬间的：

> 他痛苦地吐了一口气。他低声对自己说："我不能再这样做！"
>
> "那么你要怎样呢？你有胆量么？你这个老好人！"马上就有一个声音在他耳

---

① [荷]米克·巴尔：《叙述学：叙事学导论》，谭君强译，北京：中国社会科学出版社，2003年，第106页。

边反问道。他吃了一惊掉头往左右一看，但他立刻就知道这是他自己在讲话。他气恼地再说：

"为什么没有胆量呢。难道我就永远是个老好人吗？"

他不由自主地向四周看了一看，并没人在他的身边，不会有谁反驳他。

这个片段里，一开始写的"我不能再这样做！"是汪文宣对自己要振作的一次自我告诫，在他做出这个决定的瞬间，小说将人物的内心意识一分为二，转换为一场站在不同立场的两种意识的对话，相互辩驳，正如陈少华所认为的，汪文宣内心结构中存在着二项冲突，他的焦虑状态来源于内在自我的分裂，即张扬个人主体性与认同家庭权威及文化规训之间的矛盾[①]。当我们从小说的空间形式角度来分析汪文宣的这个心理瞬间时会更清晰地看到这种矛盾、对立关系，即汪文宣此时的心理意识的现场中（做出"我不能再这样做！"这个决定的瞬间），既包含着妻子以往对自己的指责而形成的潜意识（"那么你要怎样呢？你有胆量么？你这个老好人！"属于过去态），又包含着在内心深处对自我的期许（"为什么没有胆量呢？难道我就永远是个老好人吗？"属于未来态）。"这个瞬间——在一闪念的延续中，把握、隔离、凝结了在其他情况下所不能理解的纯粹的时间——其实就是空间。"[②]当某个心理瞬间被转化为一个动态过程或者一幅画面时，心理空间就获得了扩展，人物意识的瞬间便获得了共时性呈现，这也是小说的空间形式之一。

二、空间性并置

"并置"是小说空间形式理论的重要概念之一。弗兰克最初论及文学作品

---

① 陈少华：《二项冲突中的毁灭——〈寒夜〉中汪文宣症状的解读》，《文学评论》2002年第2期。

② ［美］约瑟夫·弗兰克等：《现代小说的空间形式》，秦林芳编译，北京：北京大学出版社，1991年，第10页。

的“空间形式”时，是借用了庞德意象派诗论中的“并置”概念，即指“对意象和短语的空间编织”[①]。其实，在小说诗学中，可以并置与重组的不仅有意象和短语，还可以是回忆、人物、行动、细节甚至是结构，这种空间性并置不仅体现了行为逻辑上的方位转移，更体现了具体空间范围内的文化意义的再现，可以为读者的主观知觉的刻意建构提供更广阔的自由空间。巴金小说中，以空间性并置来打破时间的线性流动，是体现小说空间形式的重要方式，具体表现为三种情况：

一是，巴金的小说通过打破时间限制，让各种意象并置、叠加、重组，在意象空间中编织不同的情景生态，使之各自发出不同的话语声音，形成了可供反复参照的小说空间形式，使意象与意象之间呈现一种共时性的状态，并通过外在意象的塑造与并置，来营构内心的情意与神思，从而多侧面、多角度地展示他们的内心世界。贝尔指出：“把各个部分结合为一个整体的价值要比各部分相加的和的价值大得多。”[②]这种并置性的艺术选择，一方面加强了作家对情感的渲染，增加了作品的审美效果；另一方面，由并置形成的对照，给读者留下了阔大的想象空间。巴金小说对空间意象的运用，已受到研究者的关注，如巴金家庭小说中“花园”意象的反复出现，呈现出作家特定的回忆和革命的叙事姿态[③]；巴金小说中从“家”到“街头”这两个空间意象的转换，体现了近代中国人现代性追求的一种轨迹[④]，这些研究对巴金小说意象在空间形态中所具有的文化与“五四”精神意义的解读，很有创见。另外，巴金小说中一些空间意象的并置和叠加，也体现着对现实中社会性空间特定涵蕴的隐喻。如巴金早期小说中，常常将主人公所居住的房间（不管是旧宅公馆，还是小旅馆或公寓中的小房间）与坟

---

① ［美］约瑟夫·弗兰克等：《现代小说的空间形式》，秦林芳编译，北京：北京大学出版社，1991年，第49页。

② ［英］克莱夫·贝尔：《艺术》，周金环、马钟元译，北京：中国文联出版公司，1984年，第155页。

③ 马云：《中国现代小说的叙事个性》，北京：中央广播电视大学出版社，1999年。该著第三章第一节“巴金小说的情感空间”对巴金的《激流三部曲》中的“花园”意象和《寒夜》中的“母亲的小屋”意象所具有的空间化叙事倾向进行了读解，由此引申出的对中国传统中的“花园文化”的探讨颇富新意。另，张宇的《花园：往事追忆与革命姿态——重读巴金的〈家〉》（《中国现代文学研究丛刊》2010年第3期）从“花园”意象入手对巴金小说的往事回忆和革命姿态进行分析，也是从意象切入文本的解读。

④ 周立民的《“家”与“街头”——巴金叙述中的“五四”意象》，《中国现代文学研究丛刊》2010年第3期。

墓这两个空间意象并置使用，例如《新生》中李冷在自己的日记中这样写道：

> 我这一生以今夜为最寂寞。回到自己底房里如走进一座坟墓。（三月二十二日日记）（着重号为引者所加，下同，不再注明）
>
> 我孤零零的坐在这坟墓一般的房间里读着静妹写给母亲的信。（四月十七日日记）
>
> 但是我怎么会了解人民呢？我连他们也没有看见。我看见的只是我底坟墓一般的房间。（四月十八日日记）
>
> 房间里永远是那坟墓中的孤寂。为了孤寂我遣走了文珠。（四月十九日日记）
>
> 难道我也有着像她那样的充实的生活吗？关于劳动者应有的觉悟，这个长久活埋在坟墓似的房间里的我能够说些什么呢？（四月二十五日日记）
>
> 对于我，S市是一个坟墓，我留在这里就只有被活埋。（五月八日日记）
>
> 如果没有静妹她们失踪的事情，我今天已经在海上了。然而现在我还是在这坟墓一般闷人的房间里。包围着我的依旧是黑暗和恐怖。（五月二十七日日记）
>
> 在这样大的S市里，每一个脸上都带着蠢然的笑或哭，每一件衣服都裹着游魂似的影子，每一间房屋都像一个活葬的坟墓；在这样大的S市里，我究竟在什么地方去寻找她们呢？（五月二十七日日记）[①]

在上面的引述中，生之居所与死之坟墓之间其实是一种隐喻关系，所以有论者说："巴金通过"墓"（意指有价值的东西被销毁）来喻示着失乐园主题的不可更替性。"[②]坟墓作为负面的空间意象，用来形容房间带给人物的压抑感，这里不再仅仅是表明人物生活的地点，而是转化为一种典型的社会性空间形式。因为如果一个人觉得四面是墙或阻碍，那么就意味着内部空间被感觉为一个幽闭之所，内部与外部空间都起到了一种结构作用，它们的对立赋予了双方各自的意义：内部空间可以象征拘禁或压制，而外部空间则象征自由等。作者描写这

---

① 巴金：《新生》，上海：开明书店，1933年9月，第16、65、71、82、102、124、169—170、171页。本书中《新生》的引文均出自此版，不再特别注明。

② 杨经建：《家族文化与20世纪中国家族文学的母题形态》，长沙：岳麓书社，2005年，第170页。

个空间及其所负载的隐喻意义，借以表达对现实中社会性空间的压抑性感受。另外，当我们不再局限于巴金小说的单个文本内部，而是将他前后期小说中的一些空间意象予以并置性观照时，会发现巴金小说在创作情感上的变化。例如，家的意象在巴金前后期小说文本中所包含的作家情感态度是有变化的。在《激流三部曲》中，它是青年人竭力要逃出的空间，正如《家》中逃婚的觉民给觉新的信中所说："死囚牢就是我的家庭，刽子手就是我的家族。"而后期的小说《火》(第三部)中田惠世的家，是他的三个儿女的庇护所，《憩园》中的旧公馆承载了杨姚两家温馨的记忆，这时作家通过想象力把一些美好回忆赋予到它们的周围，它们是作为一个内部空间可以为人的内心价值提供某种保护而出现的。这时家所具有的精神文化意义，其家族、血缘性质使之不仅成为物理空间上的故乡、精神上的家园，有时还是一个旧梦依稀之地，包含着对逝去岁月的一种回忆，"因为家宅是我们在世界中的一角。我们常说，它是我们最初的宇宙。它确实是个宇宙。它包含了宇宙这个词的全部意义"①。我们甚至会在《憩园》中看到，主人公曾经居住的家宅已经卖掉，已不能再享用它的现实空间，但是，它依然作为一个想象的空间，在与现实空间构成的对照中起着慰藉心灵的作用。总体来看，意象的并置、叠加或重组，使意象在共时状态中获得了内涵的扩张，这对情节的发展、主题的表达和深化都起到了重要的作用，而且相同的空间意象在不同文本中反复出现，逐渐积累其意义，这本身也是小说一种空间形式的体现。

二是在同一时间里展开不同层次上的行动和情节，也构成空间性并置。如巴金小说《家》中鸣凤"打开灵魂的一隅"悲叹自己命运的那个夜晚，琴正梦想着去投考男学堂。这两个人是小说里经常被觉慧拿来作比较的人物，两个人由于出身的差别而面临着不同处境，但实际上，在争取女性权利和自由的道路上，都是同样面临着各自的巨大阻力，异常艰难。又如《家》第二十五、二十六、二十七章写的是在同一个晚上，琴为自己的艰难处境痛哭，觉慧因家庭的桎梏而愤怒，

---

① [法]加斯东·巴什拉：《空间的诗学》，张逸婧译，上海：上海译文出版社，2009年，第2页。

鸣凤则投入湖水而告别世界。在这三章的故事情节里，小说的叙事时间几乎停滞，叙述速度极缓，以一种并置空间化的情节结构来呈现不同人物的灵魂一隅，而深沉感人的力量也就隐含在文字之间了。再如，《电》里面明在屋内痛苦忍受着身体剧痛和心灵创伤的同时，屋外同伴们正在进行热烈激昂的演说，这种理论倡导与实践的挫折正好形成对比，使小说情节的线性发展转化为并置性的空间形式。

三是故事层次的多层嵌套，即由一个故事引发出另外故事的方式来构成的小说文本结构，也是一种空间性并置，它是“通过主题或通过一套相互关联的广泛的意象网络，可以获得一个空间性的程度”①。如《复仇》中围绕着“幸福”话题而展开的三层叙事：一层是“我”和几个朋友在乡间别墅讨论什么是幸福，个人从自己的职业和人生经历出发谈了自己的看法，而医生朋友说复仇是最大的幸福。二层是医生朋友谈认为复仇是最大幸福的原因。他以第一人称“我”为叙事者叙述两年前在意大利一个小旅馆中的见闻，即福尔恭太因开枪自杀的故事。三层是福尔恭太因以亲身经历感受到复仇是最大的幸福。他是在遗书中以第一人称“我”为叙述者展开复仇经历的叙事，最后是因为复仇成功后再也没有生活动力而自杀。这三个故事层次以并置的方式构成了小说的结构框架，成为结构上的并置性空间，使小说中“幸福”这个中心话题获得了反复观照和多次强化，产生了独特的叙事效果和艺术力量②。这种小说结构上的并置，使整个小说以一个故事元素为中心向外展开，形成众多空间的联结和切换，小说时间的流动便通过空间换取，在结构的敞开中，小说的主题也获得了多层意蕴。

这里需要说明的是，空间性并置与电影中的蒙太奇手法类似，巴金小说中经常采用这种手法，可能与他吸收电影的表现元素有一定关系。巴金很喜欢看电影，如在《随想录》中的《重来马赛》一文中他回忆道：“我在法国至少学会两件事情：在巴黎和沙多-吉里我学会写小说；在马赛我学会看电影。”回国之后，巴

---

① [美]约瑟夫・弗兰克等：《现代小说中的空间形式》，秦林芳译，北京：北京大学出版，1991 年，第 148 页。

② 刘俐俐：《多层叙述的艺术力量与“幸福”话题的当代延伸——巴金〈复仇〉艺术价值构成机制》，《中州学刊》2007 年第 2 期。

金也常常看电影："我回到国内，也常看电影。看了好的影片，我想得很多，常常心潮澎湃，无法安静下来，于是拿起笔写作，有时甚至写到天明。今天，我还在写作，也常常看电影，这两件事在我一生中起了很大的作用。"[①]在巴金的散文和创作谈中也常提到去看电影的经历，他小说中的人物也有以看电影为消闲方式的书写，如《春天里的秋天》《马赛的夜》《憩园》等。在一定意义上说，一些优秀的电影可能给了巴金某些有益启示和创作灵感，所以他的一些小说在构思和手法上采用了电影蒙太奇技巧，以空间性并置方式构成了小说空间形式之一。

三、空间意象的内在对峙

在巴金的小说中，公馆、公寓、旅馆等建筑空间，是人物日常生活和社会交往的主要居所，但当我们考察这些居所内部的生活情态时会发现，貌合神离的精神鸿沟所造成的深刻隔膜与疏离，使这些生活空间意象成为一个具有内在矛盾、对立、自我分裂的空间化存在，于是空间意象内在的精神裂变与情态的延展，成为小说的空间形式的表现之一。

（一）旧公馆：室内与室外的精神隔阂

巴金家庭小说中的旧公馆，作为私人住宅，本应是承载了小说人物诸多情感与记忆的和谐整体，但实际上，在旧公馆的内部精神上分裂为室内与室外的对峙，在对峙中呈露的是人与人的精神隔阂。

在旧公馆中，房间是室内的代表，花园是室外的代表。常常停留在室内的人基本上是上一代的长辈，他们的社会交往、事宜谋划甚至待客宴饮基本上都是在室内进行，这些处所基本上都家具摆放规整、座位排列有序、装饰严肃、色调暗郁，活动其中的人物自然也多是有身份地位有威严的长者。而花园是一个

---

① 巴金：《重来马赛》，《巴金全集》（第16卷），北京：人民文学出版社，1991年，第85页。

青年人常去涉足的地方，这里有小桥流水、红花绿草、清风明月，他们在一起宴饮聚会、坦诚交流甚至是述志伤怀时，都会到花园中来，这时的“花园”意象甚至类似于西方“沙龙客厅”这个空间意象。“无论历史时间还是传记和日常生活的时间，它们那些具体可见的特征，都浓缩、凝聚在这里；与此同时，它们相互间又紧密交织，汇合成时代的统一标志。时代于是变成了具体可见的东西，变成了清晰的情节。”[①]若以约瑟夫·弗兰克的观点描述就是：“物理位置成了它的精神意义的标记。”[②]于是在两种不同的叙述笔调中，室内与室外也逐渐由物理空间的对峙转变为精神空间的对峙。

例如《激流三部曲》中的高公馆是巴金小说中最具有“精神意义的标记”的整体建筑空间。在这所有着二门三进的大建筑里，有无数间被分隔成一个个独立存在的小房间，房间的位置和内部陈设都是依等级而设定好了的，在每一个房间中居住的人也因为这建筑空间的等级而被贴上了等级性的身份标签，每一个房间就是一个独立但却无法交流的阴郁的精神世界。因为不能彼此坦诚交流，所以人们只能互相试探、互相猜忌，甚至暗斗。即使是生活在同一个屋檐下的青年人，在他们这些长辈的“烈日般的眼神”监视下也只能保持缄默，这才有了青年一代从屋内渐渐逃离的行为。在这所建筑里，在绕过长长的过道之后才可以进入这些房间后面的花园，花园的开阔、自由和清新为青年人提供了可以敞开心扉畅所欲言的空间。在房间与花园之间，随着在精神指向上存在的差异性越来越深，室内与室外也就越来越成为这所大公馆一前一后的两个世界：前面是向世人昭示自己威严与肃穆的排排房间，后面是隐秘自由畅快的花园，室内与室外所具有的专制与自由的隐喻功能，正是这些建筑空间被意象化的过程。其中有一个隐喻性非常强的场景就是鸣凤与觉慧之间的隔窗对话，一个在室内，一个在室外，觉慧试图将鸣凤从房内拉出，但他还没有足够的力量从门口

---

① [苏]巴赫金：《小说的时间形式和时空体形式》，白春仁译，见《巴赫金全集》(第3卷)，石家庄：河北教育出版社，1998年，第448页。

② [美]约瑟夫·弗兰克等：《现代小说中的空间形式》，秦林芳编译，北京：北京大学出版社，1991年，第2页。

将她拯救出来，只能在窗口给她一线希望的阳光，但两人属于的是两个世界，这实际上也是后来觉慧对鸣凤的死无可奈何的隐喻。另外，在这三部小说中，不但这座高公馆的青年主人公在不知不觉中对房间（室内）产生了愈演愈烈的失望情绪，而且房间意象在与花园意象的对峙中，也显得越来越无力，房间意象的精神力量在高公馆地位的逐渐弱化过程，预示的正是人物之间精神隔阂的加剧过程。由上可见，整体性的高公馆作为建筑空间，转变为内部精神对峙的意象化空间，正是小说文本的空间形式的体现。

《憩园》中也有着一个长着一树树山茶花的花园，它是通过这里杨家小孩的身家经历才被叙写出来的，人物故事的展露与花园向读者的逐渐敞开成为同一过程。曾经在这所大公馆里度过繁华半生的杨梦痴，他落魄之后记挂的不是房间内的锦衣玉食，而是花园以及花园内任自花开花落的山茶花，这种选择性记忆也更反映出公馆之中室内室外的对立性存在。另外，如今身处公馆之内的万昭华，是以婚姻为跳板进入这座高墙深宅的，她成为那个时期很多中国知识女性婚姻选择的文学写照。当时中国的现代都市中，"女性有时勿庸考虑家庭利益，有了若干择偶的自由，但婚姻的封建性并没有改变，不过是以个人的商业化交易取代了家族间的政治、文化交易。女性做太太似乎成了一种谋生方式，一方供以生活，一方委以身体。至于给谁做太太，那是无所谓的"[①]。万昭华就是因此而务实地嫁给了姚国栋做填房的，于是也必然要经历当时众多有此选择的女性要经历的精神苦闷。这时，万昭华是一个有了物质保障而又念念不忘自由、浪漫与幻想的女子，所以她一次次进入花园来排解这种精神上的苦闷；而姚国栋是一个失去了奋斗的锐气而陷入庸俗无聊境地的男子，所以他喜欢的是在室内高谈阔论。虽然万昭华与姚国栋都试图从对方身上寻找到安慰与理解，但形同隔世的心灵隔阂只能带来彼此的失望，于是房间与花园两个建筑空间意象化过程中的对峙关系，也构成了小说文本的空间形式。

即使在一些表现青年革命的小说中，凡是涉及旧家公馆的时候，也有这种

---

① 张鸿声：《论中国现代小说中的都市女性》，《郑州大学学报》1998 年第 4 期。

倾向。如《灭亡》中杜大心与表妹的定情和诀别都是在花园中完成叙事的，而二人爱情受阻的过程则是在阴郁、黑暗甚至令人窒息的房间内被长辈们谋划的，甚至二人偶有机缘在室内相遇也只能四目相视而无法交流，在精神空间上，这不属于青年的世界。

由上可见，作为建筑空间的旧公馆，其室内与室外因空间参与者精神取向的不同，形成了内部的分裂和对峙，由此也构成了小说空间的两大板块，成为巴金小说文本的空间形式之一。

（二）新居所：室内的自我裂变

在巴金小说中，旧公馆的矛盾对立使青年一代不得不逃离了出来，进入社会，这时得以容身的新居所往往是破公寓或者小旅馆，不仅空间狭小逼仄，而且还让人倍感压抑寂寞。这时的新居所基本上属于旧公馆（家）与街道（社会）的中间地带，它既要起着家的所有生活功能，又要起着社会交往的功能，但它的这两项功能都是不健全的，于是也在主人公的心目中变得不稳固。人物不停地从这里向外走，向外走，在外面溜达一圈感到更加痛苦无奈就再回来，回来后又倍感压抑黑暗，于是再向外走，向外走。在小说中这种不停地“离开—回来—离开”的情态，就使这个建筑空间在意象化的过程中自我裂变了。

《寒夜》中的故事发生的地方不再是旧公馆，而是由走出旧公馆的青年一代建立的新居所。在这所小公寓里，曾树生是离开最多的人，其次是汪文宣，而汪母至多是从自己的小屋走到客厅中来，从公寓中走出去的次数最少。在这个狭小、压抑的建筑空间里，曾树生的活力无法安放，所以一次次从公寓中逃出来，连带着汪文宣也一次次从破公寓中暂时逃离，但汪文宣又一次次被母亲拽回去。最后曾树生彻底离开，汪文宣再也不能走出公寓，在母亲陪伴的阴影里走向死亡。还有，对于家来说，通常卧室是被看作最隐秘的私人空间，也是夫妻之间进行真实情感交流的最温馨的空间，但小说中对汪文宣和曾树生卧室的书写是缺失的，不但他们彼此都深爱着对方的真实情感根本没有机会在卧室中有效传达，而且彼此的苦闷沮丧因卧室的封闭也无法互相体察，这种空间上的封闭反映的是人的精神上的隔阂。曾树生一次次的离开，也意味着她对外面世界的精神依赖程度在加深，加上主人公心目中卧室位置的降格而带来的精神隔阂，反映出事实上汪文宣与曾树生正向同床异梦的道路滑落，这个“新居所”在意象化的过程中已经自我分裂，使小说空间具有了不同意义指向，从而成为小说文本的空间形式之一。

小旅馆也是青年一代从旧家逃离出来后的新居所之一。在巴金小说中出现的所有小旅馆，都是一个寂寞孤独、与街道的喧闹繁华相对照的所在，它不单纯是一个实质性的空间，而是意象化了，成为一个在内部自我分裂的精神化的空间指向。即使到了巴金创作后期，这一空间意象的精神指向仍旧如此，它不能为主人公提供安稳的栖居，人物回来后又一次次走出去。如《憩园》中写我因战乱回到久未回过的故乡时的情景：

> 我像一个异乡人似的住在一家小旅馆里，付了不算低的房金，却住着一间开了窗便闻到煤气，关了窗又见不到阳光的小屋子。除了睡觉的时刻，我差不多整天都不在这房间里。我喜欢逛街，一个人默默地在街上散步，热闹和冷静对我并没有差别。我有时埋着头只顾想自己的事，有时我也会在街头站一个钟点看两个车夫打架，或者听一个瞎子唱书，同一个看相的谈天。[①]（着重号为引者所加）

在这段引述里，“我好像一个异乡人”这句话表明，“我”曾经是一个逃离了房间还逃离花园的人，现在又回到故乡。而现在，“我”不仅不属于故乡，而且还将逃离暂居的小旅馆。这不仅是外在意义上的避走，而且也是精神上的逃离，居所作为建筑空间虽仍旧存在，但是作为意象化的空间却随着内在精神的对峙而分崩离析了。不管是破公寓还是小旅馆，这些在特定人物的参与下被赋予不同含义和情绪的空间意象，隐喻的是主人公的人生际遇，而空间意象的内在对峙呈示的是小说空间的对立和分裂，小说文本的空间形式就此生成。

---

① 巴金：《憩园》，重庆：文化生活出版社，1944年10月，第1—2页。本书中《憩园》的引文均出自此版，不再特别注明。

在以上对巴金小说空间形式的分析中我们可以知道，巴金小说中注重对瞬间意识的共时性呈现，于是人物的心理情境打破了绵密的时间限制，获得了深度和广度。同时，空间性并置和空间意象的内在对峙，则使小说的自然时间被压制、被重组，情节和故事相互分离也相互构建，充分展示了不同事物和情境之间的联系和对比，外在的空间背景转变为小说内在的感觉和思维方式，这种心理化、主观化的空间形式使巴金小说的抒情性大大增强，成为对中国现代小说写作形式的一种尝试，具有独特的诗学意义。

第三节　时空意识的衍变

我们关注巴金小说文本中的时间与空间，首先从时间形式和空间形式角度探讨了作家在小说中处理时间与空间的方式，即如何给了时间和空间以小说的内在形式。接下来我们还要追问的是：他为什么会在小说中创造这样的时间形式和空间形式？其中最关键的一点，就源于巴金独特的时空意识。所谓时空意识，就是指人在时间与空间的变动中所产生的对于自我与世界关系的基本感受与体验。不同作家的时空意识体现着其特有的世界感受和精神心理状态，中国文人历来对时空有着诸多深彻的体验，如："子在川上曰：逝者如斯夫！不舍昼夜。"又如屈原的《天问》："遂古之初，谁传道之？上下未形，何由考之？"再如陈子昂的《登幽州台歌》："前不见古人，后不见来者。念天地之悠悠，独怆然而涕下。"诗人们舍弃了一切对个人人生不幸遭遇的具体描写，将个人置于浩渺时空之中来抒写内心感怀，便与作家所具有的时空永恒而人生短暂的时空意识密切相关。就现代小说而言，其精神内核便在于探究人与世界的关系，这种关系中最深刻的层面是人与时空的关系，作家的时空意识自然会影响其文学形式的具体呈现方式。如汪曾祺在谈到小说写作时说："我不想对世界进行像陀思妥耶夫斯基式的严峻的拷问，我也不想对世界发出像卡夫卡那样的阴冷的怀疑。我对这个世界的感觉是比较温暖的。”[①]有论者认为他是将“回忆”内化为感受和把握世界的一种独特方式，人与世界的和谐关系是他时空意识的体现，所以当新时期文坛出现关于“文革”的“伤痕”和“反思”文学潮流时，汪曾祺的小说却写起了四十多年前的梦[②]。对此，汪曾祺自己解释说：“我以为小说是回忆。必须把热腾腾的生活熟悉得像童年往事一样，生活和作者的感情都经过反复的沉淀，除净火气，特别是除净感伤主义，这样才能形成小说。”[③]汪曾祺对世界和自我关系的体验直接影响了其小说的时空形式和美学风格。由此可见，考察作家特定的时空意识，也是理解小说文本形式的重要向度。巴金的时空意识有一个明显的衍变过程，它对其小说时空形式的生成发挥着重要作用。

一、前期：现实时空对人的压抑

巴金的前期小说，清晰地呈现出了作家面对这个世界的原初感受和精神状态，“压抑”是他这个时期对于世界与人之间紧张关系的基本体验。巴金时时感受到生命在时间流程中的某种变化，但来自生命时空的多重挤压又让他遭逢着各种限制，这使他在“变”与“不变”的焦灼中倍感压抑。但这种压抑不是物是人非的伤感，而是转化为了上下求索、左右冲突的探求和反抗，是寻求一种超越时空束缚的生命的自由。巴金将文学作为自我表达的一种时空想象，他在前期小说里往往建立的是一个具有鲜明的新旧对立性的世界，展示的是人在世界面前种种束缚中的生命的升腾与坠落。

在二十世纪三四十年代的社会政治与文化环境中，经过现代文化洗礼而刚刚走出（或即将走出）旧家庭的青年一代，有着睁眼看世界时的多重想象和矛

---

① 汪曾祺：《社会性・小说技巧》，《汪曾祺全集》（第8卷），北京：北京师范大学出版社，1998年，第60页。

② 马大康、叶世祥、孙鹏程：《文学时间研究》，北京：中国社会科学出版社，2008年，第205页。

③ 汪曾祺：《〈桥边小说三篇〉后记》，《汪曾祺全集》（第3卷），北京：北京师范大学出版社，1998年，第461页。

盾，巴金的小说就用生动的笔触记录下了这些变动不居的感受和体验："这里是希望，信仰，热诚，恋爱，寂寞，痛苦，幻灭种种色相可爱的交织。""他的人物属于一群真实的青年，而他的读者也属于一群真实的青年。他的心燃起他们的心。他的感受正是他们悒郁不宣的感受。他们都才从旧家庭的囚笼打出，来到心向往之的都市；他们有憧憬的心，沸腾的血，过剩的力；他们需要工作，不是为工作，不是为自己（实际是为自己），是为一个更高尚的理想，一桩不可企及的事业（还有比拯救全人类更高尚的理想，比牺牲自己更不可企及的事业?）；而酷虐的社会——一个时时刻刻讲求苟安的传统的势力——不容他们有所作为，而社会本身便是重重的罪恶。这些走投无路，彷徨歧途，春情发动的纯洁的青年，比老年人更加需要同情，鼓励，安慰，他们没有老年人的经验，哲学，一种潦倒的自嘲；他们急于看见自己——哪怕是自己的影子——战斗，同时最大的安慰，正是看见自己挣扎，感到初入世被牺牲的英勇。于是巴金来了，巴金和他热情的作品来了。"[①]巴金的前期小说成为一代青年的成长宣言，也深刻地烙印着作家自己的心路历程。巴金在少年时期，就已作为激情的政论者在成都的刊物上崭露头角。一九二七年巴金怀着一颗无法安放的苦恼心灵远赴巴黎，梦想着到那个当时的无政府主义国际大本营寻求信仰上的力量。在法国一年多的时间里对政治理论的系统研读，催生了他对世界无政府主义运动的理论反思，使其对自己的信仰逐渐有了更系统的认识[②]。于是，信仰带给巴金极大的自我期许，他曾无限自信地认为"人生只有前进，奋斗才是生活"，体现的是一种具有巨大创造力的超越时空的人生憧憬，但随着中国无政府主义运动的失败，现实世界以冰冷的面孔对自我产生了巨大压抑，现实与人生之间的矛盾和对立使巴金的小说关注最多的是人在当下时态里的生命情态，大量关于光明与黑暗、生与死的时间意象以及诸多内在对峙的空间意象充满了巴金小说文本，这些"意象所具有

---

① 刘西渭：《〈雾〉〈雨〉与〈电〉——巴金的〈爱情的三部曲〉》，天津《大公报·文艺》1935年11月3日。

② 可参见巴金：《从资本主义到安那其主义》，上海：自由书店，1930年7月。本书采用的是香港文汇出版社2009年初版重印本。此著鲜明地显现出巴金对无政府主义思想的个人化理解，如伦理化倾向、绝对自由、工团主义等方面反映了巴金早期的思想状况。

的独立的指涉意义——隐喻”[①]功能，加之“爱与憎”“革命与爱情”“专制与自由”“压迫与反抗”等带有强烈的生命体验色彩的词汇，共同演绎了个人在新与旧、好与坏、是与非、进步与反动相交织的时空中升腾与坠落的生命景象。

例如，《爱情的三部曲》曾被作家指认为最喜欢的作品，现在看来，他喜欢的原因很大程度上应是切合了自己当时的时空体验。在这三部作品里，无论是爱得无比痛苦的周如水，还是自求殉道的革命志士陈真，即便是后来逐步成长起来的吴仁民，作家都将他们置于一种自我与世界的矛盾漩涡中，对爱情、对信仰、对人生都有着无比的压抑之感，即使是抗争的行为也不是痛快淋漓意气风发，而是满蕴着焦灼和延宕。又如，李静淑、张文珠、高觉慧、琴等青年在挣脱专制与束缚的努力中寻求对自我生命的主宰，小说通过对这些人物在“现在”时态中的精神开掘，呈现出生命的一种反抗压抑、努力向上的升腾情态，凸显了人与世界对决的意义；而在另外的生命行列中，如高觉新、剑云、梅、蕙、枚、郑佩瑢等人则在生命时空的束缚下逐渐坠落走向死亡，成为令人扼腕哀婉的形象。巴金不同于废名着力于对小说境界的营造，而是“单自成为一种力量”[②]。正是由于巴金更注重于呈现人在面对世界时的自我感受，于是黑暗与光明、生与死的意象，成为巴金小说的一种鲜明的时间隐喻。

在这个时期，面对世界而追求自我确证的巴金，对新的人生前景充满了期待。从小说的空间意象来看，一些具有束缚隐义的空间（如旧公馆、小旅馆）往往象征着被征服的对象，所以这个时期的主人公在不断地向外走，逃离开这种束缚，以获得在更宽广的时空中的生命自由。即使是需要面对死亡，这些人物依然会前行，如杜大心、李冷、德、发布里、彭等人物，都以殉道者的姿态对抗着现实黑暗，并在因信仰而“死”的意义上延展了自我生命的时间与空间价值。

从总体上来讲，巴金前期小说中所塑造的人物，绝大多数对自我遭受到的压抑采取了对抗性的姿态，让生命个体的价值与意义在绵延的时空中不断升腾

---

① 董小英：《再登巴比伦塔——巴赫金与对话理论》，北京：三联书店，1994年，第193页。

② 刘西渭：《〈雾〉〈雨〉与〈电〉——巴金的〈爱情的三部曲〉》，天津《大公报·文艺》1935年11月3日。

和扩展，而那些自我妥协的人物，则以生命的坠落成为前者的一种反衬。对于巴金来说，正是现实世界与自我的紧张关系，使他在自己的文学时空里书写了一个个青年在时间之流中面对世界的生命姿态——升腾或坠落，从而思考着现在时态中的人之存在的特定境遇。

二、后期：人对现实时空的超越

曾经自信激昂的青年巴金在走向沉郁自省的中年巴金时，他面对世界的恒常性逐渐产生了新的时空意识，那就是越来越体验到了人在世界中的庸常情态。这使巴金的后期小说在处理人与世界的关系时不再那样紧张，而是在超越时空的限制中开始致力于探究生命的庸常情态，他对人之存在问题的思考开始复杂化和模糊化，人与现实世界之间也变得暧昧不清，小说中往往蕴含着恒常与流变、情感与理智、人性与伦理等多重因素的交织与冲突，生命本身也成为一个不停摇摆、不断延宕的时空历程。

例如《憩园》开篇写的是“我”从异乡回到了故乡，寓居在小旅馆：“我在外面混了十六年，最近才回到在这抗战期间变成了‘大后方’的家乡来。”这里“回”这个字所表示的不仅仅是一个动作，而是牵引着两种时间和两种空间。其中，从时间上来看，“回”包含着过去的时间与现在的时间，因为只有曾经的离开故乡（过去），才会有回归故乡（现在）；从空间上看，“回”还包含着曾经离开的家（旧居所）和现在寓居的旅馆（新居所）两种空间的对比。所以说，《憩园》从一开篇就为整部小说的时空关系建立了观照的坐标，那就是时间的当前化和空间的并置，从而实现了小说特有的时间形式与空间形式。随着小说叙事的展开，“我”进入了憩园，这是一个把旧主人的历史和新主人的未来交融在一起并汇集到现在时态的时空关系。在这所默默无言的公馆里面，一个个生命个体呈露出了人无法摆脱的庸常情态，如杨老三的堕落和悔恨，姚国栋的自骄与糊涂，万昭华的失落和痛苦，以及青年一代杨寒和小虎的不可预期的未来等。这里不再是人与现实世界的对决，而是在“憩园”这个不变的时空背景中的一个个或同或异的人生故事的序列，它们之间的关系不是因果关系，而是在同一时空场域中的聚合关系，相互间构成了有序的组合和互补效应，整部小说在时空形式上成为一个真正的有机整体，时空因素因之而具有了结构性意义。

《寒夜》也是以一种现代时空关系开篇的。“巴金最后一部长篇小说《寒夜》（一九四七）开篇第一段，呈现给我们的是一个极端性的现代时空关系，以及这个时空结构与一个具体的个人主体之间欲理还乱的纠葛与关联。平实徐缓的文字，描写的是夜间空袭时现实生活之流的暂时中断，四周的景色昏暗难辨，而一旦逐渐地浮现出来，展示的却又是一片在劫难逃的氛围。”①这是一个以浓重的夜色包裹起来的时空结构，此时此刻，时间之流上的瞬间停止使空间无限延展，于是汪文宣的思维、生命也似漂浮在无根的空气中，无法找到生命的重量，这是一种无法逃避的轻逸。然而顷刻间，世界又以强劲的威力挺进到汪文宣面前，成为在劫难逃的沉重。汪文宣就是在这种庸常的生命时空中煎熬着，整部小说的结构便是这样一种时空关系的体现。从小说叙事上看，这部小说中存在很多近于静止的时间状态，叙事速度趋向于零，人物行动停止但思想意识却无限延展，形成了对世界和人之间关系的冥想。时间上的瞬间静止状态体现的是人物直接面对存在的思考，小说作为一种向世界的问询也就获得了鲜明凸现。另外，对于曾树生来说，无论走与留，她都无法摆脱生命的困境，就像她选择了离开，想获得彻底的轻逸，然而最终将被沉重填满，当她再回重庆时人去楼空的处境隐喻着人在世界面前选择的艰难。正如有论者分析《寒夜》的人物时说：“曾树生‘走还是不走’的矛盾与汪文宣‘死还是活’的矛盾得以呈现钟摆般两极间的摆动。”②这是因为人无论如何选择，在恒久的世界面前都不会避免有限生命的庸常情态。巴金后期的作品对生命本真的庸常情态的思考，体现了超越时空限制后对有限与无限、常与变的深度体认，反映着人与世界关系上的和解倾向。

---

① 唐小兵：《最后的肺病患者：论巴金的〈寒夜〉》，《英雄和凡人的时代：20世纪》，上海：上海文艺出版社，2001年，第70页。

② 徐德明：《中国现代小说叙事的诗学践行》，北京：社会科学文献出版社，2008年，第173页。

从巴金前后期时空意识的衍变来看，他在文学世界里探索自我生命的深度与广度是逐步递增的，小说的时空形式也随之呈现出了不同侧面和方式，而这些侧面和方式正是体现人在恒常的时空中确立自我与世界关系的途径，是人在寻找自我存在的位置以及生命价值可能性的努力。巴金的小说始终关注着人在现实世界中的当下情态，关注着人在世界面前的选择，其文本形式的背后潜隐着一颗矛盾痛苦的心灵，呈示着自己特定的时空意识：感受旧与新、理解传统与现代、遥想过去与面向未来。他不仅表达着形而下的现实的危机和苦难，更道出了对生命、对世界的思索与困惑。我们在巴金小说中会读到很多关于“离开”的故事，对这一生命情境的反复书写蕴含着作家独特的个人化体验，这是以追寻的姿态在时间之流和空间位移中来抗衡世界对自我的拘囿，从而构成了巴金小说文本形式中的独特时空景观。

时间与空间是小说文本构成的基本阈限，巴赫金曾说：“在文学中的艺术时空体里，空间和时间标志融合在一个被认识了的具体的整体中。时间在这里浓缩、凝聚，变成艺术上可见的东西；空间则趋于紧张，被卷入时间、情节、历史的运动之中。时间的标志要展现在空间里，而空间则要通过时间来理解和衡量。”[①]本章所讨论的巴金小说的时间形式和空间形式也不是截然分开的，它们是在不断叠加和更新的“现在”时间形态中，体现了巴金作为“五四”之子精神觉醒之后对人与世界的审视维度。巴金小说中的时间形式和空间形式既包含着作家的理性认知，也深具作家个人化的心理体验，是以一种个人化的叙事立场对生命个体现实存在的文学呈现。

① ［苏］巴赫金：《小说的时间形式和时空体形式》，白春仁译，《巴赫金全集》（第3卷），石家庄：河北教育出版社，1998年，第274—275页。

第三章 巴金小说的叙事样态

巴金在文学创作上一直主张创作的最高境界是“无技巧”，所以在叙事艺术上巴金并没有进行鸿篇巨制式的理论总结。但我们知道，任何生活素材转化为小说故事时，其中必定包含着作家精心的艺术构思和叙事策略，在这个意义上说，巴金是以小说创作的实践参与着中国现代小说诗学的建构的，其小说文本的形式及其意义很值得探究。从巴金小说的写作姿态和动机来看，他是把写作作为自己生活的重要内容，即“创作如同生活”，这在一定程度上制约了其小说题材的广泛性，除了三篇表现法国大革命的短篇小说外，基本上都是以现实题材为书写对象的。在巴金大量的创作谈和序跋文中，他经常谈到自己的创作往往是在某种特定情感的促动下而写就的：“当热情在我的身体内燃烧起来的时候，那颗心，那颗快要炸裂的心是无处安放的，我非得拿起笔写点东西不可。”①

① 巴金：《灵魂的呼号〈代序〉》，《电椅》，上海：新中国书局，1933年2月，第6页。

这样,巴金与其他现代作家在创作观念上的不同,也就形成了这样一种情状:巴金的小说表达了对现实的强烈关注,同时包含了较浓厚的情感因素和心理体验,成为一种矛盾而焦灼的写作过程。这种情状在巴金小说的叙事上就体现为,以人物在自我、他者以及世界的互动过程来实现人物心理意识的舒缓流露或细腻展示,在一条回环起伏的心灵之路上呈现出世道人心的现实图景,单纯的故事中往往包含着复杂的生命表情,形成抒情、细腻、深沉的叙事风貌。可以说,巴金小说始终致力于生活丰富性和可能性的探索,在处理现实生活经验、虚构力量以及文学传统和现代想象情境等方面,都显示出巴金小说的叙事特色。本章主要从三个方面来具体探讨巴金小说的叙事样态,并在此基础上思考其小说叙事与作家文化心理的关系,从而呈现巴金小说在中国现代小说诗学建构中的独特意义。

第一节 思索的小说

对人的存在的关注,对"自我"的本质的探求,构成了千百年来文学与哲学沉思的基本主题。在小说中,作家往往通过对"人物境遇"的设置,来实现对世界、对"自我"与他者关系的探索。米兰·昆德拉认为"存在三种小说:叙事的小说(如巴尔扎克、仲马),描绘的小说(如福楼拜)和思索的小说。在最后一种情况里,叙述者即思想的人,提出问题的人,整个叙事服从于这种思索"[①]。也就是说,在思索的小说中,叙事者不只是讲故事、推动叙事进程、下达叙事指令的人,更是提出问题的人,整部小说的叙事都服从这种问题和思索。在巴金的小说中,无论是身处旧家漩涡的青年,还是踏进社会洪流的青年,无不是站在时空交错的人生边沿处左右冲突,上下求索,在这种人生境遇里,他们首先面临的是一

---

① [捷]米兰·昆德拉:《小说是让人发现事物的模糊性——昆德拉访谈录》,谭立德译,中国社会科学院外国文学研究所《世界文论》编辑委员会编:《小说的艺术——小说创作论述》,北京:社会科学文献出版社,1995年,第64页。

个作为生命个体的人处理“自我与他者”之间关系的重大问题，小说叙事也成为承载着一代人的声音来展开的询问。从这个意义上说，巴金的全部小说仿佛一个长长的疑问，却找不到回答，大致应属于前述所提及的“思索的小说”一类，主要呈现在以下三个方面：

一、“延宕”：作为思索方式的关键词

在中国古典小说美学中，延宕可以称为“写急事用缓笔”。在小说叙事中，延宕可以通过叙述者的插话、故事的周折、行为的犹疑、心理的徘徊、情感的变化等方式造成，所有这些方式都会使情节的推进减慢，事件的结果不可预期，问题的答案无法判定。巴金的小说在叙事上往往呈现出延宕的特点，这包含着作家特定的创作心理，也呈现着其小说诗学的独特追求。

巴金的小说关注最多的是对自我的探索和追寻，正如米兰·昆德拉所声称的那样：“任何时代的所有小说都关注自我之谜……自我是什么？通过什么可以把握自我？这是小说建立其上的基本问题之一。”[①]故而，但丁奋力挣扎，莎士比亚彷徨延宕，蒙田陷入怀疑，陀思妥耶夫斯基被痛苦撕扯，卡夫卡感到恐惧……而“巴金在创作中所要探讨的问题，自始至终，都是人与现实的关系，探索人世间合理的生活，以自己的方式和体验提出人生里一些根本的问题”[②]。巴金将小说视为认识自我与他者、人类与世界的途径，他在小说里不断提出问题，也在执着地思索问题，思索成为小说的一部分，也成为小说特有的思维方式。

巴金的小说，提出的一个最根本问题是个人之存在问题，尤其是自我与他者之间关系的问题。但是，就小说叙事来看，延宕成为他对这个问题的思索方式，作家并没有给出一个所谓正确道路的最后答案。“小说家不可能孤立地描

① [捷]米兰·昆德拉：《小说的艺术》，董强译，上海：上海译文出版社，2004年，第29页。

② 蓝棣之：《现代文学经典：症候式分析》，北京：人民文学出版社，2006年，第133页。

写某一类人，越是优秀的小说家，他创造的世界就越是一个相互联系、密不可拆的整体。”[①]巴金的小说世界也始终在努力建构着这个整体。巴金自己作为一个“五四”文化觉醒者，在现实生活中也始终存在着深刻的矛盾，作家很希望自己的作品都能够为人指出一条路来，他的每篇小说都在努力展示，可是展示出来的道路都是没有终点的，甚至是失败的，于是彼此之间就具有了某种联系。巴金的小说，一直在思索如何处理自我与他者之间的关系，如何体现“个人之存在”，每部作品都在询问，但答案又都被悬置了起来。从叙事上看，延宕就成为其思索这个问题的一个最关键的词，具体表现为：

巴金的小说，以文学的想象写出了个人面对生与死、爱与憎、个人与制度的具体问题时的反抗姿态，但这种反抗总带着点犹疑，行动上处于延宕之中。有研究者认为巴金小说中的人物属于一不高兴转身就走的类型，这只是从故事层面所看到的一种结果。本书认为，从文本的叙事层面看，巴金小说的人物都在执着地、甚至以生命为代价来探寻个人之存在的问题，在行动上却是延宕的，从来没有“一不高兴转身就走”那样决绝过。比如，对离家出走行为的书写，这些小说主人公走得都有些滞重犹疑：《家》中觉慧的“出走”、《春》中淑英的“出走”、《寒夜》中曾树生的“出走”，都是用了整整一本书来叙述这样一个行为的完成，甚至从文本之间的互动关系来看，巴金对这一行为的反复书写也呈示着这一行为的“未完成性”，仿佛预示着从“大家族”走出的觉慧、淑英还要面临着曾树生那种从“小家庭”的第二次出走才算彻底。不，错了，曾树生那种从“小家庭”的出走还没有结束，走了还得回来，因为她还未从自我心灵彻底出走，她还在自我与他者之间的矛盾中犹疑，寒夜街头的独自徘徊正是她心灵暗夜的自我延宕。又如，对从事革命活动的青年来说，他们对革命的投身行动也是延宕的：《灭亡》用整本书来写杜大心刺杀行为的最后完成，《新生》中用了绝大部分篇幅来写李冷走出小我走到南方革命集体中，《死去的太阳》中王学礼的纵火烧工厂的反抗行为也延宕到了小说结束，《雨》中的吴仁民投身革命实践的行为也是小说结束时才完成的，而敏的刺杀行为则整整用

---

① 王晓明：《王晓明自选集》，桂林：广西师范大学出版社，1997年，第207页。

了《雷》和《电》两部小说的篇幅才最后完成。值得一提的是，小说叙事到了这里其实并未结束，往往结尾又都有一个“叙事回旋”，即写出杜大心被示众的首级化为了臭水，李冷、王学礼、敏等牺牲前对生的极度留恋，吴仁民的革命活动陷入无比被动的境地，这实际上属于人物行为的“负向”延伸，在叙事功能上显示出更加强烈的延宕意味。再如，在爱情的选择上，巴金的人物也都充满了痛苦的延宕：《家》中觉新在梅与瑞珏之间的两难选择，《雾》中周如水对张若兰的爱的迟疑，《憩园》中万昭华在物质满足与心灵之爱间的摇摆与失落，《寒夜》中汪文宣在母爱与夫妻之爱间选择上的逃避等。巴金小说对上述人物行为所展开的一个个长篇叙事，涉及的是思想文化的新旧之别、革命信仰的取舍之异以及情感道德的真诚与否，这些问题也正是生命个体面对自我与他者之间如何选择和平衡的重要问题，在本质上属于人面对世界进行自我确证的时刻，延宕本身就是他们对这些问题的思考，甚至就是思考的结果，巴金的小说以文学形象的隐喻方式对世界提出了质询，却未做出最后的解答。

当然，有时人的具体行动本身也是一种选择，对文学家来说，他思考的结果就是通过在作品中的各种“选择”体现出来。但在巴金小说所构成的文学整体中，往往会有上千路径从此整体中辐射而出，其作品的每一事件、行为或者意象的选择，都体现着作家连续创作的核心是一种无法触摸到的组织形式，正是这种组织形式不断地支配着作家叙事，完成作家对一个单一问题的持久思考：在自我与他者之间寻找个人能赖以生存的地位身份。法国哲学家加缪反对把艺术与哲学对立起来的观点，认为艺术从来都是形象的哲学：“身体和诸种激情在小说中的描写更多地是按照一种对世界的看法来安排。人们不再是讲述‘故事’，而是创造自己的天地。伟大的小说家都是哲学小说家，就是说是和主题作家对立的。”“这些作家是依靠想象写作，而不是用推理写作。”[1]巴金就是以文学想象的世界创造了一个自己的天地，在这片天地中展开对人之存在问题的思索：巴金在小说世界中为我们塑造了我们那样熟悉的火热而又冰冷的存在，赋

① [法]加缪：《西西弗的神话》，杜小真译，北京：三联书店 1987 年，第 119—120 页。

予专制的世界如此令人可感而又如此令人肝胆欲裂的想象，我们在其中感受到日常的焦虑，也能倾听到冷漠的世界在这些个体的内心深处的轰鸣，但生命个体的自我确证却无法完成，而是始终处于自我与他者的缠绕中。

在巴金的小说中，每一个人物对自我存在问题的思考都如此痛苦，因为“当对幸福的憧憬过于急切，那痛苦就在人的心灵深处升起”[①]，不过，从中我们倒可以清晰见出作家在创作这种思索的小说时特定的文化心理，二者之间是同构的。一九二八年十二月初，当巴金自法国返回国内时，他发现整个中国的安那其运动已经沉寂了下去，虽然一九二九年一月至四月处女作《灭亡》在《小说月报》上的刊载获得了轰动效应，并于同年十月顺利出版单行本，但这种文学上的成功与荣誉根本无法抵消这个时期巴金因“信仰危机”而带来的极度孤独甚至恐慌。巴金的小说序言和小说文本中都曾经多次出现过“我不怕……我有信仰”这句话，但实际上他内心却并不安定，这句话就是用来鼓起自己的勇气，正如陈思和曾经分析道：“巴金是一个坚定的安那其主义者，是有信仰的，正如他自己说，‘我不怕……我有信仰’，这个‘我不怕’与‘我有信仰’之间是有省略号的，说明说这话时说话人有一个很大的犹豫。其实他是很怕的，他很孤独、很痛苦的。”[②]一九三〇年至一九三四年这五年里，巴金在小说、散文中不断地倾诉着自己信仰失落后的绝望、孤独与痛苦，甚至不断地写文章批评自己的写作是在浪费生命[③]，因为巴金并不希望成为一个作家，“他的理想一直是做一个顶天立地改天换地的巨人，做一个以正义原则和自由精神重整地球秩序的英雄，而不

① ［法］加缪：《西西弗的神话》，杜小真译，北京：三联书店 1987 年，第 143 页。

② 陈思和：《现实战斗精神的绝望与抗争：〈电〉》，陈思和、李存光主编：《生命的开花：巴金研究集刊》（卷一），上海：文汇出版社，2005 年，第 138 页。

③ 例如，写于一九三二年十月的《灵魂的呼号》中说：“我不是个艺术家。人说生命是短促的，艺术是长久的，我却以为还有一个比艺术更长久的东西。那个东西迷住了我。为了它我甘愿舍弃艺术。艺术算得什么？假若它不能够给多数人带来一点光明，假若它不能够对黑暗给一个打击。”写于一九三三年冬天的《我的梦》则通过对话的方式，来质询写文章和话语是没有任何用处的，完全是浪费生命。两文可参见散文集《生之忏悔》，上海：商务印书馆，1936 年 3 月，第 49—61、25—31 页。

是做一个文字匠"①。特别是一九三四年,他连续发文诉说自己的这种内心痛苦,六月写的《我希望能够不再提笔》中说:"现在我的笔暂时放下了。虽然沉默也使人痛苦,但是我希望我能够坚持着不再把我底笔提起来。"②九月在《沉默·序》中写道:"这一年来我确实沉默了。"③他将自己的这部短篇小说集名为《沉默》便是这个意思。十月十日巴金在《水星》上发表了一个短篇小说《春雨》,写的是"我"和哥哥走两种生活道路从而获得两种命运的过程,这部小说是最能体现巴金面临选择文字生涯还是革命活动而发生激烈冲突的沸点,乃至这之后一个多月,他就不顾朋友们的劝说独自化名"黎德瑞"远赴日本,十一月二十四日抵达横滨,开始了心灵的自我放逐。可以说,《春雨》这部小说真实映现了作家当时极度矛盾和痛苦的心境,甚至可以说,这部小说所创造出的对比性文学情境也可以作为巴金全部小说的一种文本化隐喻。

《春雨》这部小说共有八个小节,奇数节是写哥哥因懦弱不抗争不行动最终走进坟墓的过程,偶数节写我在朋友的热情鼓励下走出忧郁投入革命活动最终获得新生的过程。这种对比或许显得有些浅白,但最重要的是,小说中出现了两个对比性意象,一是堂·吉诃德,一是哈姆雷特。从这篇小说里作家的原注④可以看出,作家是将这两个文学形象作为两种人生道路的隐喻:一种道路是为了信仰就勇于行动,像堂·吉诃德那样行侠仗义毅然前行;一种道路是不满现实却又怯于行动,或者"整天关在房里在破书堆中讨生活"并暗自自责,在前进道路上像哈姆雷特一样迟疑不决延宕不已。作家在叙事倾向上是非常明显地

---

① 摩罗:《孤独的巴金——如何理解作家》,北京:东方出版社,2010年,第18页。

② 巴金:《我希望能够不再提笔》,《我与文学》(《文学》一周年纪念特刊),上海:生活书店,1934年7月。后作为《将军·序二》收入小说集《将军》,收入《生之忏悔》时改题为《我与文学》。

③ 巴金:《沉默·序》,上海:生活书店,1934年10月,第1页。

④ 参见巴金:《春雨》,《沉默》,上海:生活书店,1934年10月。在这篇小说中,巴金的原注是:"堂·吉诃德是西班牙作家塞万提斯(Cervantes,1547—1616)的长篇小说《堂·吉诃德》的主人公,读骑士小说入了迷,拿着长矛骑着瘦马出去行侠仗义,他甚至把风车当作了巨人。因此有人把热情地、单纯地信仰正义的人称为:堂·吉诃德。哈姆雷特是英国剧作家莎士比亚(Shakespeare,1564—1616)的剧本《哈姆雷特》的主人公,一个替父亲报仇的丹麦王子。有人把他当作一个跟堂·吉诃德完全相反的典型,一个迟疑不决的怀疑派的代表。"

偏向前者的，也就是说，在理智上作家可以在这对矛盾中做出明确选择，但从巴金的现实人生来看，巴金远赴异邦的自我放逐行为正是因为在行动上无法对这样一种人生道路做出决绝的选择。甚至，他一直到晚年都在拒绝作家的头衔，反复声称自己并不想做一个作家，搞文学不是自己的初衷，他是一直希望能够以革命活动和社会实践来实现理想，这个理想的内核就是安那其（无政府主义）。投身革命实践的行动永远只能是他的向往，于是巴金就陷入了一种悲剧性的恶性循环之中，矛盾而焦灼的情绪底色为巴金小说带来独特的叙事特色。这一点，从巴金的小说体式上也可以看出来，他创作了很多书信体小说和日记体小说，如《新生》《利娜》《海底梦》《堕落的路》《爱底摧残》《第四病室》等，甚至在一些第三人称叙述的小说中，也经常穿插进书信、日记或者梦境，这种写作上的选择体现出了作家一直在试图寻找一个倾诉对象，书信、日记乃至梦境都是较为真实呈现自我内心情感的文学形式，在这一个个被“他者化”了的自己的故事中，我们可以清晰地触摸到作家那颗矛盾、忧郁、执着甚至伤感的心灵。

从巴金的这种创作心理来看，带着诸多矛盾、痛苦的巴金，在小说中却写出了一个个英雄或者普通小人物的自我反抗、自我的激情，这些人物没有被人为拔高，而是表现他们身上所烙印着的他者的阴影或否定，但这反而呈现了巴金小说书写现实时的至诚。就世界范围来看，二十世纪的小说精神包含着一种不确定性精神，小说成为与复杂而模糊的世界本身相吻合的一种文学形式，而人与世界的关系上则具有复杂性和多种可能性：面对世界，当处在人生的“临界境遇”，也许我们应当犹豫驻足那么片刻，人生最丰富也最生动的刹那也许就在犹豫徘徊的那一刻，它是呈现人生多种可能性的时刻。巴金的小说就是以这样的文学图景，来思考自我与他者之间的多种可能性，从叙事上看延宕本身成为巴金小说的思索方式。

二、“争辩”：形式化的维度

二十世纪初叶，随着中国现代性进程的开启，整个思想文化界都面临着巨大的精神震动，关于中国与西方、传统与现代、主义与问题、理论与实证等各种形式、各个层面上的矛盾与问题层出不穷，关于“变”与“不变”的各种声音交错在一起。就文化层面看，尼采很早就指出了文化创造中存在着两种不同倾向：一种是对“凝固化、永久化的渴望，对存在的渴望”；另一种是对“破坏、变化、更新、未来、生成的渴望”①。俄国的巴赫金从文化诗学角度把这两种倾向具体化为官方文化与民间文化的对立，而在中国的文学创作领域，中国现代小说作为这些不同观念与声音的形式载体，对这种对立与矛盾的书写呈现出不同的解读方向，特别是由于作家个体的差异性，其作品也呈现着不同的诗学风貌。如鲁迅的绝大部分小说表现的是“老中国儿女”的生命存在形态，构建出的是一个封建专制、传统文化伦理统治下的“无声的中国”，即使在一些表现“五四”知识分子心路历程的小说中，其主人公作为先觉者的失败与苦痛亦显得隐忍忧郁。

稍晚于鲁迅而踏上文坛的巴金则不同，正如巴金自己所说，他是“五四的产儿”，也是一个充满了这个激荡时代所共有的理智与情感、现实与理想、思想和行动的矛盾的人。巴金小说中的人物像作者一样，也都充满了矛盾，但同时发出了各种声音，小说叙事因之而生出了各种各样的“争辩”。争辩本来主要是一种人物对话的方式。对话在巴金小说中使用频率非常高，有些小说的情节展开就是以人物的对话完成，称作对话体小说不无不可，甚至二十部中长篇小说中，《秋》《电》《火》(第一部)等直接以对话开篇，还有多部小说是简单介绍故事发生情境后就展开了大段大段的人物对话。但本章所说的争辩，不同于一般的对话或谈话，它不要求有“问—答”的对话形式，而只是争辩者之间要有观点上的分歧、思想上的差异等对立性的矛盾存在，谁也说不服谁，矛盾的性质较为尖锐。在巴金的小说中，“争辩”被形式化了，成为一种小说叙事的形式，各种矛盾、问题、对立以争辩的叙事形式凸现出来，从而发挥着重要的诗学功能，具体说来，主要有三类：

① [德]尼采：《悲剧的诞生》，周国平译，太原：北岳文艺出版社，2004年，第243页。

(一) 人物之间的明辩

人物之间的明辩主要是指两个或两个以上人物之间就某一问题不能达成共识而产生的逆向性对立关系。巴金的小说中,往往设置了较为明显的立场对立的双方,带来了不同阵营的针锋相对的争辩。如新旧观念的争辩中,往往祖辈、长辈、父母等都站在了时间序列的旧端,而接受新思想的青年往往对自己所处的被压制、被束缚或被迫害的境遇进行反抗,双方所持理据是对立的,带来了激烈争辩。如《激流三部曲》中觉慧、觉民、琴、淑英、淑华等与祖父、叔父们之间关于爱情自主、民主平等、孝道伦理等观念上的分歧对立带来的争论就是这一类。夏志清甚至认为,在《激流三部曲》中,《秋》比《家》《春》更"能发挥震撼人心的力量"[①],原因在于《秋》所写的一系列悲剧事件"只是不断争吵的一幅背景,而这些争吵是围绕着觉民,还有他的堂妹淑华,以及那些坏名声的长辈之间进行的。淑华在《家》《春》两书内,年纪还小,不太重要,此刻在《秋》书中变得伶牙俐齿,对她的那些婶娘们,常常毫不容情地教训一顿。争吵的时候,这一双兄妹,总是把家中整个丑事和惨剧拖了出来,因此读者感到他们的凌厉口风背后挟带的是整个三部曲的力量"[②]。这时,争辩作为一种文本形式有了独立的叙事意义。《寒夜》中曾树生与汪母之间无休止的婆媳争吵贯穿全篇,甚至曾树生远走兰州之后写来的书信仍极富争辩的色彩,展现的是传统观念与新学理念之间不可调和的对立。在步入社会的青年人中,也有着程度不一的争辩,如《灭亡》中杜大心、李静淑、袁润身等人在客厅里关于爱与憎的争辩,《新生》中李冷与张文珠之间关于人生道路的选择展开的争辩,《雨》中吴仁民与高志元之间关于信仰与爱情关系的争辩,《电》的第四章中明的死带来的安那其主义者们关于要不要以暴力行为来报复统治者压迫的激烈争辩等,都属于人物之间的明辩。巴金小说中的这种争辩有时带有空谈色彩,但都是彼此言辞激烈,立场坚决,都想在与

---

① 夏志清:《中国现代小说史》,上海:复旦大学出版社,2005年,第181页。

② 同上书,第180—181页。

他者的争辩中确证自我的立场、观念和思想，但谁也不能说服对方，叙事也就在延宕中渐次展开。这些矛盾和对立显示出的是阶级、阵营或理念之间的壁垒，叙事的延宕为小说带来强大气场，被形式化了的争辩使小说对读者产生强大的心理震撼力。

(二) 人物自身的暗辩

人物自身的暗辩是指在同一个人的现实自我与精神自我之间展开的心灵对话。它属于但又不等同于内心独白或心理描写，因为它必须包含着对立、冲突的争辩关系，有着两种不同向度的声音或叙事层次，呈现着人物分裂的内心世界。巴金小说对这种争辩类型的运用非常普遍，在这样一种意义上甚至可以说，巴金小说叙事是一种心理化叙事。最典型的小说是《寒夜》，小说开篇写的就是男主人公汪文宣独自走在寒夜街头寻找妻子，对人物外在动作的书写中，叙述的重点却是人物内在的心理流程，甚至周围环境也幻化成了人物的主观感受。他独自走在路上，但他的内心却并立着两个互相对立的声音，一个是在母亲目光注视中的儿子，一个是在妻子目光注视下的丈夫，互不相容，将汪文宣的自我分解为两个层面的存在(我—你、他—我)，构成了一种自我纷乱的争辩。这有似于巴赫金的复调诗学的特点："在主人公的自我意识中，渗入了他人对他的认识；在主人公的自我表述中，嵌入了他人议论他的话。他人意识和他人语言引出了一些特殊的现象，这些特殊现象一方面决定了自我意识的主题发展、他的沮丧、争辩、反抗；另一方面又决定了主人公语言中的语气断续、句法的破碎、种种重复和解释，还有冗赘。……(引者略)两句对语——发话和驳话——本来应该是一句接着另一句，并且由两张不同的嘴说出；现在两者却重叠起来，由一张嘴融合在一个人的话语里。这些对语是相互对立的，在这里冲突起来。因此，它们相互重叠并汇合成一个话语，便引起极度紧张的语言阻塞。本来，完整的对语本身是统一的，只有一种语气。但不同对语一相遇，在融合后出现的新话语里,就变成了相互对立的声音的尖锐交锋。"[①]但从人物的心理方面探究,深层原因应是不同时代的道德伦理观念对他的撕裂,即以中国新文化运动为缘起的现代知识分子的价值立场与俯首帖耳的孝子立场的激烈冲突,带有强烈的时代表征。此时的汪文宣,自我的主体性受到他者声音的强势挤压,内心陷入激烈的自我争辩,却无法使自我获得确证。《激流三部曲》中的觉新、剑云,《雾》中的周如水,也都属于充满了内心争辩、对人对事时时感到无法决断的人物。他们一方面无法摆脱传统文化的阴影,要背负"成规"作为他者加于自我的束缚,另一方面又感染着现代文化的浮躁凌厉之气,要确立自我的主体人格,于是小说对人物丰盈的内心叙事转化成了一场场自我与他者的争辩过程。

短篇小说《春雨》中"我"与"一个瘦长的朋友的影子"之间的争辩是更加纯粹地被形式化了,实际上这体现着作家现实自我与内心自我之间的一种争辩,焦点是"自我"面对两条道路的自我辩驳:是走出书斋投身革命实践使自我与他者融合,还是整天关在书房在破书堆中讨生活完全弃绝他者。在这里,理性的认识是清醒的,即应该走出书斋投身实践,但真正在情感上做出决定却是沉重的,正像作家巴金在现实生活中面临这一问题始终处于矛盾纠结之中一样,这部小说是作家当时内心世界无法达成统一的隐喻性外化。

人物内心的自我争辩,直接影响着他们对人生或事件做出毅然的选择或行动,在叙事形式上也形成了特殊的叙事效果。如《灭亡》中的杜大心和《电》中敏执行刺杀活动前对死的恐惧和对生的留恋所构成的内心争辩过程带来叙事节奏的减缓,人物的内心世界显得丰盈而令人动容。又如杜大心因内心对爱与憎的争辩不休,形成了他敏感脆弱和极端的性格;李冷对自闭于"小我"感到无奈而投身"大我"又觉无望的内心争辩,致使性情变化无端;《雨》里吴仁民因爱情与信仰在内心的激烈冲突,形成了急躁暴烈的性情等,这些人物在书斋中无休止的内心争辩造成了人物性格的偏执,也形成了叙事上的延宕效果。在这样的

① [苏]巴赫金:《陀思妥耶夫斯基诗学问题》,白春仁、顾亚铃译,《巴赫金全集》(第5卷),石家庄:河北教育出版社,1998年,第279—280页。着重号为引文所原有。

叙事进程中，一场场尖锐、痛苦、无法调和的关于自我与他者问题的争辩，本身就转化成了一种小说形式，具有独特的诗学意义。

（三）文本之间的隐辩

文本之间的隐辩是指不同小说文本之间所构成的话语争辩关系，这种对立或对比性的叙事是巴金对自我与他者关系问题的一种持续思考，更是一种深度叙事的呈现。例如关于信仰与暴力行为关系问题，《灭亡》中的杜大心和《新生》前半部分的李冷有着几乎相近的精神状态，就是对人类极度的爱和对制度极度的憎，但小说《灭亡》中杜大心"以死报死"的复仇与《新生》中李冷"殉道者"式的牺牲形成了鲜明的对比关系，尤其是《灭亡》中对杜大心死后的反讽式书写，与《新生》中李冷死后宗教式的救赎，构成的是一种文本间的隐性争辩关系：同样是死亡事件，但一个是个体的灭亡，一个是"在人类底向上繁荣中我会找出我底新生来"，透露出的是作家鲜明的叙事态度：在自我与他者之间，更看重自我对人类的献身。对此，巴金还在《电》里以敏的自我牺牲的暴力行为给组织带来的破坏力量以及同志们对他的批评，表达了作家对这种以死报死行为的不赞成立场。又如关于信仰与爱情的关系问题，《雨》中吴仁民为了爱情远离了革命实践，只停留在室内对信仰的高谈阔论，结果一事无成，而到了《电》里的吴仁民则热情地投身于革命实践，不仅理想更加坚定，还收获了更加高尚的爱情。这里透露的是一种献身他者（信仰）不影响自我（爱情）的实现，反之却不成立。再如，同样是出身旧家的女性，《春天里的秋天》中女主人公郑佩瑢有着追求自由爱情的热望，但因屈服于固执父亲的淫威最终抑郁而死，而《春》里的淑英也有着同样固执的父亲，但经过艰难但不妥协的抗争最终获得了自由的世界，两个小说文本之间呈现的也是一种对比性的隐辩关系，强调的是自我对他者的超越价值。

当我们把景深再度拉远进行观照时，我们会在茅盾的《子夜》中看到"后五四青年"范博文、巴枯宁主义者杜新箨，作家以俯视的姿态和讽刺的笔调对他们在吴公馆客厅里高谈阔论、空虚无聊的精神状态进行了讽刺性描摹，这里可以看出，不同作家在呈现这些精神仍在彷徨、还没有展开实际行动的激进青年时，他们的情感态度是不同的，巴金更多地是以同情理解的心情对他们进行了解剖，写出了他们作为思考者和热情批判者的一面，这反映出巴金特定的文化立场：在传统文化与现代文化的激荡中，始终徘徊于自我与他者之间，既想在世界面前确证自己，又想让自我融汇于他者之中，自我与他者是依存也是对立的，他的态度也是暧昧不明的。总体来看，对于巴金来说，文学是一种内心世界的呈现，他以彼此对话以及彼此质疑的方式来呈现这些青年的状态，实际上就是以叙事本身来表达一种自我生命与他者之间相互缠绕而又内在绵延的关系。巴金小说在情节展开中越来越表现出对争辩这种形式的注重，体现在人物在现实中的行动越来越少，当争辩成为一种小说形式本体时，反映出的正是现代社会中的对话与交流潮流的高涨，这也是现代人对自我存在属性的思索方式之一。

三、“游离”：叙事场景的切分

在文学艺术的总体范畴内，小说从图像艺术那里借用了背景和场景概念，这对小说叙事的形式分析很有裨益。“‘场景’概念就是小说理论的图像观念。在小说理论中，场景有两种表现形式：一是地点；二是在特定地点或场所戏剧化的瞬间。作为图像空间幻觉的小说中的地点既是固定不变的，又是流动的。”①在巴金小说叙事中，场景的构成常常出现主副或偏离等层次性问题，在叙事形式上我们称之为“游离”，它切分了小说场景的总体时空，在小说形式意义以及主题学意义上来看，发挥着特定的诗学功能，也呈现着小说对自我与他者之间分割、对峙和转化关系的特定认知。

在巴金小说中，采用“游离”方式对叙事场景进行切分，首先表现为对时间形式和空间形式的交错、穿插或重组，这是对小说场景层次的特定安排，它强化

① 程锡麟：《叙事理论的空间转向——叙事空间理论概述》，《江西社会科学》2007年第11期。

了小说情节的戏剧化意味，凸显了特定时空里故事发展不同向度上的瞬间呈现。例如《春天里的秋天》里主要是写“我”与郑佩瑢的爱情悲剧，在这个主导性的叙事场景中，有一个“我”的哥哥因爱情失意而自己割断喉管的副场景加进来，且小说是以“我”的一种冷漠态度完成对哥哥之死的叙述。作家为什么要加进这样一个小插曲呢？小说在开篇就写到收到报告哥哥死讯的书信，而这时“我”与郑佩瑢正处于热恋期。瑢是在承负着家庭阻挠的压力下与“我”相爱的，虽然“我”也时常出现失去瑢的担忧，但爱情的迷狂使哥哥的死并未能带给“我”任何阴影，甚至手足之情表现得都很淡薄，小说写道：“为了瑢，我忘记了我的唯一的哥哥。我爱了瑢就不爱我的哥哥了。他曾经那样地热爱过我。”接着就写到郑佩瑢向“我”隐瞒了她父亲施压的过程，这引起我的猜测和疑惧，这时哥哥之死的场景才又重新出现在我的脑海。最终郑佩瑢屈服于家庭的压力离“我”而去，结尾时郑佩瑢誓言与“我”虽不能相守但永相爱的书信和报告瑢死讯的书信同时由朋友转到我的手中，小说结束。从小说叙事的主场景来看，故事时间是线性向前推进的，副场景的不断插入才使故事时间时时被打断，因为哥哥的爱情悲剧属于过去时，故事时间的穿插和倒错使时序发生变形，叙事空间也因之而扩张，尤其是结尾处哥哥的死与瑢的死两个场景融在一起，小说叙事具有了某种戏剧化意味。

本章认为，小说将副场景插入，从作家的创作心理来看，不仅仅是要形成一种叙事上的对照关系，更是小说对自我与他者问题的一种深度思考。从小说主场景来看，这是一个女性因家庭阻挠而导致的爱情悲剧，它构成了小说的表层结构。但副场景的插入，作为叙事的潜流实际上延展了小说话语的深层空间，使小说溢出了纯粹爱情小说的范畴。小说中有一个细节容易被忽略，就是“我”和瑢看完嘉宝电影《情劫》后关于女性遭受社会的各种悲剧的讨论，这里可以看出“我”与瑢的爱实际上是隔膜的。后来瑢向我隐瞒了来自父亲的压力，这更证明了二人之间爱的隔膜。其实哥哥的死也不能说没有这种因素，他爱上一个少女，她却嫁作他人妇，哥哥因此便自杀了，而不是双双殉情。在主副两个场景中，同是家庭专制扼杀了自主的爱情，一个是屈服者的死，如瑢；一个是反抗者的死，如哥哥。瑢的死是悲剧性的，带给“我”的也是巨大的心灵创伤，小说结尾写到玫瑰花都凋谢了，我的春天已经过去，只剩下秋的况味，充满了自悼情绪，但更大的悲剧是瑢直到死与“我”之间仍是隔膜的，就像哥哥直到死与那个嫁到王家去的少女的关系是一样的。所以小说写瑢回家后并失约于“我”时，“我的房间里没有花香，没有阳光。只有瑢的像和嘉宝的像，只有哥哥的遗书，只有我自己的叹息”。这时，瑢、嘉宝（扮演的电影形象）、哥哥和“我”第一次在同一时空场景中聚首，都是经历了与他者相隔绝的悲剧自我。可以说，《春天里的秋天》这篇小说是以副场景的方式将表层的爱情悲剧分割出了层次，在潜隐的层面上喻示着家庭的束缚会带给人痛苦，而心的隔膜却会使“自我”毁灭，尤其是在爱情道路上，自我与他者之间的隔膜只能是自我毁灭之一途。

又如《家》和《春》中有一个叙事场景，就是剑云对琴和淑英的怯懦而谦卑的单恋。在这两部结构方式大致相同的小说里，主导性场景是觉慧、淑英反抗家庭专制最后离家出走，是激流勇进型的，为什么要写这种怯懦的爱？按照张民权先生对巴金小说人物系列的分类，剑云属于“委顿的生命”，与觉新归为一类[①]，都是屈从于传统文化，有着忍耐、不反抗的性格特征，在人物行列式上是作为觉慧、淑英等“充实的生命”的对照性存在。以往的研究对觉新形象关注较多，研究也很充分，剑云往往是作为觉新形象的补充说明被附带提及，或一笔带过。但本章从小说诗学角度观照时发现，关于剑云的叙事场景，亦有独立的诗学意义，它似是“闲笔”，属于主场景的偏离，实则不闲，而是呼应着主场景的叙事时空。应该说，剑云是觉慧性格的另一面，或说是觉慧性格的内面，剑云与觉慧之间并非单纯的对比关系，在叙事场景上还是一种对应性存在。表现在：

一是无法逾越身份地位的鸿沟，所以不敢去爱。如觉慧与鸣凤的爱情中，觉慧本来就一直为鸣凤没处于琴的位置而苦恼，因此，第二十六章中鸣凤一直

---

① 张民权：《巴金小说的生命体系》，上海：复旦大学出版社，2011 年，第 5 页。此著认为，剑云与觉新虽有相近的性格特征，即忍耐、不反抗，但具体个性却颇有差异，前者是特殊身世养成了本分、自暴自弃的性格，故多表现为谦卑，后者是出于现实利害的考虑而放弃反抗，则含有一种人生的练达。本书采用此说。

等待与他单独见面的机会，而他对鸣凤所面临的不幸又一无所知，关于其原因，小说这样写道：

> 他是真正不知道的，这并不是因为别人瞒了他，这是因为一则，……(引者略)；二则，他在家里时也忙着写文章或者读书，即使有机会听见别人说起鸣凤底事，他也连忙避开，他怕别人知道了他和鸣凤的关系。

这里表现的是觉慧害怕别人知道他与丫头恋爱的心理，因为毕竟有着主仆身份的差别，他是很在乎的。后来觉慧从觉民处知道鸣凤第二天将被送到冯家，他去找了一次，没找到就放弃了，小说写道：

> 去，他必须到她那里去，去求她宽恕，去为他自己赎罪。
>
> 他走到仆婢室里，轻轻推了门。屋里漆黑。她大概睡了。他不能够进去把她唤起来，因为在那里睡着几个娘姨。他便又绝望地走回来。他回到自己房里，他发见屋子开始在他底周围转动起来。

觉慧这样轻易地就放弃鸣凤的原因在于，在当时觉慧的心中，少爷与丫头的差别始终是无法打破的，而且在强大的现实面前觉慧也是胆怯的。所以，他后来才一直认为自己对于鸣凤的死负有很大的责任，他才有那痛苦万分的忏悔与自责，这与后来的叙事逻辑是一致的。这一点在后来的修改本中都有很大改动，但叙事逻辑却显得有些不合情理。另外，鸣凤死后，觉慧梦到鸣凤变成富家小姐，有一个非常有钱的父亲，这也是与前面觉慧无法逾越与鸣凤身份差别的等级观念是一致的。在这一点上，剑云是显在的叙事，而觉慧是隐在的，对于以觉慧为主人公的这部小说来说，剑云的叙事场景是呼应着主场景的。

二是对自我身份的安守，剑云也是觉慧另一面的对应性存在。觉慧的反抗以出走为结局，这不是对旧势力的致命一击，而是逃避，如果与后来《秋》里面觉民、淑华与长辈们的激烈对抗对比来看，作为一个“英雄式”主人公的觉慧，他的反抗显得微弱多了。所以就主题学意义上说，他的“出走”所具有的姿态意义要远远大于行为本身。这也是后来巴金小说对家的态度发生转变的内在理路,即不是破毁家,而是改造家。所以,《家》《春》里面掌权的人一定是坏蛋和恶棍,也刻画了几个令人同情的长辈,像琴的母亲张太太,还有祖父,他们虽然专横,也保留了儒家的正义感。而到了《秋》里面,"我们感到,作者对于邪恶的了解已较前成熟多了,透彻多了,因为他不再在每一点上,作出一个结论,认为万恶皆由封建制度而引起的。年龄不再是善跟恶的分水岭"。"到了《秋》一书内,巴金的好人阵营内又添上了三叔和三婶,还有那气度雍容的外祖母周老太太,他不断用轻蔑而极火暴的声调,责备她的儿子周伯涛——一个一无是处的乡绅。这些人物是善良的,在某些时候简直是气质高雅,不是因为他们吸收了新观念,而是由于他们具有传统儒家的理性和仁爱精神。"[①]这样看来,作者持的是一种"功能性"的人物观:"'功能性'的人物观将人物视为从属于情节或行动的'行动者',情节是主要的,人物是次要的,人物的作用仅仅在于推动情节的发展。"[②]《红楼梦》中就有这种人物的虚实对应,有好几对是气质相似的人物:林黛玉与晴雯,薛宝钗与袭人,贾宝玉与蒋玉菡。他们是同种气质在不同身份、地位人物身上的不同体现,起到了相互辉映的作用。所以说,在场景叙事上,剑云是觉慧的对应性存在,它切分了主场景,也呼应着主场景。这样,觉慧对剑云的某些不认同,实际上正是以一种他者的眼光对自我进行审视,是自我与他者间的互融与对立。

再如《寒夜》中主要写汪文宣、曾树生、汪母三个人物的故事,但作家却把唐柏青和钟又安的死的场景作为小插曲加了进来:一个是因为新娘死掉爱情失落了故喝醉后因车祸而死,一个是因为经济困顿故染时疫而死,这两个看似不太重要的场景,对主场景有所游离,但在小说叙事上正是对主场景中汪文宣在失去爱情后陷入精神坍塌、经济拮据和病痛困境带来生命衰颓的预叙。曾树生远走兰州之后,小说是用了不短的篇幅来写她对汪文宣及其这个小家庭的复杂情

---

① 夏志清:《中国现代小说史》,上海:复旦大学出版社,2005年,第179—180页。

② 申丹:《叙述学与小说文体学研究》,北京:北京大学出版社,1998年,第56页。

感，曾树生的书信里有不少自我批判的声音，同时也充满了自我辩解的声音，是自我与他者之间激烈的争辩，而这个时期汪文宣的内心世界似乎是被隐遁了。其实，并非如此。对于妻子弃家而走后的汪文宣来说，他的内心世界也是充满了躁动和激辩，于是小说就以唐柏青、老钟的副场景与汪文宣的行动隐性勾连起来：一是汪文宣对他们的劝说和同情，这是汪文宣以一个他者的目光对这些行为和场面做出反应；二是汪文宣也进行着这两个副场景的行动，如到咖啡店买两杯咖啡独自凄凉地坐饮、汪文宣病情不断加重却坚决不去救治，这是汪文宣以一个自我的身份对这些行为和场面做出反应，于是唐柏青和老钟的场景在汪文宣这里融合了他者与自我的双重眼光，二者之间是相互转化的，人物命运的走向和内心的波澜在旁叙中彰显无疑，副场景预叙了人物行动的起讫点。

在巴金小说中，叙事场景上的游离，显示的是作家对某些问题的犹疑态度，和思考中的延宕和模糊性，这种不确定正是在自我与他者之间游移态度的体现。

第二节　重复叙事

重复(repetition)这一概念最早是作为修辞学术语出现的，指依靠重复某一词或词组来达到特定效果的修辞手法。后来，在热奈特的经典叙事学理论中，重复是作为时间成分表示一个事件在故事中出现的次数与它在文本中被叙述(被提及)的频率，其中若干次讲述发生过一次的事就是重复频率①。在本章中，所谓“重复叙事”就是指小说中的某个事件、情节或者细节在小说的不同章节或者不同的小说文本中被一次又一次地叙述出来。在二十世纪中国现代小说中，这种叙事方式或说技巧不是巴金小说的首创，也不是巴金小说所独有，几乎所

---

① [法]热拉尔・热奈特：《叙事话语 新叙事话语》，王文融译，北京：中国社会科学出版社，1990年，第74—75页。

有的作家都曾经使用过这种叙事方式，但巴金的独特性在于重复叙事并不限于单部作品内部，而是出现在他的几乎所有作品中。重复叙事在巴金小说形式的具体操作层面，具备了小说诗学的独特建构意义，所以值得关注。

一、主题复现

从主题学看，巴金的小说蕴涵着众多的主题，比如命运，比如爱情，比如寻找，比如个人成长，比如革命政治，比如家族伦理，比如自我身份的确认，比如文化选择等，为读者提供了多种解读的意义空间。但从重复叙事角度来看，大致可以概括为两个方面的主题：一个是个人与家庭的关系问题，一个是革命与爱情的关系问题，这都涉及自我与他者的关系问题。在建国前二十余年的小说创作历程中，巴金的代表性作品几乎都是在反复书写着这两大主题，每次主题的复现都在某种精神结构的共同性上有所延展或回旋，甚至由此可以构成作品系列。对于巴金而言，这些创作主题的复现包含着特定的心理文化内涵。

一是小说中的每一次重复叙事都不是无谓的重复，每一次重复都会重新强调同一个事件的某一个侧面。就叙事而言，它不在于故事的发展，而在于问题的深化。例如，《激流三部曲》是以青年与旧家庭关系为总主题的，其中，《家》表现的主题是青年人在家长专制下的反抗，它以一系列悲剧事件的发生促成了觉慧的离家出走。这仿佛为旧家庭“狭的笼”打开了一个缺口，青年人对外面世界的渴望和希望就是从这个缺口延展开来的。《春》仍旧是写一个青年人反抗家长专制，并最终逃离家庭获得新生的故事。从结构方式上看，《春》与《家》是近似的，都采用了“新旧文化对立——青年反抗逃离”的结构，但从主题上看，《春》里面的反抗主人公已经变为女性，在中国这样传统礼教色彩浓厚的国度里，女性自由的获得要比男性艰难得多，由此可见，《春》这部小说是在青年反抗旧家庭问题上的一次深化。《秋》的结构方式与《家》《春》不同，虽然书写的仍是青年反抗旧家庭的故事，但是在反抗的方式上，觉民与淑华的反抗已经不再是觉慧、淑英的避走，而是在这个旧家庭内部展开的激烈对抗，随着高公馆的被卖掉，意味着旧家庭的分崩离析，青年一代终于在彻底反抗旧家庭的努力中，获得了自己的天空。可以说，在《家》《春》《秋》三部小说中的所有人物，无论是身处“家”中还是远在上海，他们所架构起来的共同的叙事情境都是这个相同的存在——“家”，倘若从整体来看这三部小说，仿佛就是由不同的人物（分别是觉慧、淑英、觉新）讲述着情节类似的故事。“如果一个故事包含不止一个聚焦者的话，那么，从一个聚焦者到另一个的转移就成为叙事结构的一个方面。”[①]从这个意义上说，《激流三部曲》就是以重复叙事的方式调控着不同人物（包括叙事者）爱、恨或者爱恨交加的复杂意念与心理矛盾，从而实现了以特定话语场景完成对小说情感结构的设置。这三部连续性的小说，虽然在情节上前后衔接，但在青年与旧家庭关系这个总主题下，每一次重复叙事都会重新强调同一个事件的某一个侧面，促成了问题的深化。法国学者米歇尔·莱蒙指出：“随着《追忆似水年华》这部书的出现，小说创作的概念发生了一个根本变化。从此小说创作主要建立在多主题的重现与彼此互相配合上，而不在故事的发展上了。”[②]对于巴金小说中的主题复现，用这句话来形容也是适合的。

另外，巴金小说在对家庭主题的复现中，还体现着巴金对“理想家庭模式”的思考。在《激流三部曲》中，表现的是封建家长制的旧家庭是应该反抗的，所以青年一代要么逃离（觉慧、淑英），要么改造旧家庭（觉新的转变）；《化雪的日子》里思考的是接受新文化的青年组成家庭后，却因理想的差异带来了隔膜；《憩园》思考的则是新女性（万昭华）在物质富裕但精神隔膜的家庭里的陷落；《寒夜》则思考了因爱和理想而结合的夫妻，经济上的贫困不会使爱褪色，但思想上若不共同前进，别离是必然的（曾树生的出走）。在这一系列关于“理想家庭模式”的思考中，体现了作家对人的精神世界的持续关注和探索，也是对生命个体的自我存在问题的深度思考。

---

① ［美］华莱士·马丁：《当代叙事学》，伍晓明译，北京：北京大学出版社，2005年，第145—146页。

② ［法］米歇尔·莱蒙：《法国现代小说史》，徐知免、杨剑译，上海：上海译文出版社，1995年，第236页。

二是循环提问，问题的深度不断增加。昆德拉在《小说的艺术》中说："使一个人生动意味着：一直把他对存在的疑问追究到底。这意味着追究若干个境况，若干个动机，乃至使他定性的若干个词。"概括说来，就是对主题的反复追究，一追到底，因此落实在小说叙事上就是通过重复叙事才能做到。在巴金的革命小说中，关于革命与爱情的冲突问题，一直纠缠在主人公们心头。《灭亡》中杜大心遇到了李静淑热烈的爱，但这与他要以死报死的暴力革命形成了冲突，于是陷入了深深的痛苦，他最终的选择是为了信仰放弃了爱情，但关于爱情与革命的关系这个问题并没有真正解决，因为小说既写到了杜大心为信仰不惜自我灭亡的惨烈，又在结尾对杜大心的头化成臭水采用了反讽性书写，可见小说是把这个问题悬搁了。于是，《灭亡》的续篇《新生》中的李冷仍然面临了杜大心所面临的这个革命与爱情关系的问题，但最终是因信仰放弃了爱情，不同于杜大心的地方是这种死不再是个人的复仇，而是将个人的死融在人类的事业中，这样就不再是灭亡，而是"死而犹生"的"新生"了。但这里还是没有解决革命与爱情的关系问题，只是避开了它来谈论二者出现矛盾时怎样选择实现信仰的道路，所以在某种意义上说，革命与爱情问题是被半搁置了。接着，《雨》中则直接面对革命与爱情之间的矛盾，它以吴仁民选择爱情放弃信仰，结果导致两个女性的不幸，自己也陷入了狂躁悲愤之中，来表现这条道路是不通的，在没有实现人与人平等、人与人互爱的社会里，爱情也没有保障。同时，小说还以曾经的革命者郑玉雯放弃信仰而去追求纯粹爱情的悲剧，强化了小说对这个问题的态度。但这部小说只是在反面意义上来表现怎样的一条道路是不可以选择的，却没有从正面回答应该选择怎样的道路。后来，到了《电》里面时，小说面对的仍是关于这个革命与爱情之间关系的问题。在这部小说里，作家的态度才逐渐明朗起来，其中，张小川远离革命投入爱情的道路是被否定的（通过吴仁民、高志元等人的批评态度来表现），李剑虹的空谈理论不进行革命实践的做法也是被否定的（通过吴仁民对李剑虹的批评态度来表现），而在革命实践中成长起来的新女性李佩珠和已经成熟坚毅的吴仁民之间的爱情则受到了肯定，原因是他们既没有影响革命工作又拥有了个人的爱情自由，这样自我（爱情）与他者（信仰)之间就获得了和谐统一。并且,小说还以明在临死前向吴仁民提出这个反复纠缠着革命者们的问题来予以强化。最终,小说是通过对李佩珠与吴仁民在追求信仰时也获得了美好而且崇高的爱情的书写,对这个重复出现的主题进行了揭示。于是,《火》(第一部)中刘波作为革命者已经能够毫无忌讳地追求自己的爱情,同时还可以在革命事业上有所建树,到了《火》(第三部)中,刘波虽只是作为一个背景式人物存在,但朱素贞作为刘波的恋人始终对刘波抱有忠贞、热烈的爱情,甚至可以为了营救刘波不顾生命安危,孤身进入虎穴,这时革命与爱情不但没有矛盾,而且是爱情使信仰更坚定、信仰使爱情更有价值。在这些小说中,关于革命与爱情关系的问题被循环提问,每部小说在呈现时,思考的深度都在增加,具有着重复叙事的明显表征。这种重复叙事,体现出巴金小说对问题的不断追问,这里作家对这些问题的解决持有何种态度倾向是不重要的,重要的是追问的姿态和思考问题的精神,巴金始终将写作作为生活的一部分,在现实中作家无法回答的问题便以文学的方式来思考,于是巴金小说便拥有了一种开放的精神气质和思索的小说思维。

另外,巴金小说在对革命题材的复现中,还体现着巴金对中国革命方式的思考。在《灭亡》《新生》《爱情的三部曲》《火》(第一部)《火》(第二部)等中长篇小说,以及《亡命》《奴隶底心》《雨》《爸爸买新皮鞋回来的时候》《在“门槛”上》等短篇小说中,小说的主人公所从事的革命与当时中国主流革命方式是不同的,他们进行的基本是小团体革命,强调个人对信仰的真诚,在组织原则上也是全凭自律,这实际上还是作家所信仰的安那其主义的体现。在巴金对这一主题的持续书写中,可以见出巴金对这种信仰的执着和期许,但这些作品无一例外地都弥漫着一股感伤的悲剧气氛。联系中国革命的现实,我们可以知道,安那其主义在中国失败的现实与作家的文学虚构之间,巴金是始终站在现实一端来处理生活与想象之间的关系的。巴金小说在关于真实与虚构的关系问题上的处理方式,正是构成巴金小说诗学的重要内容之一。

二、细节复现

对细节描写的重视是巴金小说叙事中的一个特点，它能够发挥“刻画人物、串联情节、表现主题、烘托气氛”的艺术作用[①]。但在巴金多部小说中出现的细节复现现象还没有引起研究者们的注意。巴金的小说中，反复出现的有两个细节：一个是窗前的书桌（书），一个是母亲形象，它们构成了巴金小说文本的细节复现。

首先，母亲的形象是巴金小说中一个反复出现的细节。当主人公在行动上或者心理上出现矛盾、痛苦或者阻碍的时候，这些被主人公们留在旧家中的母亲的形象便会出现。这些母亲形象要么寂寞寡居，如《灭亡》中杜大心的母亲、《死去的太阳》中程庆芬的母亲、《雷》中影的母亲、《生与死》中李佩如的母亲、《雨》（短篇小说）中华的母亲、《家》中觉慧的后母周氏、《火》（第二部）中周欣的母亲、《寒夜》中汪文宣的母亲、《堕落的路》中“我”的母亲；要么被父亲压制或冷落，如《新生》中李冷的母亲、《春天里的秋天》中郑佩瑢的母亲、《火》（第一部）中冯文淑的母亲等。这些母亲的形象，代表的是一种温暖、爱和良弱，她们成为主人公与传统旧家的唯一心灵脐带，是主人公们在追求自我的过程中的心灵延宕地带，昭示着人物的内心煎熬和反抗意识等多重心灵特征。

这类母亲形象的反复书写，在文化隐喻意义上看，体现了青年一代与传统文化的脐带还远没有割断，而且由于母亲的凸显，也就意味着父亲的缺失。也许在一定意义上可以说，曾经在父与子的较量（代表的是传统文化与现代文化的冲突）中，子辈获得胜利而逃离了传统旧家，但走出旧家庭的青年一代身上还背负着或多或少的传统因子，对于母亲的精神眷顾也正是对传统文化的渐次皈依。也正是有了这份精神底色，所以巴金小说中的这些主人公，往往都是处在

---

① 袁振声：《巴金小说艺术论》，天津：南开大学出版社，1987年，第193页。

精神、心理和情绪上的焦虑、忧郁和矛盾状态，甚至革命行为也略显延宕。我们在巴金小说中找不到一个决绝慷慨、快意凛然的主人公，他们都在犹疑、在思索，因此人物的情绪与心理成为小说的重心。

其次，窗前的书桌常常出现在对青年主人公居室的描写中，甚至可以说，几乎所有小说中青年主人公的居室摆设中都有这两个物件。如：

房子很小，也没有什么陈设。靠着右边的墙壁的是一张木板的床，上面放着薄薄的被褥，虽有床架，却没有帐子。对着门的一堵壁上开了一个窗户，窗前便是一张方桌。桌上乱堆着旧书，墨水瓶，几管笔，一些原稿纸。(《灭亡》，着重号为引者所加，下同，不再注明。)

从早晨到夜晚我都坐在书桌前面。书桌横放在窗前，我抬起头就望见雨水沿着玻璃窗滴下来，我的眼光透过玻璃望出去，只看见模糊的一片雨丝，雨点单调地滴到窗下石板地上，差不多就用这同样的声音一连滴了这几天。[①]

到半点钟以后吴养清是在程家了，他不仅是在程家，而且还是在程庆芬底房里。

这是一间很幽雅的书斋，同时又是一间很精美的寝室，窗前放着一张小书桌，桌子上左边堆了两叠布套的线装书，右边放着一个碎磁花瓶，插着两三枝绢制的假菊花。[②]

“二小姐，我们太太请你去打牌，”倩儿走进房里笑嘻嘻地说道。

高淑英正坐在窗前一把乌木靠背椅上，手里拿了一本书聚精会神地读着，听见这样的话，吃惊地抬起头来，茫然看了倩儿一眼，微微一笑，似乎没有听懂倩儿底意

① 巴金：《雨》，《发的故事》，上海：文化生活出版社，1936年12月，第17页。本书中的短篇小说《雨》的引文均出自此版，不再特别注明。

② 巴金：《死去的太阳》，上海：开明书店，1931年1月，第174—175页。本书中《死去的太阳》的引文均出自此版，不再特别注明。

思。(《春》)

> 我常常坐在窗前给你写信，当我觉得最寂寞的时候或者当那火在我心里燃烧起来的时候，我就给你写信。我的写字台放在窗前，窗台很低，我一侧头便可以看见窗外的景物，上面是一段天空，蓝天下是土红色的屋顶，淡黄色的墙壁，红色的门，墙壁上一株牵牛花沿着玻璃窗直爬到露台上面。[①]

巴金小说中“窗前的书桌”反复出现，这是小说对居室的描写中一个不太关键的物件摆设，但它的反复出现，反映出的是巴金的一个极为重要甚至重大的精神情境：因为巴金经历过革命的激情时刻，也经历了革命落潮的无奈，“退回书房”时却为自己向世界开了一扇窗。窗能看到外面的世界，但它不能像门一样可以自由出入，它指向的是外面的社会空间，意味着社会革命实践，是别异于自我的一个他者世界，但“窗前”却意味着只能是远远地遥望，而不能融入其中。书桌是一个写字看书的物件，书可以让人在文字的世界里纵横驰骋，而且“书是火种，引燃了人物的内心之火，巴金的笔下，书的启蒙作用被反复描述”[②]。但这里将书置换成窗前的书桌时，其隐含的意蕴也就发生了转化，它意味着一个脱离了社会实践活动的文化空间，也是一个自我的想象空间。因此这是一个极其分裂甚至对峙的意象组合，象征着一种两难的人生境遇和文化心理。这种个人“精神危机”的阵痛经历，也完全可以看成是一代人的心灵事件，反映出穿行于个人现实与乌托邦理想之间的知识分子面临着严重的“身份”危机。

细节在小说中还原了生活中的某些固有场景和原初情境，现代心理学的发展，越来越证实一个人早年生活的经历对他整个精神倾向和心理意识的重大影响。从作家的生活经历来看，“母亲形象”与“窗前书桌”两个细节在小说文本中

---

① 巴金：《窗下》，《发的故事》，上海：文化生活出版社，1936年12月，第53页。本书中《窗下》的引文均出自此版，不再特别注明。

② 周立民：《新书刊——巴金叙述中的“五四意象”之一》，《杭州师范大学学报》(社会科学版)2010年第1期。

的反复出现，与作家巴金自己的人生经历密切相关。首先是巴金母亲给予他的早年影响无比深刻，正是它使作家对早年的家庭生活保有着较多温馨记忆，这从他的很多回忆性的文字中都可见出；其次，巴金自己在从事革命的过程中，就始终陷于投入行动与走进书斋的矛盾中，这两者所具有的原初性心理体验，直接影响了他在小说文本中对这个细节的重复叙事。尤其是后者，体现的是一代知识分子在追寻“远景视界”的过程中，自我与他者之间无法抉择的文学写照。同样的素材或故事，采用不同的叙事方式会直接影响到作品的情调韵味和艺术魅力，“杰出小说与拙劣小说的差别主要不在于故事题材上，而在于讲述的方式方法上”[①]。巴金小说的细节复现这种叙事方式的运用，未必是作家有意为之，但这种重复叙事的方式却透露出作家小说创作中的某些心灵隐秘。

巴金的小说创作起始于二十世纪二十年代末期，也就是新文化运动落潮之后革命文学正在蓬勃发展的时期，但他的小说却在作家文化记忆的个人化选择中，持续开展着“五四”以来的一些命题，以作家对“五四”的独特理解参与到中国新文学发展进程中来。如关于个人之存在，这是在新文化运动的冲击下中国民众的思想上的第一个重大发现，巴金以新与旧的文化冲突、革命与爱情的情感矛盾为书写中心，不断地思考着个人在文化、在革命问题上的选择问题。

首先，在文化立场的选择上，巴金在理智上坚决地站在了新文化的阵线中，但情感上却始终没有真正切断与传统文化的联系，他的小说在一些细节的复现中便透露出这些信息。即使是在最有激进色彩的革命小说中，母亲形象出现时总会使小说叙事现出几分柔婉，如杜大心对母亲的回忆，李冷对母亲的牵挂，影对母亲的惦念等。对于立意在“反抗”的《家》中，觉慧对后母周氏也保存着几丝依恋，如因兵乱在花园避难时觉慧对周氏产生的温暖感情，在他临走前的夜晚去向她告别时的难过情感，实际上就把周氏从旧家长阵营中分离出来，成为一个温馨的记忆载体。对于此点，巴金曾说，对于旧家庭“我说没有一点留恋，我希望我能够做到这样。然而理智和感情常常有不很近的距离。那些人物，那些

---

① 徐岱：《小说形态学》，杭州：杭州大学出版社，1992年，第48页。

地方，那些事情，已经深深地刻在我的心上，任是怎样磨洗，也会留下一点痕迹。我想忘掉他们，我觉得应该忘掉他们，事实上却又不能够。到现在我才知道我不能说没有一点留恋"[①]。其中，母亲形象在小说中不断复现便是这种心理和情感的体现。而且，由此我们也可以顺理成章地理解为什么巴金在后期的家庭小说中对家庭有了新的态度，如《憩园》中的挽歌情调，《寒夜》里汪文宣对家庭、对孝道的心理回归等。巴金在家庭问题上的这种文化立场转变，其实除了生理年龄渐近中年带来心智的成熟，更重要的原因应是作家对传统文化始终未曾弃绝，只是后期比前期有了更多认同而已，这是母亲形象复现带给我们的启示。当然，巴金文化立场的转变是一个潜隐渐进的过程，这也使他处在了一个更大的文化焦虑之中，如作家对同样作为母亲的汪母和曾树生两个形象的把握上是存在困惑的，他"既不能以现存道德的原则去否认个人争取幸福的权力，也不能以未来人类所有的争取个人幸福的权力来完全否认现存社会的种种复杂关系对于个人权利的某些束缚和侵犯，在这种深重的矛盾中，有着一切伟大的人道主义者在现实生活中无法彻底贯彻自己的理想信念和不可克服的痛苦"[②]。

其次，在青年革命这个问题上，一方面，巴金认为自己是在代表一代青年来控诉黑暗和为革命呐喊，所以自己的文学创作"决不是我一个人'闭门造车'的结果，它也可以代表一部分青年人的思想，我和他们在一起生活过，而且至今还没有脱离他们的圈子"[③]，另一方面，巴金又深切地体验到了当时青年在革命活动中的矛盾、徘徊、痛苦，正如小说《海底梦》中所写到的人生状态："'为什么要走呢？'不知道从什么地方来了这句问话，其实不用看便明白是自己对自己说话啊！留恋、惭愧和悔恨的感情折磨着我。为什么要这样栖栖遑遑地东奔西跑呢？为什么不同朋友们在一个固定的地方做一些事情呢？大家劝我不要走，我却毅然地走了。我是一个怎样的不可了解的人啊。"这段话写的是主人公行为

① 巴金：《关于〈家〉（十版代序）——给我的一个表哥》，《家》，上海：开明书店，1938年1月，第10版。

② 李今：《巴金在家庭题材小说中的两难境地》，谭格非主编：《巴金与中西文化——巴金国际学术研讨会论文集》，成都：四川大学出版社，1992年，第265—267页。

③ 巴金：《生之忏悔·题记》，《生之忏悔》，上海：商务印书馆，1936年3月，第4页。

上的不停奔离，实际隐含的是一代知识分子在思想和行动、理想与现实之间的犹疑和徘徊。巴金的大部分小说都带有一种矛盾的情绪底色，而窗前书桌这个细节的复现，昭示出的正是社会转型和文化转型中的知识分子，如何在革命洪流中进行自我身份定位时的困境和犹疑。

第三节　心理化叙事

曾有论者探讨过巴金小说的心理描写，认为它既不像中国传统的“情节小说”那样实，也不像西方“心理小说”那样虚，而是虚实结合，内外交叉[①]。笔者认为，巴金小说写心理时，并不是单纯运用一种心理描写的艺术手法，而是以特定话语场景的设置来完成一种特定的心理建构，既包括小说对人物的心灵探索，也包括小说对读者的心理调控，成为一种独特的叙事形态：心理化叙事。

心理化叙事，简而言之就是情感与心理的呈现成为小说叙事的中心。“中国古代小说绝大部分以故事情节为结构中心，而几乎找不到以人物心理或背景氛围为结构中心的，这无疑大大妨碍作家审美理想的表现以及小说抒情功能的发挥。”[②]巴金的小说基本上都有完整的情节，叙述连贯，但无论是革命题材小说还是家庭题材的小说，都非常重视对人物内心情感冲突的书写，虽然在故事的惊险曲折、复杂离奇方面有所欠缺，但是它们却“有一种奇怪的吸引力和魅力使你读下去，放不下来，阅读的时候有一种特殊的感觉和氛围”。“所写的东西都单纯而浅显，甚至幼稚，但你却很想读它，仿佛它不是作品，而是生活本身。”[③]这种阅读效应的产生，原因之一就是小说文本注重挖掘和展示人物充满激烈矛盾冲突的内心世界。刘东在谈到哲学家叔本华时说：“最能触动一位哲学家心灵的，却还不是金戈铁马的鏖兵场面，而是另一种形式的酣战。它不是发生于街

① 袁振声：《巴金小说艺术论》，天津：南开大学出版社，1987 年，第 155 页。

② 陈平原：《中国小说叙事模式的转变》，北京：北京大学出版社，2003 年，第 184 页。

③ 蓝棣之：《现代文学经典：症候式分析》，北京：人民文学出版社，2006 年，第 98 页。

巷与城头，而是发生于人们的书房内部和灵魂深处。尽管它不像铁与血的交织那样有声有色，那样富于戏剧性，可是，由于天然禀有超越可能的人类精神可以在远为广阔的时空之中更为自由地对打和升华，这种思想逐鹿的激烈程度和对后世之影响的深远程度，还往往甚于后者。”[①]虽然巴金不是哲学家，但巴金用文学的世界所呈现出的一代青年灵魂深处的酣战，足以撼动正伫立在世界面前的各种生命自我。

巴金小说的心理化叙事，主要通过物象的生命化、情感的时空化、心态的动作化三种方式来完成小说的心理建构，为小说带来了独特的叙事效果。

一、物象的生命化

对物象进行生命化书写，是巴金在心理化叙事中最常用的一种方式。它可以分为以人写物和以物写人两种，都是对物象进行的生命化书写，此时人物内心与外在世界的关系是互构性的，小说与读者也相互建构，形成了内在与外在并置呈现的艺术格局。

（一）以人写物

以人写物就是对没有生命的自然作具有生命形态的人化书写，在叙事中隐含着叙述者特定的情感倾向和精神向度。

如《家》中：

> 夜是死了。电灯光也死了。黑暗统治了这一所大的公馆。电灯光死去时所发出的那一阵凄惨的叫声还弥漫在空气里，虽然声音很低微，但却是无所不在，便是屋角里也似乎有极其低微的哭泣。

---

① 刘东：《叔本华：没有意志的意志哲学家》，周国平主编：《诗人哲学家》，上海：上海人民出版社，2005年，第127—128页。

这是《家》第四章“灵魂底一隅”中对夜晚的生命化书写，作家将自然视同人的存在：给“夜”赋予了生命，给“黑暗”赋予了人的力量。这时，读者心理上获得的是“死”才有的阴森与孤寂，“统治”中令人恐怖的压制与幽禁。巴金小说改编成电影后，已读过文本的读者总感觉缺失了点什么，大约缺失的就是小说的这种心理建构带来的叙事效果。

又如《寒夜》：

他回到家。大门里像是一个黑洞，今天又轮着这一区停电。

他们走到大门口，他看见那个大黑洞，就皱起眉，踌躇着不进去。

这里的“黑洞”是汪文宣站在家门口时的一种视觉感受，也是他的家庭给他的心理感受，更是他的痛苦的人生感受，读后有种触目惊心之感。随着他从这个“黑洞”走出来的次数越来越少，直至死去，意味着黑洞对他的蚕食直至彻底吞噬。而曾树生虽然不无犹豫地从这个黑洞走出，希望去寻找一片光明时，获得的却是漫无涯际的黑夜与茫然，一个更大的黑洞而已。

再如《月夜》：

圆月慢慢儿翻过山坡，把它的光芒射到河边。这一条小河横卧在山脚下黑暗里，一受到月光，就微微地颤动起来。

月光在船头梳那个孩子（指阿李随船的儿子阿林——引者注）的乱发，孩子似乎不觉得。

路伸直地躺在月光下，没有脚在那上面走。

圆月正挂在他的对面天空里。那银光直射到他的头上。月光就像凉水，把他的头洗得好清爽。①

小说以“翻过”“横卧”“颤动”“梳”“躺”“洗”等人类才会有的动作来形容圆月、小河、月光、路等各种物象，展现这片静谧灵动的月色透出的生机，正与后面残酷的死亡悲剧形成对比，在反差中将人物心境渲染得淋漓尽致，读者心理获得的冲击力也就更大。

再如“月亮直往浩大的蓝空走去”（《家》），“茉莉花香洗着我们的脸”（《春天里的秋天》），“新香的空气梳着我的头”（《海底梦》），“歌声灿烂地开出了红花”（《火》），“月光轻轻地抱着树叶在我们周围的草地上跳舞”（《爱》），“春光渐老”（《丁香花下》），“灰砖的高门墙、发亮的黑漆大门、两个脸盆大的红色篆体字‘憩园’，傲慢地从门楣上看下来”（《憩园》），“时间偷偷地从开着的窗户飞出去，我一点儿也不曾觉得”（《窗下》），等等，把月亮、花香、空气、歌声、月光、春光、篆体字、时间等物象用“走去”“洗着”“梳着”“灿烂的开出”“抱着”“跳舞”“老”“看”“偷偷地”等词语进行了生命化书写后，不仅物象本身变得生动可感，更贴切地传达出小说叙事情境，也为读者阅读心理创设了共鸣的空间。

（二）以物写人

以物写人是一种很具中国传统风格的手法，很适于传达人物的婉曲心绪，也是一种物象生命化的方式。

例如《家》：

不知从什么地方送来一丝一丝的哭泣，声音很低，似乎被什么东西压住了，但却弥漫在空气里，到处都是，甚至渗透了这全个的月夜。这不是人底声音，也不是虫鸟底哀鸣，它比较那些都更要轻得多，清得多。有时候几声比较高亢一点，似乎是直接从心灵里出来的婉转的哀诉，接着又慢慢低微下去，差不多低到没有了，就

① 巴金：《月夜》，《将军》，上海：生活书店，1934年8月，第115、117、118、120页。本书中《月夜》的引文均出自此版，不再特别注明。

好像一阵微风吹过一般，但人确实觉得有什么东西在空中震荡，把空气也改变过了，使空气中也充满了悲哀。

这是第十章写夜半时分觉新的箫声，这段叙述文字非常细腻生动，箫声的抑扬与人物当时的心理起伏相映照。这里，作家没有让人物直接诉说自己的悔恨和哀戚，叙述者也没有跳出来替人物说如何痛苦，而只是细腻描写觉新吹出的婉转哀诉的箫声，我们读出的却是觉新偶遇梅后凄苦的心灵。其中，“不知从什么地方送来一丝一丝的哭泣”“有时候几声比较高亢一点，似乎是直接从心灵深处发出来的婉转的哀诉”“使得空气里也充满了悲哀”等语句，写的对象都是箫声，却以人的情感来形容，物象被生命化了。箫声就是觉新的心语，就是他爱而不能，悔而不已，面对悲剧无以援手的深痛诉说。小说是在常态的叙述中写出了人物非常态的内在心理，成为别具特色的心理化叙事，对读者心理也进行了有效建构：箫声的哀诉——觉新心灵的凄苦——读者心理的共鸣。

再如《窗下》：

时候是傍晚。两个东家都出去了。是玲子一个人在家里。这一天从早晨起就看不见太阳。天空带着愁眉苦脸的样子。忧郁的，暗灰色的云愈积愈多，像要落雨，但始终不见落下一滴泪水。空气很沉重，也没有一点风。

这篇小说是以“我”为叙事者和观察者来展开的一个悲剧故事。当写到玲子就要被迫跟随她做了汉奸的爹去日本时，“我”作为一个外视角不可能进入人物的内心，所以就采用以物写人的方式来预叙主人公可能会产生的情感和心理。小说以“愁眉苦脸”“忧郁”“落眼泪”等人的情态来描写自然界，物象被生命化，实际上是喻示着主人公命运的转折，一是玲子与那青年（小学教师）的爱情将被破坏，二是玲子不想做汉奸也不想去日本，但最终只能是屈服于自己父亲的。这对于玲子来说，都是悲剧性的，所以小说以物象的生命化完成了对人的描摹和心理揭示。

巴金小说对物象进行的生命化书写，在“陌生化”的语言形式中透出生命感受的逼迫和熟稔，以物象的生命质感，完成了对人物特定心理与读者阅读心理的双重建构。

二、情感的空间化

巴金的小说很注重对情感的书写，这一点已受到研究者的关注。杨义曾针对巴金小说的特色说：“由于他的绝大多数小说都具有热情、酣畅的个性，相对于现代文学的其他现实主义巨匠，他还是应该称为抒写感情的巨匠的。”[①]关于巴金小说对情感的书写，袁振声认为其抒情艺术表现为充分发挥第一人称“我”的抒情功能、把作家自己的感情渗入作品、借助景物抒发感情等[②]；花建则认为巴金小说主要运用了反复咏叹、在客观叙事中结合抒情议论、对感情的反省和揶揄等手法[③]，这都呈现出了巴金小说的抒情艺术特色。但本章认为，作家写情时还很善于运用特定的话语场景将情感时空化，使人物心灵呈现的深度与广度大大延展，从而获得了良好的叙事效果。马云在分析巴金小说的情感空间时，曾对《激流三部曲》中的“花园”和《寒夜》中的“母亲的小屋”在情感上的空间化特征做了独到分析，对本章的写作深富启发[④]。综观巴金的小说我们会发现，其实在巴金的很多部作品中，尤其是着重呈现人物内心世界时，情感的空间化倾向都非常明显。

如《月夜》：

“根生，根生！”那女人的尖锐的声音悲惨地在静夜的空气里飞着，飞到远的地

---

① 杨义：《中国现代小说史》(中)，《杨义文存》第2卷，北京：人民出版社，1998年，第185页。

② 袁振声：《巴金小说艺术论》，天津：南开大学出版社，1987年，第116—122页。

③ 花建：《巴金小说艺术论》，上海：上海社会科学院出版社，1987年，第175—181页。

④ 马云：《中国现代小说的叙事个性》，北京：中央广播电视大学出版社，1999年，第139—156页。

方去了。于是第二个声音又突然响了起来，去追第一个，这声音比第一个更悲惨，里面荡漾着更多的失望。它不曾把第一个追回来，而自己却跟着第一个跑远了。

这是根生嫂找不到根生后，情绪立刻紧张起来的状态。小说以两句喊声在时间和空间两个维度上的加速度散播，来表现根生嫂恐惧情绪的一点一点加重，凸显人物绝望心理的渐进过程，读者的心理通过时间维度上的飞跑和空间维度上的旋转而延宕，而不是单纯的某一种刻板印象，取得的叙事效果别具一格。这是一种以声音的传递来扩展情感的空间，使听觉上的声音感知在时间流程上终止，而获得了空间的现场性。

又如《灭亡》：

那汽车竟洋洋得意地飞驰而去。一声声呜呜的汽笛在表示它底胜利；但同时追上去的还有许多因拥挤而被撞跌的人底恶毒的骂声。

这是小说第一章里面杜大心看到大街上的贫穷车夫被汽车轧死后的一段叙述，秘书长的汽车轧死人，他不但没有任何罪责，反而非常不屑，态度傲慢，这件黑白颠倒是非不分的事情，自然引起了周围人的愤怒，而小说对这两种对立情绪的表达是以时空化的方式完成的，一方面"呜呜的喇叭"声既有着时间上的延展，也占据着当时情境中的主导空间，所以小说写喇叭声是在欢庆自己的胜利；另一方面"追上去"的咒骂，既有动作上的时间流程，又被裹挟在"因拥挤而被撞跌"的不同的人的口中，两种情绪通过时空化的方式在叙事上获得了最大化的拓展，叙事效果倍增。

另外，巴金小说中有很多错位型对话和独语最能体现情感时空化的话语场景。在错位型对话中，人物情感往往因心理向度的错位而被空间化。在人物的长篇独语中，人物情感在时间的延展中被宣泄，将人物心理长度在自我的反复辩驳中大大拉长，于是读者的阅读心理在延宕中产生了共鸣。情感的空间化为情感带来了重量和深度，人物与读者的心理得到了相互建构。

三、心态的动作化

心理世界的呈现是巴金小说进行人物塑造的重要方面，在人物的心理描写上，常采用内心独白和自由联想、幻觉和梦幻、外观透视、景物烘托等方法[①]。另外，以人物外在行为来展示心理也是巴金小说的一个面向，使具有内在指向性的心态被动作化，但其旨归仍在小说的心理建构。当代作家余华谈到创作时认为，心理是人物描写中最难写的，而要写好人物的心理，就必须避开人物的心理，通过外物的映衬和人物外在的表情、动作，把人物的心理活动与内心感受转化为可感的外在形象（听觉或视觉）表现出来，但其旨归仍在心理的展示。这种写法在巴金小说中可以见出。如《寒夜》对曾树生远赴兰州前矛盾痛苦的隐秘心态的描写：

> 她朝床上一看。他睡着不动。“我不要惊醒他，让他好好睡吧，”她想道。她又看母亲的小屋，房门紧闭，她得意地说句：“再会。”她去试提一下她的两只箱子，刚提起来，又即刻放下。她急急走到床前去看他。他的后脑向着她，他在打鼾。她痴痴立了半晌。窗下汽车喇叭声又响了。她用柔和的声音轻轻说：“宣，我们再见了，希望你不要梦着我离开你啊。”她觉得鼻头酸痛，便用力咬着自己的下嘴唇。她掉转身子，离开了床，但马上又回转身来看他。她踌躇片刻，忽然走到书桌前，拿了一张纸，用自来水笔在上面匆匆写下几行字，用墨水瓶压住它，于是提着一只箱子往门外走了。

在这段文字中，人物内在的心理转化为了一系列可视化动作。作家通过曾树生欲行又止的三次“看”的动作（“朝床上一看”“急急走到床前去看他”“离开了床马上又回去看他”）和她“痴痴地立了半晌”“用力咬着下嘴唇”“踌躇片刻”

---

① 袁振声：《巴金小说艺术论》，天津：南开大学出版社，第87—96页。

等动作以及最后留信的行为，把曾树声想走又难以割舍的复杂心境，转化为人物行为这种视觉形象表现出来了，成为一种灵动可感的心理化叙事，于是人物更具深度，感染力也随之增强。

又如《家》中觉新向觉慧诉说曾与梅在商场偶遇的情景，梅的心理也是用觉新看到的她的一系列动作来呈现的：

> ……（引者略）她在店门前看衣料，我一眼就看见了她，我几乎要叫出声来。她一抬起头也看见了我，她似招呼非招呼地微微点了头。又把脸向里面看，我随着她底脸看去，才看见大姨妈在里面。我不敢走近她底身边，只远远地立着看她。她底那双水汪汪的眼睛把我看了一会儿。我看见她底嘴唇微微动着，我想她也许要说什么话，谁知道她把头一掉，就走进去了，也不再看我一眼。

这里通过觉新眼中梅的一系列动作，便将她犹疑（“似招呼非招呼地微微点了头，又把脸向里面看”）、惊喜（“把我看了一会儿”）、激动（“嘴唇微微动着”）和痛苦无奈（“她把头一掉，就走进去了，也不再看我一眼”）的复杂心态传达出来了，读者也就难免要为之动容。

人物独语也是完成小说心理建构的重要话语场景。但巴金小说对心态过程的展示，很少做静态描写，而是多以行动化的话语拓展心态空间。如汪文宣在妻子走后身不由己再次来到那个咖啡厅后，仍然要上两杯咖啡并与不在场的妻子交流的过程，便是以动作来展示人物当时无比痛苦与无限思念的心态的。

另外，巴金小说中的梦境，很少美妙感，多是充满紧张与恐惧情绪的噩梦，在梦中经历一系列的挣扎行为，从而间接地把人物真实心态进行了动作化呈现，读者也身临其境般地与人物实现心理的相互建构。

总而言之，始终注重“挖掘人心”的巴金小说，在对人物心灵的探索中洋溢着对生命的满腔真诚，故而其小说文本以心理化叙事的方式非常自然地实现了对人物心理世界的揭示。在一定意义上说，巴金小说具有悲剧的品质，这种品质不是来自亚里士多德意义上的外在的行动，而来自一种现代人的自我的内心冲突，这种冲突的本质正是自我与他者之间的关系问题，而如何处理自我与他者之间的边际关系，正是现代小说诗学中的重要问题之一。巴金的小说在呈现人与现实的关系时，重在揭示人的波涛汹涌的各种心理机制，隐约透露的是作品与作家背后现代中国的各种焦虑，甚至乱象。而物象生命化、情感空间化、心态动作化这三种心理化叙事方式，正是巴金小说在静与动的叙事转化中跨越自我与他者边界的探索方式之一。

第四节　小说叙事与文化心理

小说创作是一种比较善于呈现个性、整体性地表现心态空间的艺术活动，作家特有的文化心理往往会在创作中形成独有的观照世界的方式，从而影响着作家的创作风貌。“文化心理是指人们思考问题、评价事物的较定型的思维程式，是民族长期的文化环境、实践行为的内化和民族较稳固的观念文化在心理内层的积淀演化。它关涉着人们的行为模式、价值选择、人生态度、情感方式、致思途径等，它有时候是人的观念，但更多的时候是人的活动的一种自觉或不自觉的心理指向。”[①]当然，作家的文化心理不是静态的，由于文化因素和社会环境的变动不居，作家的文化心理也会在主导方向中出现曲折的变化发展，由此而带来作家创作道路的变化。因此关注作家的内面生活，从文化心理的角度来探究作家、分析作品不失为一条有效的研究途径，这有助于我们更好地理解作家的创作意图和作品的丰富内涵。

在中国现代作家中，巴金是一位有着独特的创作个性和独异的精神空间的作家。综观巴金自一九二九年第一部小说《灭亡》发表而偶然踏上文坛，一直到一九四九年新中国的建立，在这二十年的文学创作历程中，经历了一个由不自

① 龙泉明：《在历史与现实的交合点上——中国现代作家文化心理分析》，西安：陕西人民出版社，1992年，第3页。

觉创作到有意识创作的过程，这种创作上的转向，其中一个重要动因就是作家文化心理的变迁。另外，写出《家》《寒夜》等经典作品的巴金却始终自称不是作家，这其中包含的文化心理方面的隐秘也值得深入研究。下面就从三个向度来探讨巴金的小说叙事与作家文化心理的变迁之间的关系。

一、身份焦虑中的自我放逐

二十世纪初叶的中国新文化运动以前所未有的思想文化革命，为当时的思想文化界注入了一股清新而激烈的活力，尤其是带有西方文化色彩的无政府主义思潮给少年巴金以从未有过的心灵震撼，他如此回忆第一次读到无政府主义小册子《告少年》时的心情："我想不到世界上有这样的书！这里面全是我想说而没法说清楚的话，它们是多么明显，多么合理，多么雄辩，而且那种带煽动性的笔调简直要把一个十五岁底孩子底心烧成灰了。我把这本小册子放在床头，每夜都拿出来，读了流泪，流过泪又笑。"[①]在这种政治信仰的鼓舞下，一九二三年巴金带着寻求革命道路的政治理想出蜀求学，但此时的无政府主义运动在中国已经式微，这种现实使巴金的政治热情受到巨大打击，虽然他仍旧坚执自己的政治信仰，内心却陷入了苦闷之中。为了平息内心的焦灼，一九二七年巴金以求学为名远赴当时世界无政府主义运动的中心——法国。在法国的近两年时间里，他密切关注并参与着国内的革命进程，对国内国民党的政治屠杀和白色恐怖进行了激烈批判，与此同时，也深刻地感到中国革命的艰难和自己政治信仰的困境，内心充满极度的痛苦和幻灭，因此他将绝大部分精力用在了翻译无政府主义的理论著作上，以缓释内心的焦虑。这时"萨凡事件"的失败更强烈刺激了巴金，于是无法平息内心爱憎郁积的他，奋笔写下了一些场面和心理片段，第一次开始借用文字来寄寓情感。后来大哥让他扬名显亲的信，更使他本

① 巴金：《我的幼年》，《中流》第一卷第一期，1936 年 9 月 5 日。

已尖锐的内心矛盾达到了顶点，由此促使他做出了坚持自己的信仰、走自己的道路的最后决定。为了能得到大哥的理解，他想到了用小说来间接表达自己的这一政治选择。《灭亡・序》中的一段话是理解这一小说的关键："我为他而写这书，我愿意跪在他底面前，把这书呈现给他。如果他读完后能够抚着在他底怀中哀哭着的我底头说，'孩子，我懂得你了，去罢，从今后，你无论走到什么地方，你底哥哥底爱总是跟着你的！'那么，在我是满足，十分满足了！"[①]

在这里我们看到，追求绝对自由、反抗一切压迫的西方无政府主义思想，在中国文化传统中成长起来的巴金的思想根底里被打折扣了，起码在亲情这道门槛前他已经有了犹疑，证明了中国传统文化里某些人伦、道德观念对巴金的潜在影响。因此可以说，中西方文化的碰撞塑造出了巴金不同于传统士大夫的心态，但与西方无政府主义思想也有着某些裂隙，这不仅证明巴金拥有着层次较为驳杂的文化心理结构，也预示着他后来的文化心理出现转变成为可能。

一九二八年十二月初巴金回到国内。面对着更加散不成阵的中国无政府主义运动，一直以无政府主义战士而作自我期许的巴金，在无比的苦闷中开始有意识地审视自己的信仰，并于一九三〇年八月、一九三二年四月、一九三三年五月三次南下福建泉州，虽然他在这个无政府主义者活动的主要地区旅居时受到很大鼓舞，但终未参加其中的革命实践。相反，到一九三三年前后共完成了五个短篇小说集(《复仇》《光明》《抹布》《电椅》《将军》)、两个三部曲("革命三部曲"[《灭亡》《死去的太阳》《新生》]和"爱情的三部曲"[《雾》《雨》《电》])以及第三个三部曲"激流三部曲"的第一部《激流》(一九三三年五月出单行本时改名为《家》)，另外还有不同题材风格的中篇小说(《海底梦》《春天里的秋天》《沙丁》《萌芽》)等。巴金这一时期的主要作品有一个显著特点：关于知识分子的道德、理想和人生之路的思索，始终是和政治革命联系在一起的。由此可以看出，巴金选择在文学的世界里宣泄自己追求革命的政治热情，这正是他在现实生活中为自己探求政治出路的体现。此时的巴金，不是以一个小说家而是以一个精神

---

① 巴金：《灭亡・序》，上海：开明书店，1929年10月，第2页。

界之战士的身份投身于文学创作的。

巴金在文学创作上取得了丰收和成功，却无法消除革命的失败感带给他的苦闷和孤独，他一次又一次地发誓要放弃写作，到实际生活中去寻找力量。一九三三年九月至一九三四年七月北上北平与友人办刊物，一九三四年十二月至一九三五年八月又远渡日本，在时空的辗转中巴金进行的是一次次的自我放逐，他要寻求另一种战斗的人生，想投身到一种比文学更直接的能够改造社会的活动中去。但在日本近一年的冷静反思后，巴金彻底认识到了：在当时的社会现实中，依靠无政府主义的组织和行动方式来改变中国社会是不可能了。也是在这种彻底失望和毅然反抗绝望的信念中，巴金对自己的身份定位有了游移转变。后来他接受文化生活出版社的邀请，开始从事编辑出版工作，这标志着他完成了自觉的文化心理转变：作为文学活动家来改造社会、探索人性。从革命到文学，这是巴金对理想中政治活动家身份的自我放逐，也是后来巴金对现实中作家身份多次否定的心理原因。自此以后，巴金的小说创作真正进入有意识创作时期。从一九三六年五月开始至建国前，巴金先后创作了《春》《秋》《火》《憩园》《寒夜》等中长篇小说和《还魂草》《小人小事》等短篇小说集。在这些小说中，人物的性格、命运与社会现实有了较多联系，在对人物心理的揭示中，也包含了更多的文化指向和人性思考，实践着一位文学家用生命写作、为中国的现在和未来写作的文化信念。

二、话语转换中的心灵隐秘

一九二〇到一九三〇年代初，作为革命家的李芾甘（巴金），是中国第三代无政府主义者的代表[①]。但是，巴金对无政府主义信仰的理论层面投入了极大热情，在政治革命的实践层面参与并不多，加之无政府主义运动在当时中国的

① 蒋俊、李兴芝：《中国近代的无政府主义思潮》，济南：山东人民出版社，1991年，第285页。

衰落局面，使他的理想与现实产生激烈冲突，激进思想与延宕行为出现明显分离，于是精神危机、负罪心理和失败感彻底包围了他。为了宣泄和转化这种负面情绪，他不得不由探索外部转向内部——分析自我，表现自我，以想象的方式在文学创作中完成这一过程，于是革命话语成为巴金小说首选的一种话语方式。巴金早期的作品中，主人公多是从事无政府主义政治活动的革命者，又是为人类而牺牲自我的英雄，作品呈现出的激情笔调、昂扬风格都反映出了作家在狂热信仰支配下的特定文化心理状态。例如《灭亡》中，杜大心就是作家的苦闷和希望、经历和矛盾的化身，其他几个人物也是如此。对此，巴金曾说："所有这些人全是虚构的。我为了发泄自己的情感，倾吐自己的爱憎，编造了这样的几个人。"[①]又如《死去的太阳》《新生》《雾》《雨》《电》等小说反映出在大革命失败后国民党的白色恐怖统治下，作家在现实面前所遇到的一系列无法解决的思想问题。巴金想通过革命话语的建构来试图回答现实中"向何处去"的思想问题。但因巴金缺乏参加革命实践的切身体验，因此这些小说中对革命者具体的斗争生活表现很少，内心的矛盾和苦闷却占了很大篇幅，他们像作家自己一样因找不到正确的道路来解决理想和现实的矛盾，而怀着无法摆脱的孤独、寂寞、伤感、绝望等个人主义者特有的情绪，有时就不得不用暴力毁灭自己的生命，以获得心灵的安息。

进入文化生活出版社之后，他一边做编辑是尽义务，出版文丛是为推动文化，自费整理出版优秀作家遗稿是为传播爱的岗位意识，体会并发扬了无政府主义信仰中互助、平等、爱人类的精神。巴金将此视为无政府主义思想在文化领域的一种实践，在一定程度上平息了他内心的身份焦虑，加之抗战开始后颠沛流离的生活，使他对战乱时局中平凡小人物产生了深切的悲悯情怀，特别是知识分子在物质、文化、精神等各方面的艰难处境引发了他的深度思考。如他后期创作的《秋》《憩园》《寒夜》《小人小事》等小说（集）中，作家的叙述语调已渐渐和缓，人物的情绪也渐趋平稳，叙述的风格更加沉郁，更为重要的是，这些作

---

① 李存光编：《巴金研究资料》（上卷），福州：海峡文艺出版社，1985年，第233页。

品关注的不仅是这些小人物的生活，而且还从精神和文化角度对知识分子进行了人性考量。在巴金小说由革命话语向知识分子话语的转换中，我们看到了政治信仰与传统文化以及社会现实的共同作用下，巴金将无政府主义信仰中的伦理精神与中国传统文化中知识分子的忧患意识结合起来，形成了一种民主自由与悲天悯人相结合的文化心理，并直接影响了巴金后期的小说创作风貌。

三、风景变奏中的求索心路

在中国现代作家中，巴金是一位始终自称不是作家的人，他把文学创作看作一条救人救己的道路，把文学编辑和出版看作一种对别人更有用的工作。如果理解了巴金在创作小说时的文化心理，就会理解他的上述话语。但在文学的世界里，作家的解释并不能代替读者的阅读感受，因为我们在他的作品中读出了中国现代文学风景中的别一世界。

在巴金执着追求自己的政治信仰却在现实中遭遇幻灭的时期，他用文学记录下了他的心路历程，这就是他早期的革命小说创作。巴金在八十年代谈到早年的创作时说："对无政府主义我信仰过，但在认识过程中，一接触实际，就逐渐发觉它不能解决问题，所以常常有苦闷，有矛盾，有烦恼。这样，我才从事文学创作。要是我的信仰能解决我的思想问题，那我的心头就没有苦闷，没有矛盾，没有烦恼，我早就去参加实际工作，去参加革命了。但是实际不是如此。这样我才把文学创作作为我自己主要的工作，由此来抒发自己的感情。"[①]在这些小说中，巴金为我们也是为他自己勾画出了一幅幅为信仰而从事革命活动的社会风景图，其中一些革命者开展的英雄式的罢工、暗杀、牺牲等事件，幻化成了这些景深中浮动着的时代暗影，而最鲜明的图景却是人物幻灭、动摇、追求等复杂的内心世界。通过人物的内心呈现，我们深切地感受到巴金要表现的不是一般

① 巴金:《作家靠读者养活——关于传记及某些文艺现象与徐开垒的谈话》,《文汇》月刊1989年第1期。

的人与人之间的冲突，而是新与旧、革命与反革命、被压迫阶级与压迫阶级之间具有重大社会意义的冲突，这正反映出巴金独特的政治理想：不是沈从文作品中所描摹的自然、人性、乡情相融合的纯美世界，而是通过这些寄寓着作家政治信仰的英雄新人，经过激烈的内心挣扎，再义无反顾地从个人走向社会，反抗一切暴政、专制，让他们像作家一样把寻求人类幸福的重担揽在自己肩上，然后在废墟上建立起一个民主自由幸福的世界。

到了一九三〇年代中期，中国无政府主义运动已将销声匿迹了，而巴金在当时的革命形势中还未找到改造社会的道路，他在极度的苦闷中开始对自己的奋斗道路进行重新审视，于是反思的目光便投放到了自己生命的来处——社会之缩影的家庭。适逢大哥正不断地描述自己封建大家庭中的一件件触目惊心的悲剧事件，这正好唤醒了巴金的童年经验，激发了他的创作欲望。巴金出身于封建大家庭，又有着家道中落、家族争斗的记忆，所以对于典型体现中国传统文化载体的封建大家庭有着刻骨铭心的情感体验，这种童年经验成为他丰富的素材库。在接下来的《激流三部曲》《憩园》《寒夜》等小说里，巴金以丰满的人物形象、鲜明的人物性格、细腻的人物心理、生动的场景描写，描绘出了中国家庭的生动风景画，这种创作图景从社会向家庭的迁移，其创作心理的变化是重要基础。正是在社会和家庭两种文学风景的变奏中，我们看到了巴金对生活的理解逐步深入，对社会的认识更加客观，对人性的探索更加细腻，在文化心理角度看，巴金逐步成为一位真正的文学家了。

巴金小说创作的独特性，与其自身的政治信仰、家庭环境以及社会现实密切相关，其创作都带有鲜明的个人化印记。由政治信仰与社会现实引发的心理焦虑，对巴金创作的影响由显而隐，它为巴金的创作赋予了反抗专制、追求自由的色彩，这恰与“五四”以来的人文精神一脉相承，故引起当时广大青年的情感共鸣。巴金家庭环境所特有的传统文化氛围对巴金创作的影响是内化的，它为巴金的创作提供了丰富的素材和生动的情感记忆，从而增强了作品的文学色彩。可以说，巴金小说的独创性与巴金的文化心理变迁有着密切关系。

第四章 巴金小说的结构方式

小说结构不是一个沉默的容器，它也是对小说文本的一种隐性的言说，深具着诸多文本结构之外的文化动力因素。就小说诗学而言，进行文本结构研究，就是分析其作品中的叙事是如何组合到一起的，以及它们之间的相互关系是何性质[①]。这是从小说文本形式抵达意义的途径之一。面对同样的生活素材和故事主题，不同作家会采取不同的事件安排和情节架构，从而形成不同结构形态的文学作品，正如米兰·昆德拉所说："不应该将结构（作品整体的建筑构造）当作一种预先存在的模具借给作者，只为让他在其中填上自己的发明；结构本身应该是一种发明，一种使作者的整个特殊性起作用的发明。"[②]巴金的小说有多种类型的结构方式，而不同结构方式背后的支点是作家文化、心理与观念

① ［以］里蒙-凯南：《叙事虚构作品》，姚锦清等译，上海：上海三联书店，1982年，第28—29页。

② ［捷］米兰·昆德拉：《被背叛的遗嘱》，余中先译，上海：上海译文出版社，2004年，第179页。

的隐秘交织，研究者应“特别注意小说家如何把人生的经验套入一个固定的结构之中”[1]。本章将分析巴金小说结构方式的特点，探究其生成动因，最终实现对其诗学意义的思考。

第一节　结构方式分类

巴金的小说有多种精心设计的结构，巴金通过它们而进行的言说亦是丰富的，不注意这个层面的阅读，便要折损其形式意义的大半；甚至对于他的某些小说而言，如果没有找到这种结构，对其解读便不得要领。结构是通过小说叙事而形成的一个特殊的世界图式，我们可以从故事呈现的主导性形态上，将巴金小说文本的结构方式大致分为反向离合结构、复向回旋结构、多向嵌套结构三种类型，这种分类不是为了论证某部小说讲述了一个什么样的故事，而是要在具体文本的解读基础上，去探求这些结构方式在小说诗学层面的独特意义。

当然，面对丰富而多元化的巴金小说文本，任何阐释性的框架或者分类都是危险的，因为在发现洞见的同时，也不可避免地存在着盲点，或说偏离角。本章所进行的类型化的建构，也是为着阐释上的“分割化”需要，相对于实际情况而言，它们也不是绝对的。也就是说，对于巴金的全部小说文本而言，以下三种结构方式的命名不可能把它们全部涵盖进来，并且命名本身也都不可能是“纯而又纯”的存在，甚至有些小说在此种命名下还存在着“跨类”情形或者处于盲区，这是必然的。但是，当我们以这三种类别来概括巴金绝大多数小说文本的结构方式时，它们是有效的，且是具有典型性的，这种“片面的深刻”，也正是文学研究的途径之一。

---

① ［美］浦安迪：《中国叙事学》，北京：北京大学出版社，1996年，第55页。

一、反向离合结构

所谓反向离合结构，指的是小说故事要素中相反或相对的二元锁并结构，往往以“新与旧”“爱与憎”“盛与衰”甚至“生与死”交相对应的情节要素来建构一个关于聚散、悲喜、盛衰的整体结构，在这个结构中，一方面有“消极”的一端——即人间的“离”“悲”“衰”“死亡”等现象，另一方面又适时地生发着“合”“喜”“盛”“新生”等对立的“积极”要素，二者之间的矛盾、对立或缠绕共同构成小说的叙事动力和整体结构形式。这是巴金小说中运用最多的一种结构类型。

在巴金的革命题材和家庭题材两大类小说中，有一些作品有着大致相似的叙事模式：主人公要确立自身的主体性，可是有一个对立面妨碍这个愿望的实现，并反复遭受折磨或经历痛苦，最后他终于逃避开了这个障碍物；或者最终跨越了它，可他却死了，但他的精神信仰鼓舞着他人，这种叙事模式在结构方式上构成的就是反向离合结构。具有这种结构的小说有《灭亡》《新生》《死去的太阳》《雨》《电》《家》《春》《秋》《火》(第一部)等。

例如，在巴金的革命小说中，无论是人物形象还是小说结构因素，基本上都充满了一种生与死之间具有反向力量的离合结构，共同演绎着一九三〇年代中国社会变迁中一代知识青年的命运沉浮。《灭亡》中的杜大心感受着时代给予的激愤，同时又秉承着一代热血青年的道义，两种力量同时凝聚在他的身上，使他陷入了“爱与憎”和“生与死”的矛盾漩涡中，这种矛盾就是推动小说前进的叙事动力。就个人性格来说，他也有着柔弱而细腻的心，这从他对善良而老弱的母亲的眷恋和挚爱中可以看出，从他对表妹的刻骨铭心的爱恋中可以看出，从他执行暗杀活动前对爱情的美好、对生的渴慕也可以看出；同时，他也有着一颗强硬而凌厉的心，所以他才对街头的汽车事故、楼下庸俗纷扰的夫妻争吵、半夜街头传来的“卖小孩”的叫声生发出对世界、对人类的诅咒和憎恨。这部小说以杜大心的心灵展示为叙事中心，而他在这两种反向力量的裹挟下也为小说叙事建立了两极对立性结构框架，结构形式本身映现的是作家对世界、对人生乃至对自我的矛盾与缠绕。《新生》建立的是一种较为明显的反向离合结构，在第一篇中以李冷对世界、对人类的失望而带来对自由信仰的不信任，所以他自身也陷入了矛盾和消沉中，这时形成反向推动力的是妹妹李静淑和恋人张文珠，如果说李冷与他们之间的对立还是较为虚化的，甚至是有着某些纠缠之处，到了第二篇故事发展到李冷已到达A地后的情形，这时小说的结构就形成了最为明显的离合结构：第一篇是缺乏信仰和行动力时期虽生如死，第二篇是他投入实践活动之后虽死犹生。另外，《雨》中吴仁民的充沛精力与小资产阶级知识分子的软弱之间形成的矛盾、《雷》中雷面对爱情与信仰的痛苦选择、《电》中敏在信仰的理念与行动之间的痛苦抉择等，都是处于一种激烈的内在冲突中，面对黑暗的现实和制度的压迫，他们都显得有些偏激，是在爱与憎、生与死的纠缠中进行决绝的反抗，这时整个文本也因此形成了非常明显的两条叙事线索，从而形成了较为明显的反向离合结构。这种小说结构，往往会给小说带来强大的情感力量，其矛盾冲突带有浓厚的戏剧化色彩，正如夏志清先生所论到的："《灭亡》所代表的革命小说品类，是英雄式戏剧(heroic drama)的复活——因为它的人物都代表了某些情欲和观念，演出一场善与恶直截了当的冲突。巴金在《灭亡》以后的几部长篇和中篇里，完全沉溺在这种舞台的现实之中，把一些可以预想到的人物和状况，放在一个充满知识性的辩论、恋爱的纠葛以及革命行动的虚构世界里。"①

在家庭题材的小说中，设置的反向对抗力量往往是现代文化与传统文化、新与旧。《家》开篇写觉慧和觉民在冬日的傍晚踏雪回家，两人走进黑漆漆的大门回家的场景，结尾是一个秋日的早晨觉慧迎着朝阳乘舟离家的场景，整部小说都围绕青年一代对封建家长的专制痛苦忍受和逐渐反抗这一中心展开，有觉新在父(祖)辈专制下带来的爱情痛苦，有鸣凤不堪主人的随意摆布而走向死亡，有钱梅芬在母家的无知和夫家的骄横中的病逝，也有封建家长虚伪伦理掩

---

① 夏志清：《中国现代小说史》，上海：复旦大学出版社，2005年，第174页。

饰下的惨死，对立双方中，处于弱势的永远是年青一代，年青一代的痛苦在这个大家庭中蔓延，家成为“狭的笼”和“坟墓”，从家中走出是青年人的必然选择，于是最具反抗精神的觉慧离家出走了。又如黑暗的铁屋子打开一扇门一样，《春》中的淑英也走上了觉醒和反抗的出走之路。在这部小说里，具有反向力量的双方在对抗性强度上更加剧烈，尤其是作为主人公的淑英的矛盾对立面更为明确了，就是对抗她父亲的包办婚姻，并且小说还设置了作为对比性结构的蕙因包办婚姻而惨死，随着《春》里面青年一代反抗意识和反抗力量的增强，加上觉慧作为一种强大的吸引力和号召力给这个家庭带来的离心力，最终淑英也成功离家出走。与《家》相比，虽然在故事大纲和叙事格调上看，《春》似乎就是《家》的翻版，但是若从小说结构的形式上看，《春》里面的反向离合结构的线索更加明晰，小说主题的呈现也更显深化，从这个意义上说，《春》的写作也是具有独立意义的，它也体现出了巴金在创作中对家庭题材的认识的深化。

到了小说《秋》，从反向离合结构层面上看，具有反向力量的双方之间矛盾冲突更加尖锐，但在“新与旧”的矛盾冲突中开始注意对人性的剖析，这体现出作家对家庭主题的思考更加深入和理性，因此无论情节安排、细节展示还是情感渗入，《秋》都较《家》和《春》更具思想深度和情感震撼力，因此夏志清认为“《秋》是巴金所写的表达愤怒最好的小说”①，同时，新与旧“这两种冲突的力量在《秋》得到重新安排，固然不再配合巴金一贯的论调，但却使这部书得以反映人生真相。巴金也终于走上了小说家的道路”②。在这部小说里，旧的一方主要是由克安、克定组成，新的一方则主要是以觉民、淑华为代表，同时觉新也在渐渐向着反抗者一方转化。经过一系列的明枪实弹的争吵后，这个大公馆被卖掉，各房将财产平分，小说最终以这个大家庭的离散而告终。《火》（第一部）也是一部青年走出旧家庭的樊篱进入社会从事革命的小说，这部小说在结构上，也具有明显的反向离合结构形式。其中，冯文淑的家庭仍旧带有旧家庭的专制

① 夏志清：《中国现代小说史》，上海：复旦大学出版社，2005年，第252页。

② 同上书，第180页。

色彩，父亲是这个专制力量的代表人物，但由于时代的前进，这个时候的冯文淑作为青年一代已经具有来自社会活动的强大力量，因此在这部小说里具有反向力量的双方已经发生了结构上的逆转，成为青年一代更具反抗的力量，从而较为轻易地从旧家庭里脱离出来，投身到火热的社会洪流中去。

另外，需要说明的是，在这种结构形式的小说中，我们发现其实作为反向对抗力量的双方在强与弱、虚与实的塑造上并不对等。尤其是革命题材的小说，其中社会黑暗残暴、大众庸俗愚昧等所谓带给革命的对立因素，都是非常虚化的，并没有具体而细致的实体存在，它们往往只存在于革命者的意识中，小说往往以大篇幅的文字书写的是革命者对于“对立面”的自我内心感受。也正是因为这样的原因，巴金的革命小说也就更侧重于展示青年一代的新生世界，在“新与旧”“爱与憎”“生与死”等问题上更侧重于对旧的反抗姿态、对憎的行为呈现、对死的方式描摹。其实这就是作家认为的，反抗了旧、憎、死，就会获得新、爱、生，小说文本中着重书写的也是反抗行为、反抗姿态和反抗形式本身，至于什么是新、爱、生，作家并没有真正写出来。这个问题与巴金这种结构方式的生成动因密切相关，下一节将详细讨论。

二、复向回旋结构

所谓复向回旋结构，是指把具有相似或相关性的小说要素呈现在开篇和结尾，使它们在对比映衬或彼此的颠覆中发生意义增殖并焕发出新的结构意蕴。这正如浦安迪所说：“任何一个故事、一段话或者一个情节，无论‘单元’大小，都有一个开始和结尾。在开始与结尾之间，由于所表达的人生经验和作者的讲述特征的不同，构成了一个并非任意的‘外形’。”[①]我们从巴金小说的这种“外形”特征入手，发现这些复向回旋结构的小说，其开篇和结尾存在着一种内在的形

① ［美］浦安迪：《中国叙事学》，北京：北京大学出版社，1996年，第55页。

式规则和美学特征。美国汉学家威廉·莱尔也认为:“把重复的因素放在一个故事或一个情节的开头和末尾,使这个重复因素起着戏剧开场和结束时幕布的作用。”[①]复向回旋结构的小说,往往故事线索的中心是一个圆心,在起点出发,最后的终点便是回归原初,其情节发展中没有特别剧烈的矛盾冲突,叙述基调相对来说也较为和缓,但小说对人物内心的矛盾冲突有着细腻的展示,小说也往往具有开放式的结尾,使读者在情感或心灵的回旋中来体味小说的故事意蕴。代表性的小说如《寒夜》《死去的太阳》《春天里的秋天》《雾》《化雪的日子》等。

例如《寒夜》这部小说开篇写的是一个寒冷的冬夜丈夫寻找妻子的场景。这是丈夫汪文宣正在寻找离家出走的妻子,寒冷的冬夜中弥漫的是战争的恐慌和底层民众哀戚的呻吟,汪文宣独自走在重庆的暗夜街头,不知到哪里去找妻子,更不知能不能找到妻子,充满了痛苦和压抑。小说的结尾是一个寒冷的冬夜妻子回来寻找丈夫的场景。这是妻子曾树生返回重庆的夜晚,独自徘徊在同一条长街上不知何去何从,抗战胜利了,但曾树生却仍旧一无所有,甚至失去的比得到的还要多。《死去的太阳》写的是吴养清在亲身经历了“五卅”血案的第四日乘火车从上海到了南京。上海大屠杀使他无比痛苦和愤激,到了南京以后,参加了由南京东吴大学学生和其他各界代表组成的国民外交后援会,并结识了曾经的同乡程庆芬和工人代表王学礼。于是他们一起参加后援会组织的集合、游行,并去体育场参加演讲集会,还不畏艰苦地到益记工厂游说工人获得信任,并组织了益记工人的罢工游行。这期间,吴养清与程庆芬相爱,但因为程庆芬已经身许他人,两个人都陷入了深深的痛苦之中。最终,程庆芬抑郁而死,吴养清也受到了极大的打击。这个时候,益记工人的罢工因为工厂主的阴谋最终失败了,王学礼为了复仇便联合工人李阿根等人纵火烧了工厂,李阿根被火烧死,王学礼也被警察以纵火罪枪毙。第二天傍晚,吴养清到益记工厂王学礼

---

① [美]威廉·莱尔:《故事的建筑师语言的巧匠》,乐黛云编:《国外鲁迅研究论集》,北京:北京大学出版社,1981年,第334页。

被枪毙的地方徘徊，最终决定离开南京回上海。《雾》中开篇写到周如水来到海滨旅馆，巧遇张若兰，才有了一段刻骨铭心的痛苦爱恋；结尾写到一年后委决不定的周如水再次来到这个海滨旅馆，但恋人已不在了，空留一缕爱恋的痛苦在心头。《春天里的秋天》开篇写哥哥因为爱情不遂而割喉自杀，在遗书里留下了对爱情的绝望与痛苦，结尾则是郑佩瑢因为父亲的专制而为爱情悒郁成疾最终身亡，也是在给“我”(林先生)的书信里留下了撕心裂肺的爱情绝唱。在这篇小说中，感伤的情怀成为叙事线索的中心，情绪的波动、犹移代替线性的情节推进，充满了情绪化、心理化色彩。

另外，从巴金小说的系列性来看，当三部曲形式本身作为一个整体性的结构形态来看时，也是属于一种变相的复向回旋结构，它们是在具有相似性的断片化的小文本结构的组合中构成的一种大型复向回旋结构方式。这些三部曲中的断片化小文本各自独立，互相平等，单看它们都是完全各自独立的一部小说，组合在一起时，又成为三部曲小说整体中的一个组成成分，彼此间具有内在的一致性和逻辑性，是按一定规则集合在一起浑然而又有序的整体。这一结构方式最为适合巴金“补续型小说”表达的形式需求，也是巴金对复向回旋结构的一种创造性运用。在这些三部曲中，往往围绕着一个主题从不同向度、层面、对象、情境等展开观照，彼此之间构成的是主题的回旋，如《爱情的三部曲》是关于爱情与革命关系的主题，《激流三部曲》是关于家庭专制与青年自由关系的主题，《革命的三部曲》是关于信仰与生死关系的主题，《神鬼人》是关于宗教与内心挣扎的主题，《火》三部曲是关于战争与信仰关系主题，《人间三部曲》是关于底层人生的主题等。在每个三部曲关注的总主题下，单个小文本完成的往往是某个阶段或者某个侧面的思考，三个文本组合在一起才整体性地完成了对总主题的架构。当然，对于这些三部曲来说，要想达成总体结构框架上的一致性，还需要采用特定的结构线索来完成这一任务，如《雾》《雨》《电》是运用自然界季节时令的隐喻性来完成结构整体性的，雾的迷茫、雨的暴烈、电的迅疾分别隐喻着主人公的不同性格和故事发展倾向；《家》《春》《秋》则暗蕴着“春生、夏长、秋收、冬藏”的四时变化的易理。这两个三部曲中，较多地遵循了四季的循环变化，相应地设计出了主人公身上发生的故事，每一则故事都可以独立成篇，但相互之间又有着前因后果的连贯性，放在一起时就成为一个完整的结构整体。在《灭亡》《新生》《死去的太阳》这个三部曲中，以心灵空间的争辩与漩涡展示了三种不同的自我存在形式；《憩园》《第四病室》《寒夜》则采用生命空间的隐喻方式来书写不同底层人生的生命形态，从而分别架构起了三部曲的整体框架。《神》《鬼》《人》三部作品虽然内容旨趣上与前面的三部曲大相径庭，但在结构的隐喻性上仍与《革命的三部曲》和《人间三部曲》颇多相似之处。在这三部作品中，每个小故事都用第一人称作为叙述者，同时"我"也是故事的观察者和思想的评判者，在一种倾向性很强的话语结构中展开了神、鬼、人三个世界，"这三个世界，不仅占有人类历史的演进，同样占有常人的生活。这成为三种心理的情态，纠结在一起，左右日常的活动"①。于是，通过"我"的观察，读者看到的是人生十字街头面对不同岔路口的三种心理情态和论断。每个小故事都是一个完整的独立个体，而当它们联合在一起时，就成为一部井然有序的心灵演化史。上述三部作品还被称为短篇小说集，原因是每个小单元的小说文本相对独立性更大一些，相互之间的联系和逻辑关系相对松散，不似前面那些三部曲作品之间有着浑然无隙的有机整体性，但《神·鬼·人》在总体架构上依然可以清晰辨出结构线索的脉络来。

对于作家来说，无论是完成大规模的长篇小说，还是续写以前的作品，都会去寻找那唯一的、既富于含义又简明扼要的、令人难以忘怀的表达方式。对巴金来说，无论从自身的写作情态还是当时的写作环境出发，写长篇小说所需要的那种心态的沉静和思维的缜密都显得相对不足，故而他爱写些中短篇小说；即使写长篇，他也要追求一种高度浓缩、有着个性形式的长篇，这就是他的三部曲形式的构形。另外，这种结构形式也是出于当时读者在文学阅读情态上的需要，对此，汪曾祺先生曾说："现代小说是忙书，不是闲书。现代小说不是在花园里读的，不是在书斋里读的。现代小说的读者不是有钱的老妇人，躺在樱桃花

① 刘西渭：《〈神·鬼·人〉》，天津《大公报·文艺》1935年12月27日。

阴影里，由陪伴女郎读给他听。不是文人雅士，明窗净几，竹韵茶烟。现代小说的读者是工人、学生、干部。他们读小说都是抓空儿。他在码头上、候车室里、集体宿舍、小饭馆里读小说，一面读小说，一面抓起一个芝麻烧饼或者汉堡包(看也不看)送进嘴里，同时思索着生活。现代小说要符合现代生活方式，现代生活的节奏。现代小说是快餐，是芝麻烧饼或汉堡包。当然，要做得好吃一些。”[①]因此，三部曲形式实际上是一种“长文短写”的方式，其结构是累积式的、模数式的、组合式的，面对人生中的重大问题或者事件，只要抓住它的核心来写，即使言犹未尽，也可以有待后续。“长文短写”的三部曲形式，通过复向回旋结构形式实现了作者巴金在其中每一部作品中都能表达自己最核心的思想，对读者来说，在快节奏的、忙碌的时代中，只能见缝插针地挤时间来读书，阅读一个简短但相对完整的文本远比阅读浩轶巨制的长篇累牍可行性要大得多，这也是巴金小说在当时受众面较广的一个外在原因。

与传统小说相比，巴金小说的复向回旋结构体现的是与外部社会的、政治的、经济的、心理的或其他方面的现实关联，尤其三部曲形式是对小说形式本身的实验，实质上是一种极限性写作，是对小说写作可能性的探索。它本身带有很强的不确定性，无论人物命运、情节走向还是情景设置都不是事先确定好的，而是具有较强的当时情境化，巴金实际上也在孜孜不倦地追求着这种不确定性。巴金的每个三部曲，都至少代表着一个叙述元素或者一个文学母题(“原型”)，所有小文本的创造和编排都是围绕着某一个或多个主题进行的，任何插曲都不影响整个作品的完整性，使小说成为一部随时可以续写和扩展的书，拓宽了叙述空间[②]。可见，巴金注意到并重视运用这种元素在反复组合、重复叙事中所营造出的自我生成现象，这体现出巴金看重的就是这种结构的生命力，即

---

① 汪曾祺:《说短》,《汪曾祺全集》(第3卷)，北京:北京师范大学出版社，1998年，第223页。

② 例如《家》单行本初版中，作者曾在序言里预告将会继续写它的续篇《群》，内容是已经离开旧家进入社会的高觉慧的人生活动。但是，《群》两次开篇书写都未写出，反而是间断性地插入了《春》和《秋》两部小说。即使《秋》写完后，作者还念念不忘要写那部《群》，在初版本《秋·序》里作家再次预告:“这次我终于把《家》的三部曲完成了。”“作为《激流》之四的《群》不再是高家的事了。”

自我生成性、多元变化和不确定性。

三、多向嵌套结构

多层嵌套结构指的是小说文本中嵌套着多元化叙事架构，彼此之间是在相互关联与对照中，形成了话题多向度的结构方式。这种结构方式，又可以分为两种情况：

一是多层次叙事框架小说。巴金的小说，尤其是中短篇小说中有一些是采用这种结构方式的。如《憩园》《第四病室》《火》(三)《利娜》《海底梦》《复仇》《哑了的三弦琴》《奴隶底心》《在门槛上》《房东太太》《洛伯尔先生》《不幸的人》《好人》等。短篇小说《复仇》中可以分为三重场景："我"和四位朋友在别墅中的交谈场景、医生的经历这个故事的场景、福尔恭太因的行为场景。这三重场景中贯穿性的线索是关于幸福的话题。针对这一话题，叙事者随着场景的拉近与拉远也在发生着变化，而对幸福的解答也是不同的。从景深程度角度来说，离我们最近的一层场景就是别墅中"我"和朋友们的谈话场景，这个场景中几个人都表达了自己对幸福的理解，其中医生的"幸福就是复仇"的观点最具震撼性，具有推动叙事前进的动力作用，直接将小说叙事引入了第二层场景，即医生在三年前旅居意大利时寓居小旅馆中的场景。这就是遇到了福尔恭太因自杀事件，也因此偶获死者的遗书。小说的主体叙事就是这封遗书中所叙述的故事，也是距离读者最远的一个场景。这样一来，小说场景实际上是在三个层面上展开的，小说的叙事时间和故事时间形成时空倒错，叙事极富立体感。短篇小说《哑了的三弦琴》也采用了三重场景的方式，首先是父亲书房挂着的三弦琴被"我"打碎的场景，引出了当年父母亲探访俄国西伯利亚囚人歌谣的场景，也因此才有拉狄焦夫杀人被拘役的故事场景，贯穿三个场景的是爱的主题，爱给人以新生，爱也给人以毁灭。短篇小说《房东太太》从欧战谈起，分别讲述了房东太太、苔尼丝姑娘、姑然太太对于战争的不同经历和感受，几个相对独立的故事段落是以不同的心情讲出来的，或者书写战后无法平复的心灵创伤，或者强调了战争中遭受蹂躏的愤恨，或者凸显出丧子的悲痛，同样是在讲战争给人民带来的灾难，但每个故事片段又不是简单的重复，而是在意蕴上逐步加深，也有研究者把这篇小说的结构称为“重奏变奏结构”[①]，小说多层次展开，中心的话题在多次讲述中不断凸显。

巴金的多层次叙事框架小说，大大丰富和强化了框架文本的功能性作用。在传统小说中，框架文本只是一个楔子或引子，只是提供一个场景或原因，与所套的嵌入文本是不平等的，二者之间的联系也谈不上密不可分。读者感兴趣的是后者，将前者替换掉也并非绝不可行。而在巴金的小说中，框架文本的地位大为提高，在《复仇》和《哑了的三弦琴》中，嵌入文本是对前者的解释和应答，两者是对话关系；在《利娜》和《海底梦》中，这个框架文本本身就是一个引人入胜的整体故事，和嵌入文本一样，完全可以独立存在，独自被阅读。如此一来，小说就尽量避免了原本套盒结构所具有的生硬、松散的毛病，向“多元整一”靠拢。

二是小说文本插入不同故事片段，这些片段不是独立的，而是由文本叙述情境生发出的。这种结构方式往往在文本正文中插进不同形式的故事片段，如历史传记、民间传说、人物回忆、现实故事、革命史实等，以更细腻地揭示人物内心世界，丰富性格塑造和叙事情调。如《亡命》《奴隶底心》《亚丽安娜》《亚丽安娜·渥柏尔格》《狮子》《我底眼泪》《马赛的夜》《窗下》等。例如《狮子》写“我”在自己的房间里看书，看见一句话“狮子饿了的时候，他会怒吼起来”，正是因为这句话，“我”想起了自己中学念书时的一位学监，他叫莫勒地耶。因为他披着长发，冷酷的面貌，暴躁的性情，所以我们给他取了“狮子”的绰号。因为我踢球把门房的玻璃打碎了，所以他狠狠地拧我的耳朵，我感到屈辱，要寻找报复的机会。刚好一个礼拜天我去食堂拿东西，看见他和那个女厨子在一起，还很温柔，所以我断定他们在恋爱，于是我用恶毒的话报复了他。他让我去找他，说他有话对我说。我去了，我等着他骂我。可是他却开始了他的讲述：那是“我”的妹

---

① 花建：《巴金小说艺术论》，上海：上海社会科学院出版社，1987年，第94页。

妹,“我”的母亲也是女厨子,她为了生活被学监奸辱,结果她有了身孕不得不离开学校,而学监却置她不顾了。母亲生下“我”,嫁了一个工人,结果他又早死了,母亲只能一个人辛辛苦苦地养活“我”和妹妹,“我”很爱哲学,想到巴黎大学学哲学,但是“我”的梦想却随着母亲的死化为了泡影,“我”自己挣的钱只够自己吃饭。妹妹为了帮“我”也来做厨子,结果却面对着和母亲一样的命运。所以“我”恨所有的有钱人,因为是他们垄断了学问,霸占了学校,使得穷人家的孩子无法求学。最后他的讲述结束了。他最终在“我”生病的时候离开了学校,“我”现在也不知道他在哪里。“我”上了巴黎大学。回忆完了,“我”回过神来,再次看见“狮子饿了的时候,它便会怒吼起来”。“我”感觉到“我”的周围有很多的狮子在吼叫,整篇小说到此结束。这篇小说里,在“我”的回忆中插入了另一个故事讲述者“我”(“狮子”)的故事,这个故事是包容在“我”的回忆里面的,整篇小说以一种完整的结构呈现在读者面前。《马赛的夜》中“我”一直讲述着“我”在马赛的经历,其中以“我”和朋友散步聊天为其形式,插入朋友的语言,并且由朋友告诉“我”另一个人的故事,这样朋友就成为真正的讲述者。然后因为看见一个两人都认识的妓女,“我”开始了“我”的讲述。最后因为“我”对马赛有这么多的妓女很是不理解,所以发问,朋友便开始了他的回答,这样朋友就又被插了进来。整篇文章就这样在“我”和朋友的叙述穿插中完成。作者借朋友的想法与看法补充了“我”的看法,从而完满地表达了作者的思想,但又摆脱了那种全由自己讲述的单调形式。

另外,在多层嵌套结构中,巴金忧郁的气质和敏感细腻的性格决定了他对多层故事选择的倾向性,巴金小说很少浅尝辄止、浮光掠影式的描写,常常是对那些嵌套进的各个叙事因素进行相互勾连引申,再按照事件的来龙去脉、因果关系讲述一个完整的故事,在情节的推进中或者挖掘心灵渲染氛围,或者着力于人物性格的揭示,就像卡尔维诺谈到自己的创作曾说道:“从开始创作生涯的那一天起,我就把写作看成是紧张地跟随大脑那闪电般的动作,在相距遥远的时间和地点之间捕捉并建立联系。”[①]巴金的小说文本，多层嵌套结构中所呈现的各个层面已不再是一个平面，而是在多重故事的展开中构成了一个螺旋形上升趋势，小说文本中多重叙事的重心仍旧指向的是人的具有无限阐发性的心理和情感世界。如《管墓园的老人》中，通过我的寂寞、管墓园老人的寂寞、目中已逝去人的寂寞三层故事，渲染的是生之寂寞，以及对人生的反思；《奴隶底心》《在门槛上》中，虽然采用的是讲故事的形式，但更多关注的并非外在的情节发展，而是抒发一种情怀；《苏堤》的故事更为杂化，与其说它是小说，不如说它介于小说和散文之间。巴金的这种小说结构，看似没有“事实上的结构”，“随便写下去”，但多层故事之间的“情调却依然是统一的，所以仍旧是有结构的了”[②]。

第二节　动 因 诠 释

反向离合结构、复向回旋结构和多向嵌套结构三种结构方式一起构成了巴金小说的庞杂结构体系。总体来看，它们在主导性的显在结构层面上相互区别，但其隐在的生成动因上，却有着某些相互交叉或渗透的共同性因素。而这些共同性因素，正是我们探究巴金小说结构方式这一问题的阐释动力学依据。“一篇叙事作品的结构，由于它以复杂的形态组合着多种叙事部分或叙事单元，因而它往往是这篇作品的最大的隐义之所在。它超越了具体的文字，而在文字所表述的叙事单元之间或叙事单元之外，蕴藏着作者对于世界、人生以及艺术的理解。在这种意义上说，结构是极有哲学意味的构成。”[③]在巴金小说文本中，不同的结构方式是其故事要素或叙事单元间的形式化呈现，而这些形式架构中的“隐义”的生成，却蕴含着作家巴金某些秘而不宣的核心质素存在。本节将以文本为基础，综合文本内外的各种生成要素，共同探寻巴金小说具体结构方式

---

① [意]伊塔洛・卡尔维诺：《美国讲稿》，萧天佑译，《卡尔维诺文集》，南京：译林出版社，2001年，第360页。

② 赵景深：《短篇小说的结构》，《文学周报》第283期，1927年9月25日。

③ 杨义：《中国叙事学》（图文版），北京：人民出版社，2009年，第43页。

的生成动因。

一、追寻:叙事心理动因

就巴金小说的结构方式而言,首先源于“五四”一代知识分子面对世界、面对人生所产生的“追寻”这一主导性叙事动机。“追寻”作为一个文学母题,成为巴金小说叙事的起点,也是叙事的前进动力,更是巴金小说创作中内在的叙事心理机制。巴金从自己的生命体验出发,思考着现代知识分子在追寻中的种种问题,并以小说文本世界的敞开作为广角镜,来朝向我们追求新鲜生活的最大能力。

从中国文学史的发展进程看,具有深刻的现实情怀和关注现实人生,始终是中国作家的显著特征。因为人类的存在是以历史、现实和未来为时间维度的,现实是人存在的基础,对历史的反思和对现实的考量,最终是以对未来的趋向作为向度的,因此,对未来的期待便以“追寻”的方式成为人类一种永恒的命题。以文学为载体的叙事,面向的就是人的现实生活,尤其是古老的中国进入现代性进程后,生命的存在、生活的方式、社会的发展等各种具体或宏观的问题,都成为中国现代作家们首先面临的问题。巴金作为“五四”文化启蒙中觉醒的现代作家,其小说叙事就不可避免地承载着这个时代共同的对历史、现实与未来问题的思考。当然,这些共同的文学命题,由于创作主体个体上的差异,不同作家会有不同的思考。例如,同是作为一九三〇年代的文学书写,在文坛占据半壁江山的京派小说家,在自己小说中所叙述的世界多是以“回眸式的姿态”和“挽歌形式”进行一种诗意的叙述,他们在小说中以“拟设的叙事者”以及“叙事者的叙述方式和构建”来追求一种“诗化小说的抒情性及诗意品质”,从而“为外来势力和现代文明冲击下的老中国唱一曲挽歌,这就是诗化小说作者的普泛的创作动机”[1]。而新感觉派作家们,在小说中将上海这个大都市的十里洋场时空作为书写对象,在“肉的沉醉和灵的颤栗”中谛视着现代都市人在当下的沉沦、迷醉和疯狂。另外还有左翼作家们,面对政治空间的挤压和社会变革的潮流,他们用血与火的激情记录着这个大时代中阶级的对抗、革命的艰难、城乡的变动和心灵的变迁。巴金也是在这个纷乱的时代中走上了文坛,但他将自己文学的笔触屹立在现实人生的风景中,遥望的却是人类的“远景视界”。他在反向的离合关系、复向的回旋架构和多向的嵌套(交织)层次中,书写着一代青年面向人类远景视界的追寻的故事,反复咀嚼和体验着人生的欢颜与泪语。对人类远景视界的追寻,成为巴金小说叙事的深层心理动机。考察巴金小说的文本会发现,“追寻”在巴金小说中更多地带有动机性和象征性的功能,在小说结构的构成上,发挥着两种特定的叙事动力作用。

(一) 出发和寻找归宿:小说结构的起讫点

“五四”启蒙精神使巴金小说的一些主人公经历着“临界处境”的焦灼与延宕,另一些主人公则毅然闯进了社会探索的进程,在这些人物身上,普遍凝聚着出发和寻找归宿的文学隐喻指向,是在一种不安定的徘徊中追寻,或许他们有一些人物并未到达理想的远景视界,但对文学书写来说,这种不安定的徘徊和追寻的状态本身应该是更本真的意义,它透露出的是一种关于“成长”的文学想象与文学表达。

巴赫金曾经对成长小说类型做过分析,他认为其中有一类成长小说最为重要,“在这类小说中,人的成长与历史的形成不可分割地联系在一起。人的成长是在真实的历史时间中实现的,与历史时间的必然性、圆满性、它的未来,它的深刻的时空体性质紧紧结合在一起。……(引者略)他与世界一同成长,他自身反映着世界本身的历史成长。他已不在一个时代的内部,而处在两个时代的交叉处,处在一个时代向另一个时代的转折点上。这一转折寓于他身上,通过他

① 吴晓东、倪文尖、罗岗:《现代小说研究的诗学视域》,《中国现代文学研究丛刊》1999 年第 1 期。

完成的。他不得不成为前所未有的新型的人。……（引者略）成长中的人的形象开始克服自身的私人性质（当然是在一定的范围内），并进入完全另一种十分广阔的历史存在的领域。”[①]巴金小说中这些新与旧冲突中的叛逆青年，应属于这类“两个时代的交叉处”的“新型的人”，他们与鲁迅《狂人日记》中的秉持了现代思想的新人——“狂人”已大大不同，“狂人”在与整个社会构成的叛逆关系中，因与旧势力相比力量非常悬殊，所以只能被视为“病人”，而巴金小说中的这些处于成长中的新人，在“五四”以来的文化革新的时代激流里，已经拥有了以新胜旧的生长逻辑和社会基础，从而得以在叛逆中获得顺应历史的个人新生，正像张清华在分析《家》中觉慧、觉民与大哥觉新的不同命运时所说：“这是一个典型的由早期新文学的成长主题向着革命文学的成长主题前进的例子，小说家把社会历史的外部环境，同人物的内心生活与性格命运紧紧联系起来，揭示出‘顺应历史的个人成长’的意义，以及‘拒绝与历史一同进步’的性格的悲剧渊源。”[②]巴金小说中这类“两个时代的交叉处”的新人在成长过程中的“出发和寻找归宿”，既是主人公的成长开端，也构成了小说结构的线索性因素。

例如中篇小说《灭亡》可以看作杜大心的精神成长史。他是带着爱情的创痛离开自己的家和亲人来到城市（社会的隐喻）的，这意味着一个独立人生的正式开始。然而，这时周围所面对的却是压迫、丑恶、贫穷、虚伪、罪恶和悲哀、痛苦、残忍、孤独、仇恨，尤其是人与人之间的冷漠，小说在开篇就写到汽车压死人后扬长而去的惨景，接着又写到杜大心在车祸的第二天再次来到那条街道的情景：

> 昨天的惨剧是不留一点痕迹了。要不是杜大心昨天亲眼在这里看见那件事，那么他一定不相信会有发生惨剧之可能的。因为不仅这空气、这环境是异常和平，而且就从那些摆在柜台旁的黄脸上看来，也可以推测出，在他们底一生中，残酷的

---

① ［苏］巴赫金：《教育小说及其在现实主义历史中的意义》，晓河译，《巴赫金全集》（第3卷），石家庄：河北教育出版社，1998年版，第232—233页。着重号为原文所有。

② 张清华：《成长·“类成长小说”——当代小说诗学关键词之四》，《小说评论》2012年第5期。

> 悲剧是不曾发生过的。不仅汽车不曾碾死人，黑小孩不曾因偷东西而被打，被拉进巡捕房，就是各地连年的战争，军阀鱼肉人民，土匪与军队底横行，以及革命党被人像猪狗一般地屠杀等等的事，都是不曾有的。何等幸福的人生呵！

这段话以反语的方式写出了这是一个令人憎恨的世界，所以杜大心因为对世界的爱而在心中充满了对这个世界的诅咒，他希望真正的人的世界应该是相互友爱、平等、温暖和充满希望的世界。他心中交织着对于世界和人类的强烈的爱与憎的情感，这激发了他要改造这个世界的理想，这意味着作为一个独立的人的精神成长的开端，小说的结构也是以此为起点，正式开始了反向离合关系的建立。接着小说写的就是杜大心的精神力量感染了李冷兄妹，并且杜大心与李静淑之间因为共同的信仰而产生了真挚的感情，然而这时候，同样一个受到杜大心精神影响而坚持奋斗的革命同伴张为群被杀害了，这激起了杜大心的巨大愤怒。那么，是为同伴复仇而“以死报死”还是为了爱情留在温柔之乡，这种生与死的选择就让杜大心出现了精神上的摇摆和选择上的延宕，这也正是小说结构的展开过程。整部小说写的就是杜大心在爱与憎、生与死的反向力量撕扯中的心灵历程。最终，杜大心遵循着内心对于信仰的指令，将自己的灭亡作为向这个世界的诅咒，执行了刺杀戒严司令的报复行动，杜大心的死带给他自己的是爱与憎、生与死两种对抗力量的消灭，他是通过个体的灭亡来求得心灵的宁静，这也意味着这个独立个体的成长历程的结束，小说结构也就此完成。可见，单纯从结构方式上看，《灭亡》这部小说是以杜大心人生历程的“出发—寻找归宿”这样一个过程来完成叙事的，这也成为这部小说结构的起讫点。另外，《新生》《死去的太阳》《雨》《电》《家》《春》《秋》等小说，也都是沿用了主人公的“成长”过程来对应小说结构起讫点从而结构全篇的。

《寒夜》这篇小说在结构方式上属于复向回旋结构。这部小说中的主人公主要是汪文宣和曾树生，他们已经从旧家庭走出进入社会，开始各自行走在人生的历程中。然而，生活的疲沓、感情的疏淡和心灵的迟滞使生活再次陷入了困境，于是他们面临着精神上（甚至生活上）的再次出走问题。从小说结构来看，开篇汪文宣行走在寒夜的街道上寻找妻子，结尾是曾树生徘徊在寒夜的街道上回想着自己的丈夫，这两个场景的叙事反复，透露出的是生命存在中的某些人生境遇，一直在努力追寻，到头来却发现仍旧在原地，甚至这番挣扎后失去的比获得的还要多，我们来比较一下《寒夜》的这两个场景：

开篇：

紧急警报发出后快半点钟了，天空里隐隐约约地响着飞机底声音，街上很静，也没有一线光亮。他从银行铁门前石级上站起来，走下到人行道上，举起头看天空。天色灰黑，像一块褪色的黑布，除了对面高耸的大楼底浓影外，他什么也看不见。他呆呆地把头抬了好一会儿，他并没有专心听什么，也没有专心看什么，他这样做，好像只是为了消磨时间。时间仿佛故意同他作对，走得特别慢，不仅慢，他甚至觉得它已经停止进行了。夜的寒气却渐渐地透过他那件单薄的夹袍，他的身子忽然微微抖了一下。这时他才埋下他的头。他痛苦地吐了一口气。他低声对自己说："我不能再这样做！"

尾声：

"我会有时间来决定的，"她终于这样对自己说。她走开了。她走得慢，然而脚步并不摇晃。只是走在这阴暗的街上，她忽然起了一种奇异的感觉，她不时掉头朝街的两旁看，她耽心那些摇颤的电石灯光会被寒风吹灭。夜的确太冷了。

其实从小说的整体架构来看，这两个场景并不单纯的场景描写，其中暗含着人物的生命隐喻。这两个主人公都是在现代文化的启蒙下开始自我的生命历程的，但组成新的家庭后却逐渐出现了隔阂，于是妻子开始逃避（再次出走），而丈夫希望她能回来，因此，出走问题就成为小说结构的起点。于是小说就以此为开端，围绕着这对夫妻展开关于爱、自由和生命力问题的各种故事细节，最终以曾树生的走和汪文宣的死结束这两个人生故事的书写，于是小说结构也在尾声里曾树生返回重庆却发现家已不在，人去楼空，在寒夜里思考着自己的归宿而结束。可以说，这部小说仍旧是一个"出走—寻找归宿"的叙事过程，完成了小说整体结构上的起讫。不过,这里需要强调的是,在这部小说的开篇和尾声里,大致相似的叙事场景形成了结构上的对照,在这种对照中,尤其是其中人物的置换,隐含着的是作家对生命存在意义的思考,即"寻找"是一种生命的本质性存在,背景是永恒的,人的出发与寻找是生命存在的常态,这也是这部小说在结构上的复向回旋方式在对比映衬以及彼此间的颠覆中发生的意义增殖和深层结构意蕴。另外,《死去的太阳》《春天里的秋天》《雾》《化雪的日子》《窗下》等小说也具有这种特点。

《憩园》属于多向嵌套结构方式,这里面包含着多层成长的故事,如万昭华已经从父亲的家出来却又陷落在了丈夫的家,她的苦闷、矛盾关涉的是女性出走(成长)的真正意义的问题;姚国栋是一个曾经走出旧家接受了新思想的人,然而现在却回归为公馆的守灵人,他的回归关涉的是对身体出走精神不出走问题的反省;"我"是一个真正完成出走正在追寻自我的人,但"我"在对自己写作意义的反省和对拯救他人(如万昭华、姚国栋、杨梦痴)的无力中,看到了自己虽仍保持着出发的姿态,但还远未到达目标,所以小说结尾仍旧以"我"的"走"结束全篇,通篇来看,这三层故事是交叉在一起的,但又互相关涉勾连,其中出发与寻找归宿的成长问题共同成为小说的结构性因素贯穿全篇。另外,《第四病室》《火》(三)《利娜》《海底梦》《复仇》《哑了的三弦琴》《奴隶底心》《在门槛上》《亚丽安娜》《亚丽安娜·渥柏尔格》等中短篇小说也具有主人公成长过程的这种结构性因素。

(二) 远景视界:小说结构的线索性因素

在巴金小说中,追寻作为小说的一种叙事心理动力因素,在小说文本结构的形成中发挥着特定的作用,成为小说结构方式上的一种推动力和限定性。"结构形式一旦形成,它就具有顽强的规范力量和逻辑力量,对作者的人生经验进行凝聚、剪裁、改装、变形和生发,从而达到世界图式和结构形式相融合的完整性。”[①]巴金的小说在书写主人公们的“成长”历程时，与出发和追寻归宿这一成长开端相对应的，就是往往为人物的追寻赋予一个“远景视界”。“远景视界”在巴金小说的具体文本中可能会有不同的指称，比如革命青年们憧憬的“没有压迫和憎恨，只有爱与平等的社会”，比如尚未走出旧家庭的青年想象中的“没有封建家长的专制和压迫的世界”，比如在抗战炮火中挣扎的青年希望的“没有血和泪、死亡和病痛的未来”，比如厌倦平庸琐屑婚姻生活的人所渴望的“能大胆的爱、可以享受生命的活力的生活”等，但它们都在小说的结构形成中发挥着线索性作用，成为小说文本的潜在结构性因素。当然，在巴金的小说文本中，我们始终无法读出这个“远景视界”被实现后会是怎样的生活情态和人生景象，小说只是在作比较含糊的描述，如《春》里面写到淑英受到新文化思潮的启蒙，西洋小说带给她“一种迷人的魅力”“另外一种新奇的生活”，便是对它的描述，正像王瑶在分析巴金小说人物时也曾说：“《灭亡》和《新生》的主角之一李冷是在‘五四’之后上大学的，‘即刻受了那逐渐澎湃起来的新思潮的洗礼……（引者略）’而他的妹妹‘李静淑接受了新思想以后，好像得到了生命力。热诚、勇气和希望充满在她的心中，她感到前面有一个不可思议的幸福在等待她，她要努力向它走去。她开始进入梦的世界中了。’其实不只《灭亡》和《新生》，他的《爱情三部曲》和《激流三部曲》，内容都是写青年人接受了‘新思潮的洗礼’以后对于幸福的‘梦的世界’的热烈追求的。”[②]这里所说的主人公想象中的“梦的世界”就是这些新人成长过程中的远景视界。但这个“被预约的黄金时代”，对当时中国正处于阶级斗争激烈、民族矛盾尖锐的境遇中徘徊无路的青年人来说，是具有相当大的文学吸引力的。这也是巴金小说在青年受众中获得良好阅读效应的原因之一。

例如《家》主要是以高觉慧的人生追寻历程为结构的起讫点，在小说故事的展开中，首先出现的就是书本《夜未央》《告少年》上得来的不同于高公馆的生活

① 杨义：《中国叙事学》（图文版），北京：人民出版社，2009年，第48—49页。

② 王瑶：《论巴金的小说》，《文学研究》1957年第4期。

景象，这就是小说中最先出现的“远景视界”的雏形，它仿佛一道闪电划开了漆黑的夜空，给寻求新路的觉慧们以未来的期许。后来，觉慧随着在周报社的活动而逐渐接触到了外面更广阔的世界，于是他找到了现实中能够给予他新的希望的思想，这就是在上海具有革命思想的一群青年人的奋斗生活，最终构成觉慧追寻历程中的“远景视界”——对专制和压迫的反抗。于是，小说就一直以这个“远景视界”作为小说结构上的线索性因素，它给人物的行动、思想、精神和生活以无限的动力和希望，甚至是理性力量，如第三章中写觉慧用理性压抑对鸣凤的好感时写道：“他不过觉得做一个‘男儿’应该抛弃家庭到外面去，一个人去创造出一番不寻常的事业来。至于这事业是什么，他自己也只有一点含糊的概念。”而且在这部小说中的新旧冲突中，青年人拿来与旧家长抗衡的东西也是以这个“远景视界”为精神支柱的。最终，主人公觉慧在小说故事中的命运结局——离家出走，也是以奔赴这个“远景视界”为依托的，小说结尾对此作了隐喻性书写：“这水只是不停地向前面流去，它会把他载到一个未知的大城市去。在那里新的一切正在生长。那里有一个新的运动，有广大的群众，还有他的几个通过信而未见面的热情的年轻朋友。这水，这可祝福的水啊，它会把他从住了十八年的家带到未知的城市和未知的人群中间去。他这样想着，前面的幻景迷了他的眼睛，使他再没有时间去悲惜被他抛在后面的过去十八年的生活了。”（着重号为引者所加）后来在《春》和《秋》这两部仍旧以高公馆为中心的小说中，觉慧虽然没有再在这个高公馆中出现，但他却始终是作为仍旧生活在高公馆的青年人的“远景视界”的化身而存在着，如《春》中淑英的离家出走，《秋》中觉民与琴的奋斗动力、觉新的逐渐转变也都是以这样一种结构性线索贯穿在小说始终的。

又如《灭亡》《新生》《雨》（中篇小说）《电》《雨》（短篇小说）《海底梦》《利娜》《雷》等小说中的“远景视界”是没有压迫和憎恨，只有爱与平等的社会，如《新生》中所写的：“我已经把我自己底生命连系在人类底生命上面了。我用我底血来灌溉人类底幸福；我用我底死来使人类繁荣。这样在人类永远走向繁荣和幸福的道路的时候，我底生命也是不会消灭的。那生命底连续、广延将永远继续下去,没有一种阻力可以毁坏它。在这里只有人类底延续,并没有个人底灭亡。”(着重号为引者所加)这些小说中的主人公都有着一颗爱人类的心和一腔为人类之爱而奉献的热血,所以当死亡的轮值到来的时候,虽然他们也有着对于生的留恋和爱情的渴望,但最终他们都会为着这个心目中的“远景视界”而献出生命。

再如《寒夜》中曾树生的“远景视界”是追求个人的自由和幸福,她在远走兰州后写给汪文宣的长信中反复表白:“我还年轻,我的生命力还很旺盛。我不能跟着你们过刻板似的单调日子,我不能在那种单调的吵架、寂寞的忍受中消磨我的生命。我爱动,爱热闹,我需要过热情的生活。我不能在你那古庙似的家中枯死。”“我们女人的时间短的很。我并非自私,我只是想活,想活得痛快。我要自由,可怜我一辈子就没有痛快地活过。我为什么不该痛快地好好活一次呢? 人一生就只能活一次,一旦错过了机会,什么都完了。所以为了我自己的前途,我必须离开你。我要自由。”(着重号为引者所加)正是这个远景视界,使曾树生和汪文宣、和这个家渐渐疏离,整部小说就是在写这个疏离的过程,曾树生最后彻底远走兰州也是向着这个远景视界而去的,从而贯穿起了小说的整体结构。

二、矛盾:文化立场动因

二十世纪二三十年代,是中国遭遇国危民难、力图变革的时期,同时也是中西文化冲突下中国文化转型的时期,中国的传统文化受到前所未有的冲击。作为社会思想文化精英层的知识分子,对此感受的会更加强烈,于是在传统文化与现代文化之间的选择成为他们要面对的必然课题,彷徨、犹豫、试图寻求出路成为这些知识分子的共同写照。巴金曾经濡染了较浓厚的传统文化气息,又经历了较充分的现代文化熏陶,加之他特有的敏感、细腻的气质和性格,这种传统与现代之间的文化矛盾就在他身上表现得异常激烈,其文化立场的选择,不管是坚决、摇摆还是缠绕，都使他时时备受煎熬。他曾直言："我底生活里充满了种种的矛盾，我底作品里也是的。"[①]在谈到自己的创作过程时，他也强调了自身的矛盾对创作的影响："我的生活里是充满了矛盾的，感情与理智的冲突，思想与行为的冲突，理想与现实的冲突，爱与憎的冲突，这些就织成了一个网把我盖在里面，把我抛掷在憎恨的深渊里，让那些狂涛不时冲击我的身体。我没有一个时刻停止过挣扎，我时时都想从那里爬出来，然而我不能突破那矛盾的网，那网把我束缚得太紧了。"[②]"我有感情无法倾吐，有爱憎无处宣泄，好像落在无边的苦海中找不到岸，一颗心无处安放，倘使不能使我的心平静，我就活不下去。……让我的痛苦，我的寂寞，我的热情化成一行行的字留在纸上。我过去的爱和恨，悲哀和欢乐，受苦和同情，希望和挣扎，一齐来到我的笔端，我写得快，我心里燃烧着的火渐渐地灭了，我才能够平静地闭上眼睛。心上的疙瘩给解开了，我得到了拯救。"[③]从这些引述可以看出，巴金将文学创作作为情感转化的途径，其创作也就包含了较多作家个人化的因素，其中文化立场的选择就成为其小说结构方式上的文化生成动因。在巴金小说文本中，主要表现为"新"与"旧"文化之间的摇摆和爱的缠绕两个方面，我们从巴金小说结构方式的构成中，可以清晰地看出这些表征。

（一）在"新"与"旧"之间的摇摆：结构的对应性

在巴金小说文本中，其文化立场上的选择首先体现为小说叙事中的"新"（现代文化）与"旧"（传统文化）之间的摇摆，这直接影响到了其小说结构的设置，即结构上的对应性。在巴金小说的三种结构方式中，往往都呈现着非常明显的矛盾冲突的存在形态，这些矛盾冲突在文化向度上就是新与旧的对抗和消长，而结构上则成为一种对应性。

在反向离合结构中，这种对应性最为明显，在相反或相对的两种小说因素

① 巴金：《写作生活底回顾》，《巴金短篇小说集》（第1集），上海：开明书店，1936年2月，第13页。

② 巴金：《巴金论创作》，李小林等编选，上海：上海文艺出版社，1983年，第90—91页。

③ 巴金：《文学生活五十年（代序）》，《巴金选集》（第1卷），成都：四川人民出版社，2009年，第1—2页。

中，新旧文化因素成为这种小说因素之一。在这类结构的小说中，往往以青年一代的成长为故事的叙事中心，他们在文化质素上属于接受了现代文化因子的新人一代，而这些青年主人公们所遭受到的种种压抑、专制或者痛苦多是来自代表着传统文化中罪恶的质素，这是旧的代表。例如《激流三部曲》最为典型地表现了传统文化中旧式家长的专制给青年一代带来的痛苦，而觉慧、觉民、淑英、琴等一代接受了现代文化的新青年对旧家庭专制的反抗，是最典型的新旧文化之间的对立，这种对立在小说中形成了明显的结构对应性。小说热情礼赞了新文化所带来的一切“远景视界”，在新与旧的文化立场上，作家是坚决地站在了新的一端。如果我们考察巴金大哥与高觉新之间的关系后会知道，其实两个人在很多方面并不相似，但是作家为了鲜明体现新与旧的这种对立关系，“在从原型‘大哥’李尧枚转化为觉新时，小说也刻意突出其在新旧冲突中妥协忍让的恶果——他的‘作揖主义’和‘不抵抗主义’害了别人，自己也付出了巨大的代价”[①]。但小说对觉新寄寓批判时又抱有同情，在叙事上更多地盘桓驻笔于觉新的性格困境和成长悲剧，无形中作家的文化立场就发生了偏移，鲜明地体现了作家文化立场在新与旧之间的摇摆，从而使小说具有了结构上的对应性。《新生》中主要以李冷的人格成长为故事中心，其中小说结构的起点是以他和妹妹李静淑已离开旧家庭为叙事开端，在其人生成长过程中，从彷徨、痛苦甚至虚无到有着坚定的革命信仰，主要就是通过他在传统与现代之间的立场态度为标志的。曾经对新的未来的一切缺乏信仰，而对以母亲为代表的传统文化的一面还有着过多的牵念，到后来进入真正的革命实践之后，他作为一个独立的生命个体最终成熟的表现就是确立了新的信仰：要破毁一切旧的，开创新的时代，虽然这“旧”与“新”具体是什么样，小说并没有写明，但在观念上表现出的李冷在新与旧之间的选择表现为小说的结构对应性。这部小说也以信仰的“远景视界”呼唤着一个新的美丽新世界的到来，作家在文化立场上也是站在了新的一端。

在复向离合结构中，这种结构的对应性也是存在的。如《春天里的秋天》这

---

① 刘志荣：《文学的“家”与历史的〈家〉》，《复旦学报》（社会科学版）2009 年第 6 期。

个爱情悲剧以开端哥哥的死与结尾郑佩瑢的死形成对照性小说因素，书写出了封建旧家长对自由爱情的扼杀。在这部小说中，旧家长的专制代表的是传统文化的罪恶，属于旧的一端；而青年一代的自由爱情则是现代文化启蒙下新思想的代表。小说先以哥哥以死向传统文化发出反抗，再以郑佩瑢的死使“我”与她之间的美好爱情破灭向传统旧文化进行了叠加式控诉，在形成复向回旋结构时也带有了结构的对应性。这部小说仍旧有着明显的对于旧的传统封建家长文化的批判。《化雪的日子》书写的则是一个婚姻的悲剧，这个悲剧不是来自缺少爱，而是因为男女主人公在文化观念上的差异。小说以第一人称叙事情境“我”作为目击者，以男主人公伯和准备逃离家庭为故事的开端，以逃离成功为故事结束。伯和与景芳是在自由恋爱的基础上而建立家庭的，所以生活得很幸福。但现在存在了一个新的问题：两个人都深深地爱着对方，但伯和有时认为将自己困囿于家庭的小圈子里是重蹈了传统家庭的老路，自己应该放弃景芳继续追求新的“远景视界”，但同时又负有抛弃景芳而带来的良心不安，于是故意制造两人之间的摩擦，希望景芳能主动放弃自己，而景芳因为不知这其中的原因内心很痛苦，但却始终因为对伯和的爱而包容着伯和，这使伯和陷入了更深的纠结中。作家似乎对这个问题也不知如何处理，加之“我”作为目击者的限知叙述，故“我”对这个问题未表示明确态度。但小说叙事还是在结尾处透露了作家的文化立场：四年之后在海边偶遇景芳带着四岁孩子在度假，但这时的丈夫不是伯和，而是另一个男人，这一家很幸福。可见，现代文化与传统文化之间力量的消长使小说具有了对应性。同时，这个结尾表明作家在新旧文化之间的立场正在偏转，一方面是对景芳建立幸福家庭的认可，表现出作家对传统的接纳，另一方面则是对以伯和为代表的新文化中某些过于自我甚至极端的因素的质疑。因此，与前面所分析的作品相比，这篇小说表现出作家在文化立场上的变化。《寒夜》这部小说里是以女主人公的逃离为故事开端，最终逃离成功为故事结束，整部小说的所有矛盾都指向了曾树生的现代文化观念与以汪文宣、汪母为代表的传统文化观念之间的对峙，这也使小说结构具有了对应性特征。但小说在尾声里写到逃离后的曾树生仍旧陷入新旧文化的纠结里：传统文化的伦理取向使她不能不对丈夫的死、婆母和孩子的不知所踪感到痛苦，现代文化的自由思想又使他不能不将脚步继续向前走。与《化雪的日子》不同的是，作家在小说叙事的结尾并未透露任何立场上的选择，对曾树生的走与留的态度也是矛盾的，这其实也是作家在面对传统文化与现代文化时，文化立场上的摇摆。

在多向嵌套结构的小说中也有一些具有这种结构上的对应性。如《憩园》中杨梦痴、姚国栋以及小虎都代表了旧的一方，而寒儿则属于新的一方，小说中叙事者明显地将情感偏向了后者，在新与旧的对比和对抗中，旧的一方逐渐衰颓，新的一方正在成长，最终杨梦痴悲惨死去，姚国栋要承受儿子溺死身亡的痛苦，而杨寒则将自己家的这段历史倾诉出来不再内心压抑，从而更轻松地开始新的生活。在这个关系的双方力量的对比中，新与旧使小说结构具有了对应性。另外，在这部小说中，万昭华是一个仍旧徘徊在新与旧之间的女性，她的存在使小说的这种结构对应性特点更加凸显，我们一方面从她的痛苦、矛盾中获得对“旧”的体认，另一方面从她对他人、对未来的期许中获得对“新”的想象，这个人物本身就成为新旧之间的小说结构对应性的因素之一。

（二）“爱”的缠绕：结构的开放性

对中国传统文化的性质，鲁迅在《狂人日记》里总结出两个字：吃人。于是，他在文学中反复倡导“立人”的思想。巴金的小说中，也以一桩桩青年人的悲剧事件，控诉着以专制为特征的传统旧文化对青年一代的压制和迫害，同时，他也以文学的世界来呼唤以“爱人”为表征的新文化新世界的到来。这里的爱，既指在理性上对人类的普泛的大爱，也指在感性上现代的个人之间的爱。杨义先生认为，在小说文本中，可以“把叙事结构形态看做是人类把握世界（包括现实世界和幻想世界）、人生（包括外在人生和内在人生）以及语言表达（包括语言之所指和能指）的一种充满生命投入的形式，看做是人类智慧发展和积累的过程”[①]。从这样一种意义上说，巴金的所有小说文本，都包含着这样一个关于“爱”的故

① 杨义：《中国叙事学》（图文版），北京：人民出版社，2009年，第94页。

事框架，巴金对自己所提出的这种“爱”，透露出的是一种以现代对抗传统的文化立场，这也是巴金以文学的方式来传达的对世界、对人生的自我感受与遥深思考。但关键的问题是，他的小说文本对这种“爱”的思想贯彻并不彻底，一方面是理性之爱（对人类的大爱）与感性之爱（现代的个人之间的爱）之间出现矛盾时总是无法抉择，二是感性之爱与传统文化伦理出现矛盾时总是左右摇摆。可见，他提出的这种“爱”在内在理路上是缠绕的，这使小说的结构方式具有了开放性，它在巴金小说结构方式的文化生成动因中占有地位。

中国传统文化中对人的感性欲求的压抑，使生命处于禁闭状态，而西方文化承载的伦理观念是以人的感性生命的敞开为特征，直接与中国的伦理观念形成对抗。从巴金的文化立场上看，他常常处于一种悖论性情境：面对传统文化，理性上的批判与感性上的认同相互交织，既彼此背离又共生共存。理性在努力排斥它，而心理与情感上又有选择地保留和认可它，这正是导致巴金内心冲突和复杂的伦理取向的文化根源。这种矛盾性，反映在巴金的小说中，首先是十分重视人物的心理书写，重视在充满了感性心理与理性认识的思辨色彩中去展示人物的灵魂，在心理展示与心理分析的有机熔铸中，揭示人物的思想性格以及小说的主旨；其次是对感性之爱在认识的深化中产生了犹疑，从而制约着巴金的写作品格；再次是在爱的实现道路上存在着纠结。因此，“爱”的缠绕使巴金小说文本出现了很多不确定性，也就生成了其结构方式上的开放性。

首先，在理性之爱与感性之爱上，巴金的小说认为要建立真正平等幸福的新世界，方法就是对人类的普泛的“爱”，所以对传统文化中不合理的专制制度和摧残人性的势力进行反抗，甚至，对那些在专制势力面前不抵抗、不斗争的处于弱势境遇中的人也应反对[①]，因为他们要么摧残着爱，要么不配拥有爱。但从巴金的一些小说文本看，这个层面是存在内在矛盾的。如《堕落的路》《爱底十

---

① 陈思和、李辉认为：巴金的憎恨不仅仅是针对反人性的压迫者，同样也针对反人性的被奴役者。在他看来，面对摧残人性的野蛮势力的压迫，不抵抗，不斗争，这本身就是一种人性扭歪的表现，也同样要反对。可参见陈思和、李辉：《巴金研究论稿》，上海：复旦大学出版社，2009 年，第 22 页。本章采用此说。

字架》《爱底摧残》等小说，深刻显示了这种“爱”在内在理路上的缠绕，所以小说在书写旧家庭生活和个人的现代追求之间的关系时，在文化立场上显得举棋不定，这为小说带来了结构的开放性。《灭亡》中，一方面，杜大心处于理性之爱与感性之爱的纠结中，是一种显在的爱的缠绕；另一方面，小说既写到了杜大心对惨遭车祸的贫穷车夫的同情，对因饥饿偷吃萝卜被痛打的黑小孩的怜爱，对拉粪的老头和他孙女的怜悯，还有对听到卖小孩吆喝声的痛苦，同时又写到他对大街上那些普通人为了生活疲于奔命的各色声相的厌恶，对他们“不抵抗不斗争”的愤恨，这样杜大心的前后态度就存在了矛盾。可以看出，巴金对自己提出的“爱”的思想，在理性层面和感性层面之间是矛盾的，从小说的整体架构上看，小说的叙事是存在裂痕的，这种结构方式不可避免地有了开放性。

其次，对具体个人之间的感性之爱的犹疑态度。巴金在小说中，以大量的文本书写了普通人的感性之爱，也写出了这种爱的复杂性。这里面没有社会制度的残害，有的只是平常生活中人与人的关系，表现的是对现代人之间的爱情、对人性的反思。巴金在小说中常选择爱情为基点来观察人生，他曾说：“我并不是单纯的描写着爱情事件的本身；我不过借用恋爱的关系来表现主人公的性格。”“我还相信把一种典型的特征表现得最清晰的并不是他的每日的工作，也不是他的话语，而是他的私人生活，尤其是他的爱情事件。……一个人常常在‘公’的方面作伪，而在‘私’的方面却往往露出真面目来，所以我们要了解一个人的真面目，从他的爱情事件上面下手，也许更有效果。”[①]所以在巴金这类爱情的描写中既有对爱本身的反思，也有对人性的诘问与探索。

首先，爱情使人幸福还是痛苦的问题。《复仇》中的福尔恭席太因由于自己的爱妻被杀，出于对妻子的爱，开始了自己的报复生活。在这种有目标的生活中，他感到充实。但是真正等到他的目的达到的时候，他却只能选择死亡。他说：“在从前因为有仇人在，有复仇的事待做，所以能历千辛万苦而活着。现在呢，生活没有了目标，复仇的幸福已经过去。我没有家，没有亲友；在前面横着

---

① 巴金：《〈爱情的三部曲〉总序》，《爱情的三部曲》，上海：良友图书印刷公司，1936年4月，第28页。

不可知的困苦的将来。要是现在我还有什么要复仇的事，那么我可以活下去。但现在什么也没有了。工厂里的繁重的工作和奴隶生活，我实在厌倦了。我决定把这生活来完结，因为我一生再也不会有那样的幸福了。"[①]因为爱情，最终走向了死亡。这里涉及的是关于"幸福"的话题，但作家对爱情的犹疑态度使叙述者也没有给出答案，小说结构上呈现了开放性。《哑了的三弦琴》中的拉狄焦夫，在他爱的女子和别人结婚的时候，用斧头砍倒了新娘新郎，新娘死了，新郎也成为残废，从此他被判了终身监禁，失去了一切，爱情、自由、音乐、幸福以及万事万物，"他的哭声里泄露了他无限的悔恨和一个永不能实现的新生的欲望"。爱情使美好的生命消失了，留下的生命也失去了本来的意义，所有的人为爱搭上了自己的一生，爱成全了他们也毁灭了他们。这里涉及的是关于"真正的爱情"的话题，小说结构也是开放性的。

二是，亲人之爱的罪与罚。《父与女》写一对法国父女之间的爱与牺牲。在母亲去世以后，父亲受到巨大打击。女儿为拯救父亲付出了所有的爱，可是女儿的情人约瑟夫的到来使父女俩都产生了心理矛盾。女儿爱约瑟夫，也要拉住父亲；父亲爱女儿，可是他知道女儿的幸福是约瑟夫才能给的。为爱三个人饱受煎熬。最后女儿和父亲都决定牺牲自己成全对方。《罪与罚》中的莫洛夫人，为了爱情服毒自杀，她的妹妹为了姐姐、姐夫，愿意牺牲自己的幸福。最终她因藏匿尸首罪和藏匿赃物罪被判刑，葬送了自己的一生。两篇小说书写的是父女之爱、姐妹之爱，既探讨了人和人之间的互爱，也思考了这种爱之间的悖论：既互相深爱对方，又互相伤害着对方。这就涉及爱与道德（善行）的问题。所以，在这两篇小说里，最后主人公都只能以生命为代价来延续爱，但似乎又过于残忍了。这些话题都是多解的，小说结构在呈现这个话题时也带有了开放性。

再次，由于这种"爱"的理念，巴金对如何实现这种"爱"始终处于纠结之中。在理性上他否定文人的道路，向往革命者的实践活动，但对文学创作可以向世

① 巴金：《复仇》，《复仇》，上海：新中国书局，1931 年 8 月，第 15—16 页。本书中《复仇》的引文均出自此版，不再特别注明。

界播撒爱的希望，为人类做出文化的积累，又是持肯定态度的，因此，在爱的实践层面上，巴金的爱也是缠绕的。这一点，与作家实际生活比较贴近的散文中，可以更真实地反映作家巴金的这种矛盾，如写于一九三二年的《灵魂的呼号》写到“我”作为作家的内心痛苦：“我没有一点自由，我没有一点快乐，一根鞭子永远在后面鞭打我，我不能够躺下来休息。这鞭子就是那大多数人的受苦和我的受苦。”所以为了爱，“我”用生命去写作，但是“我”又知道写作并不能彻底改变社会。“艺术算得什么？假若它不能够给多数人带来一点光明，假若它不能够对黑暗给一个打击。”但是在能否放弃写作上，“我”又是极度矛盾：“我现在是预备把我的写作生活结束了。我的痛苦，我的希望都要我放弃掉文学生活，不再从文字上却从行为上去找力量。不知道我究竟有没有毅然放弃它的勇气。我在这方面也是充满了矛盾的。我对文学生活也不能够没有一点留恋，虽然我时常不满意它，虽然它给我带来那么多的误解和痛苦。我随时预备着结束写作生活，我同时又拼命写作，唯恐这生活早一天完结。像这样生活下去，我恐怕我的生命是不会久长了，而且恐怕到死我还是陷在文学生活里面。这情形确实是值得人怜悯的。”①在巴金的小说文本中，也有这样呈现主人公在爱的实践层面上出现思想与行动的作品，如《光明》《最后的审判》。这两篇小说刻画的都是一个为了人类普遍的爱而想从事实际革命活动的主人公，但是他却从事了文艺创作，因此非常痛苦，带有明显的自传性质，都体现了作家在爱的实践层面上，对写作道路的完全否弃，渴望开始一种与人民一起奋斗受苦的生活。这种人物内在精神上的矛盾和无从抉择，为小说结构方式带来开放性特征。

通过巴金的小说，我们可以真切地感受到一个封建大家庭出身的现代青年作家对传统文化的反叛，但是也更能看到，这种反叛仅仅靠一种年轻人的冲动和激烈是不可能完成的。传统文化的濡染与“五四”新文化的启蒙，在巴金身上产生了激烈碰撞，作家在文化立场上的矛盾和变化，是生成其小说文本结构方式的深层文化动因。

---

① 巴金：《灵魂的呼号(代序)》，《电椅》，上海：新中国书局，1933年2月，第5—6、9、11—12页。

三、交流:小说观念动因

巴金带着诸多现实中遇到的矛盾走进了文坛,他希望在文学的世界里呈现一个现代人面向世界与人生的追问。面对多种思想的交锋和不同情感力量的冲突,巴金在内心深处充满了宣泄与交流的渴望,这从根本上决定了巴金的小说不会像其他一些作家的作品那样沉湎于对人物的刻画与事件的描述,而是把它们作为"例证"置于多种情感力量的小说框架中传达自己的声音和意识,从而形成了特定的小说结构方式。"叙事结构比起某些作者现身说法的唠唠叨叨,更为内在地包含着作者对世界意义的理解、判断和定位。"[①]巴金在小说观念上的这种宣泄和交流意识,正如刘康在评价巴赫金"复调小说"理论时指出的,"自我意识在自我与他者的对话中的形成过程,是文化断裂和转型时期主体性的确立过程"[②],体现出的是生成巴金小说结构方式的小说观念动因。

小说观念对作家结构方式的影响,在很多作家的创作谈中可以见出。例如同样创作了三部连续性巨著的路遥曾说:"其实,现实主义作品的结构,尤其是大规模的作品,完全可能作开放式结构而未必就'散架'。问题在于结构的中心点或主线应具有强大的'磁场'效应。从某种意义上,现实主义长篇小说就是结构的艺术,它要求作家的魄力、想象力和洞察力;要求作家既敢恣意汪洋又能绵针密线,以使作品最终借助一砖一瓦而造成磅礴之势。"[③]巴金的长篇巨著中也非常讲究结构上的这种'磁场'效应,那就是将某个话题置于一种具有交流性的情境中,彼此辩驳、诘难,在相互对比或观照中完成对各种话题的讨论。例如《激流三部曲》中关于"新"与"旧"的关系问题,作家在小说结构上设置了具有反

---

① 杨义:《中国叙事学》(图文版),北京:人民出版社,2009年,第119页。

② 刘康:《对话的喧声——巴赫金的文化转型理论》,北京:中国人民大学出版社,1995年,第3页。

③ 路遥:《早晨从中午开始——〈平凡的世界〉创作随笔》,《路遥文集》(第5卷),北京:人民文学出版社,2005年,第590页。

向力量的双方,他们之间在各种日常生活的细节中向对方进行发难或攻击,这形成了小说结构展开的主线。但同时,作家还在反向力量的双方都设置了非常丰富的过渡地带,这些中间地带的人物则以支持、质疑、否定、同情、反对等不断变化的态度与双方展开交流,成为小说结构上丰富多变的副线,于是在主副线的交织配合下,小说的整体架构就成为立体化的了。可以说,巴金的较为成功的长篇小说都非常注重将不同情感力量之间的对峙融入日常细碎的生活中演绎,人物剧烈的心灵震颤正是在不同力量的转化之间,或者自身情感的纠结中呈现出来的,充满了各种人物之间的情感与思想交锋,或者人物自身的心灵对话,情感空间的凝缩与延展、话语的对峙与问答都成为其小说结构的具体方式。又如《寒夜》,我们甚至可以说它就是以弗洛伊德精神分析学说来建设其叙事结构的,它以内在的心理摆动的线索取代了以往小说的外在行为或情节发展的线索,也就是说,把“硬”结构转化为了“软”结构,却深深地摇荡了读者们的心灵。这篇小说采用了多种叙事视角,如第一人称叙事视角对自我内在心理的呈现显得细腻深入;全知叙事视角则对三个人的整体精神情态和心灵世界进行全面披露;人物的限知视角则适时地将人物对他人态度的感知传达出来,整部小说充满了各种声音,每个问题、每个行动都在这些不同层次、不同向度的声音中被重述和争辩,但无定论,多种情感力量的呈现在小说框架中彼此对峙,使小说极具感染力。

在中短篇小说中,巴金则更加注重在结构方式上进行情节的抑制和故事的离散安排,人物、情感、事件、行动、心理等各种故事因素都进行了情境化处理。《春天里的秋天》是一篇结构非常清晰的小说,但作家运用复向回旋结构进行处理时,就非常注意在文本中对各种故事因素进行调节、规制,小说的情感张力被极大扩张。如哥哥的死与郑佩瑢的死之间,郑佩瑢的母亲与“我”的母亲之间,“我”的爱情至上与朋友许的道学气之间,“我”和瑢的爱情与电影《情劫》中的爱情之间等,都成为小说结构上的叙事因素,丰富着小说文本整体架构的情感空间,情感容量非常巨大。在巴金的短篇小说中,有非常多的小说文本采用了第一人称“我”作为叙事者,然后在小说故事的展开中会继续融合进其他的叙事者,甚至会形成三层叙事层次,使每一个叙事层面都在不同向度上对某个话题发言,小说结构在多向嵌套中实现对世界与人生的多重询问。对于巴金为何选择用这样的方式结构来写小说,多年以后他曾说:“我那些早期的讲故事的短篇小说很可能是受到屠格涅夫的启发写成的。屠格涅夫写过好些中短篇小说,有的开头写大家在一起聊天讲故事,轮到某某,他就滔滔不绝地说起来(我那篇《初恋》就是这一类的小说);有的用第一人称直接叙述主人公的遭遇或者借主人公的嘴写出另一个人的悲剧。作为年轻的读者,我喜欢他这种写法,我觉得容易懂,容易记住。……所以我后来写短篇小说,就自然而然地采用了这种写法。写的时候我自己也感觉到亲切、痛快。”[①]屠格涅夫小说写作上的优长被巴金吸收后,他又进行了创造性转化和运用,以一种带有交流情境的小说观念来统摄情节和结构,为小说尤其是短篇小说的结构方式带来丰富的意蕴。

巴金对小说结构方式的匠心运用,不仅体现了他对小说架构形态的独特思考,深具着特定时代的文化心理动因,而且还在很大程度上延展了小说诗学的命题。具体说来,巴金的小说结构方式,既包含了叙事上的时空、手法、模式、情境等问题,还包含着文类上的“小说文本”和“非小说文本”之运用,这共同隐含的是关于小说类型这个小说诗学问题的思考。可以说,反向离合结构、复向回旋结构和多向嵌套结构这三种结构方式,可以作为对巴金小说形式的一种类型化概括,也是巴金对某种理想态小说文本形式的一种设想,它还应被视作巴金对小说形式发展的一种多层面、开放性的实验思路:在小说类型上,实现了多种小说类型因素的融合。

首先,在巴金一些反向离合结构小说和复向回旋结构小说中,体现了革命加爱情小说、现代成长小说和心理分析小说三种小说类型因素的融合。

在革命加爱情小说类型方面,巴金小说中的新青年与旧传统之间的对立结

---

① 巴金:《谈我的短篇小说》,贾植芳、陈思和等编:《我的写作生涯》,天津:百花文艺出版社,2006年,第486—487页。

构,往往在革命的姿态与爱情的浪漫之间形成对峙,人物在二者之间进行抉择时的痛苦,在叙事的延宕中被充分放大。如《家》中觉慧对痛失鸣凤、自动放弃琴时的痛苦,都成为后来走向革命之途的动力之一。《灭亡》中的杜大心、《新生》中的李冷、《雷》中的德、《电》中的明等人物,也是在革命与爱情的矛盾中经历着煎熬,最后他们都以放弃爱情走向革命而完成了人格的成长,但这种不能两全的结局对读者是非常虐心的。尤其是关于爱情的书写,巴金小说不是《红楼梦》式恋爱模式的变种,也远不及丁玲《莎菲女士的日记》(一九二八年)和茅盾的《蚀》三部曲(一九三〇年)中的恋爱写得新潮,甚至还有点陈旧[1],但它更有着自身的新质素,那就是殉道者的爱情。夏志清先生曾说:“对于年轻读者而言,爱情和革命职责的冲突无疑是动人心弦的。就另一方面来说,放弃浪漫主义的爱情——这也是小布尔乔亚心理中最后的缺陷——转而追求更艰巨的理想,看来是高尚的;然而在革命的本身,找到爱情的安慰和美丽,更是富有刺激性,世上还有什么事情比和心爱的女子站在一起,面对着行刑队从容就义——当然是为着一个崇高的理想——更能引起个人的满足呢?”[2]在一定程度上说,而这种结构方式与一九三〇年代革命加恋爱小说类型的流行写法有相近的因素,但不同更是主要的,他自己曾说:“我不是普洛文学家,但我有我自己底意见,有我自己底写法。”[3]巴金小说中还明显具有其他小说类型的因素。

在现代成长小说类型方面,巴金小说在结构方式上呈现着明显的成长小说类型的特点。这些小说的主人公,在故事的开端往往都是要开始追寻自己的“远景视界”的青年,他们在故事的展开中,或者遭逢着家长专制的压抑,如觉新、淑英、《火》(一)中的冯文淑、郑佩瑢;或者正处于社会恶势力的迫害(这种迫害在巴金小说中往往表现为人物观念中的迫害)中,如杜大心、李冷、吴仁民、《电》中的敏;或者正经受着爱与伦理观念的折磨,如曾树生。他们在经历种种磨难后,最终获得了独立人格的完成,实现了人生的成长过程。这是中国现代

① [日]河村昌子:《怎样看待鸣凤之死》,《世纪的良心》,上海:上海文艺出版社,1996年,第205页。
② 夏志清:《中国现代小说史》,上海:复旦大学出版社,2005年,第176—177页。
③ 巴金:《死去的太阳·序》,《死去的太阳》,上海:开明书店,1931年1月,第8页。

成长小说类型的通常写法，其中，巴金小说与这类小说在写法上唯一不同的是，巴金小说的主人公在奔向的“远景视界”并不是中国共产党领导的革命。不过，正因巴金小说中远景视界在表述上的含糊性，也体现了中国现代成长叙事兼有现代性和传统性两种特点，它既催动了进步论和启蒙主义思想的传播，同时又告知了人们进步的限度，以及人性对于成长所给出的限定。

在心理分析小说方面，巴金的这类小说在结构方式上突出地表现为对人物的心理分析成为重要的结构因素。中国的现代小说与传统小说的一个重要区别就是开始重视心理书写，“‘五四’作家确实是把突出心理描写作为转移小说结构重心的主攻方向”[①]，但真正的心理分析小说并不发达，最典型的应是施蛰存在三十年代创作的一些小说，如《将军底头》《石秀之恋》等。巴金的这类小说虽然没有加入一些奇异的写法（如人死了仍能有思想），但对心理世界的细致展示也到了堪称独步的境界。如历史小说《罗伯斯比尔的秘密》中，通过罗为死刑名单签字时的潜意识活动，写他内心世界中情感与理智的激荡冲突，是颇具穿透力的心理分析，从而活画出他用固执代替冷静、以偏颇战胜清醒的悲剧性格。《灭亡》中杜大心看到汽车轧人事件后，小说对他当夜所产生的一系列心理展示整整占用了三章的篇幅；对他要执行刺杀任务之前与李静淑的诀别，也是用了三章的篇幅来写其痛苦和矛盾的。这两个情节是这部小说结构上的重要链条，都称得上是心理分析的写法。另外巴金有非常多的日记体小说、书信体小说，以及在小说中插入日记、书信，这都是巴金注重心理分析的一个表现。

巴金的反向离合结构、复向回旋结构小说，如果单从某一个层面上看，都具有革命加恋爱小说、现代成长小说、心理分析小说中的某一种小说类型的质素，若从三个层面综合来看，则又是对三种小说类型的一种融合。所以，在中国现代小说史上进行小说分类或者流派划分时，巴金的这类小说都很难归类。

其次，巴金的一些多向嵌套结构小说，体现了故事体小说、世情小说和自叙传小说三种小说类型因素的融合。

---

① 陈平原：《中国小说叙事模式的转变》，北京：北京大学出版社，2003 年，第 123 页。

在故事体小说方面，这些小说往往非常重视对故事的讲述，而且讲述的方式也有多种，这在嵌入文本的多样性上可以见出，体现了故事体小说类型的写法。如《复仇》《哑了的三弦琴》《奴隶底心》《在门槛上》《房东太太》《洛伯尔先生》《不幸的人》《亡命》《亚丽安娜》《狮子》《我底眼泪》《马赛的夜》《窗下》等。

在世情小说方面，巴金曾去过法国、日本，尤其嗜读记述俄国和法国革命史实的书籍，所以他的很多短篇小说便多从中找素材，让读者体味到了巴金的异乡趣味。这些异国风情小说涉及面非常广，既有上层贵族，也有底层贫夫，既有都市风景，也有乡野民风，应属于带有异国情调的世情小说。如《复仇》《哑了的三弦琴》《洛伯尔先生》《不幸的人》《亚丽安娜》《狮子》《马赛的夜》《奴隶底心》等。

在自叙传小说方面，这些小说往往包含了巴金的诸多真实生活或者情感经历，有些小说就是以第一人称"我"作叙事者展开叙事，考察巴金的实际生活经历可知，其中作家的人生经历和人生经验作为小说在结构上的特定因素，为小说带来了某些自叙传小说类型的特色。最典型的是《亚丽安娜》《奴隶底心》《在门槛上》《房东太太》《洛伯尔先生》《不幸的人》《狮子》《我底眼泪》《马赛的夜》《窗下》等。

巴金小说对故事体小说、世情小说和自叙传小说三种小说类型的融合，是多向嵌套结构方式为小说带来的形式上的便利，这也是巴金的短篇小说一直被认为叙事形态多样、文本形式非常讲究的原因之一。

总体上来说，巴金小说在结构方式的设置上，往往使小说文本打破了两种或三种小说类型之间的界限，呈现给人们各种小说类型和风格的杂糅与融合。

第五章 巴金小说的交流情境

每一种叙事都涉及交流，小说叙事作为语言交流艺术，其文本形式在构成中不可能排除具体语境的意义辐射，小说文本是在作者、语境以及读者之间的多维对话中建构而成的。查特曼提出了一个叙事交流图：真实作者—叙事文本—真实读者[1]，用来说明叙事交流中所涉及的基本要素和模式，今已被众多叙事学家采纳。布思在《小说修辞学》序言中也把小说称为是与读者进行交流的一门艺术，并提出要"揭示作者如何'有意或无意地采用多种修辞手段将虚构的世界传递给读者'。在这段话中，布思把作者、作品、读者看做叙事交流的三个基本要素。"[2]巴金的小说是一种包含了较多作家主体情感的文本，而且读者因素在巴金小说文本生成中占有重要地位，所以探究巴金小说中作者与文本的关

① [美]西蒙·查特曼：《故事与话语》，徐强译，北京：中国人民大学出版社，2013年，第135页。

② 申丹：《西方叙事学：经典与后经典》，北京：北京大学出版社，2010年，第68页。

系、作者与读者的关系等交流情境，考察这些关系的形成对巴金小说文本形式具有的诗学意义，也是小说诗学的重要研究层面。

第一节　作者意识

在本章中，作者意识是指作者与小说文本的关系。

从叙事交流的角度看，作者—文本—读者之间的互动系统中，作者和读者这两者被划分在了文本的两端，但它们作为“文本周边的因素”对文本形式的构成发挥着重要作用。分析作者对小说文本的处理方式，“入乎其里，出乎其表”，也是文本形式分析中的应有之义，从中可以见出作者意识的特定存在。巴金是一位很注重以文学创作来投放自己生命情感与人生经验的作家，那么他如何处理小说文本的真实与虚构问题，就成为其作者意识的鲜明呈现，正如华莱士·马丁所说：“重要的感情反应，是作者所激发的东西的一部分，而它与价值标准和态度是不可分的。”[①]这也是构成巴金小说诗学的层面之一。与传统小说相比，现代小说在虚构性上的各种努力，极大地开拓了小说写作的可能性，而巴金的小说创作实践，在一定意义上说，极大地体现着缝合二者关系的努力。

在巴金的小说文本中，我们会非常清晰地读出作家的声音与语调，这与巴金在小说创作中对作者身份、地位、功能等的定位密切相关。巴金曾说：“因为我并不是一个文学家，也不想把小说当作名山盛业，更不敢去妄想得诺贝尔文学奖金。我只是把写小说当作我的生活的一部分。我在写作中所走的路径与我在生活中所走的路径是相同的。无论对于自己或别人，我的态度永远是忠实的。因为过于忠实就不免有矛盾，我自己又没有力量来除掉这矛盾。爱与憎的冲突，思想和行为的冲突，理智和感情的冲突，理想和现实的冲突，……这些织

① ［美］华莱士·马丁：《当代叙事学》，伍晓明译，北京：北京大学出版社，2005年，第152页。

成了一个网，掩盖了我的全部生活，全部作品。我的生活是一个苦痛的挣扎，我的作品也是的。我时常说我的作品里混合了我的血和泪，这并不是一句谎话。”[①]后来在回顾自己的创作经历时巴金仍旧说：“我的早期的作品大半是写感情，讲故事。有些通过故事写出我的感情，有些就直接向读者倾吐我的奔放的热情”[②]；“我只是用自己的感情去打动读者的心”[③]；“我尽全力把故事讲得好一些，感情倾注得多一些，用自己的真实感情去感动别人”[④]。的确，为了实现生活与创作的一致，巴金常常将自己的主观情感、生活体验以及亲朋好友的经历作为小说构思的源泉，他是在很大程度上来努力弥合生活的真实与文学的真实之间的界限的，如《雾》在写作中就发生过因为巴金朋友误会自己被写进了小说而不快的事件。但是巴金的小说并非人物传记，也不是他个人现实生活的实录，原因便在于他在创作过程中始终在情感真实的基础上发挥着自觉的艺术创造，正如《爱情的三部曲·总序》中所说：“我可以公平地说：我从没有把自己写进我的作品里面，虽然我的作品中也浸透了我自己的血和泪，爱和恨，悲哀和欢乐。固然我偶尔也把个人的经历加进在我的小说中，但这也只是为了使那小说更近于真实，而且就在这种处所，我也曾留心到全书中的统一性，我也极力保留着性格描写的一致。……（引者略）所以在我的小说中出现的已经不是我的实生活里面的一些朋友了。他们是独立的存在。”总体来说，巴金的小说相对于大多数作家来说，往往带有过于明显的作家个人的爱憎情感，但他也始终坚守着作品中的人物要自己去生活、自己去发展的艺术准则，在小说真实与虚构的关系上，鲜明地体现着巴金小说作者意识的独特性，表现在两方面：一是对真实性的追求，二是开放的多元叙述。

---

① 巴金：《灵魂的呼号（代序）》，《电椅》，上海：新中国书局，1933年2月，第6—7页。

② 巴金：《谈我的短篇小说》，《巴金全集》（第20卷），北京：人民文学出版社，1993年，第519页。

③ 同上，第520页。

④ 巴金：《祝〈萌芽〉复刊》，《巴金全集》（第19卷），北京：人民文学出版社，1993年，第336—337页。

一、情感真实性的追求

每个小说文本,作者与文本之间都有着复杂关系。在巴金小说中,作者与叙事者之间的对位与错位、作者现实经验与故事真实性、作者情感投入方式以及作者对文本样态的选择等,在作者与文本关系中,都体现着一种对情感真实性的追求,这构成了其小说文本形式的不同侧面。

(一) 作者与叙事者的对位与错位

小说家詹姆斯曾略带夸张地说:“讲述一个故事至少有五百万种方式。”每一种讲述方式都体现着作者对叙事视角的选择,它会直接影响到小说叙事效果和读者的不同阅读反应,西珀·卢伯克说:“小说技巧中整个错综复杂的方法问题,我认为都要受角度问题——叙述者所站位置对故事的关系问题——调节。”[①]从叙事视角来看,巴金的小说较偏爱采用第一人称叙事视角来进行创作,巴金曾说:“三十年来我常常用第一人称写小说。……我的第一本小说集《复仇》里收的十几个短篇全是写外国人的,而且除了《丁香花下》一篇以外,全是用第一人称写的……”[②]巴金运用第一人称展开叙事,往往是为了便于在故事的叙述中融入直接的生命体验,“直接向读者倾吐我的奔放的热情”[③]。“在巴金二十部中长篇小说中,采用第一人称内聚焦叙事模式的有《新生》《海底梦》《春天里的秋天》《利娜》《憩园》《第四病室》等六部小说……在巴金的短篇小说集中,绝大部分小说采用了第一人称内聚焦叙事模式。”[④]另外,巴金小说中还有大量采

---

① [美]珀西·卢伯克:《小说技巧》,方土人、罗婉华译,《小说美学三种》(《小说技巧》《小说面面观》《小说结构》),上海:上海文艺出版社,1990年,第180页。

② 巴金:《谈我的短篇小说》,《巴金全集》(第20卷),北京:人民文学出版社,1993年,第523页。

③ 同上,第519页。

④ 李树槐:《论巴金小说中的第一人称内聚焦叙事模式》,《中国文学研究》2004年第4期。

用第一人称叙事视角的日记、书信等文类在其他叙事视角小说中的穿插，或者在主要采用了其他叙事视角的小说叙述过程中，也经常出现向第一人称叙述视角的转换，这就使叙事者与故事的贴合度非常高，而叙事者作为作家在小说文本中的一种心灵投射，自然会使作者与叙事者之间的关系较为暧昧，而对这样一种视角的采用如此密集，就成为一个值得关注的问题了。

从创作心理上看，巴金的小说尤其是早期小说，带有极为鲜明的创作主体的情感色彩，这些小说中作者与叙事者甚至是人物在情感、心理向度上是极为接近的，在这种向度上，二者之间甚至有某种程度的对位关系。例如中篇小说《新生》用主人公李冷的四十四则日记（第一篇共三十五则，第二篇共九则）展示了青年知识分子李冷的虚无的个人主义者的精神状态，以及成为坚定的革命者并最终为信仰牺牲自己的生命而获得新生的成长过程。在小说的整体叙事中，采用第一人称展开叙事，在第一篇“一个人格底成长”中，李冷是个人主义者，也是痛苦的矛盾者。他一方面强烈地憎恨黑暗社会，另一方面又怀疑革命，甚至否定民众的力量。然而，李冷与妹妹李静淑的兄妹之情，与张文珠的爱人之恋，隐藏着对自私利己主义的反省和羞愧，这种复杂性，正是其后李冷转变立场的基础。第二篇“在挣扎中发见自己底力量”记录了主人公李冷从六月一日到六月十一日的九篇日记，记录了自己对信仰和死亡的思考：“我已经把我自己底生命连系在人类底生命上面了。我用我底死来使人类繁荣。……也许今天晚上我底血就会溅在山岩，我底身体就会埋进土里，我底名字就会被人忘记。但是我决不会灭亡。我底死反会给我带来新生。在人类底向上繁荣中我会找出我底新生来。”（六月十一日）《爱底十字架》以书信的形式写出了青年知识分子在经济和精神的双重困顿中痛不欲生的心灵世界。这些小说有着清晰的故事发展线索，然而文本的魅力并不在于这些不寻常的故事，而在于文本叙述者动人的情感波动和自我表白，这与叙事视角的选择有关，它为小说文本带来更强的情绪感染力，同时在情绪和心理向度上体现着叙事者与作者之间的特定对位关系。

随着巴金创作实践的深入，这种情况有所变化，虽然采用了第一人称展开叙事，虽然在情感向度上我们仍旧能够读出作者主体情感的强行渗入，但叙事者与作者之间的间隔拉大了。如《神》中叙事者“我”对长谷川君诵经的反感和对他迷失自我的批判，是与作者巴金当时经历中的真实情感很近似的，乃至于不得不离开横滨到东京去了。即便如此，我们也不能说作者等同于叙事者，因为小说在处理作者的这种情感时是很有节制的，它必须在小说叙事的规制内有节奏地传达出来。最能体现作者与叙事者情感近似但却处于错位关系的是《憩园》，这部小说的创作动机源于作家回乡探亲时得知五叔遭遇的感慨，作家对五叔的结局同情里带有更大的愤慨，故想用这样一部小说来阐明财富并不长宜子孙的道理，而小说中叙事者“我”对杨梦痴的情感则带有了较大的同情，这时作者与叙事者之间在情感向度上便形成了对应之中偏于错位的关系。

从巴金小说大量采用第一人称叙事视角这种现象看，无论作者与叙事者之间在情感向度上是存在特种的对位关系还是错位关系，都表明巴金在小说创作中对真实情感的追求。巴金的小说创作关注最多的是现实生活题材，这与他在创作中偏重于渗入自己的主体情感有关，呈现为追求小说情感真实性的一种方式。

另外，如果说生活实态的作者遵循现实原则，那么叙事者则遵循文本原则。遵循现实原则的作者在其人生的不同时空中将担任不同的社会角色，遵循文本原则的叙事者在不同的作品中也将会有不同的表现。正如韦恩·布斯所说：“不管一位作者怎样试图一贯真诚，他的不同作品都将含有不同的替身，即不同的思想规范组成的理想。正如一个人的私人信件，根据与每个通信人的不同关系和每封信的目的，会有他的自我的不同替身，因此，作家也根据具体作品的需要，用不同的态度表明自己。”[①]但这并不妨碍同一位作者在他的一系列不同的叙述者形象上表现出某些共同质。巴金小说对第一人称叙事视角的青睐，这些叙事者在性格、气质、思想认识等方面的共同特征，也反映出巴金小说在作者与文本关系上对情感真实性的追求。

---

① [美]W·C·布斯：《小说修辞学》，华明、胡晓苏、周宪译，北京：北京大学出版社，1987 年，第 80—81 页。

(二) 作者现实经验与故事真实性

在中国现代作家里，巴金是对自己的作品发言较多的一位作家，他不断地在阐释自己的作品，不管是序、跋、前言、后记、创作谈、回忆录等，都在反复阐释作品故事与现实生活的密切关系，如某个人物的生活原型是什么样子的，某个故事的生活素材是什么样子的，某部小说的创作动机和创作过程如何，自己在创作过程中是怎样的一种情感状态和心境，自己的小说是对现实中某个问题或信仰的表现(社会作用)等，体现出要弥合作者经验与故事真实性的一种姿态。

巴金的几乎每一部小说的单行本或短篇小说集都有序(题记)或跋(后记)，巴金也承认自己"常常在'序''跋'上面花费工夫"(巴金:《序跋集·再序》,《巴金全集》),"一开头便反来复去讲个不停，唯恐别人不理解我的用意"(《序跋编·致树基〈代跋〉一》)。其中，他为《爱情的三部曲》所作的近三万字的总序，被评论者称为"新文学创作中唯一的第一篇长序"[①]。序跋文成为巴金小说文本的重要组成部分，其中一些关于作者现实经验与故事真实性关系的文字，更是体现出巴金对作品真实性的追求。早在二十世纪三十年代就有评论家注意到这一点，刘西渭在评论巴金的《神·鬼·人》时曾说:"这里三篇小说正各自针对一个世界，用第一人称做旁观者，从消极的观察推绎出积极的理论，藉艺术的形式来表现一个或者一串抽象的观念。唯其如此，有些书必须有序，甚至于长序，犹如萧伯纳诠释他的戏剧，巴金先生需要正文以外的注释。在这一点上，没有人比巴金先生更清楚的，几乎他没有一本书没有一篇序跋。"[②]这里，刘西渭已经注意到了巴金将小说创作上的特点，"从消极的观察推绎出积极的理论",体现的正是巴金的现实经验在小说故事构成中的重要作用。蓝棣之也说:"更耐人寻味的是，在一个文本诞生的前后，比起别的作家来，巴金所写的序跋、前言、后

---

① 常风:《巴金:〈爱情三部曲〉》,李存光编:《巴金研究资料汇编》(1922—1949)(中),香港:香港文汇出版社,2011年,第533页。

② 刘西渭:《〈神·鬼·人〉》,天津《大公报·文艺》1935年12月27日。

记、附录等等，是很不少的，还有再版时的后记、创作回忆录等等，可谓说的很多了。”[①]

如此多的序跋文中，介绍作品的写作动机、过程、人物原型或小说主旨等性质的文字非常多，这是很能表明作家在作家现实经验与故事真实性关系上的用心的。如《家》的初版代序《呈现给一个人》中谈到的写作动机：“大前年冬天我曾经写信告诉你，我打算为你写一部长篇小说，可是我有种种底顾虑。你却写了鼓舞的信来，你希望我早日把它写成，你说你不能忍耐地等着读它。”“直到去年四月我答应了时报馆底要求，才下了决心开始写它。”《春天里的秋天·序》中关于写作主旨这样写道：“《春天里的秋天》不止是一个温和地哭泣的故事，它还是整整一代底青年底呼吁。我要拿起我底笔做武器，为他们冲锋，向着这垂死的社会发出我底坚决的呼声‘J'accuse’（我控诉）。”《〈激流〉·总序》对写作内容的概括是：“这里只有生活底一小部分，但已经可以看见那一股由爱与恨、欢乐与受苦所组织成的生活之激流是如何地在动荡了。我不是一个说教者，所以我不能够明确地指出一条路来，但是读者自己可以在里面去寻它。”《复仇·自序》对创作情感的描述为：“虽然是几篇短短的小说，但人类底悲哀都展现在这里面了。这里有被战争夺去了爱儿的法国老妇，有为恋爱所苦恼的意大利的贫乐师，有为自己底爱妻为自己底同胞复仇的犹太青年，有无力升学的法国学生，有意大利的亡命者，有薄命的法国女子，有波兰的女革命党，有监狱中的俄国囚徒。他们是人类底一分子，他们是同样有人性的生物。他们所追求的都是同样的东西——青春，生命，活动，幸福，爱情，不仅为他们自己，而且也为别的人，为他们所知道，所深爱的人们。失去了这一切以后所发出的悲哀，乃是人类共有的悲哀。凡是曾经与他们同样感到，而且同样追求过这一切的人，当然明白这意思。”[②]对于巴金来说，用序跋文来向自己的作品发言原因只有一个，那就是想让读者理解自己在作品

① 蓝棣之：《现代文学经典：症候式分析》，北京：人民文学出版社，2006年，第133页。

② 巴金：《复仇·自序》，《复仇》，上海：新中国书局，1931年8月，第2页。

中投放的真实情感或意图，刘西渭曾回答说："为什么这样做？因为他的小说里面还有话没有说完，而这没有说完的话，正好是那精彩的一部分——那最重要的一部分，他所要暗示的非艺术的效果，换句话，为小说造型的形体所限制，所不得不见外，而为巴金先生所最珍惜的郁结的正义。"[①]有时自己的意图被误解或漠视，还会很苦恼，如《萌芽·付印题记》中说："每次在一本书出版时我总爱写一些自己解释的话。然而这些话似乎并不曾被读者了解过。"[②]所以刘西渭还感慨说："了解巴金先生的作品，先得看他的序跋，先得了解他自己。"[③]序跋文作为副文本，虽不过是些东拉西扯的漫谈，也很少说理论道的宏文，但就作者与文本的关系来看，是理解巴金小说正文本必不可少的方面，因为它们参与着小说正文本的意义构成，这充分体现出巴金小说创作中对作家现实经验与故事真实性关系的重视。当我们以一种整体性的眼光来看巴金小说的时候，序跋文与正文本在小说形态上构成了一种"序—文结构"，序跋文中作者的解释性存在与小说正文本的故事之间有时是可以互证互释的。

应该承认，巴金小说的序跋文中，其中针对小说的内容或人物进行的介绍，或者是人物原型，或者是故事的素材来源，这些内容对于读者理解小说的写作意图和主题倾向是有帮助的。从叙事功能上说，这无疑会增强文本故事的真实性。巴金在创作中往往会投入非常多的创作主体的情感，因此也非常注重自己作品与读者的交流功能，希望读者能从作品里看到自己的真实生活、心理和情感，如一九三六年巴金将之前创作的短篇小说汇编成短篇小说集，在第一集的"后记"中写道："现在先出第一集，收的是《复仇》《光明》《电椅》三个集子里面的各篇小说。但每篇都有一点小的改动。……(引者略)各个集子底序文仍旧原样地保留着，因为那是我当时的心情底表白。另外附了一篇《写作生活底回顾》在前面，这是一篇旧作，但增加了新的材料。倘使有读者读我底小说不能理解，

---

① 刘西渭：《〈神·鬼·人〉》，天津《大公报·文艺》1935年12月27日。

② 巴金：《萌芽·付印题记》，上海：现代书局，1933年8月，第1—2页。

③ 刘西渭：《〈神·鬼·人〉》，天津《大公报·文艺》1935年12月27日。

那么《写作生活底回顾》就可以给他帮忙。”[①]这里可以看出，他将序跋文作为自己现实生活和情感的表白，有时觉得在序跋文里不能完全说清楚时，甚至会再专门写文章进行解释，以帮助读者理解自己在小说中所渗透的情感。也就是说，巴金对序跋文的重视不亚于对小说正文的重视，它们都是被赋予了作家自己的真情实感的，并且彼此之间可以互相验证和解释。在这个意义上说，巴金小说在文本形态上构成了一个“序—文结构”，这在中国现代小说中是较为独特的。而这一点，从作者与文本的关系看，则充分体现出在巴金的小说创作中，作者现实生活与故事真实性在情感向度上的趋近。

(三) 作者情感的渗入

对于自己小说的特点，巴金总结为：“大半是写感情，讲故事。有些通过故事写出我的感情，有些就连接向读者倾吐我的奔放的热情，……我只是用自己的感情去打动读者的心。”[②]虽然是针对短篇小说而言，但连巴金自己也意识到，其小说最动人的品质便是文本中蕴含了真挚充沛的情感，他不仅在小说人物身上倾注自己的真诚的感情，也注意挖掘人物内心深处的情感。如小说《寒夜》所涉及的内容，无非是吵架、上班、生病等普通人家都会经历的日常生活，只是小说中的故事背景设置在了四十年代抗战胜利前后，汪家的矛盾也无非是婆媳之间、母子之间、夫妻之间等外人说不清自家却也理还乱的家庭内部矛盾，然而这些小人物的“诉苦和呼吁”却令读者心生理解和同情，并为之叹息。小说文本中对汪文宣、曾树生、汪母等小人物内心情感的丰富性和复杂性的展现，以及对不同日常生活情境中人物情感的细微变化的书写，细腻而丰富地呈现出故事内蕴与人物心理，实际上与作者的主体情感渗入密切相关。首先，关于汪文宣命运的设置上，就有很多巴金自己的生命体验。一是周围的知识分子朋友如王鲁

---

① 巴金：《巴金短篇小说集(第1集)·后记》，《巴金短篇小说集》(第1集)，上海：开明书店，1936年2月，第450页。

② 巴金：《谈我的短篇小说》，《巴金全集》(第20卷)，北京：人民文学出版社，1993年，第519页。

彦、缪崇群、林憾庐、三哥李尧林，都是因为在那个黑暗动荡的年代中贫病交加而死，死亡的阴影和情感的创伤使他在汪文宣身上投放了浓重的情感；二是自己的命运前途亦是动荡不安，他曾说小说里那栋破旧公寓和那条街道就是自己当时在重庆文化生活出版社寓居时所见过的，汪文宣与曾树生无聊地打牌的场景也是自己和妻子萧珊曾经发生过的事情等，这些深切而沉痛的生命体验和情感焦灼，促使他开始创作这部小说："我只写了一些耳闻目睹的小事，我只写了一个肺病患者的血痰，我只写了一个渺小的读书人的生与死，但是我并没有撒谎。我亲眼看见那些血痰，它们至今还深印在我的脑际，它们逼着我拿起笔替那些吐尽了血痰死去的人和那些还没有吐尽血痰的人讲话。"[①]在这样一种情态中开始的创作，必然会使作家自己的主观情感过多地投放到小说文本中，由此也促使读者产生真实可感的阅读效果。

（四）作者对文本样态的选择

巴金是中国现代文学史上运用三部曲形式进行小说创作较多的一位作家，如"革命的三部曲"[②]（《灭亡》《新生》《死去的太阳》）、"激流三部曲"（《家》《春》《秋》）、《爱情的三部曲》（《雾》《雨》《电》）、《神·鬼·人》三部曲（《神》《鬼》《人》）、"抗战三部曲"（《火》第一、二、三部）、"人间三部曲"[③]（《憩园》《第四病室》《寒夜》）等。巴金在小说文本样态上选择三部曲形式的独特地方在于，它们往往不是在某个特定时间段中的连续性的创作，甚至某些三部曲连预先的写作规

---

① 巴金：《寒夜·后记》，上海：上海晨光出版公司，1947年3月，第368页。

② 巴金：《雨·自序》，上海：良友图书印刷公司，1933年1月，第1页。在这篇序言中有巴金对自己创作计划的预告，原文为："我还想称我的另外三部小说《灭亡》——《新生》——《黎明》为'革命的三部曲'。"但后来巴金并未创作小说《黎明》，而是写出了同样具有革命色彩的中篇小说《死去的太阳》，故本章将之纳入"革命的三部曲"之内，特此说明。

③ 司马长风：《中国新文学史》（下卷），香港：香港昭明出版社，1978年，转引自郭志刚：《中国现代文学史论》，北京：高等教育出版社，1996年，第81页。

划都没有[①]，不同类的三部曲在创作时间上还多有交叉，并不是创作完一个完整的三部曲再开始另一个三部曲，而是写完某一个三部曲其中的一部，就开始了另一个三部曲中某一部的创作，然后反回来又开始续写前一个三部曲，仿佛作家巴金心中有着某些问题情结，在时间的发酵中对已思考过的问题又产生了新的认识，迫切需要用一部新的小说来对先前某部作品进行续写，甚至是某种修正，使新的认识再度予以释放，续写一部不足，就再续一部，需要反复地咀嚼、体验和阐释，在文本的延宕中不断深化或质疑着未尽的问题。巴金的这些“三部曲”小说，有着情节上断而复续、结构上回而往复的文本样态，文本在主题倾向、人物关系或者故事情节等当中的某个方面有着相似性或者连续性关系，但作家创作观念、文化心理、情感倾向、价值判断等方面的变化都会在小说文本中呈现出来。

虽然我们不能将“形式就是意义”的理解绝对化，但作家对某种文本形式的选择、创造或者青睐，其中必定包含着作家特定的文学倾向。在上述巴金小说由三部曲形式所构成的文本链中，我们可以清晰地发现，巴金对某些特定问题的思考是有着一个逐步变化的过程，当他以三部曲的形式对这些问题予以呈现的时候，呈现出的也正是作家巴金的主观现实因素与小说文本之间离合关系的变迁过程，在作者与文本关系上，则体现着小说文本与作家现实经验之间的密切联系。

一是巴金很少做创作规划，他往往是循着现实生活感受开始一部部创作，而三部曲形式恰好有效解决了小说文本中的情境调控与叙事控制，使作家的现实生活经验与小说文本的架构相应和。考察巴金的文学创作道路可知，巴金走

---

① 巴金的小说三部曲形式带有很多补续性质，就是说往往不是事先规划好的写作计划，而是追加式的补充续写行为。即使有些三部曲事先可能做了写作计划，甚至还向读者做了预告，但结果却是：要么未能完整写出，如《革命的三部曲》第三部《黎明》后付阙如；要么写成了别的内容，如《家·初版后记》中预告说“用了二十三四万字我写完了一个家庭底历史。假如我底健康允许我，我还要用更多的字来写一个社会底历史，因为我底主人翁是从家庭走进到社会里面去了。如果还继续写的话，第二部底题名便是《群》。虽然不一定在何处发表，总有机会和读者见面的”，但后来写出的《春》和《秋》并不是事先计划写在《群》里的内容。

上文坛有着很多偶然，或者说是不情愿。他的小说创作在很大程度上是作为内心情感向外宣泄的一种手段，而非使自己成为一位名作家："我抱定决心：不做一个文人。你知道我素来就憎厌文人。我们常常说将来不要做一个文人，因为文人不是直接做掠夺者，就是做掠夺者的工具。在做小孩的时候我们就见惯了文人的丑态了。"[①]所以，巴金的小说创作最初是着力于自己情感的宣泄，较为忽视自己作品的艺术建构和技巧运用，他常常说的"创作的最高境界是无技巧"也是源于这样一种创作心态。"这就是说，巴金先生不是一个热情的艺术家，而是一个热情的战士，他在艺术本身的效果以外，另求所谓挽狂澜于既倒的入世的效果；他并不一定要教训，但是他忍不住要喊出他认为真理的真理。看着别人痛苦，他痛苦；推求的结果，他发见人生无限的愚妄，不由自主他出来加以匡正，解救，扶助——用一种艺术的形式。是的，这末一点成全了他在文学上的造就，因为不由自主，他选了一个和性情相近的表现方法，这方法上了他的手，本来是抒情的，也就越发抒情了。"[②]三部曲形式正是巴金把创作视为自我情感表达的需要，在所有小说体制中选择出来的一种最适合自己的一种文本形式。就其三部曲形式来看，很多是出自一种无意识的文本建构，他是以小说的形式来完成自己对特定问题的思考，甚至是某种自我观念的传达，而三部曲形式本身所具有的主题相关性、情节连续性和结构灵活性，使巴金更易于实现对虚实情境的调控和对连续叙事的控制，这样也就更能在叙事中扬长避短，规避掉小说创作中的那部分"限制"，最大限度地把自己的情感投放到小说文本中。

例如，巴金的第一部长篇小说《家》的单行本在一九三三年五月出版以后，作家本是抱了很大的写作宏愿准备追随着《家》里的英雄主人公觉慧的脚步，写他走出家庭进入社会以后的各种活动。这个时期虽然还没有写《激流三部曲》的计划，但《家》之后的第二部小说的题目都已想好并预告给读者了，那就是《群》，并于一九三五年动笔写过几页，以后又搁了笔。一九三六年年初再次动

---

① 巴金：《苦笑呻吟与呼号——给我的哥哥》，《申报·自由谈》1933年4月27—29日。收入散文集《生之忏悔》（上海：商务印书馆，1936年3月）时题名改为《我的呼号——给我的哥哥》。

② 刘西渭：《〈神·鬼·人〉》，天津《大公报·文艺》1935年12月27日。

笔写，然而还是没有写成[①]。但是，在《激流三部曲》的《家》到《春》之间这段时间里，巴金并没有停止写作，只是写作向度转到了其他题材和主题，曾接连写出了《利娜》《雷》《电》《神・鬼・人》等一系列中短篇小说。巴金曾有过一种“群”的感动，他曾于一九三〇年秋、一九三二年和一九三三年初夏三赴泉州与“从家庭走进到社会里面去了”的那群为信仰而战斗的人们相聚，并感动于这种“群”的生活，“在这里每个人都不会为他个人的事情烦心，每个人都没有一点顾虑。我们的目标是‘群’，是‘事业’，我们的口号是‘坦白’”。乃至于在一九三六年四月二十日致读者黛莉的信中，巴金还念念不忘准备写《群》，但一九三六年的五月就动笔开始了《春》的写作。长篇小说《春》的写作动因，大概与要支持《文季月刊》的创刊有关，因为《春》就是随着《文季月刊》的创刊开始连载的，巴金在自己的书信里也曾倾诉说：“朋友们老是逼着我写文章。你看，我又写了《春》这部作品。”[②]问题的关键在于，当巴金决定以创作文学作品来表示对朋友刊物的支持时，这实际上是一个在时间上较为紧迫的事，因为任何创作都要有艺术构思的过程，如何才能较快地完成艺术构思并进入创作过程，决定性因素应是创作素材问题，而只有那些自己较为熟悉的生活和体验才能达到这个要求。对于巴金来说，有着较深的情感体验和生活感受的家庭题材，在小说中使用起来应是更加得心应手，而以表现社会生活为导向的《群》，则需要有更多新的生活体验去弥补，这不是一蹴而就的事情，所以最终就不得不再次把《群》的写作搁置了。而且，从关于巴金的一些创作资料里亦可以知道，巴金开始动笔创作《春》的时

---

① 巴金在一九三六年致黛莉的书信(落款时间为：四月二十夜十二时)中提到此事：“我现在正着手在修改《家》，而且不久就要写《群》了。我去年写过几页，以后又搁了笔。”(可参见巴金：《巴金致黛莉的第二封信》，赵瑜：《寻找巴金的黛莉》，北京：人民文学出版社，2009年，第14页。)从这段话中可知，巴金在一九三五年就已开始动笔写《群》了，但未写出遂搁笔。另外，巴金在写于一九三六年五月的《家・五版题记》中开篇又提到此事：“《家》出版后两年半，我动笔写它的续篇，才有机会重读它。”[可参见巴金：《家・五版题记》，《巴金全集》(第1卷)，北京：人民文学出版社，1986年，第436页。]在这句话里提到的《家》的续篇就是《群》。因《家》的初版本出版时间是一九三三年五月，据此推算，这里说的《群》的动笔时间应是在一九三六年年初，而且是在一九三五年搁笔后的再次动笔续写。

② 巴金：《巴金致黛莉的第二封信》，赵瑜：《寻找巴金的黛莉》，北京：人民文学出版社，2009年，第14页。

候，就已经有了较完整的艺术构思，他准备再一次在文学的世界里将一个受压迫的青年从旧家庭里救出去以获得新生，而放弃了对已进入社会的觉慧们的生活展现。“《家》和《春》里面的人物有一部分也是真实的人物，但《家》和《春》里的事实都不一定是真的□□。我可以在每个人物的身上，看见我的姊妹兄弟的影子，而且我也想把过去的一点宝贵的回忆留下来，使一些我所爱的人物隐约地活在我的小说里。所以我说，是回忆逼着我写《春》的。‘淑英’的结果你不必担心。她是《春》的主人公，她会得救的。春的结束当然在一个明媚的春天，那时正是淑英的幸福刚开始呢！”[①]这里可以看出，以三部曲的形式进行小说创作，在故事发展方向上开合自如，既可以向前推进，也可以再度回旋，从巴金很少去做创作规划的实际境况来看，三部曲形式的确是一个自由度高、书写空间大、易于把控的小说体制。从《春》的故事来看，它展开的是一个与《家》类似的故事结构，正是三部曲的形式不但使作家在创作中更加易于构思，既能充分利用前一部故事中的既定人物关系和事件态势，还能继续延续已展开的矛盾冲突，这样小说情境的虚实调配和叙事的张弛控制就会得心应手、游刃有余了。所以说，三部曲形式对于有效承载作家巴金的现实生活经验和适应他无体系性创作规划的特点，都是不二选择。

二是作家的现实生活经验是变动不居的，也是逐步深化的，三部曲形式可以有效延展文本的写作限度，通过叠加式叙事的张力空间为作家经验的变动留下余地，也恰好弥补了巴金在情感驱动下进入创作的不足。例如，巴金的小说无论是书写革命题材还是书写家庭题材，都带有较强的情感色彩，并着力展示着青年一代所遭受的痛苦和毁灭，尤其是爱情自由的艰难。当他将这种痛苦的情感诉诸笔端的时候，他还有着一个非常明确的理念，那就是一切的痛苦和罪恶来自社会制度，是制度应该受到谴责，而不是个人。在他的小说中，的确涉及了一些横行霸道的军阀、专制蛮横的家长，但这些人物要么只是一个影子在主人公口中或思想中飘来飘去，要么被作为次要人物简化了，甚至有些最后还被

---

① 巴金：《巴金致黛莉的第四封信》，赵瑜：《寻找巴金的黛莉》，北京：人民文学出版社，2009年，第42页。

赦免了过错,因为在巴金看来,个人意志与罪恶形不成因果关系。情感上对这些"旧"代表赦免,于是理论上所攻击的"社会制度"这个敌人,就始终没能在小说文本中形成最真实的存在,情感与理论出现了偏差,小说的真实性就打了折扣。巴金对这一点是有清晰认识的,或许这也是巴金在革命问题、家庭问题上需要反复叠加式地书写的原因之一,三部曲形式也就成为与作家现实经验相契合的一种文本形式。

又如,在《爱情的三部曲》里,作家在总序里明确地说是要书写性格,爱情只是表现人物性格的手段。其中《雾》以周如水面对爱情的迟疑懦弱表现了一种性格状态,到了《雨》里,则在革命与爱情之间的具体冲突中展示了一种暴躁的性格,《电》则将性格的呈现做了进一步推进,是通过吴仁民和李静淑的爱情幸福书写了成熟和健全的性格,并完成了对革命与爱情问题的回答,即吴仁民回答明临死前关于恋爱与革命是否冲突的问题:"为什么你要疑惑呢?个人的幸福不一定是和群体的幸福冲突的。爱并不是一个罪过。在这一点我们和别人不能够有什么大的差别。"①在这个三部曲中,作家对当时革命小说中常常遭遇到的课题——革命与爱情的冲突——进行的是一种延展式的重新描述,故事情节在连续中又有新的突破空间,三部曲的接力式叙事虚构为小说形成了一个极富张力的文本空间,作家思想认识的深化也就得以在这断而复续的叙事中贯彻进去,这要远比将之组合在一起的一部长篇巨制更适合巴金的这种体验式小说创作方式。

杨义曾对小说中的三部曲形式做过这样一种艺术概括:"三部曲是一种艺术的接力赛,它可以单独成篇,又相互连缀,相互呼应,形成一个气势磅礴的艺术建筑组合。我们甚至可以说,它还不是异常规整的长篇小说的格局,但它确实是作家在一个动荡的社会中所创造的一种既可分阶段完成、又在总体上实现和容纳自己的宏大气魄的艺术样式。"②的确,巴金小说的三部曲形式,其各个文

---

① 巴金:《电》,上海:良友图书印刷公司,1935年3月,第295页。

② 杨义:《中国现代小说史》(中),《杨义文存》第2卷,北京:人民出版社,1998年,第32页。

本的连续、延展的过程，也正是作家情志、意念、思维、体验等现实生活变动、深化的过程，三部曲文本形式的选择，在作者与文本关系上体现着巴金小说对真实性的追求。

对小说情感真实性的追求，并不是说巴金把小说写成传记，其实巴金在小说文本中也一直不懈地追求着小说文本虚构中的文学性，在作者与文本关系上体现着巴金对小说写作可能性的追求，这就是巴金小说文本所采用的开放的多元叙述。

二、开放的多元叙述

众所周知，鲁迅并不相信“小说法程”和“小说作法”之类的说教[①]，但他终生都不曾间断地从中外文学艺术的传统和日常生活的常情、常理、常识中寻求滋养，从而成为一位“表现的深切”和“格式的特别”的小说家。巴金也是一位本着自我心性进行创作的作家，“创作如同生活”“创作无技巧”等文学观念是巴金创作实践中始终贯彻的创作理念，但实际上，巴金在小说文本中对作者与文本关系的处理有着多元特征，显示出了他的独特的作者意识。

(一) 作者、文本、读者同时进入小说

例如《秋》的尾声：

> 写到这里作者觉得可以将笔放下了。对于那些爱好 catastrophede 的读者，这样的结束自然使他们失望，也许还有人会抗议地说：“高家底故事还没有完结呢！”但是，亲爱的读者，你们应该想到，生命本身就是不会完结的。那些有着丰富的（充实的）生命力的人会活得长久，而且能够做出许多许多的事情来。

---

① 鲁迅：《二心集·答北斗杂志社问》，《鲁迅全集》（第 4 卷），北京：人民文学出版社，1981 年，第 364 页。

不过，关于高家底情形，我还可以告诉你们一点，我现在把觉新写给他底三弟觉慧的一封长信摘录一部分在下面，（这信是在第二年底秋天里写的：）

……（引者略）

以上是觉新自己底话。

有些读者会误解地发问：觉新究竟算不算是有着充实的生命力的人呢？

我可以确定地回答：他自然不是。至于他以后会有什么样的结果，我也不能向读者作任何预言。一个人会到什么地方，当然要看他自己走的是什么样的路。一直往北，人不会走到南方。

不过关于觉新底将来，我请读者记住他自己底那句话："我的上进之心并未死去。"我们暂且相信这是他底真挚的自白。

我不再向读者饶舌了。

在传统小说中，作者往往就是叙述者，他明了一切，掌控着情节的发展、人物的命运，具有毋庸置疑的权威性和专断性，而读者和作品中人物只能被动地追随作者的意识，缺乏自主性和独立性。而现代小说，自福楼拜以后，作者褪去了"传教士"的外衣，"自我隐退"于后台，放弃了直接介入的权利，让人物自主地展示自己，也给予了读者自由思考的天地。但是，无论是传统还是现代，无论作者是否具有至高无上的特殊身份，读者和批评者一般不会出现在其正在阅读、评论的小说中，作者、文本、读者等几个层面仍然是相互独立、互不干涉的存在。但在上面所引述的《秋》的"尾声"中，作者、读者和文本都进入到小说中，作者直接对读者说话，读者也不再是一个单纯被动的接受者。这样一来，人们习以为常的作者身份和读者身份便受到了质疑，从而打破了人们阅读和创作文学作品时所形成的惯性的线性思维，真正实现了几个层面的互动、交融和平等对话。作者本人这时也只不过是其中一个角色、一个参与者，至多算是一个组织者，但再也不是一个全知全能的文本控制者了。

按照阅读接受批评理论，每一本小说的界限都是以它与读者接触的开端和结束为标记的，巴金的小说在这里补充了这种状态。《秋》这部小说开端是写大家庭内部的各种纷争和悲剧，一直写到高公馆被卖掉各房分开居住使这个大家庭彻底分崩离析，各房各家都开始自己小家的生活方式和命运，小说结束。然而，小说却在这个尾声中出现了一个声音向读者说话，它不是来自云端也不会来自作品中的人物，而是来自这部小说的作者。这是一个很具亲和力的声音，他在自己的小说中要与读者传达或者说讨论关于这部小说的四个方面的问题：第一是很直接地表白自己是在写小说，而且小说写到这里应该结束了，它的第一句话就是："写到这里作者觉得可以将笔放下了。"第二是作者在小说文本中亲自露面，来讨论对这部小说如何结尾的问题："对于那些爱好 catastrophede（大团圆——引者注）的读者，这样的结束自然使他们失望，也许还有人会抗议地说：'高家底故事还没有完结呢！'但是，亲爱的读者，你们应该想到，生命本身就是不会完结的。那些有着丰富的（充实的）生命力的人会活得长久，而且能够做出许多许多的事情来。不过，关于高家底情形，我还可以告诉你们一点，我现在把觉新写给他底三弟觉慧的一封长信摘录一部分在下面。"第三是亲自对小说中的人物进行评价："有些读者会误解地发问：觉新究竟算不算是有着充实的生命力的人呢？我可以确定地回答：他自然不是。"第四是预测人物最终命运如何："至于他以后会有什么样的结果，我也不能向读者作任何预言。一个人会到什么地方，当然要看他自己走的是什么样的路。一直往北，人不会走到南方。不过关于觉新底将来，我请读者记住他自己底那句话：'我的上进之心并未死去。'我们暂且相信这是他底真挚的自白。"

由上可见，在这里作者与文本和读者处在了同一层面，之前小说的叙述者隐退并让位于作者，小说的框架文本就成为作者讲述并带领读者一起进行追寻和阅读历险的事件。作为作者的巴金在小说中是有着明显文本位置和叙事控制功能的。但尾声里出现的"作者"作为此时的叙述者，却像一个时刻注视着读者的老朋友一样娓娓而谈，和读者谈论小说的结局、预测人物命运甚至还对人物做出评价，这个担任叙述者的作者似乎并不比读者知道得多，这个叙述者的身份也就昭然若揭，它其实是真实的作者巴金在小说中设置的第二自我——"隐含作者"。其实，这里有两个作者巴金，一个是现实中《秋》这部小说的作者巴金，另一个是小说中和读者一起讨论这部小说的作者巴金，现实中的作家不可能在创作小说的同时又作为小说中的叙述者去参与小说的讨论，这种作者身份的重合，使现实中的作家和虚构文本之间的界限就被抹杀了，作者也成为虚构文本并进入到读者的视野中，成为被议论的对象。小说《秋》在尾声之前的叙述者的身份是潜在作者，潜在作者本来是权威的、可靠的叙述者，但尾声部分作者身份的重合，使作者从全知全能的文本控制者神坛上走下来，叙述者的可信度也就大大降低，造成一种文本意蕴的含混效果，这不仅增强了小说的叙事张力，还能调动读者参与其中，进行独立的思考和个性化的解读。夏志清在《中国现代小说史》中认为《激流三部曲》中，《秋》在小说的人物塑造、故事安排、情感控制等总体艺术水平上都高于另外两部，它标志着“巴金也终于走上了小说家的道路”[①]。这一点，从我们现在分析的“尾声”这一处也可以见出，同时可以证明的是，巴金在小说叙事形式上是注入了诸多的艺术匠心的。

（二）叙事视角的转换中作者对叙述者和主人公的自由调控

前面探讨巴金小说情感真实性的问题时，着重关注的是巴金小说中频繁使用的第一人称叙事视角现象在作家与文本关系上的意义，其实，巴金小说文本中，对各种叙事视角的运用都很具匠心。这里我们主要从叙事视角的转换方面，探讨巴金小说在开放的多元叙述上体现出的作者意识。

一是在巴金小说文本中，经常大量使用嵌入文本，并在框架文本与嵌入文本之间发生叙事视角的转换，作者、叙述者和主人公之间的叙述张力明显增大。在这些小说文本中，往往是作者所虚构的叙述者被搁置，反被叙述者所面对的小说人物夺取了叙述权，再以第一人称自传体的形式展开叙述，于是嵌入文本的主人公在不知不觉中也就由框架文本中的“你”被置换为“我”，这时一方面实现了叙述者与主人公的同一，另一方面框架文本中作者所设置的叙述者就成为嵌入文本中“我”的对话者“你”了。巴金在这些小说文本中调控不同叙述者的叙述技巧非常娴熟，以至于从“你”到“我”或者从“我”到“你”的转变都非常自然。

---

① 夏志清：《中国现代小说史》，上海：复旦大学出版社，2005年，第180页。

二是叙事视角的频繁转换，使作者、叙述者和主人公之间的关系更加复杂。在这类小说文本中，往往较为重视故事的讲述，第一人称叙事视角、人物叙事视角情境和全知全能叙事视角之间的转换更加频繁，并且每一种叙事视角在小说文本中的叙事功能，与单纯使用这种叙事视角的小说相比都发生了变化，从而共同构成一种特殊的叙事氛围，在叙事的张力中完成对故事的讲述，作家的内在情绪与感受则是通过叙事视角的转化隐性传达出来。例如《马赛的夜》：

例一：

"看你这样子，我不禁想起我底一个姓王的朋友的故事了。"他说着就出声大笑。

"什么故事?"我略带窘状地问他。

"王你也许会认识他。他底年纪比你大一点，可是身材比你还小。"朋友开始叙述故事，他一面说，一面在笑。但我却没有一点笑的意思。"他是研究文学的。……(引者略)"

……(引者略)

"你看这个，"他从衣袋里摸出一封信递给我说。"这是王今天寄来的，他还提到这件事。"

这时我们走进了大街，便停在一家咖啡店门前去看这封信。

信里有着下面的一段话：

"……(引者略)从那里出来，心上带走了无名的悲哀，我整整过了一个月的不快活的日子。自己也不知道是什么缘故。我在那里不但不会得到预期的满足，反而得着了更大的空虚。那个肥妇骂我时的样子我至今还记得。……"

"你看，这就是那个以歌德自居的人底遭遇了!"朋友嘲笑地说。

我又想发笑，又想不发笑。我把信折好放在信封里还给他。[①]

---

① 巴金:《马赛的夜》,《电椅》,上海:新中国书局,1933年2月,第181—185页。本书中《马赛的夜》的引文均出自此版,不再特别注明。

例二：

> “你不晓得我待她那样好，她这没有良心的，”华工咬牙切齿地说。（**第一人称叙事视角。“我”是叙述者，这时华工是“我”的叙述对象。**）“几个月以前法国军队在安南压服了暴动，把那些失败的叛党逼到一个地方用机关枪通统打死。这样的事三四年前也有过一次。她底哥哥就死在那时候，死在法国军队底枪弹下。现在她却陪法国年青人睡觉了。（**第一人称叙事视角。华工为叙述者，主要叙述对象是“安南婆”和法国青年的关系。**）这个年青人大概不久就会去当兵的，他会被送到安南去，将来也会去杀安南的叛党，恰像别的军人从前杀死她底哥哥那样……”（**人物叙事视角。叙述者华工对法国青年的推测和愤恨。**）他说不下去了，却捏紧拳头举起来，像要去和谁相打。可是这拳头并没有力量，不但瘦，而且只有四根指头，那大指是没有了，只剩下一个可笑的光光的痕迹。他又把拳头放下去了，好像知道自己没有力量似的。（**全知全能叙事视角。对华工行为的全知叙述，表达对叙述对象华工的同情。**）我想他从前一定是一个强健的人，然而机器把力量给他取走了。（**第一人称叙事视角。“我”是叙述者，华工是“我”的叙述对象。**）
>
> 我并不完全同意华工底话，但我却禁不住要去看那“安南婆”和她底法国青年底背影。（**第一人称叙事视角。“我”的叙述对象是华工、“安南婆”和法国青年。**）……（引者略）那青年的确很年轻，他不久就会到了服兵役的年龄。他当然有机会被派到殖民地去，他也有机会去杀安南的叛党。（**全知全能叙事视角。对那个法国青年的全知叙述，表达了愤慨之情。**）

在例一这个片段里，作者除了在自由的叙事调控中将主人公进行了置换之外，还把主人公的人称由“他”换成了“我”，由外在式的叙述转向人物自我叙述。通过向读者提供虚构的发话者的声音，将读者对作者的注意力转移到了形象上去。这个叙述者直截了当以第一人称叙事视角进行叙述，与在框架文本中不同的是，叙述者同时也是一个行为者。但他的身份仍然有暧昧之处，时而是主人公，时而又是作者的代言人。这个身份发生变化的“我”讲述属于“我”的故事，但是在这个过程中，叙事情境却发生着变换，这就会经常导致小说情节发展的跳跃，造成读者阅读的空隙。在这个空隙中，读者会猛然发现，叙述者在对自己说话，这个有思想的叙述者“我”一直在有意识地消解作者的权威，取消其对文本的垄断，是作者、叙述者和人物共同参与的文本叙事过程，从而使文本的意义立体化了。巴金巧妙地利用了叙述者“我”的话语权利，一方面限制了作者力图进行全知叙述的意愿，因为只有叙事者才有权决定进行叙述的视角，而采用第一人称叙事，这就决定了视角的某些限定范围。另一方面，叙事者发生转换后，叙事者也就牵制了读者与文本和人物之间的距离。叙事者也并非绝对的权威，他不能完全操纵大局，有很多情况他并不十分清楚到底是怎么一回事，他会和读者一起探讨、猜测、想象。他实际上只是故事的叙述者，拥有的只是一定的“特许权力”而已。无论如何，在这里叙述者的身份和地位都与一般作品不同，和作者及读者之间都保持着一种模棱两可的状态，这种状态使得传统的封闭式阅读模式被推翻，叙事者与作家、读者之间的对话和沟通成为现实，不仅实现了叙事者的自由、作者的自由，也实现了读者的自由。

在例二这个片段中，发生了多次叙事视角的转换。其中，在以“我”为叙事者的第一人称叙述情境中，作家试图营造一种亲切感和真实性，但我们会发现，“我”在小说文本中基本不做主观评价，多是客观地叙述人物的外貌、记录人物的言行，甚至以记录人物谈话方式来建立近似客观的、真实可信的感觉。这时“我”只是叙事的线索，而与叙述对象（小说人物）有关的主要事件则是通过人物的叙事视角引入进来的，于是叙事者“我”被悬置，处于隐蔽或居于次要的位置，这时仅起到“听众”或“记录者”的作用。而在人物叙事视角中，我们可以轻易地看出小说的人物华工作为叙事者与“我”的地位已经相平齐，不再只是一般意义上的叙述对象，而是传达或转述话语的人，其地位被提高到等同于作者的位置，对叙事本身进行谈论、阐释和反思，但也带来了叙事的不可靠性。在全知全能叙事视角中，全知叙事者对事件或人物进行评论，表现了其极力想对小说的创作意图进行反思的愿望，使小说自身叙述行为的虚构性和叙述人物的不可靠结合起来，因此叙述视角的频繁转换，使作者、叙事者和人物之间的关系更加错综复杂，同时也更加紧密，因为他们都有了同一个关注的焦点。

“‘五四’第一人称叙事小说中,叙述者‘我’大都是主角。也就是说,不再是讲‘我’的见闻,‘我’的朋友的故事,而是‘我’自己的故事或感受。”[①]这句话在这里用来形容巴金小说中视角频繁转换的文本非常适合。巴金的小说注重情感的渗入,但在叙事视角的转换中,“我”讲的故事、人物讲的故事叠加在一起后,叙事者的情感和立场就会在转换的空隙中填充进来,有时是对位性存在(如例二),有时还会发生错位(如《憩园》),小说文本中的情感倾向较为含混和复杂化,情感的真实性和文本的虚构性愈发有了空隙和裂痕,作家与文本之间的关系也趋复杂,体现出巴金小说的明确的作者意识。

第二节 读者意识

本章中,读者意识指的是作者与读者的关系。

从交流情境角度说,处于文本两端的作者与读者之间的关系是通过共同的中介即小说文本存在的,作者在创作中如何处理与读者的关系会直接影响文本形式的生成与风貌。巴金是一位有着明确读者意识的作家,并且在他的读者意识中,读者又分为普通读者和批评家两个层面,于是作者和读者之间的双重关系,为巴金小说文本形式的构成发挥了特殊的意义。

一、作者与普通读者

浦安迪说:“叙事就是‘讲故事’。”[②]这个极简明的定义揭示了叙述活动中所潜藏的“双向性”。既然是“讲”,那么就必然有“讲者”,也有“听者”,不存在没有

---

① 陈平原:《中国小说叙事模式的转变》,北京:北京大学出版社,2003年,第87页。

② [美]浦安迪:《中国叙事学》,北京:北京大学出版社,1996年,第4页。

"听者"的"讲者"。自言自语的讲者是"我",听者为"我自己"。听者以某种特殊方式存在。作者的意义总是相对于读者而存在,反之亦然。正如兹维坦·托多罗夫所说:"'我'和'你'(或者说陈述'内容'的发出人和接收人),永远是相互联系在一起的。"[①]每一个作家走向文学的动机不同,文学创作的个性也就有了差异。巴金把文学创作视为自己生活的一部分,要表达自己对人对事的情感与经验,虽然他没有为社会开出疗救的良方或指出一条确定的正确道路,但他始终努力做着探索社会与人生并鼓励读者前进的努力:"我的灵魂里充满了黑暗。然而我不愿意拿这黑暗去伤害别人的心。我更不敢那这黑暗去玷污将来的希望。而且当一个青年怀着一颗受伤的心求助于我的时候,我纵不是医生,我也得给他一点安慰和希望,或者伴他去找一位名医。"[②]这是他文学创作的总出发点,交流成为他小说观念的重心。所以,就小说文本而言,巴金在叙事中投射的心灵体验与情感是面向读自己故事的人,因此他对自己的"说"所面对的读者就格外重视。当有人向他请教写作秘诀时他说"把心交给读者",对读者的重视使他认为"作家是靠读者养活的",一九八二年他对自己的创作作总体回顾时说:"我始终认为文学艺术不是只供少数人享受的奢侈品,它属于全体读者(和观众)。……(引者略)我活着,不是为了自己。我写作,也不是为了自己。若干年前我决定继续走文学道路的时候,我曾在我心灵的祭坛前立下这样的誓言:要做一个在寒天送炭、在痛苦中送温暖的人。"[③]并且,他一生都与读者保持着密切的互动关系与此有很大关系。这里所说的读者指的是普通的读者。在巴金的著述里也多次对普通读者发言,如:"我的文章是直接诉于读者的,我愿意它们广阔地被人阅读,引起人对光明爱惜,对黑暗憎恨。我不愿意我的文章被少数人珍藏鉴赏。我愿意我的文章完成了它们的使命过一个时期就消灭到无踪无影,我不愿意它们永久孤寂地躺卧在名人的书架上。所以我没有一点抱怨地拿

---

① [法]兹维坦·托多洛夫:《文学作品分析》,黄晓敏译,张寅德编:《叙述学研究》,北京:中国社会科学出版社,1989年,第73页。

② 巴金:《忆》,《作家》第一卷第四号,1936年7月15日。

③ 巴金:《巴金论创作·序》,李小林等编选:《巴金论创作》,上海:上海文艺出版社,1983年,第4页。

文章来应酬朋友，让它们出现于各党各派的刊物上面。我的文章是写给多数人读的。我永远说着我自己想说的话，我永远尽我的在暗夜里呼号的人的职责。”[①]“我也另有我底世界，在那广大的中国群众也另有我的读者。他们是能够了解我的。我为他们而写这书。”[②]从交流情境角度看，一方面，巴金始终坚持以文学创作来作为自己与普通读者之间的交流方式，它的使命是要感染读者，影响读者，让他们对生活产生爱和憎的文学共鸣；另一方面，巴金始终相信读者的审美眼光对作品的评判，甚至从读者的审美感受中来判断一部作品的价值，这种读者观念无疑对巴金小说文本形式的构成产生了重要影响。

一是作家要通过自己的真实情感来感动读者，使他们从中受到启迪。巴金的小说文本非常重视对内心世界的展示和情感矛盾的书写，所以其小说文本的形式创造非常独特，如往往将不同文类综合运用，也在择取文学意象上具有明显的倾向性等。二是作家是情感的表现者，而普通读者是情感的接受者，双方通过文本保持着一种动态的平衡，但也保持着各自的独立性。在某种意义上说，巴金既是自己作品的作者，同时也是它忠实的读者。在序跋文和创作回忆录中，他常常跳出自己的作品，以一位读者的眼光重新审视和评价自己过去的创作，甚至引用自己作品的原文，表达自己当时写作的思想感情，如《激流》总序、《家》的初版序和十版代序、《爱情的三部曲》总序等在其中与读者交流创作心得和阅读感受，极富感染力。而序跋文也成为巴金小说文本中不可或缺的一个组成部分。三是读者的阅读期待有时会影响到作家巴金对小说结构安排、情节展开或者人物命运的安排，如《家》的阅读效应非常好，于是一些普通读者通过书信表示了对《春》中人物命运的关注[③]，身边的一些朋友读者对《秋》的情节安排的关注，甚至还会影响到巴金对小说体制的建构："正是友情使我洗去这小

---

① 巴金：《灵魂的呼号(代序)》，《电椅》，上海：新中国书局，1933年2月，第10页。

② 巴金：《光明・自序》，《光明》，上海：新中国书局，1932年5月，第2页。

③ 赵瑜：《寻找巴金的黛莉》，北京：人民文学出版社，2009年。在巴金致黛莉的第二封信中写到，《春》已刚刚开始写作，但巴金就答复读者黛莉说淑英会有自己的春天的。可以推测在前面的信件中，黛莉曾经对淑英命运表示过关注。

说底阴郁的颜色。是那些朋友底面影使我隐约听见快乐的笑声。……(引者略)没有他们(指四个朋友——引者注),我底《秋》不会有这样的结尾,我不会让觉新继续活下去,也不会让觉民和琴订婚、结婚。(我本来给《秋》预定了一个灰色的结局,想用觉新底自杀和觉民底被捕做收场)。”[①]《激流》(《家》)最初是在上海《时报》上接续张恨水的《金粉世家》而创作的,但这部小说的风格并没有引起这份市民化报纸的读者的关注,巴金注意到了读者的阅读倾向后,后来对小说情节推进、矛盾冲突做了很大改变,在出单行本时已受到读者的热烈喜欢了[②]。如三部曲形式往往是一部作品受到读者喜欢,促使巴金有意或无意地对这类主题或题材的作品的再度书写,从而让巴金成为中国现代文学史中运用三部曲形式最多的作家。这些都表明,巴金是一位有着明确读者意识的作家,这也是他的作品受到众多普通读者欢迎的原因之一。

二、作者与批评家

批评家是小说文本的读者之一,他们除了具有普通读者的一般特点外,还具有批评家特有的职业素养和文学批评标准,因此,作家与批评家之间的关系是作家与受述者之间的一种特殊关系。对于巴金来说,他对批评家这一受述者的态度似乎很复杂,这也客观上影响了他在文本形式上的独特创制。

巴金始终把普通读者当作自己作品进行情感交流的对象,但他似乎不太喜欢批评家用文艺解析的眼光来评判其作品,这或许与他的小说文本在创作过程中注入了较多的情感或者说激情,往往无法条分缕析地进行理论分析有关,所以面对批评家的评论或者批评,巴金总有种“秀才遇见兵,有理说不清”的被误读的委屈之感。所以他多次直言:“我从来没有胆量说我的文章写得好,但我对

---

① 巴金:《秋·序》,上海:开明书店,1940 年 4 月,第 3 页。

② 杨天舒:《巴金小说的接受研究(1929—1949)》,《中国文学研究》2004 年第 4 期。

于自己的文章总不免有点偏爱，每次在一本书出版时我总爱写一些自己解释的话。然而这些话似乎并不曾被读者了解过。那些批评者无论是赞美或责备我，他们总走不出一个重演的圈子：他们摘出小说里面的一段事实或者一个人的说话就当作我的思想来解剖批判。他们从不想把我的小说当作一个整块的东西来观察研究。”[①]这种被误解的痛苦和愤懑，使巴金对批评家似乎常常有一股火气：“其实我在艺术方面是一个毫无修养的人，和那些批评家完全不同；我没有能力在一篇短篇小说里就把我的宇宙观人生观以及我对于种种问题的观念全般写出来或者暗示出来，这是没有办法的事，因为我根本就没有批评家们所具有的那种天才。”[②]于是，这使他要把作品的价值交给普通读者去评判，而不是批评家读者，巴金对这两种读者的态度明显不同：“单为了使批评家们不舒服，我就应该写短篇小说，让他们在几千字的文章里吃力地去找寻作者底宇宙观、人生观。”“我把它们（小说——引者注）送到世界上去，让贤明的读者来做一个公平的裁判官罢。我底作品底生存与死亡，全由他们来决定。”[③]这两句话里的感情色彩差别很大，如从“不舒服”和“贤明”两词可以见出，巴金对批评家的批评颇有微词。另外，他还写有一些针对批评家的解释性或回应性文字，如《〈灭亡〉作者底自白》《〈爱情的三部曲〉作者的自白》都是解释性或反批评文章，一直到晚年，在巴金的很多表述里出现的读者，基本都是指普通读者。“我缺乏文学修养，但是我有一颗真诚的心，我把心掏出来交给朋友，交给读者。……只要读者接受，我的作品就能活下去。”[④]这句话里他是把批评家从普通读者里划分了出去，同时其作品在普通读者群中受到广泛接受的事实，也成为他持有这种观点的内心底气。

巴金也曾专门撰文明确谈到对批评家的看法，从中更可见出他对待批评家和普通读者的两种迥然不同的态度。他认为，面对批评家，“作家有权为自己的

---

① 巴金：《萌芽·付印题记》，《萌芽》，上海：现代书局，1933年8月，第1—2页。

② 巴金：《将军·后记》，《将军》，上海：生活书店，1934年8月，第338页。

③ 同上，第339、340页。

④ 巴金：《春蚕》，香港《大公报》1980年5月6日。

作品辩护，倘使是巧辩，那也只会暴露他自己”。对那些只凭个人的主观阅读印象来写批评文章的“批评家”，巴金是深恶痛绝，他说：“批评一篇文学作品，不去理解它，不去分析它，不去拿一个尺度衡量它，单凭自己的政治立场，甚至单凭自己的一时的印象，这决不是批评，这只是个人的读后感。”[①]并对这种批评文章进一步分析道：“他们所自诩的批评，是把作品分成两种：不是‘意识正确’就是‘意识歪曲’。正确的自然说上了天，歪曲的骂入了地。”[②]由此巴金提出，批评家首先应是一个认真并富有丰富生活情感和经验的读者，他认为：“做一个批评家并不是容易的事情。并不是每个识字的人提起笔就可以指导作者，不管他有没有这野心。一个批评家应该理解艺术的基本原理，也应该丰富地体验生活，同时还应该充分地了解他所批评的作品的内容。”[③]在这里，巴金对那些只凭主观印象就对作品抱有偏见、妄加指责的批评家是持排斥态度的。所以，在普通读者与批评家两种读者中，他坚决地把自己的作品交给普通读者，认为“在中国似乎是读者比批评家更能够认识作品的价值”[④]。后来，他仍坚持认为：“不要以为读者对当前生活一无所知，对作品毫无欣赏力和判断力。我看，一部作品的最高裁判员还是读者。”[⑤]另外，巴金还说：“从三十年代起我就同批评家打交道，我就在考虑创作和批评的关系。”[⑥]并以俄国别林斯基和陀思妥耶夫斯基之间的交往为例，来探讨批评家和作家之间的关系，他认为：“作家和批评家，两种人，两种职业，两种分工……如此而已。作家不想改造批评家，批评家也改造不了作家。最好的办法是：友好合作，共同前进。”“作家反映生活、塑造人物，而批评家却取材于作家作品，他们借用别人来说明自己的主张。批评家论述作家和作品，不会用作家的初读来衡量，用的是他们用惯了的尺度。”他表示：“我不相信作家必须在批评家的硃笔下受到磨炼。我也不相信批评家是一种代表读者的

---

① 巴金：《批评家》，《文学季刊》1934 年创刊号。

② 巴金：《再说批评家》，《文学季刊》1934 年第 1 卷第 2 期。

③ 同上。

④ 同上。

⑤ 巴金：《致〈十月〉》，香港《大公报》1981 年 8 月 8 日。

⑥ 巴金：《〈巴金选集〉・后记》，《巴金选集》（第 10 卷），成都：四川人民出版社，2009 年，第 245 页。

‘长官’。”由此反对“批评就是爱护”的观点[①]。巴金相信普通读者始终是最能体验作家和作品情感的，也是在这一点上，巴金对批评家的批评总抱有疑虑。

上述文字从理论观点上辨析了巴金对批评家的态度，但是，从巴金小说文本上看，批评家的意见也不是完全没起作用的，而是隐性地糅合到其小说形式的具体建制中，这从他的小说形式的变化可以清晰地看出来。一是在具体叙事手法上，巴金前期的小说重心理展示，疏于故事讲述和风景描写[②]，后来则大大加强，从《春》《秋》《憩园》《寒夜》《小人小事》等小说都可见出。辜也平曾从《家》的初版本、十版本、文集本和全集本之间的异文情况，考察了巴金小说在叙事上的变化：“从有关叙述视角、叙述话语、故事时间、接榫设置以及人物性格完整性等方面的不断修改、不断完善中也还可以看出，尽管巴金比较不愿谈及艺术技巧方面的话题，有时甚至说‘文学的最高境界是无技巧’，但在文学实践中他却从未放弃艺术方面的追求。”[③]巴金在艺术上的这种精益求精，不能说和批评家的批评没有关系。

二是在小说的写法，如选材、人物性格倾向、文体风格等方面，都在做着适度调整，这从巴金的序跋文文字可以看出。巴金在一九三六年以后的序跋文，有很多就是针对自己的作品向批评家发言，申述自己这部作品是怎样的写法，为何如此来写，解释中带有争辩，向批评家隔空喊话，而不再是像以前那样多是向普通读者详细阐释作品中的人物和情感了。如初版本《憩园・后记》中这样写道：

> 我开始写这篇小说的时候，贵阳一家报纸上正在宣传我已经弃医从商。我本来应该遵从那位先生的指示，但是我没有做，这并非由于我认为文人比商人清高，唯一的原因是我不爱钱。钱并不会给我增添什么。使我能够活得更好的还是一点理想。并且钱就跟冬天的雪一样积起来慢，化起来快。像这小说里所写的那样，高

---

① 巴金：《〈巴金选集〉・后记》，《巴金选集》（第10卷），成都：四川人民出版社，2009年，第246页。

② 刘西渭：《〈雾〉〈雨〉与〈电〉——巴金的〈爱情的三部曲〉》，天津《大公报・文艺》1935年11月3日。

③ 辜也平：《巴金创作综论》，福州：福建教育出版社，1997年。参见该著第四章第四节。

> 大房屋，漂亮花园的确常常更换主人。谁见过保持到百年，几百年的财产！保得住的倒是在某一些人看来极渺茫极空虚的东西——理想同信仰。
>
> ……（引者略）
>
> 像这样的话不知已经有若干人讲过若干次了。我高兴在这小说里重复一次，让前面说的那些人（连报馆的那位先生也在内吧）知道，人不是嚼着钞票活下去的，除了找钱以外，他还有更重要的事情做。

这段话既回应了贵阳一家报纸的错误宣传，又在回应中解释了自己这部小说在选材上的特定意蕴：一是金钱与信仰问题；二是思考青年人的精神追求问题。但通篇看来，作家实际上是在与批评家对话，说明为什么写各个故事，怎样写的这个故事，这说明在巴金的创作过程中，批评家是巴金读者意识中很重要的成分。

再如初版本《寒夜·后记》中开篇介绍了作家创作的具体生活环境以及应赵家璧之约请的情况后，从第二个自然段开始后面的绝大部分篇幅都是在回应当时对巴金的某些评论：

> 我没有在小说的最后照“批评家”的吩咐加一句“哎呦呦，黎明！”并不是害怕说了就会被人“捉起来吊死”，唯一的原因是那些被不合理的制度摧毁，被生活拖死的人断气时已经没有力量呼叫“黎明”了。

这次专门把“批评家”指出来作回应，作缺席的争辩。接下来，针对一九四二年一月十五日《文艺杂志》第一卷第一期上刊载的巴金的散文《长夜》中写到了对光明的呼唤受到的批评，巴金继续回应，还将对方的批评话语引入，言辞非常激烈，情绪很是愤慨：

> 这里，似乎应该加添三个字“更痛快”。可惜我还没有拜读莫名奇的“痛快”的大作的荣幸，但是别人已经对我讲过他所举出的罪状。我不想替自己辩护，我还要奉上我这本新作《寒夜》增加我的罪名。我不知道我是否在“应该捉起来吊死者”之列，但我仍然恭候着莫名奇耿庸之流来处我以绞刑。我不会逃避。

> 我应该向“夜光杯”和“夕拾”的编者们道贺，因为在争取自由，争取民主的时代中，他们的副刊上首先提出来吊死叫唤黎明的散文作家（或者不叫唤黎明的作家，以及莫名奇耿庸之流所谓“新感伤主义的散文作家”）的自由。这样的“自由”连希特勒墨索里尼甚至最无耻的宣传家戈培尔之流也不敢公然主张的，虽然他们是杀人不眨眼的魔王和自由的敌人。

从上述引文可以看出，作为一部作品的后记，采用如此激烈愤慨的口吻，就绝不是单纯地介绍自己的作品了，而是借作品来向批评界隔空喊话，对当时文坛批评声音的回应，这在巴金后期小说的序跋文中越来越明显，《寒夜》应是其中之最。早在三十年代，就有人说巴金是“卑劣”者，还有人说他是“第三种人”“无政府主义者”等。正如巴金本人说的：“自从一九二九年我发表《灭亡》以来，挨的骂实在不少，仿佛我闯进文坛，引起了公愤。我当时年少气盛，又迷信科学，不相信诸葛亮会骂死王朗，因此不但不服，而且常常回敬几句。”[①]但反过来说，在自己作品的序跋文中郑重其事地解释或者予以批驳，除了表明巴金较为积极参与话语论辩的个性，这正与他的小说文本中争辩色彩也较浓厚是一致的，但同时也反映出批评家的声音在巴金的读者意识中，与前期相比是越来越明显了。

三是批评家的批评促使其创作心理发生着微调，这客观上也影响了巴金小说形式的变化。正如沈从文到一九三〇年代已成为京派小说的重镇却仍自称“乡下人”一样，巴金一生都自称“不是作家”，这不是谦虚，也不是对文学艺术的轻蔑[②]，而是对自己的创作能力和作品水平的不自信。他一直到晚年，仍在解释

---

① 巴金：《关于〈龙・虎・狗〉》（节录），贾植芳、陈思和等编：《我的写作生涯》，天津：百花文艺出版社，2006年，第175—176页。

② 本章认为，巴金对文学创作是持有高度敬意并且颇具匠心的。没有一个作家像巴金一样如此重视自己的作品，包括反复阐释自己的作品、反复修改自己的作品、与批评家因为自己的作品发生争辩、与各种读者保持密切联系来关注读者的阅读感受等，这其中的原因除了性格、道德品质、政治信仰外，还有着深深的文化心理原因：对自己作品的不自信、对自己写作能力的不自信，即使在写作上已颇具艺术水准的时候仍是如此。同时，这种心理也时时如芒在背，促使他在创作中投入更多的艺术匠心。本章正是基于巴金对自己作品的这种匠心，才将其小说形式作为解析的切入点，探讨其在小说诗学上的独创性的。

自己:“我没上过大学,也不曾学过文学艺术。”称自己是文坛的“闯入者”①。带着这种心理进行创作的巴金,绝不会对批评家的批评置之不理,我们考察巴金与批评家的关系脉络可以看出,在他一九二九年以文学新人初登文坛的顺畅并受批评家瞩目而开始有意于创作,到一九三二年至一九三四年被批评家视为名作家而受到各种批评后的痛苦甚至受指摘后的沮丧,再到一九三五年八月从日本返沪后开始将创作作为编辑出版工作的副产品而创作心情大为放松,批评家的意见对其创作影响很大,以在日本创作的《神·鬼·人》为界,这之后的小说虽然数量大减,但在文笔的流畅、情调的控制、形象的深化、场景的细腻等方面,都显示出其小说形式的前后变化来。如创作于一九三六年九月的短篇小说《窗下》中写一种寂寞的情怀:“我依旧默默地坐在写字台前面,痴痴地望着那摊开的书本。时间偷偷地从开着的窗户飞出去,我一点也不会觉得。只有空气是愈过愈静,愈凉了。”这种极具文学性的叙述笔调,在巴金前期的小说中是很难找到的,它的形成与一些优秀批评家的艺术砥砺是分不开的。这也反映出巴金小说创作一直在变化、一直在提高的内在原因之一。

巴金小说在作者与文本、作者与读者的关系等交流情境方面呈现的特点,不仅关涉着小说文本形式的特点,还体现着巴金在小说写法上的不断探索,主要表现为:

首先,对第一人称叙事视角的大量运用,体现着对小说写作方式的探索。巴金小说非常重视“情感交流”和“掘发人心”,大量采用第一人称叙事视角进行叙事,这个叙事者不再是人生世事的一个单纯、客观的记录者或讲述者,而是一个带有作者强烈主观情绪的叙事者,他往往通过叙事过程来传达自己的声音、语调,甚至对事件发展态势、人物命运、行动方式等故事因素发言。即使在后来的小说文本中,巴金越来越注重通过叙事视角的调控来弱化或者隐匿作为作者的巴金的思想情感与态度,这更体现出作家巴金在主观上追求小说创作对真实

① 巴金:《〈巴金选集〉·后记》,《巴金选集》(第10卷),成都:四川人民出版社,2009年,第244—245页。

与虚构界限进行缝合的一种努力。另外，序跋文中关于小说创作动机、素材来源、人物原型等补充性或延伸性文字，作为副文本因素与正文本之间构成了“序—文”式的双重文本，这正是作家现实生活经验和情感体验与小说文本互动互构的一种关系，甚至有时还会直接说故事的真实取材：如《死去的太阳・序》中写到：“我在这里面所写的大部分都有事实作根据。”[①]《〈激流〉总序》中写到：“在这里我所欲展示给读者的乃是描写过去十多年间的一幅图画。”[②]一九三五年回顾自己的创作时说：“这些文章都是一种痛苦的回忆驱使着我写出来的。差不多每一篇里都有一个我底朋友，都留着我底过去生活里的一个纪念，现在我读着它们，还会感到一种温情，一种激动，或者一种忘我的境界。”[③]……这些都表明巴金小说创作中真实体验与艺术虚构之间的密切关系。巴金小说多采用第一人称叙事视角和序跋文，体现出的正是他的小说力争在写作中使现实经验与小说文本互相照亮的一种艺术探索。

其次，从巴金小说的文本形式来看，巴金在创作中是始终面向读者的，包括普通读者和批评家，虽然这种读者意识在两个层面上的关系有着区别，但读者与作家巴金的良性互动，的确成为巴金小说形式在渐进中寻求真实情感与文学虚构间的缝合，从而不断丰富文学性、表现力和蕴藉性的文化动力因素之一。在这一点上，对于我们当代作家的创作也是富有启示意义的。

总之，巴金的小说在作者与文本、作者与读者等交流情境这一向度上，以一种开放性的姿态调适文本与作者、读者之间的距离，不仅活化了“作者—文本—读者”之间僵化的关系，也在小说文本的写作实践中力争打破真实与虚构的界限，弥合现实世界与文学虚构之间的缝隙，成为对小说写作可能性的一种探索。

---

① 巴金：《死去的太阳・序》，《死去的太阳》，上海：开明书店，1931年1月，第7页。

② 巴金：《〈激流〉总序》，《家》，上海：开明书店，1933年5月，第2页。

③ 巴金：《写作生活底回顾》，《巴金短篇小说集》(第1集)，上海：开明书店，1936年2月，第8—9页。

结语

小说形式的可能性

巴金的小说，存在着三个很有意味的现象：一是巴金不想做小说家，他一直到晚年还说："不是说客气话，对文学艺术我本是外行。"[①]但这样的文坛"闯入者"却创作了为数不少的小说经典[②]。二是自巴金一九二九年以中篇小说《灭亡》登上文坛开始，一直到一九四九年这二十年的时间里，他的很多部小说成为

---

① 巴金：《巴金选集·后记》，《巴金选集》(第10卷)，成都：四川文艺出版社，2009年，第245页。

② 《亚洲周刊》曾邀请全球知名学者于二〇〇六年评选出了"二十世纪中文小说一百强"，前十二部小说(集)中巴金的《家》和《寒夜》两部小说均入选，这十二部小说(集)的顺序是：《呐喊》《边城》《骆驼祥子》《传奇》《围城》《子夜》《台北人》《家》《呼兰河传》《老残游记》《寒夜》《彷徨》。虽然这种评选结果不可能符合全球所有人的标准，但在一定意义上能够反映出巴金的《家》和《寒夜》在经典化道路上是最值得期待的小说。另据人民文学出版社文学类书籍出版数量统计，《家》是除了《红楼梦》之外出版数量最多的小说。而《寒夜》也是巴金小说在艺术上当前学界认可度最高的代表作。上述这些遴选与统计结果显示，《家》和《寒夜》在巴金小说中是最具经典意义的，也不妨说是二十世纪具有经典意义的小说。

读者喜欢阅读的作品，这从他的代表性作品的印刷版次之多可以看出来：一九五一年之前，《灭亡》印行二十八版（次），《家》印行三十二版（次）。以《家》为例，截止到二〇〇八年九月，人民文学出版社《家》的各种版本累计印次九十次，累计印数四百三十七万余册，在该社出版的名著中，“只有《红楼梦》的印数超过了《家》”①。这样良好的读者效应，在中国现代作家里似不多见。三是巴金的小说基本是以现实题材进行创作的，但又与中国现代小说的主潮保持着某种疏离关系。这三种现象产生的原因，除了从作家主体精神、作品思想内容方面进行研究外，巴金的小说形式及其意义也应受到重视，这也是本书的中心论题。正如韦勒克和沃伦所说：“文学研究的合情合理的出发点是解释和分析作品本身。无论怎么说，毕竟只有作品能够判断我们对作家的生平、社会环境及其文学创作的全过程所产生的兴趣是否正确。”②

谈到小说形式，其实它是有着相当大的开放性、包容性和未完成性特点的，它会随着时代的发展而时刻处在动态革新的历程中。关于这一点，巴赫金针对长篇小说有类似的说法：“长篇小说的形成过程还没有结束。如今这个过程正进入一个新的阶段。我们时代的特点，是世界正变得异乎寻常的复杂和深刻，人类异乎寻常地提高着自己的严格要求、清醒的意识和批判的精神。这些特点也决定着长篇小说的发展。”③苏珊·朗格同样认为：“虽然小说是我们最丰富、最有性格、最流行的文学产品，但它是一种较晚的现象，它的艺术形式仍在发展，仍然以前所未有的效果、全新的结构和技巧手段使评论家们感到惊奇。”④也是在这样一种意义上，对于创造了多部小说经典的巴金来说，其小说文本形式的意义就在于，它在哪方面、何种程度上体现了小说形式发展的可能性。

本书立足于巴金小说的具体文本，采用文本细读的方法，分别从话语场景、

---

① 王海波：《谈巴金的〈家〉在人民文学出版社的出版情况》，陈思和、李存光主编：《巴金研究集刊》（卷四）上海：上海三联书店，2008 年，第 297 页。

② [美]韦勒克、沃伦：《文学理论》，刘象愚等译，北京：生活·读书·新知三联书店，1984 年，第 145 页。

③ [苏]巴赫金：《史诗与小说——长篇小说研究方法》，白春仁译，《巴赫金全集》（第 3 卷），石家庄：河北教育出版社，1998 年，第 545 页。

④ [美]苏珊·朗格：《情感与形式》，刘大基等译，北京：中国社会科学出版社，1986 年，第 334 页。

时空形式、叙事样态、结构方式、交流情境等方面考察了巴金小说形式上的特点和内涵，探究了其形式背后隐含的文化立场、创作心理、小说传统等方面的原因，并对巴金小说形式在中国现代小说诗学建构中的意义进行了思考。当然，本书对巴金的小说形式的研究，并不是就形式而谈形式，而是要在巴金小说文本形式的独创性及其生成动因的研究中，对巴金小说形式的意义进行衡估，凸显出巴金小说对中国现代小说形式可能性的有益探索。

第一，巴金小说在语言上的感知和情态，使巴金小说的话语场景富有独特的情绪化和心理化色彩，拓展了文学语言的表达的边界，这对中国现代汉语文学写作具有独特意义。无论何种话语类型，作为语言最根本的目的是在于对人自身的言说。维特根斯坦说："想象一种语言就意味着想象一种生活形式。"[1]汪曾祺的话更通俗："小说是一种生活的样式或生命的形式。"[2]巴金始终把文学创作作为自己生活的一部分，他是把个体生命面对世界的一种真切体验化作了语言之流，将"言为心声"发挥到了极致。或许在修辞学意义上来看巴金小说的语言还不是极为精美和极富蕴藉性，但巴金小说对语言的想象力和对语调、语气、语感的调控始终是与情绪的流动、心灵的变幻相契合的，是一种对生命律动的演绎，巴金小说语言的这种品质和特性，对中国现代小说形式诗学的建构是富有启发意义的。

第二，巴金小说在时空形式的处理上，实现了对"现在"时态中人的一种"临界境遇"的深度呈现。二十世纪三四十年代的中国，正处于政治纷争、民族矛盾和阶级分野异常激烈的社会变动期，巴金的小说把一代青年从这种时空背景推到了文学的前景，以个人化的心理体验和叙事立场，对生命个体在新与旧、过去与未来交锋中的现实存在进行了思考，并在殉道者的死亡意义的翻转中对这种"临界处境"做了回应，成为一种高度个人化的时空视野，丰富了中国现代小说的文学表达。

---

① ［奥］维特根斯坦：《哲学研究》（第一部分第19节），李步楼译，北京：商务印书馆，2009年，第12页。

② 汪曾祺：《随笔写生活》，《汪曾祺全集》（第5卷），北京：北京师范大学出版社，1998年，第299页。

第三,巴金小说在叙事上以不断询问的姿态对人之存在问题展开了思索,思索构成了小说的一部分,也成为小说特有的思维方式。巴金小说有着无限敞开和辽远的叙事舞台,整个社会、世界和人类都是人物精神展开的无边疆域,在社会、文化、心理的叙事底色中思索着个人在社会激荡中的情绪和命运,追问着人与世界的剥离性、不可调和性,以及人的远景遥想。米兰·昆德拉曾说"小说有某种功能,那就是让人发现事物的模糊性",小说家的才智就是"把一切肯定变换成疑问"[1],在这个意义上说,巴金小说叙事中的延宕、争辩和游离在形式维度上成为小说天然的诗学表达,重复叙事和心理化叙事则为作家建构一种涵容疑问、不确定性的文学想象情境提供了极富弹性的延展空间。巴金小说在叙事样态上的实践,拓展了中国现代小说的叙事空间。

第四,巴金小说在不同的故事形态和情感空间中创造了三种不同的小说结构方式,这些结构方式的成型过程正是作家不同叙事心理、文化立场和小说观念的凝结过程,由此叙事者与人物构成的复调关系作为较为深隐而又稳定的结构性因素,使小说结构本身具有了一种发现意义、评价和阐释的可能。托多罗夫说:"诗学选定的研究对象是抽象的结构形式。"[2]通过这些结构方式,当我们从小说诗学的视野进行观照时会发现,巴金小说是在多种小说类型因素结合下的关于小说主题的多方位、多层次的思索与表达,为小说形式抵达多重意义涵蕴做了探索。

第五,巴金小说在交流情境上为作者、文本和读者之间建立良性的互动关系树立了典范。巴金以现实生活作为创作的素材,他的小说在追求情感真实性与建立多元化叙述等方面的努力,正是试图在生活真实与小说虚构之间弥合缝隙,对戏剧般的社会现实进行隐形还原的一种文学尝试。巴金小说的这种尝

---

① [捷]米兰·昆德拉:《小说是让人发现事物的模糊性——昆德拉访谈录》,谭立德译,中国社会科学院外国文学研究所《世界文论》编辑委员会编:《小说的艺术——小说创作论述》,北京:社会科学文献出版社,1995年,第59、60页。

② [法]兹维坦·托多罗夫:《诗学》,赵毅衡译,《符号学文学论文集》,天津:百花文艺出版社,2004年,第194页。

试，始终与读者（包含普通读者和批评家）发生着密切联系，甚至读者的声音也作为一种延期的叙事行为参与着巴金小说文本的生成，促动着其小说形式的成长，成长性体现的正是小说形式的无限可能性。

在现代西方小说观念的冲击下，二十世纪二十至四十年代中国的文学界，一些批评家、理论家对于小说的写法在观念上有着很多分歧。例如关于小说的故事性问题，一些持有“反故事”主张的人认为，内容上要有悲欢离合，结构上要有藤葛、极点与收场，或者小说一定要有最高潮点等意见已经是过时的东西了[①]。相反，一些重视故事的人则认为，毕竟读者对于一篇小说的要求始终只是一个故事，好的小说必须要有一个故事做骨干[②]，甚至沈从文在三十年代感慨“中国人会写‘小说’的仿佛已经有了很多人，但很少有人来写‘故事’”[③]。这些主张的多样化，对中国现代小说的多方面探索是有指导作用的。在小说创作实践上，一方面，“正格”的写实小说依然在丰富和发展自己的创作规范，另一方面，那种“变格”冲动也越来越强烈[④]，如当时新感觉派小说形式上的创新、京派小说形式上的独特，都体现出这种“变格”的趋势。沈从文自称是文体家，但三十年代苏雪林批评沈从文创作上的缺点首先是“过于随笔化”[⑤]。这样看来，无论是小说理论还是创作实践，关于小说的写法是存在分歧的，这也反映出小说形式的发展具有多种可能性，正如昆德拉所认为的，小说的形式几乎是无限自由的，但迄今为止，它尚未获得这种自由，仍存在许多有待探索的形式上的可能性。中国现代小说的发展就是一个个作家一次次尝试的积累，在这样一种潮流中，巴金小说形式的“变格”，不仅具有独特的诗学意义，还具有无可替代的文学史意义。

---

① 可参见周作人的《〈晚间的来客〉译后附记》和郁达夫的《小说论》，两文载于《二十世纪中国小说理论资料》（第2卷），北京：北京大学出版社，1997年，第91、437页。

② 可参见施蛰存的《小说中的对话》和梁实秋的《现代的小说》，两文载于《二十世纪中国小说理论资料》（第3卷），北京：北京大学出版社，1997年，第471、258—259页。

③ 沈从文：《〈月下小景〉题记》，同上书，第215页。

④ 吴福辉：《20世纪中国小说理论资料（第3卷）·前言》，同上书，北京：北京大学出版社，1997年。

⑤ 苏雪林：《沈从文论》，《二十世纪中国小说理论资料》（第4卷），北京：北京大学出版社，1997年，第266页。

巴金的小说形式是处于不断发展的状态中,也有着缺憾和不足,甚至有时因对现实感受的过分倚重而造成情感节制不当,使文本显得粗糙和冗长。但反过来看,或许正是这种激情创作才易于突破小说文体的某些既定规制,才使巴金小说更显示出对小说写作的探索价值,在一定意义上说,尝试本身就是一种意义。在这个意义上说,巴金小说形式的核心价值应是"个人性",巴金小说形式的创造中,永远都包含一个探索的姿态,探索处于世界之中的人的情态,这探索本身便意味着小说形式发展的无限可能性。

参考文献

一、作品类

1. 巴金:《灭亡》,上海:开明书店,1929 年 10 月。

2. 巴金:《从资本主义到安那其主义》,上海:自由书店,1930 年 7 月。

3. 巴金:《死去的太阳》,上海:开明书店,1931 年 1 月。

4. 巴金:《复仇》,上海:新中国书局,1931 年 8 月。

5. 巴金:《雾》,上海:中国书局,1931 年 11 月。

6. 巴金:《雨》,上海:良友图书印刷公司,1933 年 1 月。

7. 巴金:《海底梦》,上海,新中国书局,1932 年 8 月。

8. 巴金:《春天里的秋天》,上海开明书店,1932 年 10 月。

9. 巴金:《光明》,上海:新中国书局,1932 年 5 月。

10. 巴金:《沙丁》,上海:开明书店,1933 年 1 月。

11. 巴金:《电椅》,上海:新中国书局,1933 年 2 月。

12. 巴金:《抹布》,北平:星云堂书店,1933 年 4 月。

13. 巴金:《家》,上海:开明书店,1933 年 5 月。

14. 巴金:《萌芽》,上海:现代书局,1933 年 8 月。

15. 巴金:《新生》,上海:开明书店,1933 年 9 月。

16. 巴金:《将军》,上海:生活书店,1934 年 8 月。

17. 巴金:《沉默》,上海:生活书店,1934 年 10 月。

18. 巴金:《电》,上海:良友图书印刷公司,1935 年 3 月。

19. 巴金:《神・鬼・人》,上海:文化生活出版社,1935 年 11 月。

20. 巴金:《雪》,上海:文化生活出版社,1936 年 1 月。

21. 巴金:《巴金短篇小说集》(第一集),上海:开明书店,1936 年 2 月。

22. 巴金:《沦落》,上海:商务印书馆,1936 年 3 月。

23. 巴金:《巴金短篇小说集》(第二集),上海:开明书店,1936 年 4 月。

24. 巴金:《爱情的三部曲》,上海:良友图书印刷公司,1936 年 4 月。

25. 巴金:《发的故事》,上海:文化生活出版社,1936 年 12 月。

26. 巴金:《春》,上海:开明书店,1938 年 3 月。

27. 巴金:《秋》,上海:开明书店,1940 年 4 月。

28. 巴金:《利娜》,上海:文化生活出版社,1940 年 8 月。

29. 巴金:《火》(第一部),重庆:开明书店,1940 年 12 月。

30. 巴金:《火》(第二部),上海:开明书店,1942 年 1 月。

31. 巴金:《还魂草》,重庆:文化生活出版社,1942 年 4 月。

32. 巴金:《巴金短篇小说集》(第三集),上海:开明书店,1942 年 6 月。

33. 巴金:《小人小事》,上海:文化生活出版社,1943 年 4 月。

34. 巴金:《火》(第三部),上海:开明书店,1945 年 7 月。

35. 巴金:《憩园》,重庆:文化生活出版社,1944 年 10 月。

36. 巴金:《第四病室》,上海:良友复兴图书公司,1946 年 1 月。
37. 巴金:《寒夜》,上海:上海晨光出版公司,1947 年 3 月。
38. 巴金:《巴金全集》(1—26 卷),北京:人民文学出版社,1986 年—1994 年。
39. 巴金:《巴金选集》(1—10 卷),成都:四川人民出版社,2009 年。
40. 巴金:《巴金文集》(1—14 卷),北京:人民文学出版社,1958 年—1962 年。
41. 巴金:《巴金译文全集》(1—10 卷),北京:人民文学出版社,1997 年。
42. 巴金:《佚简新编》,李存光整理,郑州:大象出版社,2003 年。
43. 巴金:《我的写作生涯》,贾植芳、陈思和等编,天津:百花文艺出版社,2006 年。
44. 巴金:《巴金论创作》,李小林等编选,上海:上海文艺出版社,1983 年。
45. 巴金:《写作生活的回顾》,王毅钢选编,长沙:湖南人民出版社,1984 年。

二、理论类

1. [苏] 巴赫金:《巴赫金全集》,钱中文主编,石家庄:河北教育出版社,1998 年。
2. [英] 诺曼·费尔克拉夫:《话语与社会变迁》,殷晓蓉译,北京:华夏出版社,2003 年。
3. [英] 罗杰·福勒:《语言学与小说》,於宁、徐平、昌切译,重庆:重庆出版社,1991 年。
4. [美] 萨丕尔:《语言论——言语研究导论》,陆卓元译,北京:商务印书馆,1985 年。
5. [英] 雷蒙德·威廉斯:《文化与社会》,吴松江、张文定译,北京:北京大学出版社,1991 年。
6. [美] 苏姗·朗格:《情感与形式》,刘大基、傅志强译,北京:中国社会科学出版社,1986 年。

7. [美] 韦勒克、沃伦:《文学理论》,刘象愚等译,北京:三联书店,1984 年。

8. [法] 保尔·利科:《虚构叙事中时间的塑形》,王文融译,北京:生活·读书·新知三联书店,2003 年。

9. [美] 约瑟夫·弗兰克等:《现代小说的空间形式》,秦林芳编译,北京:北京大学出版社,1991 年。

10. [美] W·C·布斯:《小说修辞学》,华明、胡晓苏、周宪译,北京:北京大学出版社,1987 年。

11. [美]华莱士·马丁:《当代叙事学》,伍晓明译,北京:北京大学出版社,2005 年。

12. [法]热拉尔·热奈特:《叙事话语 新叙事话语》,王文融译,北京:中国社会科学出版社,1990 年。

13. [法]热拉尔·热奈特:《热奈特论文集》,史忠义译,天津:百花文艺出版社,2001 年。

14. [荷]米克·巴尔:《叙述学:叙事理论导论》,谭君强译,北京:中国社会科学出版社,2003 年。

15. [以]里蒙-凯南:《叙事虚构作品:当代诗学》,姚锦清、黄虹伟、付浩等译,北京:生活·读书·新知三联书店,1989 年。

16. [美]华莱士·马丁:《当代叙事学》,伍晓明译,北京:北京大学出版社,1990 年。

17. [美]浦安迪:《中国叙事学》,北京:北京大学出版社,1996 年。

18. [美]詹姆斯·费伦:《作为修辞的叙事——技巧、读者、伦理、意识形态》,陈永国译,北京:北京大学出版社,2002 年。

19. [美] J·希利斯·米勒:《解读叙事》,申丹译,北京:北京大学出版社,2002 年。

20. [美] 海登·怀特:《后现代历史叙事学》,陈永国、张万娟译,北京:中国社会科学院出版社,2003 年。

21. [德]本雅明:《本雅明文选》,陈永国、马海良编,北京:中国社会科学出版社,

1999 年。

22. [德]姚斯、[美]霍拉勃:《接受美学与接受理论》,周宁、金元浦译,沈阳:辽宁人民出版社,1987 年。

23. [美]阿恩海姆等:《艺术的心理世界》,周宪译,北京:中国人民大学出版社,2003 年。

24. [捷]米兰・昆德拉:《小说的艺术》,董强译,上海:上海译文出版社,2004 年。

25. [捷]米兰・昆德拉:《被背叛的遗嘱》,余中先译,上海:上海译文出版社,2003 年。

26. [英]戴维・洛奇:《小说的艺术》,王峻岩等译,北京:作家出版社,1998 年。

27. [美]伊恩・P・瓦特:《小说的兴起》,高原、董红均译,北京:三联书店,1992 年。

28. [美]西蒙・查特曼:《故事与话语》,徐强译,北京:中国人民大学出版社,2013 年。

29. [法]加斯东・巴什拉:《空间的诗学》,张逸婧译,上海:上海译文出版社,2009 年。

30. [美]苏珊・桑塔格:《疾病的隐喻》,程巍译,上海:译文出版社,2003 年。

31. [俄]维克托・什克洛夫斯基等:《俄国形式主义文论选》,方珊等译,北京:生活・读书・新知三联书店,1989 年 3 月。

32. [法]茨维坦・托多罗夫编选:《俄苏形式主义文论选》,蔡鸿滨译,北京:中国社会科学出版社,1989 年。

33. [法]萨特:《福克纳小说中的时间:〈喧哗与骚动〉》,《福克纳评论集》,北京:中国社会科学出版社,1980 年。

34. 吕同六主编:《20 世纪世界小说理论经典》,北京:华夏出版社,1995 年。

35. 方珊:《形式主义文论》,王岳川主编:《20 世纪西方文论研究丛书》,济南:山东教育出版社,1999 年。

36. 程正民:《艺术家个性心理和发展》,北京:北京大学出版社,2012 年。

37. 申丹:《叙述学与小说文体学研究》,北京:北京大学出版社,2001 年。
38. 申丹:《西方叙事学:经典与后经典》,北京:北京大学出版社,2010 年。
39. 申丹、韩加明、王丽亚:《英美小说叙事理论研究》,北京:北京大学出版社,2005 年。
40. 张寅德编选:《叙述学研究》,北京:中国社会科学出版社,1989 年。
41. 赵毅衡:《当说者被说的时候》,北京:中国人民大学出版社,1998 年。
42. 徐岱:《小说形态说》,杭州:杭州大学出版社,1992 年。
43. 徐岱:《小说叙事学》,北京:中国社会科学出版社,1992 年。
44. 罗钢、刘象愚主编:《文化研究读本》,北京:中国社会科学出版社,2000 年。
45. 罗钢:《叙事学导论》,昆明:云南人民出版社,1994 年。
46. 乐黛云、叶朗、倪培耕主编:《世界诗学大辞典》,沈阳:春风文艺出版社,1993 年。
47. 钱中文:《文学理论:走向交往对话的时代》,北京:北京大学出版社,1999 年。
48. 董小英:《再登巴比伦塔——巴赫金与对话理论》,北京:三联书店,1994 年。
49. 董小英:《叙述学》,北京:社会科学文献出版社,2001 年。
50. 杨义:《中国叙事学》(图文版),北京:人民出版社,2009 年。
51. 胡亚敏:《叙事学》,武汉:华中师范大学出版社,2004 年。
52. 童庆炳:《文体与文体的创造》,昆明:云南人民出版社,1994 年。
53. 王岳川:《二十世纪西方哲性诗学》,北京:北京大学出版社,1999 年。
54. 王一川:《语言乌托邦——20 世纪西方语言论美学探究》,昆明:云南人民出版社,1994 年。
55. 陈平原:《中国小说叙事模式的转变》,北京:北京大学出版社,2003 年。

三、研究类

(一) 著作

1. 李存光编:《巴金研究文献题录》,上海:复旦大学出版社,2010 年。
2. 李存光编:《巴金研究资料》(上、中、下),福州:海峡文艺出版社,1985 年。
3. 李存光主编:《巴金研究资料》(上、中、下),北京:知识产权出版社,2010 年。
4. 李存光编:《巴金研究资料汇编》(1922—1949)(上、中、下),香港:香港文汇出版社,2011 年。
5. 李存光:《巴金民主革命时期的文学道路》,银川:宁夏人民出版社,1982 年。
6. 谭兴国:《巴金的生命和创作》,成都:四川人民出版社,1983 年。
7. 张慧珠:《巴金创作论》,成都:四川人民出版社,1983 年。
8. 艾晓明:《青年巴金及其文学世界》,上海:复旦大学出版社,2009 年。
9. 汪应果:《巴金论》,上海:复旦大学出版社,2009 年。
10. 牟书芳:《巴金研究纵横观》,西安:陕西人民出版社,1991 年。
11. [法]明兴礼:《巴金的生平和著作》,王继文译,上海:文风出版社,1950 年。
12. [美]奥尔格·朗:《巴金和他的作品——两次革命期间的中国青年》,纽约:哈佛大学出版社,1967 年。
13. 贾植芳等编:《巴金创作评论集》,北京:中国文联出公司,1985 年。
14. 张立慧、李今:《巴金研究在国外》,长沙:湖南文艺出版社,1986 年。
15. 花建:《巴金小说艺术论》,上海:上海社会科学院出版社,1987 年。
16. 袁振声:《巴金小说艺术论》,天津:南开大学出版社,1987 年。
17. 陈思和:《巴金研究的回顾与瞻望》,天津:天津教育出版社,1991 年。
18. 巴金研究丛书编委会编:《巴金研究论集》,重庆:重庆出版社,1988 年。
19. 谭洛非主编:《巴金与中西文化——巴金国际学术研讨会论文集》,成都:四川大学出版社,1992年。
20. 巴金与二十世纪研讨会编:《世纪的良心》,上海:上海文艺出版社,1996年。
21. 余思牧主编:《巴金与中外文化》,济南:山东文艺出版社,1995年。
22. 谭洛非、谭兴国:《巴金美学思想论稿》,成都:四川大学出版社,1991年。
23. 牟书芳:《巴金研究纵横观》,西安:陕西人民出版社,1991年。
24. 宋曰家:《巴金小说人物论》,济南:山东文艺出版社,1992年。
25. 陈思和:《人格的发展——巴金传》,上海:上海人民出版社,1992年。
26. 吕汉东:《心灵的旋律——对巴金心灵与文本的解读》,北京:中国文联出版社,1999年。
27. 袁振声:《茅盾与巴金艺术比较论》,北京:光明日报出版社,1999年。
28. 陈思和、周立民编:《解读巴金》,沈阳:春风文艺出版社,2002年。
29. 周立民编:《巴金手册》,桂林:广西师范大学出版社,2004年。
30. 肖明翰:《大家族的没落——福克纳和巴金家庭小说比较研究》,桂林:广西师范大学出版社,1994年。
31. [日]山口守、坂井洋史:《巴金的世界》,上海:东方出版社,1996年。
32. 陈思和、李辉:《巴金研究论稿》,上海:复旦大学出版社,2009年。
33. 张民权《巴金小说的生命体系》,上海:复旦大学出版社,2011年。
34. 辜也平:《巴金创作综论》,福州:福建教育出版社,1997年。
35. 王金柱:《语言艺术大师巴金》,天津:天津社会科学院出版社,1994年。
36. 郝荣斋、刘奕:《走进巴金〈家〉的语言世界》,石家庄:花山文艺出版社,2006年。
37. 金宏宇:《中国现代长篇小说名著版本校评》,北京:人民文学出版社,2004年。
38. 贾蕾:《巴金与域外文化》,北京:北京语言大学出版社,2007年。
39. 陈思和:《巴金研究十年(1978—1988)》,香港:香港文汇出版社,2009年。
40. 陈思和、辜也平主编:《巴金:新世纪的阐释——巴金国际学术研讨会论文集》,福州:福建教育出版社,2002年。

41. 陈思和、李存光主编:《生命的开花:巴金研究集刊》(卷一),上海:文汇出版社,2005 年。
42. 陈思和、李存光主编:《一粒麦子落地:巴金研究集刊》(卷二),上海:上海三联书店,2007 年。
43. 陈思和、李存光主编:《一双美丽的眼睛:巴金研究集刊》(卷三),上海:上海三联书店,2008 年。
44. 陈思和、李存光主编:《一股奔腾的激流:巴金研究集刊》(卷四),上海:上海三联书店,2009 年。
45. 陈思和、李存光主编:《人生最美好的事情:巴金研究集刊》(卷五),上海:上海三联书店,2010 年。
46. 陈思和、李存光主编:《五四新文学精神的薪传:巴金研究集刊》(卷六),上海:上海三联书店,2010 年。
47. 陈思和、李存光主编:《讲真话:巴金研究集刊》(卷七),上海:上海三联书店,2012 年。
48. 余秋雨、李致、陈思和等:《巴老与一个世纪——"走近巴金"系列文化演讲集》,上海:上海社会科学院出版社,2005 年。
49. 陈思和:《中国现当代文学名篇十五讲》,北京:北京大学出版社,2004 年。
50. 刘慧英编:《巴金:从炼狱走来》, 北京:中国工人出版社,2001 年。
51. 赵瑜:《寻找巴金的黛莉》,北京:人民文学出版社,2009 年。
52. 摩罗:《孤独的巴金——如何理解作家》,上海:东方出版社,2010 年。
53. 吴福辉:《20 世纪中国小说理论资料》(第 3 卷),北京:北京大学出版社,1997 年。
54. 钱理群:《20 世纪中国小说理论资料》(第 4 卷),北京:北京大学出版社,1997 年。
55. 夏志清:《中国现代小说史》,刘绍铭等译,上海:复旦大学出版社,2005 年。
56. [美]哈罗德・布鲁姆:《西方正典:伟大作家和不朽作品》,江宁康译,南京:译林出版社,2005 年。

57. 程正民:《巴赫金的文化诗学》,北京:北京师范大学出版社,2001年。
58. 吴承笃:《巴赫金诗学理论概观——从社会诗学到文化诗学》,济南:齐鲁书社,2009年。
59. 杨义:《中国现代小说史》,北京:人民出版社,1998年。
60. 张新颖:《20世纪上半期中国文学的现代意识》,上海:复旦大学出版社,2009年。
61. 李欧梵:《中国现代作家的浪漫一代》,王宏志等译,北京:新星出版社,2010年。
62. 唐小兵:《英雄与凡人的时代:解读20世纪》,上海市:上海文艺出版社,2001年。
63. 朱晓进:《政治文化与中国二十世纪三十年代文学》,北京:人民出版社,2006年。
64. 杨经建:《家族文化与20世纪中国家族文学的母题形态》,长沙:岳麓书社,2005年。
65. 李永东:《租界文化与30年代文学》,上海:上海三联书店,2006年。
66. 龙泉明:《在历史与现实的交合点上——中国现代作家文化心理分析》,西安:陕西人民出版社,1992年。
67. 王晓明:《潜流与漩涡——论二十世纪中国小说家的创作心理障碍》,北京:中国社会科学出版社,1991年。
68. 刘勇:《中国现代文学的心理学研究》,北京:北京大学出版社,2006年。
69. 倪婷婷:《五四作家的文化心理》南京:南京大学出版社,2005年。
70. 鲁枢元:《文学的跨界研究——文学与心理学》,上海:学林出版社,2011年。
71. 鲁枢元:《文学的跨界研究——文学与语言学》,上海:学林出版社,2011年。
72. 温如敏、陈晓明等:《现代文学新传统及其及其当代阐释》,北京:北京大学出版社,2010年。
73. 李永东:《颓败的家族——家族小说的文化与叙事研究》,上海:上海三联书店,2011年。

74. 程丽蓉:《对话场景中的中国现代小说理论话语》,北京:人民文学出版社,2006年。

75. 马大康、叶世祥、孙鹏程:《文学时间研究》,北京:中国社会科学出版社,2008年。

76. 史成芳:《诗学中的时间概念》,长沙:湖南教育出版社,2001年。

77. 刘光耀:《诗学与时间》,北京:生活·读书·新知三联书店,2005年。

78. 中国社会科学出版社文学编辑室编:《小说文体研究》,北京:中国社会科学出版社,1988年。

79. 蓝棣之:《现代文学经典:症候式分析》,北京:人民文学出版社,2006年。

80. 金宏宇:《中国现代长篇小说名著版本校评》,北京:人民文学出版社,2004年。

81. 黄子平:《"灰阑"中的叙述》,上海:上海文艺出版社,2001年。

82. 赵园:《艰难的选择》,上海:上海文艺出版社,1986年。

83. 马云:《中国现代小说的叙事个性》,北京:中央广播电视大学出版社,1999年。

84. 徐德明:《中国现代小说叙事的诗学践行》,北京:社会科学文献出版社,2008年。

85. 叶世祥:《流浪的灵魂:现代性视野中的中国现当代诗学》,银川:宁夏人民出版社,2006年。

86. 格非:《小说叙事研究》,北京:清华大学出版社,2002年。

87. 叶世祥:《鲁迅小说的形式意义》,北京:作家出版社,1999年。

88. 谭君强:《叙述的力量——鲁迅小说叙事研究》,昆明:云南大学出版社,2000年。

89. 郑家建:《被照亮的世界:〈故事新编〉诗学研究》,福州:福建教育出版社,2001年。

90. 汪晖:《反抗绝望:鲁迅及其文学世界》,(增订版),北京:生活·读书·新知三联书店,2008年。

91. 钱理群:《心灵的探寻》,北京:北京大学出版社,2000年。
92. 李扬:《现代性视野中的曹禺》,北京:人民文学出版社,2004年。
93. 张新颖:《沈从文精读》,上海:复旦大学出版社,2006年。
94. 刘进才:《京派小说诗学研究》,开封:河南大学出版社,2005年。
95. 张薇:《海明威小说的叙事艺术》,上海:上海社会科学院出版社,2005年。
96. 白春香:《赵树理小说叙事研究》,北京:中国社会科学出版社,2008年。
97. 郭宝亮:《王蒙小说文体研究》,北京:北京大学出版社,2006年。
98. 申丹:《叙事、文体与潜文本——重读英美经典短篇小说》,北京:北京大学出版社,2009年。
99. 易晓明:《意义与形式——英美作家作品风格生成论》,长春:吉林人民出版社,2001年。
100. 吴晓东:《从卡夫卡到昆德拉:20世纪的小说和小说家》,北京:生活·读书·新知三联书店,2003年。
101. 吴晓东:《文学的诗性之灯》,上海:上海书店出版社,2010年。

(二) 主要论文

1. 王瑶:《论巴金的小说》,《文学研究》1957年第4期。
2. 扬风:《巴金论》,《人民文学》1957年7月号。
3. 周立民:《五四之子的世纪之旅》,《西部华语文学》2008年第11期。
4. [日]河村昌子:《民国时期的女子教育状况与巴金的〈寒夜〉》,《中国现代文学研究丛刊》2002年第2期。
5. 刘志荣:《文学的〈家〉与历史的“家”》,《复旦学报》(社会科学版)2009年第6期。
6. 李树槐:《论巴金小说中的第一人称内聚焦叙事模式》,《中国文学研究》2004年第4期。
7. 刘俐俐:《多层叙述的艺术力量与“幸福”话题的当代延伸——巴金〈复仇〉艺术价值构成机制》,《中州学刊》2007年第2期。

8. 潘显一:《论巴金小说的传统文化意识》,《文艺研究》1992 年第 2 期。

9. 曹书文:《论巴金小说创作中的传统积淀》,《内蒙古社会科学》2003 年第 1 期。

10. 曹书文:《论巴金小说创作中的"家族情结"》,《学术论坛》2001 年第 5 期。

11. 刘福泉、王新玲:《中国传统文化中的"尚三"理念对巴金〈家·春·秋〉创作的影响》,《河北大学学报》(哲学社会科学版)2007 年第 5 期。

12. 严浩岗:《不同生命欲求之间的冲突》,《河北大学学报》(哲学社会科学版)2008 年第 5 期。

13. 邵宁宁:《家园彷徨:〈憩园〉的启蒙精神和文化矛盾》,《中国现代文学研究丛刊》2004 年第 2 期。

14. 张宇:《花园:往事追忆与革命姿态——重读巴金的〈家〉》,《中国现代文学研究丛刊》2010 年第 3 期。

15. 周立民:《"家"与"街头"——巴金叙述中的"五四"意象》,《中国现代文学研究丛刊》2010 年第 3 期。

16. 王玉春:《诠释与自我诠释 ——序跋文:解读巴金的重要向度》,《宁夏社会科学》2011 年第 2 期。

17. 李晓红:《从"家"出走和从"国"出走——巴金前期小说创作的动因分析》,《厦门大学学报》(哲学社会科学版) 2004 年第 5 期。

18. 李扬:《文化立场与曹禺的创作转向》,《广东社会科学》2011 年第 5 期。

19. 李扬:《那些年,那些事——"五四"前后知识者心态的再反省》,《博览群书》2009 年第 5 期。

20. 袁国兴:《老舍小说的话语方式》,《广东社会科学》2011 年第 5 期。

21. 龙迪勇:《空间形式:现代小说的叙事结构》,《思想战线》2005 年第 6 期。

22. 陈德志:《隐喻与悖论:空间、空间形式与空间叙事学》,《江西社会科学》2009 第 9 期。

23. 程锡麟:《叙事理论的空间转向——叙事空间理论概述》,《江西社会科学》2007 年第 11 期。

24. 吴晓东、倪文尖、罗岗:《现代小说研究的诗学视域》,《中国现代文学研究丛刊》1999 年第 1 期。
25. 张清华:《成长·“类成长小说”——当代小说诗学关键词之四》,《小说评论》2012 年第 5 期。
26. 顾广梅:《现代性语境下成长的迷梦、幻灭与神话——中国现代成长小说叙事类型论》,《山东师范大学学报》(人文社会科学版)2012 年第 1 期。
27. 郑家建:《小说类型与小说诗学——中国现代小说类型研究引论(三)》,《福建师范大学学报》(哲学社会科学版)2010 年第 1 期。

附录

巴金小说初刊、初版本情况(1929—1949)

表 1　巴金长篇小说、中篇小说、短篇小说集情况表

作品名	创作时间起讫	初刊时间	初版时间
《灭亡》	1928 年 8 月毕	《小说月报》1929 年 1 月—4 月	上海开明书局 1929 年 10 月
《死去的太阳》	1930 年 6 月毕		上海开明书店 1931 年 1 月
《激流》(单行本改名为《家》)	1931 年 4 月—1932 年 4 月	上海《时报》1931 年 4 月 18 日—1932 年 5 月 22 日	改名为《家》,上海开明书店 1933 年 5 月
《新生》	一稿为 1930 年年底—1931 年 8 月,被焚毁,1932 年 7 月重作	《东方杂志》1933 年 30 卷第 2—11 号	上海开明书店 1933 年 9 月

续表

作品名	创作时间起讫	初刊时间	初版时间
《复仇》集			上海新中国书局1931年8月
《雾》	1931年6月—1931年夏	《东方杂志》(28卷20—23号)1931年10月连载	上海中国书局1931年11月
《雨》	1931年12月底—1932年年底	《文艺月刊》1932年1月连载	上海良友图书印刷公司1933年1月
《海底梦》	1932年3月底毕	《现代》1932年5月至7月连载	上海新中国书局1932年8月
《春天里的秋天》	1932年5月毕	上海《时报》1932年5月连载	上海开明书局1932年10月
《光明》集			上海新中国书局1932年5月
《沙丁》		《申报月刊》1932年9月	上海开明书店1933年1月
《电椅》集			上海新中国书局1933年2月
《抹布》集			北平星云堂书店1933年4月
《萌芽》	1933年1月—5月上旬毕	《大中国周报》连载	现代书局1933年8月(后改名为《雪》,1936年11月文化生活出版社)
《将军》集			上海生活书店1934年8月
《电》	1933年10月—12月	1934年1月被从《文学》2卷1号中抽出,改名为《龙眼花开的时候》,署名"欧阳镜蓉"在《文学季刊》连载	良友图书印刷公司1935年3月
《利娜》	1934年10月毕	《水星》月刊1934年11月连载,笔名欧阳镜蓉	编入《沉落》集,由商务印书馆1936年3月初版。(《利娜》单行本由上海文化生活出版社1940年8月出版)
《沉默》集			上海生活书店1934年10月
《神·鬼·人》集	《神》写于1934年12月;《鬼》写于1935年2月;《人》写于1935年4月		上海文化生活出版社1935年11月

续表

作品名	创作时间起讫	初刊时间	初版时间
《沦落》集(应为《沉落》,印刷有误)			上海商务印书馆1936年3月
《发的故事》集			上海文化生活出版社1936年11月
《春》	1936年5月—1938年2月	1936年6月至12月在《文季月刊》发表第一至十章	上海开明书店1938年3月
《秋》	1939年10月—1940年2月		上海开明书店1940年4月
《火》(第一部)	1938年5月—1940年9月		重庆开明书店1940年12月
《火》(第二部)	1941年3月29日—5月23日		上海开明书店1942年1月
《还魂草》集			重庆文化生活出版社1942年4月
《憩园》	1944年5月—1944年7月		重庆文化生活出版社1944年10月
《小人小事》集			上海文化生活出版社1943年4月
《火》第三部	1943年4月初—9月底		上海开明书店1945年7月
《第四病室》	1945年5月—7月		上海良友复兴图书公司1946年1月
《寒夜》	1944年冬开始创作,中间辍笔,1946年12月31日毕	1946年8月—12月在《文艺复兴》连载	上海晨光出版公司1947年3月

说明:本表信息根据《巴金全集26·巴金著译年表》、李存光编《巴金年表简编(1904—2005)》、谭兴国著《走进巴金的世界·附录一(巴金年表)》等整理完成,在此表示感谢。

表 2　巴金短篇小说初载情况表

初载时间	作品名	刊物名	所属作品集
1929	《房东太太》	《小说月报》第 21 卷第 1 号	《复仇》集共 14 篇
1930	《复仇》	《中学生》第 8 号	
	《洛伯尔先生》	《小说月报》第 21 卷第 7 号	
	《亡命》	《东方杂志》第 27 卷第 15 号	
	《苦人儿》(编入《复仇》集时题为《不幸的人》)	《现代文学》第 1 卷第 4 期	
	《谢了的丁香花》(编入《复仇》集时题为《丁香花下》)	《现代文学》第 1 卷第 5 期	
	《爱底摧残》	《小说月报》第 21 卷第 12 号	
	《父女俩》(编入《复仇》集时题为《父与女》)	《东方杂志》第 27 卷第 24 号	
	《初恋》	编入《复仇》集之前未发表过	
1931	《狮子》	《中学生》第 11 号	
	《哑了底三弦琴》(编入《复仇》集时题为《哑了的三弦琴》,在《巴金全集》改为《哑了的三角琴》)	《小说月报》第 22 卷第 1 号	
	《亚丽安娜》	《妇女杂志》第 17 卷第 3 号	
	《赖威格先生》(编入《复仇》集时题为《老年》)	《中学生》第 14 号	
	《管墓园的老人》(编入《复仇》集时题为《墓园》)	《中学生》第 15 号	
	《生与死》	《文艺月刊》第 2 卷第 4 期	《光明》集共 10 篇 说明:《最后的审判》为代跋。
	《光明》	《创作》月刊第 1 卷第 3 期	
	《爱底十字架》	《创作》月刊第 1 卷第 4 期	
	《狗》	《小说月报》第 22 卷第 9 号	
	《未寄的信》	《文艺月刊》第 2 卷第 9 期	
	《好人》	《小说月报》第 22 卷第 10 号	
	《我底眼泪》	《文艺月刊》第 2 卷第 10 期	
	《苏堤》	《中学生》第 19 号	
	《我们》	《小说月报》第 22 卷第 11 号	
	《奴隶底心》	《小说月报》第 22 卷第 12 号	

续表

初载时间	作品名	刊物名	所属作品集
1932	《父与子》(发表时有副题“献给一个朋友”)	《创化》月刊第1卷第2号	《电椅》集共7篇 说明:《灵魂的呼号》为代序。
	《罪与罚》	《现代》第1卷第5期	
	《马赛的夜》	《文学月刊》第1卷第1期	
	《白鸟之歌》(《巴金全集》改为《天鹅之歌》)	《东方杂志》第29卷第4号	
	《电椅——献给一个神圣的纪念》(编入《电椅》集时题为《电椅》)	《现代》第2卷第1期	
	《爱》	《新月》第4卷第4号	
	《堕落的路》	《文艺月刊》第2卷第12期	
	《杨嫂——自传之一》(编入《抹布》集时题为《杨嫂》)	《东方杂志》第29卷第1号	《抹布》集共2篇
	《母亲》(编入《抹布》集时题为《第二的母亲》)	编入《抹布》集前未发表过	
1933	《五十多个》	《现代》第3卷第5期	《将军》集共10篇 说明: 1.《一个女人》曾被收入《巴金短篇小说集》(第二集)中的《将军》集。 2.《煤坑》曾被收入《巴金短篇小说集》(第二集)中的《沉默》集。
	《短刀》	《创化季刊》第1卷第1期	
	《还乡》	《现代》第3卷第5期	
	《月夜》	《文学》第1卷第3号	
	《父子——一件实事》(编入《将军》集时题为《父子》)	《中学生》第37号	
	《幽灵》	《新中华》第1卷第1期	
	《在门槛上》	《大陆杂志》第1卷第7期	
	《玫瑰花的香》	《良友》画报第79期	
	《父亲买新皮鞋回来的时候》	《文学》第1卷第6号	
	《一个女人》	《文学》第1卷第1号	
	《煤坑》	《东方杂志》第30卷第1号	
1934	《将军》	《文学季刊》第1卷第1号,署名余一	
	《一个人的死》[编入《沉默》集时题为《马拉的最后》,收入《巴金文集》(第九卷)时题为《马拉的死》]	《文学》第3卷第1号,署名王文慧	

续表

初载时间	作品名	刊物名	所属作品集
1934	《丹东》(编入《沉默》集时题为《丹东的悲哀》)	《文学》第3卷第1号,署名王文慧	《沉默》共7篇 说明: 1. 此集中的《母亲》与《抹布》集中相同,此处未列。 2. 另有:附录——法国大革命的故事。
	《罗伯斯比尔的秘密》(《巴金全集》题为《罗伯斯庇尔的秘密》)	《文学》第2卷第4号,署名王文慧	
	《电话》(编入《沉默》集时题为《知识阶级》)	《文学》第3卷第1号,署名黄树辉	
	《春雨》	《水星》第1卷第1期,署名余一	
	《雷》	《文学》月刊1卷5号	
	《化雪的日子》	《文学》第3卷第4号	《沉落》集共5篇 说明: 1. 《长生塔》是童话,此处未列。 2. 《利娜》是中篇小说,此处未列。 3. 《神》后又收入《神·鬼·人》集,此处未列。
	《沉落》	《文学》第3卷第5号	
1935	《神》	《文学》第4卷第1号	《神·鬼·人》集共3篇
	《鬼》	《文学》第4卷第3号	
	《人》	收入《神·鬼·人》之前未在报刊上发表过	
1936	《雨》	《作家》第1卷第1号	《发的故事》集共4篇
	《发的故事》	《作家》第1卷第2号	
	《星》	开明书店版十年(纪念开明书店创立十周年小说集刊)	
	《窗下》	《作家》第2卷第1号	
1942	《还魂草》	《文艺杂志》第1卷第1期	《还魂草》集共3篇
	《某夫妇》	《文艺杂志》第1卷第2期	
	《摩娜·里莎》(《巴金全集》改题为《莫娜·丽莎》)	《烽火》第2期	

续表

初载时间	作品名	刊物名	所属作品集
1942	《兄与弟》	《现代文艺》第6卷第1期	《小人小事》集共3篇 说明:《巴金全集》第11卷《小人小说》集中收入《生与死》《女孩与猫》。
	《夫与妻》	收入《小人小事》前未在报刊上发表过	
1943	《猪与鸡》	《抗战文艺》第8卷第3期	
1944	《生与死》	贵阳《中央日报》副刊	
1945	《女孩与猫》	《周报》第13期	

后记

这本书是在我博士论文的基础上修改而成的。在它即将出版之际，首先要感谢我的导师李锡龙教授。从论文选题开始，李老师就非常耐心地一次次为我细心指导，点拨立意，理顺思路，教导我如何使用原始文献资料，如何使自己的研究与学界形成对话，如何使论文具有创新性，就连这期间曾尝试写作的一些小论文，李老师也不弃浅陋稚拙，为我细心修改、精心指点，甚至错字、标点、注释都一一标示修改过来，使我感念至深。李老师严谨的治学态度、深厚的学术积累、敏锐的学术眼光和开阔的学术视野不仅使我对学术有了更深入的理解，对学者情怀有了更深彻的认知，在李老师的教导中，我还学到了很多做人做事的道理，这都成为我今后为学为人的珍贵财富。李老师温厚细密的鼓励和教导、深切严格的提点和要求我都铭记在心，为此，我会继续努力，并时时充满感激之情。

南开大学文学院的乔以钢教授、李新宇教授、李瑞山教授、罗振亚教授、耿传明教授，以及东北师范大学的王确教授，山东师范大学的黄万华教授在论文开题、答辩时提出了很多宝贵意见，他们的教诲和指点为论文的写作和修改带来极大启发，在此向各位师长表示衷心感谢！我的论文在毕业答辩之前曾被学校抽中参加教育部的“网上双盲评审平台”匿名评审，各位匿名评审专家给予的评阅意见为我进一步完善论文开拓了思路，五个“A”的评审结果也大大增强了我的写作信心，这里向他们特致谢忱！

我的硕士导师马云教授一直关心着我的论文写作，她是引导我走上学术研究道路的导师，多年来在学业和生活上给予了我殷切鼓励和关怀，为此我甚为感谢！河北师范大学的张俊才教授、崔志远教授、李惠敏博士都曾给予我诸多指点和帮助，在此致以诚挚的谢意。在南开大学学习期间，师兄王勇、师妹程娟娟都曾给我以帮助和启发，特此表达我的谢意。

巴金研究界的专家陈思和教授、李存光教授、张民权教授、辜也平教授、刘福泉教授、周立民博士、胡景敏博士等都在论文写作过程中给予了我很大帮助和鼓励，各位先生或惠赠大作，或指点迷津，为本论文的写作提供了便利条件和极大助益，在此表示深挚的感谢！2009 年 11 月和 2011 年 12 月我参加第九届、第十届巴金国际学术研讨会的经历，让我感受到了巴金研究界前辈对青年后学的热情提携之意，正是从那时起我才在对巴金的喜爱、对巴金研究的热情中最终坚定了用这个选题作为博士论文题目的写作决心，我获得的这种精神上的引导和爱护也逐渐照亮和温暖了我学术研究的道路，为此我亦常怀感恩之心！

博士毕业后，我曾以“巴金小说文体研究”为题申请 2014 年度河北省社会科学发展研究课题，获得批准为一般课题(课题编号:2014031707)，本书即为该课题的结项成果。

值此书稿付梓之际，我要郑重感谢中国社会科学院的李存光教授在暑热天气中为我审阅书稿，自 2003 年在成都召开的第七届巴金国际学术研讨会上相识以来，十余年中先生严谨、宽和、热诚的品格带给了我诸多教益和感动，在此致以我崇高的敬意！还要郑重感谢巴金故居常务副馆长周立民博士，在他的热情帮助下，书稿入选“巴金研究丛书”得以出版。同时，复旦大学出版社总编辑孙晶女士和责任编辑毛蒙莎女士为本书出版给予了诸多帮助并付出巨大心力，在此也奉上我美好的祝愿和衷心的感谢！

最后将我的感谢献给我深爱着的家人。

巴金研究丛书出版说明

一、巴金研究丛书是一套巴金研究资料的汇编，它体现了巴金研究的历史成果和最新趋向，既是总结性的汇编，又是开放性的文丛。期望通过十年或者更长一段时间的努力，在本丛书内汇集海内外最优秀的各类巴金研究成果。丛书根据内容主要从三部分分别推进：

1. 文献、资料汇编；

2. 专著、论文集；

3. 传记、纪实类作品。

二、丛书的稿件来源：

1. 重刊有影响的既往巴金研究成果；

2. 新编各种专题资料；

3. 译介海外研究成果；

4. 推出最新的学术专著及其他研究成果。

丛书的选稿采取开放性原则，接受海内外学者自由申报的选题，公开资助优秀硕士、博士论文的出版。

丛书每年推出三至五部著作。

三、丛书的编辑由巴金研究会下设巴金研究丛书编委会主持，编委会确定丛书书目、出版计划和承担前期编辑工作。

四、欢迎与以上内容相关的课题、图书申报，欢迎提供相关稿件。

网络支持：www.bjwxg.cn；联系信箱：6487979@sina.com。

巴金研究论稿

作者：陈思和　李　辉

定价：38.00 元

巴金论

作者：汪应果

定价：34.00 元

青年巴金及其文学视界

作者：艾晓明

定价：30.00 元

巴金《随想录》研究

作者：胡景敏

定价：34.00 元

巴金《随想录》论稿

作者：周立民

定价：38.00 元

巴金论集

作者：坂井洋史

定价：32.00 元

巴金小说的生命体系

作者：张民权

定价：32.00 元

巴金与现代出版

作者：孙　晶

定价：30.00 元

巴金与《收获》研究

作者：蔡兴水

定价：38.00 元

万金集——来自巴金的家书

作者：马小弥

定价：32.00 元

巴金创作综论新编

作者：辜也平

定价：40.00 元

青青者忆

作者：杨　苡

定价：28.00 元

永远的巴金

作者：陆正伟

定价：58.00 元

巴金与日本作家

作者：陈喜儒

定价：38.00 元

巴金与安那其主义

作者：樋口进

定价：38.00 元

巴金小说形式研究

作者：田悦芳

定价：36.00 元

翻译家巴金研究

作者：向洪全

定价：35.00 元

图书在版编目(CIP)数据

巴金小说形式研究/田悦芳著. —上海:复旦大学出版社,2016.1
(巴金研究丛书)
ISBN 978-7-309-11804-9

Ⅰ. 巴… Ⅱ. 田… Ⅲ. 巴金(1904~2005)-小说研究 Ⅳ. I207.42

中国版本图书馆 CIP 数据核字(2015)第 220168 号

巴金小说形式研究
田悦芳 著
责任编辑/毛蒙莎

复旦大学出版社有限公司出版发行
上海市国权路 579 号 邮编:200433
网址:fupnet@fudanpress.com http://www.fudanpress.com
门市零售:86-21-65642857 团体订购:86-21-65118853
外埠邮购:86-21-65109143
上海市崇明县裕安印刷厂

开本 787×960 1/16 印张 18 字数 251 千
2016 年 1 月第 1 版第 1 次印刷

ISBN 978-7-309-11804-9/I·942
定价: 36.00 元

如有印装质量问题,请向复旦大学出版社有限公司发行部调换。
版权所有 侵权必究